조용한 희망

MAID by Stephanie Land
Copyright ⓒ 2019 by Stephanie Land

Korean-language edition copyright ⓒ 2020 by Munhakdongne Publishing Group
Published by agreement with Folio Literary Management, LLC and Danny Hong Agency.

이 책의 한국어판 저작권은 대니홍 에이전시를 통한 저작권사와의 독점 계약으로 (주)문학동네에
있습니다. 저작권법에 의해 한국 내에서 보호를 받는 저작물이므로 무단전재와 복제를 금합니다.

이 도서의 국립중앙도서관 출판예정도서목록(CIP)은 서지정보유통지원시스템 홈페이지
(http://seoji.nl.go.kr)와 국가자료종합목록 구축시스템(http://www.kolis-net.nl.go.kr)에서
이용하실 수 있습니다.(CIP 제어번호: CIP2020044041)

진짜 이름을 찾기 위한
찬란한 생존의 기록

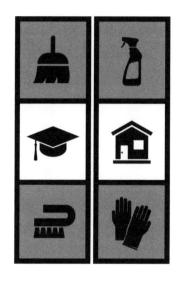

조용한 희망

스테퍼니 랜드 지음 · 구계원 옮김

문학동네

미아에게

잘 자.

사랑해.

내일 아침에 보자.

—엄마가

차 례

2부 이름 없는 존재처럼

3부 달라질 거라는 믿음

나는 배웠다.

먹고살기 위해 사는 삶과 진짜 삶은 다르다는 걸.

—마야 안젤루

일러두기

1. 본문의 각주는 모두 옮긴이주다.
2. 원문에서 이탤릭체로 강조한 부분은 굵은 고딕체로 표시했다.

들 어 가 며

스테퍼니 랜드의 세계에
오신 것을 환영합니다

바버라 에런라이크

이곳에 입장하려면 가사도우미와 한부모 가정에 대한 선입견과 미디어가 우리 마음속에 심은 빈곤층에 대한 인식을 모두 버려야 한다. 스테퍼니는 열심히 일하는 노동자이며, 고등교육을 받지 않았는데도 총명한 사람들을 적선하듯 칭찬할 때 사용하는 말을 빌리자면 '명료한 표현력'을 가진 사람이다. 이 책은 청소원으로 버는 턱없이 적은 수입과 국가보조금을 가지고, 어떻게든 딸 미아에게 안전한 집과 안온한 삶을 마련해주려는 엄마 스테퍼니 랜드의 분투기다.

영어에서 '메이드'는 찻쟁반, 풀 먹인 유니폼, 영국 드라마 〈다운튼 애비〉를 떠올리게 하는 고상한 단어다. 그러나 실제 가사도우미의 세계는 쩌든 때와 대변 자국으로 뒤덮여 있다. 이 노동자들은 우리의 온갖 털로 막힌 하수구를 뚫고 은유적인 의미에서든 문자 그대로든 우리의 더러운 외피를 매일 목격한다. 하지만 이들은 우리 눈에 잘 띄지 않으며, 국가의 정치와 정책에서 소외당한 채 문전박대를 당한다. 나는『노동의 배신Nickel and Dimed』을 집필하기 위한 취재의 일환으로 저임금 노동자의 삶을 잠깐이나마 경험해보았기에 이를 잘 알고 있다. 다만 스테퍼니와는 달리 나는 언제든 훨씬 더 안락한 작가로서의 삶으로 돌아갈 수 있었다. 또 오직 내 수입만으로 아이를 키울 필요도 없었다. 내 아이들은 벌써 다 컸고 책을 쓰기 위한 취재랍시고 정신 나간 짓을 하는 내 장단에 맞춰 나와 함께 트레일러 주차장에서 지낼 생각은 애시당초 없었다. 나는 다른 사람의 집을 청소한다는 것이 어떤 일인지, 공공장소에서 '메이드인터내셔널'이라는 로고가 선명히 새겨진 청소대행업체의 조끼를 입었을 때 경험하게 되는 피로감과 모멸감이 어떤 것인지 조금은 안다. 하지만 청소대행업체의 수많은 동료들이 느끼는 불안과 절망에 대해서는 짐작만 할 수 있을 뿐이다. 그들 중 상당수는 스테퍼니처럼 생존을 위해 다른 사람의 집을 청소하는 싱글맘이었고, 안전하지 않은 곳에 아이를 맡겨두고 출근하는 날이면 하루종일 아이의 안부를 걱정하는 엄마들이었다.

지금까지 스테퍼니처럼 살아본 적 없다는 건 아마도 여러분이 운이 좋았다는 이야기다. 하지만 이 책을 통해 처절한 궁핍 속에서 산다는 게 어떤 것인지 직접 목격하게 될 테다. 수중에 항상 돈이 부족하며 때로는 먹을 것도 부족하다. 땅콩버터와 인스턴트 라면으로 끼니를 때워야 하고, 맥도날드는 특별한 날에나 먹을 수 있는 귀한 만찬이다. 자동차, 남자친구, 사는 집에 이르기까지 아무것도 믿을 수 없다. 미국 정부가 저소득층에게 제공하는 식료품 구매권food stamps은 스테퍼니의 생존을 위해 꼭 필요한 지원제도인데, 식료품 구매권을 받으려면 먼저 일자리를 찾아야 한다고 의무화한 최근의 법안을 읽으면 독자들은 자신도 모르게 주먹을 불끈 쥘 수밖에 없을 것이다. 이러한 정부 지원이 없다면 저임금 노동자와 혼자서 아이를 키우는 부모를 비롯하여 수많은 사람들이 생존할 수 없다. 또한 복지 혜택은 일방적인 퍼주기가 아니다. 우리들 대부분과 마찬가지로 이들 역시 자신이 속한 사회에서 안정적으로 뿌리내리고, 살아가고 싶어한다.

스테퍼니의 이야기에서 가장 가슴 아픈 부분은 아마도 부유한 사람들이 그녀에게 보이는 적대일 것이다. 이러한 적대감은 스테퍼니와 같은 저소득층에 대한 편견에서 비롯한 것으로, 정장을 입거나 책상에 앉아서 서류 작업을 하는 사람들보다 도덕적으로나 지적으로나 열등한 존재 취급을 받는 수많은 육체노동자들이 특히 이런 일을 자주 겪는다. 마트에서 장을 보는 사람들은 식료품 구매권으로 물건을 사는 스테퍼니의 장바구니를 따가운 시선으로 바라본다. 마치 자기가 스테퍼니의 물건값을 대신 계산해준 것처럼 "고맙다는 말은 안 해도 돼!"라고 크게 외치는 노인도 있다. 스테퍼니가 경험한 이 단편적인 일화만 보더라도 사회 대다수 구성원들이 저소득층을 바라보는 보편적 인식을 잘 알 수 있다.

스테퍼니의 이야기는 점점 비극적 곡선을 그린다. 우선 그녀는 하루에 6~8시간씩 물건을 들어올리고 진공청소기를 밀거나 바닥을 문질러 닦으면서 신체적인 부상과 손상을 입는다. 내가 일했던 청소대행업체 동료들을 보면, 열아홉 살부터 시작해 다양한 연령대의 직원들이 허리 통증, 어깨의 회전근개 부상, 무릎 및 발목 문제를 비롯한 여러 형태의 신경 및 근육 손상에 시달려온 듯 보였다. 스테퍼니는 하루 복용량 치고는 걱정될 정도로 많은 양의 이부프로펜으로 통증을 견뎌나가고 있다. 심지어 고객의 욕실에 있는 마약성 진통제를 탐나듯 바라보기도 한다. 스테퍼니의 입장에서는 처방약은 물론 마사지나 물리치료를 받거나, 통증관리 전문의를 찾아가는 일조차 엄두가 나지 않는다.

뿐만 아니라 노동으로 인한 신체적 피로감과 밀접하게 얽힌 것이 바로 스테퍼니가 맞닥뜨린 정신건강 문제다. 스테퍼니는 심리학에서 빈곤층에게 길러야 한다고 권장하는 '회복 탄력성'의 상징과도 같은 사람이다. 난관에 봉착하면 어떻게든 앞으로 나아갈 방법을 찾아낸다. 하지만 사방에서 장애물이 덮쳐오면 그녀조차도 감당하기 힘든 지경이 된다. 이런 상황에서 스테퍼니가 무너져내리지 않도록 지탱해주는 것은 딸에 대한 무한한 사랑이다. 그 사랑은 밝은 빛처럼 이 책 전체를 밝힌다.

이 책이 행복한 결말로 마무리된다는 것은 사실 스포일러라고 말하기도 어렵다. 본문에 자세히 나오는 것처럼, 몇 년에 걸쳐 닥치는 대로 일하면서도 스테퍼니는 작가가 되겠다는 꿈을 키워왔다. 몇 년 전 작가로서의 커리어를 막 시작한 스테퍼니를 만난 적이 있다. 나는 작가인 동시에 미디어에서 경제적 불평등에 대해 다루도록 권장하고 특히 생계를 유지하기 위해 고군분투하는 사람들이 직접 쓴 글을 발표할 수 있도록 지원하는 '이코노믹 하드십 리포팅 프로젝트Economic Hardship Reporting Project'라는 단체의 창립자이기도 하다. 스테퍼니가 우리 단체에 문의해온 일을 계기로, 우리는 스테퍼니를 발탁하여 함께 홍보 문구를 고안하고 원고를 다듬은 후 뉴욕타임스와 『뉴욕 리뷰 오브 북스』 등 가능한 한 영향력 있는 언론에 소개했다. 그녀는 우리 단체의 설립 취지 그 자체를 보여주는 존재다. 아주 약간만 도와줘도 작가로서의 커리어를 시작할 수 있는, 노동자들 속 숨어 있는 작가 말이다.

충분히 그러리라고 예상되지만, 이 책이 여러분에게 감동과 영감을 준다면 자칫 이 책은 쓰이지도 못할 뻔했다는 점을 기억해주기 바란다. 스테퍼니가 절망이나 피로감에 굴복해버렸을 수도 있다. 자칫 잘못했다가는 일터에서 크게 다쳐 몸을 움직이기 힘들게 되었을 수도 있다. 바로 그러한 이유로, 자신의 이야기를 세상 밖으로 끌어낼 기회를 잡지 못한 다른 모든 여성들이 있다는 걸 떠올려주었으면 한다. 스테퍼니는 누군가 자신의 이야기에 귀기울여주기를 기다리며 영웅과 같은 삶을 살아내는 이들이 수없이 존재한다는 현실을 일깨워주는 산증인이다.

1부

최후의 보루

1장

노숙인 쉼터

—

내 아이는 노숙인 쉼터에서 걸음마를 배웠다.

6월의 어느 날 오후, 미아의 첫돌 전날이었다. 나는 미아의 첫 걸음마를 포착하기 위해 오래된 디지털 카메라를 들고 노숙인 쉼터의 낡아빠진 2인용 소파에 앉아 있었다. 미아의 헝클어진 머리 그리고 가느다란 줄무늬의 아기 우주복은, 발가락을 꼼지락거리며 균형을 잡으려는 의지가 가득 담긴 미아의 갈색 눈과는 사뭇 대조됐다. 나는 카메라 렌즈를 통해 미아 발목의 주름과 통통한 허벅지, 그리고 볼록한 배를 담았다. 미아는 맨발로 타일이 깔린 바닥을 가로질러 내 쪽으로 다가오면서 옹알이를 했다. 몇 년 동안 쌓인 때가 바닥에 덕지덕지 끼어 있었다. 아무리 열심히 문질러대도 결코 깨끗하게 벗겨지지가 않았다.

미아가 처음 걸음마를 뗀 시기는, 무주택자들을 위해 주택 당국이 마련한 시가지 북쪽의 한 조립식 주택에서 머문 90일 중 마지막 주였다. 이곳을 떠나면 임시 주거지이자 사회복귀 과도기 시설로 이용되는, 시멘트 바닥으로 된 낡고 허름한 아파트로 옮겨야 했다. 아무리 임시 주거지라 해도 딸이 지금 사는 집을 최대한 자기 집처럼 느끼도록 최선을 다했다. 으스스한 흰색 벽과 회색 바닥을 따뜻하게 보이게 하려고, 또 힘든 때일수록 더 밝고 활기찬 느낌을 받고 싶어서 노란 천을 2인용 소파에 씌웠다.

현관문 옆쪽 벽에는 작은 달력을 걸었다. 거기에는 우리가 지원받을 수 있는 여러 단체 소속 사회복지사들과의 약속이 빼곡하게 들어차 있었다. 나는 백방으로 뛰어다니며 온갖 정부 지원 단체를 기웃거렸고, 돈이 없다는 사실을 증명하기 위해 닥치는 대로 서류뭉치를 끌어모아 비슷한 처지의 사람들과 함께 긴 줄에 서서 기다렸다. 가난을 증명하기 위해 이토록 많은 노력을 들여야 한다는 데 진저리가 날 지경이었다.

이곳은 외부인의 출입이 금지되었고 물건도 거의 들여놓을 수 없었다. 우리가 가진 살림살이는 큼직한 가방 하나에 전부 들어갈 정도였다. 미아는 장난감 바구니 하나를 가지고 있었고, 거실과 부엌을 분리하는 얕은 선반에 놓아둔 내 책 몇 권이 있었다. 미아의 유아용 의자를 끼워놓은 둥근 탁자와, 내가 종종 커피로 배고픔을 달래며 미아가 밥 먹는 모습을 지켜보는 의자가 있었다.

미아가 걸음마를 떼는 광경을 지켜보면서 미아 뒤쪽의 녹색 상자를 쳐다보지 않으려고 애썼다. 그 상자에는 양육권을 둘러싸고 미아 아빠 제이미와 벌인 법정 다툼에 대한 자세한 기록이 들어 있었다. 미아에게서 눈을 떼지 않고 모든 일이 순조로운 것처럼 마냥 웃어주기 위해 안간힘을 썼다. 만약 카메라 렌즈 방향을 돌려 내 사진을 찍었다면 아마 나조차도 누군지 알아보지 못했을 것이다. 몇 장 되지 않는 사진 속에서 나는 전혀 다른 사람 같았다. 아마도 이렇게 살이 빠진 건 난 생처음인 것 같다. 나는 시간제 정원사로 일하면서 몇 시간이나 관목을 보기 좋게 다듬고 웃자란 블랙베리나무를 정리하는가 하면 여기저기 제멋대로 난 잡초를 뽑았다. 때로는 돈이 절실하다는 내 사정을 아는 지인들의 집에 가서 바닥이나 화장실 청소를 했다. 그들도 잘사는 건 아니었지만 나보다는 그나마 경제적으로 여유로웠다. 당장 수입이 없어지면 어려워지기야 하겠지만 노숙인 쉼터에서 살 정도의 신세는 아니었다. 그들에게는 경제적 지원을 통해 최악의 상황을 막아줄 부모나 다른 가족이 있었다. 미아와 나에게는 경제적으로 도와줄 사람이 없었다. 오직 우리 둘뿐이었다.

주택 당국에 제출할 신청 서류에서 향후 몇 개월간 개인적인 목표가 뭔지 묻는 부분에 미아의 아빠인 제이미와 관계를 회복하기 위해 노력할 거라고 적었다. 충분히 노력만 한다면 어떻게든 문제를 해결할 수 있을 것이라 생각했다. 가끔은 엄마, 아빠, 귀여운 어린 딸로 구성된 평범한 가족의 모습을 그려보기도 했다. 거대한 풍선에 묶인 가느다란 끈을 붙들듯 그 상상 속의 광경을 꽉 움켜쥐었다. 그 풍선이 제이미의 학대와 싱글맘이라는 곤경을 극복하도록 이끌어줄 것 같았다. 끈을 꼭 잡고 놓치지만 않는다면 모든 힘겨운 상황을 뛰어넘을 수 있을 것 같았다. 내가 꿈꾸는 가족의 모습을 포기하지 않는 한 힘겨운 일들도 현실이 아닌 것처럼, 지금의 삶이 일시적일 뿐 앞으로 계속되지 않을 것처럼 넘길 수 있었다.

미아에게 생일 선물로 새 신발을 주었다. 한 달 동안 돈을 모아서 산, 갈색 바탕에 분홍과 파란색으로 작은 새들이 수놓인 신발이었다. 나는 평범한 엄마처럼 생일 파티 초대장을 보냈고 여느 공동육아 커플처럼 제이미도 초대했다. 우리가 살던 워싱턴 주 포트타운젠드 시 체즈모카 공원의 잔디가 무성한 언덕에서 바다가 내려다보이는 피크닉 테이블에 자리를 잡고 생일 파티를 열었다. 초대된 사람들은 직접 가져온 담요를 깔고 앉아 웃으며 담소를 나누었다. 그달의 남은 식료품 구매권을 전부 사용해서 레모네이드와 머핀을 준비했다. 나의 아버지와 할아버지는 생일 파티에 참석하기 위해 반대편 지역에서 거의 2시간이나 달려왔다. 남동생과 친구들도 몇 명 보였다. 그중 한 명은 기타를 가져왔다. 친구에게 미아, 제이미, 그리고 나를 담은 사진을 찍어달라고 부탁했다. 우리 셋이 이렇게 한자리에 모여 앉을 일이 거의 없었기 때문이다. 미아에게 좋은 추억을 만들어주고 싶었다. 하지만 사진 속 제이미의 얼굴에는 무관심과 분노가 가득차 있었다.

엄마는 재혼한 남편인 윌리엄과 함께 런던에선가 프랑스에선가, 아니면 당시에 두 분이 살던 어딘가에서 비행기를 타고 날아왔다. 미아의 생일을 축하한 다음날, 두 분은 노숙인 쉼터의 '방문자 금지' 규칙을 어기고 우리집에 찾아와 임시 아파트로 이사하는 것을 도와주었다. 나는 두 분의 옷차림에 살짝 고개를 절레절레 저었다. 윌리엄은 검정 스키니 청바지에 검은색 스웨터와 검은 부츠를 신었고, 엄마는 엉덩이 부분이 지나치게 딱 달라붙는 흑백 줄무늬 원피스에 검은 레깅스, 납작한 컨버스 운동화 차림이었다. 이사가 아니라 에스프레소 한 잔 마시러 가는 듯한 차림새였다. 그전에는 누구에게도 우리가 살던 공간을 보여준 적이 없었기 때문에 영국식 억양과 유럽식 옷차림을 한 두 사람이 들이닥치자 집이 한층 더 보잘것없게 느껴졌다.

윌리엄은 커다란 더플백 하나가 이삿짐의 전부라는 사실에 놀란 것 같았다. 엄마는 가방을 들어서 밖으로 옮기는 윌리엄의 뒤를 따랐다. 나는 마지막으로 조립식 주택을 둘러보며 소파에서 책을 읽던 내 모습과 장난감 바구니를 뒤지거나 트윈베드 아래쪽 붙박이 서랍에 앉아 있던 미아의 모습을 떠올렸다. 물론 이곳을 떠나게 되어 기뻤지만 내가 견뎌낸 일들을 잠깐이나마 되돌아보며 우리 가족의 출발점이 된 이 초라한 공간에 시원섭섭한 작별 인사나마 전하고 싶었다.

우리가 살게 될 새 아파트 건물인 노스웨스트패시지 임시 가족주택에는 절반은 나처럼 노숙인 쉼터에서 옮겨온 사람들이, 나머지 절반은 교도소에서 갓 출소한 이들이 살고 있었다. 노숙인 쉼터보다는 나은 주거지라지만 이사하자마자 이전에 살던 집의 조용한 분위기가 그리웠다. 이 건물에서는 내가 어떤 현실을 맞닥뜨렸는지가 나 자신을 포함한 모두에게 적나라하게 노출되는 기분이 들었다.

내가 새집 현관으로 들어설 때 엄마와 윌리엄은 뒤에서 기다리고 있었다. 열쇠가 좀처럼 말을 듣지 않아서 들고 있던 상자를 바닥에 내려놓고서 자물쇠와 한참 씨름한 끝에 결국 문을 열고 안으로 들어갈 수 있었다. "음, 적어도 자물쇠가 튼튼하긴 하네." 윌리엄이 농담을 던졌다.

좁은 입구를 지나자 현관문 맞은편에 화장실이 있었다. 화장실에 서자 미아와 내가 함께 목욕을 할 만한 욕조가 맨 먼저 눈에 들어왔 다. 우리는 욕조에서 목욕하는 사치를 오랫동안 누리지 못하고 살아 왔다. 미아와 내가 사용할 침실 두 칸은 오른편에 있었다. 침실마다 도로 쪽으로 창문이 나 있었다. 부엌은 어찌나 좁은지 냉장고 문을 열 면 맞은편 찬장에 닿을 정도였다. 노숙인 쉼터와 비슷하게 커다란 흰 색 타일이 깔린 바닥을 가로질러, 작은 야외 발코니로 나가는 문을 열 었다. 발코니는 다리를 쭉 뻗고 앉으면 꽉 찰 정도로 작았다.

담당 사회복지사 줄리는 2주 전 나에게 간단히 이 집을 구경시켜주 었다. 이 아파트에 마지막으로 머문 가족은 최대 거주 기간인 24개월 동안 여기서 살았다고 했다. "마침 이곳이 비어서 운이 좋았어요." 줄 리는 말을 이었다. "노숙인 쉼터에서 지낼 수 있는 날도 얼마 안 남았 잖아요."

처음 줄리를 만나던 날, 줄리와 마주보고 앉아 향후 계획과 아이를 위한 보금자리를 마련할 방법에 대한 질문에 대답하려 했지만 자꾸 버 벅거렸다. 경제적 안정을 위해 어떻게 노력할 것인지, 어떤 일을 할 수 있는지. 줄리는 당혹스러워하는 나를 이해하는 듯했고 앞으로의 방 향에 대해 몇 가지 제안을 해주었다. 저소득층 주거지로 이사하는 것 이 내게 주어진 유일한 선택지처럼 보였다. 문제는 빈집을 찾는 것이었 다. 갈 곳 없는 피해자들에게 안전한 주거지를 제공하는 가정폭력 및 성폭력 상담센터의 도움을 받는 방법도 있었지만, 운좋게도 주택 당국 으로부터 주거와 생활 안정 지원을 받게 되었다.

처음 만났을 때 줄리와 나는 네 쪽에 걸쳐 작성된 목록을 살펴보았다. 주택 당국이 제공하는 쉼터의 거주자들이 동의해야 하는 규칙들이었다.

이곳이 임시 거주지라는 점을 주지하십시오. 이곳은 당신의 집이 아닙니다.
아무때라도 무작위 소변검사가 진행될 수 있습니다.
임시 거주지에 방문자는 허용되지 않습니다. 예외 없음.

줄리는 이외에도 설거지, 조리대에 음식을 꺼내놓고 내버려두지 않아야 한다고, 또 바닥 청소 등과 같이 최소한의 일상적인 집안일을 잘 처리하는지 확인하기 위해 불시 점검이 이뤄질 것이라고 못박았다. 나는 다시 한번 무작위 소변검사, 아파트 불시 점검, 그리고 밤 10시 통금에 동의했다. 방문객은 사전 허가 없이 이곳에서 자고 갈 수 없었으며 허가를 받아도 사흘 이상 머물 수 없었다. 수입에 조금이라도 변화가 생기면 즉시 보고해야 했다. 어떤 돈이 들어왔고 어떤 용도로 어떻게 지출했는지에 대한 자세한 설명을 월별 입출금 내역서와 함께 제출해야 했다.

줄리는 언제나 친절했고 항상 웃으며 말했다. 정부 기관에서 일하는 다른 사회복지사들처럼 지치고 찡그린 표정을 짓지 않는다는 점에 감사했다. 줄리는 나를 사람답게 대우해주었으며, 구릿빛 도는 붉은색의 짧은 머리카락을 귀 뒤로 넘기며 말하는 버릇이 있었다. 하지만 "운좋다"라는 줄리의 말이 가슴에 쿡 박혔다. 내가 운이 좋다는 생각은 들지 않았다. 물론 충분히 고맙긴 했지만 운이 좋다니, 전혀 아니었다. 나를 중독자나 청소도 제대로 하지 않는 사람, 혹은 인생이 완전히 엉망진창되어 강제 통금과 소변검사로 생활을 규제해야 하는 사람처럼 취급하는 곳으로 이사해야 하는 상황에서 운이 좋다니.

돈이 없어서 가난하게 사는 것은 보호관찰을 받는 것과 사뭇 비슷해 보였다. 생계수단이 없다는 것이 내 죄목이었다.

—

윌리엄, 엄마, 그리고 나는 대여한 픽업트럭에서 천천히 짐을 꺼낸 다음 계단을 올라 이층에 있는 현관으로 날랐다. 이전의 조립식 주택으로 이사하기 전 아빠가 마련해준 작은 창고에 보관해뒀던 짐이었다. 엄마와 윌리엄은 한껏 멋을 낸 차림이었던지라 편하게 입을 티셔츠를 빌려주겠다고 했지만 둘 다 거절했다. 엄마는 아빠와 이혼한 직후를 제외하면 내 기억 속에서는 항상 체중이 많이 나가는 편이었다. 엄마는 앳킨스 다이어트로 살이 빠졌다고 했지만 나중에 아빠는 엄마가 갑자기 헬스장에 열심히 다닌 것은 운동 때문이 아니라 바람이 났기 때문이라고, 아내와 엄마로서 짊어져야 하는 삶의 제약에서 벗어나고 싶어서라고 했다. 엄마의 이러한 변화는 일종의 커밍아웃이었는데, 가족을 위해 포기했지만 항상 원해왔던 삶이 무엇인지 깨달았기 때문이기도 했다. 그러나 내 입장에서는 엄마가 갑자기 낯선 사람으로 변해버린 기분이었다.

남동생 타일러가 고등학교를 졸업하던 봄에 부모님이 이혼을 했고 엄마는 따로 아파트를 얻어서 나갔다. 추수감사절이 다가올 즈음까지 엄마는 이전에 입던 옷 사이즈의 절반 정도로 체중을 줄였고 머리를 길게 길렀다. 엄마와 함께 술집에 가면 엄마가 내 또래 남자애들과 키스한 다음 술에 취해 칸막이 자리에서 쓰러지는 광경을 지켜보았다. 그때는 너무나 부끄러웠지만, 나중에 그 감정은 대체 어떻게 슬퍼해야 할지 모르겠다는 상실감으로 변모했다. 엄마가 다시 돌아왔으면 했다.

아빠 역시 이혼 후 얼마 지나지 않아 자연스럽게 새로운 가족을 꾸렸다. 이혼 직후 아빠가 만나기 시작한 여성은 질투심이 많고 아들이 셋 딸려 있었다. 아빠의 새 여자친구는 내가 얼쩡거리는 상황을 달가워하지 않았다. "이제 네가 알아서 잘살아야지." 새 가족과 함께 집 근처의 데니스 식당에서 아침을 먹은 후 아빠가 나에게 한 말이었다.

부모님이 각자 새로운 인생을 시작하자 감정적으로 고아 상태가 된 나만 홀로 남았다. 미아와 나 사이에는 절대로 그와 같은 물리적, 감정적 거리를 두지 않겠다고 다짐했다.

현재 나보다 고작 일곱 살 많은 영국 남자와 부부가 된 엄마는 몸을 가누기도 거북해 보일 정도로 어마어마하게 체중이 불어나 있었다. 옆에 서서 가짜 영국식 억양으로 이야기하는 엄마를 나도 모르게 물끄러미 쳐다보았다. 엄마가 유럽으로 이주한 지 7년 정도 되었지만 그 동안 엄마를 만난 횟수는 손에 꼽을 정도였다.

책이 든 수많은 상자를 절반 정도 옮겼을 때 엄마가 햄버거를 먹고 싶다는 이야기를 꺼냈다. "맥주도 곁들여서 말이지." 계단에서 스쳐가면서 이렇게 덧붙이기도 했다. 아직 정오도 채 되지 않은 시간이었지만 엄마는 휴가라도 온 기분이었는지 일찍부터 낮술을 마시고 싶은 모양이었다. 엄마는 야외 테이블이 있는 사이렌스라는 시내 술집에 가자고 제안했다. 나도 입에 침이 고였다. 벌써 몇 달째 외식이라고는 해보질 못한 처지였다.

"짐을 다 옮기고 나면 일하러 가야 하지만 점심은 먹을 수 있을 거야." 나는 45달러를 받으면서 일주일에 한 번씩 친구가 운영하는 유치원을 청소하고 있었다. 그날은 트럭을 반납하고 제이미의 집에서 미아도 데려와야 했다.

그날 엄마는 자기 친구의 창고에 보관해뒀던 오래된 사진과 잡동사니가 든 커다란 통 몇 개를 꺼내왔다. 엄마는 선물이라며 그 통들을 전부 내가 이사할 집으로 가져왔고 나는 추억을 되새기고 엄마와 함께했던 시절의 증거로 남겨두기 위해 기꺼이 그 선물을 받았다. 내 학창시절 증명사진과 핼러윈 사진들이 전부 보관돼 있었다. 내가 처음으로 잡은 물고기를 들고 있는 사진, 학교 뮤지컬이 끝난 후 꽃다발을 안고 있는 사진. 엄마는 관중석에서 카메라를 들고 미소지으며 나를 응원해주었다. 이제 엄마는 나를 동등한 또 한 명의 어른으로만 대했지만, 나는 그 어느 때보다도 방향을 찾지 못했다. 나에게는 가족이 필요했다. 고개를 끄덕이고 웃으며 이제 다 괜찮아질 것이라고 안심시켜주는 가족을 만나고 싶었다.

윌리엄이 화장실을 쓰러 올라왔을 때 나는 엄마와 나란히 바닥에 앉아 있었다.

"있잖아, 엄마."

"뭔데?"

엄마는 마치 내가 무언가를 부탁이라도 할 것처럼 대답했다. 항상 내가 혹시 돈을 달라고 요구할까봐 엄마가 불안해한다고 느꼈지만, 사실 한 번도 엄마에게 손을 벌린 적이 없었다. 엄마와 윌리엄의 유럽 생활도 그리 넉넉지 않았는데, 둘은 런던에 있는 윌리엄의 아파트를 세 주고 프랑스 보르도 근처의 작은 시골집을 민박집으로 개조해서 살고 있었다.

"엄마랑 나랑 둘이서만 시간 좀 보내면 어떨까? 그냥 우리 둘만 말이야."

"스테퍼니, 그건 좋은 생각이 아닌 것 같아."

"왜?" 나는 자세를 바로 하며 물었다.

"내 말은, 나랑 시간을 보내려면 윌리엄도 같이 있어야 한다고."

바로 그때 윌리엄이 손수건으로 요란하게 코를 풀면서 우리 쪽으로 다가왔다. 엄마는 윌리엄의 손을 잡고는 눈썹을 추켜세우며 나를 바라보았다. 마치 딸에게 분명하게 선을 긋는 자신이 자랑스럽다는 듯이.

내가 윌리엄을 별로 좋아하지 않는다는 건 공공연한 사실이었다. 몇 년 전 프랑스에 있는 두 사람의 집을 방문했을 때 윌리엄과 내가 대판 말싸움을 벌이는 바람에 엄마는 화가 머리끝까지 나서 자동차에 홀로 틀어박혀 울음을 터뜨렸다.

단순히 미아를 키우는 데 도움을 받을 사람이 필요했다기보다는 이번 만남을 통해 엄마와의 소원해진 관계를 바로잡고 싶었다. 신뢰할 수 있는, 비록 내가 노숙인 쉼터에서 살더라도 무조건적으로 나를 감싸줄 엄마가 나에게는 절실히 필요했다. 만약 허심탄회하게 이야기 나눌 수 있는 엄마가 내게 있다면, 내 상황을 있는 그대로 이야기해줄 엄마가 있다면, 내가 스스로를 좀더 쉽게 받아들이고 내 인생을 실패했다고 여기지 않을지도 모를 일이었다. 내 상황이 그 정도로 절박하다는 걸 인정하기가, 다른 사람도 아닌 친엄마의 관심을 갈구하는 상황이 너무나 힘들었다. 그래도 나는 윌리엄이 농담을 할 때마다 웃어주었다. 윌리엄이 미국식 문법을 놀릴 때마다 미소를 지었다. 엄마의 새로운 억양에 토를 달지 않았고, 외할머니가 어려운 형편 때문에 과일 통조림과 인스턴트 휘핑크림 쿨휩Cool Whip으로 샐러드를 만들어준 일은 다 잊은 양 엄마가 도도하게 행동한다는 사실도 언급하지 않았다.

엄마와 아빠는 시애틀에서 북쪽으로 1시간 정도 거리의, 드넓은 튤립 꽃밭으로 유명한 스카짓 카운티에서 자랐다. 두 사람 다 뼛속까지 가난한 집안 출신이었다. 아빠의 가족은 클리어 호수 위쪽의 나무가 무성한 비탈 지역 깊숙한 곳에 터전을 잡았다. 아빠의 먼 친척들은 아직도 밀주를 담근다는 소문이 돌았다. 엄마는 완두콩과 시금치 밭 아래쪽 계곡에서 살았다.

외할머니와 외할아버지는 40년 가까이 결혼생활을 유지하고 있었다. 두 분에 대한 가장 오래된 기억은 작은 개울 옆 숲속에 세워놓은 트레일러에서 시작된다. 부모님이 낮에 일하러 나간 동안 나는 그곳에서 놀았다. 외할아버지는 점심으로 원더브레드 식빵에 마요네즈와 버터를 바른 샌드위치를 만들어주셨다. 형편이 넉넉지 않았지만, 외할아버지와 외할머니를 떠올리면 사랑과 따뜻함으로 마음이 가득 차오른다. 외할아버지가 캠벨 통조림 토마토수프를 난로에 올려놓고 휘휘 젓는 동안 외할머니는 한 손에 탄산음료를 들고 홍학처럼 한쪽 다리를 반대쪽 허벅지에 대고 외다리로 서 있었다. 곁에 놓인 재떨이에서는 항상 담배 연기가 가늘게 피어올랐다.

두 분은 도시로 이주하여 애너코르테스 시내 근처의 오래된 집에서 살았지만 세월이 흐르며 집이 너무나 낡아 더이상 살 수 없는 지경에 이르렀다. 부동산 중개인으로 일했던 외할아버지는 고객에게 집을 보여주는 사이사이에 손녀에게 주려고 샀거나 볼링장의 인형뽑기 기계에서 뽑은 작은 장난감을 들고 불쑥 현관에 들이닥치곤 했다.

어렸을 때는 외갓집에 가지 않는 날이면 외할머니에게 전화를 걸었다. 외할머니와 얼마나 오래 전화로 수다를 떨었던지 옛날 사진을 모아놓은 통에는 커다란 노란색 전화기를 들고 부엌에 서 있는 네다섯 살 때의 내 사진이 몇 장이나 남아 있을 정도다.

외할머니는 조현병을 앓았기 때문에 갈수록 할머니와 제대로 대화를 나누기가 거의 불가능해졌다. 망상도 시작됐다. 미아와 함께 마지막으로 두 분의 집에 찾아갔을 때 우리는 식료품 구매권으로 산 파파머피 피자를 가져갔다. 두꺼운 검은색 아이라인을 그리고 핫핑크색 립스틱을 바른 외할머니는 우리가 그곳에 머무는 시간 내내 담배를 피우며 밖에 서 있었다. 미아와 나는 피자도 먹지 못하고 외할아버지가 집에 오실 때까지 기다려야 했다. 외할아버지가 집에 도착하자 외할머니는 배가 고프지 않다면서 외할아버지가 바람을 피우고 있다고 추궁하는가 하면, 심지어 나에게 추파를 던진다고 우기기까지 했다.

그러나 애너코르테스는 내 어린 시절의 추억이 깃든 곳이었다. 가족과의 유대가 점점 더 희미해져가기는 했지만, 항상 미아에게 디셉션패스 주립공원의 보먼베이 구역에 대해 이야기해주곤 했다. 피델고 섬과 위드비 섬을 가르는 대양에 자리잡은 좁은 해로로, 어렸을 때 아빠를 따라 하이킹을 가던 곳이었다. 높이 치솟은 상록수와 마드론 나무로 빽빽한 워싱턴 주의 그 자그마한 지역은 나에게 유일하게 집처럼 느껴지는 곳이었다. 그곳 구석구석 돌아다니며 모든 산책로를 익혔고 해류의 미묘한 차이를 알게 됐으며, 붉은빛이 도는 구불구불한 주황색 둥지에 내 이름의 머리글자를 새겨놓은 마드론 나무가 어디 있는지도 정확히 찾아낼 수 있었다. 애너코르테스에 갈 때마다 디셉션패스 다리 아래에 있는 해변을 거닐었고, 절벽을 따라 늘어선 커다란 집들을 지나서 로사리오로드의 긴 거리를 걸어 집으로 돌아오곤 했다.

나는 가족이 그리웠지만 엄마와 외할머니가 일요일마다 여전히 안부를 주고받는다는 데서 위안을 찾았다. 엄마는 유럽 어디에 있든 외할머니에게 전화를 했다. 엄마가 남겨두고 떠난 사람들에 대한 기억을 아직도 일부나마 가지고 있으며 내가 엄마를 완전히 잃어버리지는 않았다고 생각하면 조금이나마 위로가 되었다.

—

사이렌스의 종업원이 점심값 계산서를 가지고 왔을 때 엄마는 맥주를 한잔 더 주문했다. 시간을 확인했다. 미아를 데리러 가기 전에 유치원을 청소하려면 2시간은 필요했다. 엄마와 윌리엄이 프랑스 이웃들의 괴상한 일화를 신나게 이야기하는 모습을 15분 정도 더 지켜보다가 이제 그만 가봐야 한다고 말했다.

"아, 그래?" 윌리엄은 눈썹을 치켜들며 말했다. "점심값 계산할 수 있게 종업원을 불러줄까?"

나는 윌리엄을 빤히 쳐다보다가 말했다. "제가 돈 안 내요." 우리는 대치하듯 서로를 바라보았다. "점심값 낼 돈 없어요."

물론 엄마와 윌리엄이 이사를 도와주러 방문한 셈이기 때문에 점심을 대접하는 게 맞았을지 모르지만, 어쨌든 두 사람은 내 부모였다. 윌리엄에게 내가 얼마 전까지 노숙인 쉼터에서 살았다는 걸 상기시키고 싶은 마음이 굴뚝같았지만 꾹 참고 애원하는 눈빛으로 엄마를 바라보았다. "맥줏값은 내 카드로 낼 수 있어." 엄마가 제안했다.

"은행 계좌에 10달러 몇 센트밖에 없어." 목에 탁 걸린 무언가가 점점 커지는 기분이었다.

"그 돈으로는 네가 먹은 햄버거 값밖에 못 내잖아." 윌리엄이 내뱉었다.

그 말이 맞았다. 내가 먹은 햄버거는 팁 포함 10달러 59센트였다. 나는 내 은행 잔고보다 딱 28센트 싼 음식을 주문했다. 수치심으로 심장이 쿵쿵 뛰었다. 드디어 노숙인 쉼터에서 탈출했다는 성취감이 순식간에 박살났다. 나는 빌어먹을 햄버거 하나조차 사 먹을 돈이 없었다.

엄마를 쳐다보다가 다시 윌리엄을 보고는 화장실에 다녀오겠다며 일어섰다. 화장실을 쓰고 싶은 것은 아니었다. 마음껏 울 장소가 필요했다.

거울에 비친 나는, 뼈만 남은 앙상한 몸에 아동복 사이즈의 티셔츠와 딱 붙는 청바지를 걸치고 있었고, 터무니없이 짧은 청바지 길이를 감춰보려고 밑단을 접은 상태였다. 거울 속에는 뼈빠지게 일해도 수중에 돈 한푼 없어서 빌어먹을 햄버거 하나 못 사 먹는 여자가 서 있었다. 너무 스트레스가 심해서 식욕조차 없는 날이 부지기수였고, 식사 시간이라고 해봤자 미아가 숟가락으로 음식을 입에 넣는 모습을 지켜보며 아이가 한입 먹을 때마다 감사해하는 것으로 끼니를 대신하는 경우가 많았다. 내 몸은 야위고 퀭해 보였다. 나에게 남은 것이라고는 화장실에서 마음껏 우는 일뿐이었다.

미래를 그려보던 몇 년 전만 해도 가난은 나의 현실과는 너무나 동떨어진, 상상할 수도 없는 일처럼 느껴졌다. 이렇게 나락으로 떨어질 거라고 상상조차 못했다. 그러나 지금, 아이를 낳고 아이의 생부와 헤어진 나는 어떻게 빠져나가야 할지 모르는 현실 한가운데에 내동댕이쳐진 상태였다.

화장실에서 돌아왔을 때 윌리엄은 작은 용이라도 되는 것처럼 여전히 씩씩 콧김을 뿜으며 앉아 있었다. 엄마는 윌리엄 쪽으로 몸을 기대고는 뭐라고 속삭였고 윌리엄은 안 된다는 식으로 머리를 가로저었다.

"내가 10달러를 낼게." 나는 이렇게 말하며 앉았다.

"알았어." 엄마가 말했다.

엄마가 그 돈을 진짜 받을 것이라고는 생각지 않았다. 월급을 받으려면 아직 며칠이나 더 기다려야 했다. 가방을 뒤적여서 지갑을 찾은 후 카드를 든 엄마 손에 내 카드를 건네주었다. 계산서에 서명을 하고 일어나서 카드를 뒷주머니에 쩔러넣은 후 엄마와 제대로 작별의 포옹도 하지 않고 자리를 떴다. 식탁에서 몇 걸음 떼지도 않았을 때 윌리엄의 볼멘소리가 들려왔다. "와, 저렇게 뻔뻔한 사람은 처음 봤네!"

2장

악몽의 캠핑카

—

1983년 크리스마스에 나는 부모님에게 양배추인형●을 선물받았다. 엄마는 JC페니 백화점 개점 몇 시간 전부터 줄을 서서 기다렸다. 백화점 담당자들은 떼 지어 계산대로 몰려드는 고객들을 막기 위해 야구방망이를 사람들 머리 위로 치켜들고 있었다. 엄마는 싸움꾼처럼 양옆 쇼핑객을 팔꿈치로 밀친 다음 다른 사람이 가로채기 직전 진열대에 남은 마지막 인형 상자를 잡아챘다. 어쨌든 엄마가 들려준 이야기는 그랬다. 나는 눈을 동그랗게 뜨고 그 이야기를 들으며 엄마가 나를 위해 싸웠다는 사실을 마음껏 즐겼다. 엄마는 영웅이었다. 승리자였다. 모든 아이들이 가지고 싶어하는 인형을 사다준 사람이었다.

크리스마스 날 아침에 나는 꼬불꼬불하고 짧은 금발머리에 초록색 눈을 한 새 양배추인형을 내 자그마한 엉덩이에 걸쳐 업었다. 나는 엄

—————
●   1980년대 초 미국에서 크게 유행하여 품귀 현상을 빚은 인형.

마 앞에 서서 오른손을 들고 맹세했다. "양배추인형을 만나서 이 아이에게 무엇이 필요한지 알게 되었으므로 나는 앤절리카 마리의 좋은 부모가 되겠다고 엄숙히 다짐합니다." 그다음 입양동의서에 서명을 했는데, 이 특이한 절차가 바로 양배추인형의 인기 요인이었다. 양배추인형은 가족의 가치를 설파하고 책임감을 장려했다. 내 이름이 인쇄된 양배추인형의 출생신고서를 받았을 때 엄마는 이 이벤트를 위해 깨끗하고 예쁜 옷으로 단장한 앤절리카와 나를 자랑스럽게 안아주었다.

———

내가 기억하는 한 나는 항상 작가가 되고 싶었다. 성장기 때는 소설을 끄적거리기도 했고 오래된 친구를 만난 것처럼 책과 함께 어디론가 사라지곤 했다. 휴일을 보내는 방법 중 내가 좋아하는 건, 비 오는 날 아침 카페에서 새 책을 꺼내들어 그날 저녁 느지막이 술집에서 그 책을 끝내는 것이었다. 이십대 후반으로 접어들던 여름에 제이미를 만났고, 바로 그 시기에 미줄라에 위치한 몬태나 대학이 문예창작학과 홍보 엽서로 나를 유혹했다. 나는 스타인벡의 『찰리와 함께한 여행Travels with Charley』에 등장하는 문구가 근사한 서체로 새겨진 어딘가에서 몬태나의 목가적인 풍경 속을 걷는 내 모습을 상상했다. "하지만 몬태나와 사랑에 빠졌다"라는 스타인벡의 간결한 문장이 인생의 다음 장을 펼쳐갈 보금자리를 찾던 나를 '빅 스카이 컨트리•'로 이끌었다.

나는 동료들과 함께 마감 근무를 마치고 술집에 들렀다가 집으로 걸어오는 길에 제이미를 만났다. 거의 자정이 다 된 시간이었고 풀숲에서는 한여름의 귀뚜라미가 울었다. 밤늦게까지 땀을 흘리고 춤을 춘 통에 모자가 달린 트레이닝복 상의를 허리에 묶어둔 참이었다. 집에 돌아가려면 자전거를 타고 꽤 먼 거리를 달려야 한다는 생각에 상의를 손에 들었다. 내가 입은 칼하트 바지의 앞쪽에는 당시 일하던 카페에서 묻은 작은 에스프레소 얼룩들이 있었고, 입안에는 마지막으로 홀짝거린 위스키 맛이 남아 있었다.

신선한 바람이 부는 밖으로 나오자 공원 벤치 쪽에서 부드러운 기타 소리가 들렸고, 절대 헷갈릴 리 없는 뮤지션 존 프라인의 목소리가 이어졌다. 가만히 서서 그 곡이 무엇인지 떠올리는 동안 MP3 플레이어와 휴대용 스피커를 무릎에 올려둔 한 남자가 눈에 들어왔다. 빨간색 플란넬 외투를 입고 갈색 페도라 모자를 쓰고 구부정하게 앉은 그 남자는 음악에 심취하여 부드럽게 고개를 아래위로 끄덕이고 있었다.

무슨 생각을 할 겨를도 없이 그 남자 옆에 앉았다. 위스키의 얼근한 기운에 아직도 가슴이 울렁거렸다. "안녕." 나는 말을 걸었다.

"안녕." 남자는 이렇게 말하며 나를 보고 웃었다.

우리는 한동안 그대로 앉아서 그가 가장 좋아하는 노래를 들으며 포트타운젠드 시내 거리의 강둑에서 밤공기를 마셨다. 부둣가를 찰싹거리는 파도 위로 벽돌로 지은 빅토리아풍 건물들의 그림자가 높이 솟아 있었다.

•   Big Sky Country, 빼어난 자연경관을 자랑하는 몬태나 주의 별칭.

집에 가기 위해 자리에서 일어나면서 새로운 남자를 만났다는 기대감에 차서 수첩 한 장에 내 전화번호를 적은 다음 찢어냈다.

"언제 한번 만날래?" 나는 이렇게 물으며 종이를 내밀었다. 남자는 나를 올려다본 다음 떠들썩하게 웃으며 사이렌스에서 나오는 사람들 쪽으로 시선을 돌렸다. 그는 내 손에서 종이를 가져간 다음 나를 보면서 고개를 끄덕였다.

다음날 저녁 시내 쪽으로 운전해 가던 도중에 전화벨이 울렸다.

"지금 어디 가는 길이야?" 그가 물었다.

"시내에 가고 있어." 핸들을 조작하면서 전화기를 들고 있기 어려워 저속 기어로 바꾼 뒤 차의 방향을 휙 틀었다.

"페니세이버 마켓 밖에서 만나는 게 어때." 그는 그러더니 전화를 끊었다.

약 5분 후 주차장에 도착했다. 전날 밤과 똑같은 옷을 입은 제이미는 여기저기 납땜 자국이 있는 빨간색 폭스바겐비틀 뒤쪽에 등을 기댄 채 나를 기다리고 있었다. 그가 조용하게 미소를 짓자 어젯밤 어둠 속에서는 미처 눈치채지 못했던 덧니가 눈에 들어왔다.

"맥주나 좀 마실까." 제이미는 잎담배 꽁초를 길바닥에 던지면서 이렇게 제안했다.

제이미는 새뮤얼스미스 흑맥주 두 병을 샀고, 우리는 나란히 그의 폭스바겐을 타고 일몰을 보기 위해 절벽 쪽으로 달려갔다. 그가 이야기를 하는 동안 나는 조수석에 놓여 있던 『뉴욕타임스 북 리뷰』를 훑어보았다. 제이미는 101번 고속도로를 타고 태평양 연안을 달려서 샌

프란시스코까지 향하는 자전거 일주 계획을 들려주었다.

"직장에는 이미 휴가를 냈어." 제이미는 나를 흘낏 보며 말했다. 그의 눈은 나보다 훨씬 더 진갈색이었다.

"직장이 어딘데?" 음악 취향 외에는 그에 대해 아무것도 모른다는 사실을 깨달으며 이렇게 물었다.

"파운틴 카페." 그는 담배를 한 모금 빨아들였다. "거기서 부주방장으로 일했어. 하지만 지금은 그냥 디저트만 만들어." 제이미가 숨을 내쉬자 길게 피어오른 연기가 절벽 위로 사라졌다.

"티라미수도 만들어?" 나는 어설프게 담배를 말던 손을 멈추고 이렇게 물었다.

그는 고개를 끄덕였고, '이 사람과 결국 자겠구나' 싶어졌다. 그 카페의 티라미수는 그 정도로 끝내줬다.

며칠 뒤 제이미는 처음으로 나를 자기가 사는 캠핑카에 데려갔다. 목재로 만든 내부와 주황색 빈백 의자, 그리고 책들이 빼곡히 꽂힌 선반을 구경하면서 캠핑카 안 작은 공간에 서 있었다.

주위를 둘러보는 걸 제이미가 눈치채고는 더듬더듬 사과를 하더니 캠핑카에서 사는 것은 그저 자전거 여행을 준비하면서 돈을 절약하기 위해서일 뿐이라고 설명했다. 그러나 식탁에 쌓여 있는 책들 사이에서 찰스 부코스키와 장폴 사르트르의 이름을 발견한 나에게는 캠핑용 트레일러의 외관 따위는 아무런 상관이 없었다. 나는 즉시 몸을 돌려 제이미에게 키스했다.

제이미는 나를 천천히 흰 시트가 깔린 침대 쪽으로 이끌었다. 세상에 우리 둘만 존재하는 것처럼 몇 시간이나 키스를 했다. 그는 나를 꼭 안아주었다.

제이미와 나는 때가 되면 각자의 길을 가기로 계획을 세웠다. 나는 미줄라로, 그는 오리건 주 포틀랜드로. 제이미가 돈을 절약할 겸 자기 트레일러로 이사 오면 어떻겠느냐고 제안했을 때 바로 그의 말을 따랐다. 6미터 길이의 캠핑용 트레일러였지만 임대료는 150달러에 불과했다. 우리의 관계는 명확한 끝이 정해져 있었고 각자 이곳을 탈출한다는 목표를 이룰 수 있도록 서로를 도와주는 관계였다.

포트타운젠드의 노동자들 대부분은 따뜻한 계절에 무리지어 몰려오는 관광객이나 주머니 사정이 넉넉한 행락객을 상대하는 서비스업계에 종사하고 있었다. 관광객들을 가득 태운 페리는 해안가의 울창한 우림과 온천으로 향하는 관문인 반도로 향했다. 부둣가에 늘어선 빅토리아풍의 대저택, 상점, 카페가 이 도시의 주수입원이었으며 많은 주민들의 생계가 여기 달려 있었다. 그렇다고는 해도 이곳의 경제 규모는 그다지 큰 편이 아니라서 사업이라도 시작하지 않는 한, 포트타운젠드에 사는 평범한 노동자가 보다 나은 미래를 위해 할 수 있는 일은 많지 않았다.

이곳 터줏대감들 상당수는 이미 든든한 미래를 준비해놓은 상태였다. 1960년대 후반에서 1970년대 초반에 걸쳐 한 무리의 히피들이 포트타운젠드로 이주해왔다. 당시 거의 유령도시였던 이곳은 주민 대부분을 고용한 어느 제지공장 덕분에 근근이 유지되고 있었다. 포트타운젠드는 서부에서 손꼽히는 항구도시로 성장할 것이라는 전망을 토대로 세워졌지만, 대공황 때문에 자금이 부족해져 철도 노선이 시애틀과 터코마로 우회해버리면서 계획이 무산되었다. 현재 나의 고용주와 단골손님이 된 당시의 히피들은 거의 백년간 버려진 상태로 무너져가던 빅토리아풍의 대저택을 매입했다. 이들은 수년에 걸쳐 건물을 보수하여 역사적인 기념물로 보존했으며, 도시 환경을 개선하고 빵집과 카페, 맥주 양조장, 술집, 식당, 식료품점, 호텔을 지었다. 포트타운젠드는 나무로 만든 목선들이 정박하는 항구로 유명세를 탔고, 정식 학교 설립과 연례 축제가 이어졌다. 마을의 재건을 위해 전력을 다했던 터줏대감들은 이제 일선에서 한 걸음 물러나 여유로운 삶을 즐기는 중산층으로 안착했다. 나 같은 서비스업 종사자들은 비좁은 조립식 주택이나 가건물, 또는 원룸 아파트에 살면서 다양한 방식으로 일하며 이들에게 서비스를 제공했다. 올림픽 산맥 덕분에 강우량이 적어서 끝내주는 날씨를 누릴 수 있었고, 페리 한 번이면 시애틀에 닿을 수 있는 호젓한 예술인 마을인 이곳이 좋았다. 만灣 지역의 조용한 바다와, 북적이는 식당에서 일하면서 땀흘리는 생활 방식도 좋았다.

제이미와 나는 둘 다 카페에서 일하며 젊음과 자유를 만끽했다. 우리 둘은 서로가 더 나은 미래를 위해 노력한다는 걸 알고 있었다. 제이미는 친구의 케이터링 사업을 도와주는가 하면 세금을 내지 않고 돈을 벌 수 있는 부업을 닥치는 대로 찾아서 했다. 나는 카페뿐만 아니라 반려견을 돌보는 아르바이트를 겸했고 농산물 직판장에서 빵을 팔았다. 우리 둘 다 대학 학위가 없었고 제이미는 심지어 고등학교 졸업장조차 없다고 털어놓았다. 돈을 벌기 위해 우리는 무슨 일이든 했다.

제이미는 여느 식당 직원들처럼 오후 느지막한 시간부터 늦은 밤까지 근무했기 때문에 대부분의 경우 제이미가 집에 올 때면 술집에서 놀다 들어와서 약간 취한 상태였던 나는 이미 잠에 빠져 있었다. 가끔은 시내에 가서 제이미를 만나, 팁으로 받은 돈을 맥주 몇 잔에 써버리기도 했다.

그러다 내가 임신했다는 걸 알게 되었다. 한바탕 입덧을 한 후 가슴이 철렁 내려앉았다. 세상이 점점 쪼그라들다가 갑자기 멈춰버린 것 같았다. 배를 살펴보기 위해 상의를 걷어올리고 화장실 거울 앞에 한참을 서 있었다. 내 스물여덟번째 생일날 임신한 게 틀림없었다. 그날은 제이미가 자전거 여행을 떠나기 바로 전날이기도 했다.

아이를 낳기로 결정한다면 포트타운젠드에 남아야 한다고 생각했다. 임신을 비밀로 한 채 미줄라로 간다는 계획을 강행할까 생각도 해봤지만 현실적으로 가능성이 전혀 없어 보였다. 최소한 제이미에게 아빠가 될 기회를 주어야 했다. 그런 기회조차 빼앗는다는 건 옳지 않다고 느꼈다. 하지만 여기 머물기로 결정하는 건 작가가 되고 싶다는 꿈을 유예한다는 의미였다. 내가 원하는 바로 그 모습을 이루는 순간이 한참 늦춰지는 셈이었다. 새 출발을 해서 지금보다 좀더 나은 사람이 될 날도 요원해진다. 정말 그 꿈을 포기하고 싶은 것인지 확신할 수 없었다. 피임을 하고 있었고 임신중지가 잘못된 일이라고 생각하지도 않았지만, 어쩌면 어린 나이에 임신을 했던 우리 엄마도 지금의 나처럼 배를 쳐다보면서 내 생명을 놓고 선택을 고민했을지 모른다는 생각이 머릿속을 떠나지 않았다.

다른 길을 택하고 싶은 마음이 간절했지만, 그후 며칠이 지나자 마음이 좀 편안해지면서 엄마가 된다는 생각에 행복해지기 시작했다. 제이미에게 임신 사실을 털어놓자 제이미는 즉시 자전거 여행을 중단하고 돌아왔다. 처음에는 중절을 하자며 상냥하게 나를 달랬지만 내가 아이를 낳겠다고 하자 순식간에 태도가 돌변했다. 제이미를 알고 지낸 지 고작 네 달밖에 되지 않았지만 돌연 나를 향해 분노와 증오를 쏟아붓는 그의 모습이 너무나 두려웠다.

어느 날 오후, 제이미는 트레일러에 불쑥 들어오더니 TV 옆에 있는 붙박이 소파에 앉아 〈모리 포비치 쇼〉에서 친부 확인 검사를 공개하는 장면을 보던 내 근처에서 닭고기 수프를 먹었다. 제이미는 나를 쳐다보며 서성거리다가 TV 속의 남성과 똑같은 말투로 자기 이름이 아이의 출생신고서에 오르는 상황이 달갑지 않다고 소리를 질렀다. "그 망할 애새끼 양육비만 달라고 해봐." 제이미는 내 배를 손가락질하며 이 말을 되풀이했다. 제이미가 이렇게 불을 뿜으며 말할 때면 언제나 그래왔듯이 무언가를 던지지 않기만을 바라며 조용히 입을 다물고 있었다. 하지만 이번만큼은 제이미가 크게 고함을 지를수록, 지금 실수하는 거라며 더욱 심하게 화를 내며 나에게 윽박지를수록, 뱃속 아이에 대한 애착이 깊어지고 아이를 보호해야겠다는 생각이 강해졌다. 제이미가 나간 뒤 떨리는 목소리로 아빠에게 전화를 걸었다.

"내가 지금 올바른 결정을 하는 걸까?" 나는 제이미가 한 말을 들려준 후 아빠에게 물었다. "정말로 잘 모르겠어. 하지만 아이를 낳는 결정은 어느 정도 확신이 들어야 하지 않을까. 더이상 뭐가 뭔지 모르겠어."

"제기랄." 아빠는 그러고는 잠시 침묵했다. "제이미가 자기가 한 일에 제대로 책임을 졌으면 좋겠는데." 아빠는 다시 한번 말을 멈추었다. 아마도 내 대답을 기다리는 모양이었지만 나 역시 할말이 없었다. "너 임신했다는 걸 알았을 때 네 엄마와 나도 똑같았다는 거 너도 알지? 심지어 우리는 십대였고 너도 알다시피 모든 게 완벽하지는 않았단다. 완벽 근처도 간 적이 없었던 것 같아. 우리는 도대체 무슨 일을 하려는 건지, 아니 정말 그게 옳은 일인지도 몰랐어. 하지만 너, 네 동생, 나, 그리고 네 엄마 모두 괜찮잖아. 우리 모두 그럭저럭 잘살고 있어. 너랑 제이미, 그리고 네 뱃속의 아이도 괜찮을 거라고 확신한다. 네가 상상했던 거랑은 다를지도 모르겠다만."

아빠와 통화를 하고 나서 가만히 앉아 창밖을 내다보았다. 나는 숲속 커다란 상점 옆의 캠핑카에서 산다는 현재의 상황 때문에 미래에 대한 꿈을 놓지 않으려고 노력했다. 나 스스로에게 전과는 다르게 말하기 시작했고, 마음속에서 의구심이 솟아나도 다독였다. 어쩌면 제이미가 마음을 고쳐먹을지도 모른다. 어쩌면 시간이 조금 필요할지도 모른다. 만약 제이미가 태도를 바꾸지 않는다 해도 어떻게든 상황에 맞서 나가기로 마음먹었다. 정확히 어떻게 해야 하는지는 몰랐지만. 제이미와 함께 아이를 키운다는 전제하에 판단을 내릴 수는 없었지만 최소한 제이미에게 아빠가 될 기회는 주어야 한다고 생각했다. 내 아이에게도 그 정도의 권리는 있었다. 이상적인 상황은 아니었지만, 세상 모든 부모들이 수 세대 동안 해온 대로 부모의 임무를 다할 것이다.

어떻게든 해낼 테다. 그 점에는 의심의 여지가 없었다. 다른 선택지도 없었다. 나는 이제 엄마였다. 남은 생에 엄마로서의 책임을 영광으로 여길 것이다. 나는 자리에서 일어나 대학 지원서를 찢어버리고 일터로 향했다.

3장
온갖 소리가 들리는 임시 주택

—

엄마 아빠는 내가 일곱 살 때 친척들이 모여 살던 워싱턴 주를 떠나, 알래스카 주 앵커리지 추가치 산맥 기슭의 작은 언덕에 자리잡은 집에서 살았다. 당시 우리 가족이 다니던 교회에서는 노숙인과 저소득 계층을 위한 몇몇 봉사활동 프로그램을 운영하고 있었다. 명절 때면 도움이 필요한 이웃들에게 선물을 전달했는데 어렸을 때는 이 일이 무엇보다 좋았다. 일요일 예배가 끝나면 엄마는 나와 동생에게 교회 입구 크리스마스트리에 걸린 종이로 만든 천사를 하나씩 고르라고 했다. 우리는 브런치를 먹은 다음 쇼핑몰에 가서 이름 모를 우리 또래의 여자아이나 남자아이에게 줄 새 장난감, 잠옷, 양말, 신발 같은 선물을 골랐다.

한번은 엄마와 함께 어느 가족에게 저녁식사를 전달하는 봉사활동을 한 적이 있었다. 한 남자가 우중충한 아파트 문을 열었고, 우리가 정성스럽게 포장한 선물을 건네줄 때까지 기다렸다. 그 남자는 짙은

색의 굵은 머리카락에 구릿빛 피부였으며 흰색 티셔츠 차림이었다. 내가 남자에게 선물 꾸러미를 주자 엄마는 칠면조, 감자, 채소 통조림이든 상자를 건넸다. 남자는 고개를 꾸벅하더니 조용히 현관문을 닫았다. 나는 잔뜩 실망해서 그곳을 떠났다. 그 남자가 우리를 안으로 들여보내주리라 생각했고, 내가 직접 고른 선물을 그 집 어린 딸이 풀어보는 것을 도와주면서 아이가 얼마나 행복해하는지 보고 싶었다. "이 반짝반짝 빛나는 새 구두가 신발가게에서 제일 예뻤어." 이렇게 말해주고 싶었다. 왜 그 여자애 아빠는 딸에게 줄 선물을 받고도 별로 기뻐하지 않을까 의아했다.

십대 때는 가끔씩 오후에 앵커리지 시내에 가서 점심이 담긴 봉투를 노숙인들에게 나눠주었다. '간증'을 하고 그들과 복음을 나누기 위한 활동을 펼쳤다. 노숙인들은 우리 이야기에 귀를 기울이는 대가로 사과와 샌드위치를 받았다. 내가 "예수님은 당신을 사랑하십니다"라고 말하자 어떤 남자가 나를 보고 웃으며 말했다. "그분은 아마 너를 조금 더 사랑하시는 모양이네." 멕시코 바하의 고아원이나 시카고의 어린이 성경캠프에 참가할 돈을 모으기 위해 세차 아르바이트를 하기도 했다. 일자리와 안전한 주거지를 필사적으로 찾는 지금의 내 처지에서 생각해보면, 어렸을 때 했던 그러한 봉사는 고귀한 일이기는 했지만 자선활동을 명목으로 가난한 사람들을 희화화하는 행위나 임시방편에 불과했다. 크리스마스트리에 달린 익명의 종이 천사처럼 말이다. 현관문을 열어줬던 남자, 내게 작은 선물 꾸러미를 건네받았던 그 남자가 떠올랐다. 이제는 내가 현관문을 열고 구호품을 받는 신세가 되었다. 나는 새 장갑이나 장난감처럼 가족에게 내가 제공해줄 수 없는 것을 소소하게 적선받고, 선물을 주는 사람들은 자기만족감을 얻는다. 하지만 '의료보험'이나 '육아'를 받고 싶은 선물 목록에 적을 수는 없었다.

우리 부모님은 조부모님이 거주하는 워싱턴 주 북서쪽 고향에서 수천 킬로미터 떨어진 곳에서 동생과 나를 키웠기 때문에, 나는 일반적으로 중산층 미국 가정이라고 여기는 환경에서 성장했다. 기본적인 의식주가 부족하지는 않았지만 무용이나 가라테 수업처럼 돈이 많이 드는 교육은 받을 수 없었고, 부모님이 우리 남매의 대학 등록금을 따로 저축할 여유도 없었다. 나는 상당히 일찍 돈의 중요성을 알아차렸다. 열한 살 때 베이비시터를 시작했고 그후 거의 항상 한두 가지 일은 하며 살았다. 나는 뼛속까지 노동자였다. 그러나 남동생과 나에게는 종교와 부모님이 제공하는 안정이라는 보호막이 있었다.

안전하다는 느낌은 내 안에 뿌리내려 있었다. 나는 안전했고 단 한 번도 거기에 의문을 품지 않았다. 더이상 그렇지 않다는 걸 깨닫기 전까지는.

—

미아를 데리고 아빠와 새엄마 샬럿과 함께 살고 싶다고 말하자 제이미는 눈을 가늘게 떴다. 미아는 아직 7개월도 되지 않았지만 분노로 폭발하는 제이미의 모습을 너무나 많이 목격했다. 제이미의 폭언과 파괴적인 행동은 나에게도 트라우마였다.

"인터넷에서 찾아봤어." 나는 이렇게 말하며 미아의 엉덩이를 받친 상태로 주머니에 든 종이 한 장을 꺼냈다. "자녀 양육비 계산기로 계산해봤더니 충분히 납득할 만한 금액이 나오더라고."

제이미는 매섭게 나를 뚫어지게 쳐다보더니 내 손에서 종이를 낚아채 구겨버리고 내 얼굴에 던졌다. "내가 왜 네 아이 양육비를 내야 하지." 그는 차분하게 말했다. "양육비는 네 책임이야!" 왔다갔다 서성거리며 제이미의 목소리는 점점 더 커졌다. "가긴 어딜 가." 그는 미아를 가리키며 말했다. "내가 눈 깜짝할 사이에 재를 어디로 보내버릴 거야. 넌 아마 미쳐버릴걸." 제이미는 그러더니 몸을 휙 돌려 밖으로 나가면서 화를 참지 못하고 문에 달린 플렉시글라스를 내리쳐 구멍을 냈다. 미아는 펄쩍 뛰어오르며 그전까지는 한 번도 들어본 적 없는 새된 소리로 비명을 질렀다.

부들부들 떨리는 손으로 가정폭력 콜센터의 전화번호를 눌렀다. 방금 일어난 일을 제대로 다 설명하기도 전에 제이미가 미친듯이 전화를 걸어왔다. 상담원들은 전화를 끊고 경찰을 부르라고 조언했다. 몇 분 뒤, 경찰차의 전조등이 한 칸짜리 트레일러 전면을 환하게 비추었다. 경찰관 한 명이 트레일러의 부서진 문을 조심스럽게 두드렸다. 안으로 들어선 경찰관은 어찌나 키가 큰지 머리가 거의 천장에 닿을 정도였다. 조금 전 상황을 설명하자 경찰관은 수첩에 몇 가지를 적고 문을 자세히 살펴본 다음 고개를 끄덕이고는 미아와 내가 괜찮은지 물었다. 우리가 안전하다고 생각하느냐고 묻는 것이었다. 1년 동안 학대와 위협, 고함 섞인 모욕을 견딘 나는 그 질문을 받자 깊은 안도감이 찾아왔다. 제이미의 분노는 멍이나 붉은 생채기를 남기지 않는 식으로 대부분 눈에 보이지 않게 표출됐다. 하지만 이번만큼은 분명히 흔적을 가리킬 수 있었다. 누군가에게 살펴봐달라고 부탁할 수 있었다. "그 사람이 이렇게 했어요. 우리에게 이런 짓을 했다고요"라고 말할 수 있었다. 누군가 그 상처를 살펴보고 고개를 끄덕이며 "그 남자가 어떤 짓을 했는지 잘 알겠어요"라고 말해줄 수 있었다. 경찰관이 남긴 사건 보고서는 내가 미치지 않았다는 증거였다. 나는 그 종이를 지갑에 넣은 다음 증명서처럼 몇 달 동안이나 가지고 다녔다.

—

큰 도로에서 살짝 떨어진 임시 아파트로 이사한 후 처음 며칠은 밤낮으로 불안에 떨었다. 건물 벽이나 계단을 타고 소음이 들려올 때마다 화들짝 놀라 펄쩍 뛰어오를 정도였다. 집에 있을 때 문이 제대로 잠겨 있는지 끊임없이 확인하는 것도 생경한 경험이었다. 하지만 여기에는 미아와 나밖에 없었기 때문에 나만이 우리 두 사람을 지킬 수 있었다.

노숙인 쉼터에서 살 때는 차량 진입로가 조립식 주택 현관과 바로 연결되어 있어서 외출할 때 편하도록 항상 차를 바로 집밖에 주차해 두었다. 그곳 주민들은 각자 독립된 조립식 주택에서 살았으므로 이웃을 마주치거나 이웃이 내는 소리를 들을 일이 없었다. 자연으로 둘러싸인 곳이었고 집 주변 숲과 들판은 무섭다기보다는 평화로운 분위기였다. 그 작은 공간은 나만의 것이었고 누가 들이닥칠까봐 두려워할 필요도 없었다. 하지만 새로 들어온 이 아파트의 벽과 바닥은 그야말로 종잇장처럼 얇아 보였고 낯선 목소리가 너무나 많이 들려왔다. 계단 통로에서는 낯선 이들이 오르내리며 서로에게 소리를 질러댔다. 지금 당장이라도 누군가 현관문을 부수고 들어올 것만 같아 불안해하면서 우리와 바깥세상 사이에 놓인 유일한 보호막인 그 문을 뚫어지게 바라보았다.

우리 아파트는 회색의 커다란 직사각형 건물이었는데 벽 저편에서 들려오는 목소리와 휴지통에 쌓인 쓰레기, 주차된 차만이 여기 우리 말고 다른 사람이 산다는 걸 느끼게 해줬다. 어쩌면 이웃을 만나서 그들이 어떤 모습인지 직접 눈으로 확인했다면 조금 더 안전하다고 생각했을지도 모른다. 이웃들이 밤에 내는 소리, 또각또각 바닥을 가로지르는 하이힐 소리, 갑작스럽게 들려오는 굵고 낮은 목소리, 그리고 아이의 웃음소리에 잠을 설쳤다. 밤에 몇 번이나 잠을 깨 미아가 잘 있는지 확인했다. 미아는 간이 아기침대가 놓인 옆방에서 잤다.

그리고 나는 밤마다 몇 시간씩 잠들지 못하고 제이미와 법정 싸움을 벌이던 때를 곱씹었다.

제이미, 그리고 그의 변호사와 나란히 판사 앞에 서 있었다. 나는 집이 없는 상황이었고 미아의 양육권을 얻기 위해 싸우고 있었다. 수개월간 쏟아지는 제이미의 폭언 때문에 내가 우울증에 시달리게 되었다는 것은 더이상 숨길 일이 아니었지만, 이제 제이미는 우울증을 근거로 내가 딸을 양육하기에 적합하지 않다고 주장을 펼쳤다. 내 실수가 나를 옭아매는 듯 보였다. 제이미의 변호사와 판사는, 내가 안정된 가정 없이 아이를 키워도 상관없다고 생각하는 사람이라고, 그러길 바란다고 생각하는 듯했다. 능력만 된다면 현재의 상황을 개선해야 한다는 생각을 한순간도 멈춘 적이 없는 걸 외면하는 듯 보였다. 심지어 내가 바닥에 몸을 잔뜩 웅크리고 애처럼 흐느껴 울 때까지 잔인하게 학대받던 곳에서 미아를 데리고 나왔다는 점 때문에 나를 더욱 나쁘게 판단하는 것 같았다. 미아에게 더 나은 삶을 마련해주기 위해 필사적인 내 모습은 눈에 들어오지 않는 모양이었다. 그들은 자신들의 기준으로 볼 때 내가 그나마 제이미의 수입이 있는 경제적으로 안정된 가정에서 미아를 데리고 나왔다는 사실에만 주목했다.

나는 어떻게든 거의 초인적인 힘을 발휘하여 양육권 재판에서 이겼다. 미아와 함께 살 집도 생겼다. 하지만 밤만 되면 우리에게 결핍된 것들을 떠올리며 죄책감에 휩싸였다. 가끔은 그 죄책감이 너무나 무겁게 마음을 짓눌러 미아에게 온전히 집중하지 못할 때도 있었다. 잠자기 전에 미아에게 책을 읽어주려 애썼고, 우리 엄마가 나에게 책을 읽어주던 바로 그 의자에 앉아서 미아의 요람을 부드럽게 흔들었다. 내일은 더 나아질 거야, 나는 더 좋은 엄마가 될 거야. 스스로에게 되뇌었다.

나는 식탁에 앉아서 미아가 밥을 먹는 모습을 지켜보거나 부엌에서 커피를 홀짝거리면서 생활비 내역과 벽에 붙여둔 근무 일정을 점검했다. 슈퍼마켓에 가서 장을 봐야 하는 날에는 아침 내내 은행 잔고와 정부에서 제공하는 식료품 구매용 직불카드인 EBT카드Electronic Benefit

Transfer Card에 돈이 얼마나 남아 있는지 확인했다. EBT카드는 2002년에 도입된 최신 제도로 임신했을 때 이 식료품 구매권을 신청했다. 제이미는 아직까지도 자기 엄마가 종이로 된 식료품 구매권으로 장을 보던 게 기억난다며 걸핏하면 그때의 일을 비웃었지만 나는 내 가족이 먹을 음식을 지원해주는 제도가 있어 감사했다. 하지만 그걸 쓸 때면 적잖은 수치심을 함께 짊어지고 집으로 돌아와야 했다. 포대기로 아이를 들쳐업고 슈퍼마켓에 가서 정부 지원금으로 식료품을 사는 나를 계산대 직원이 어떻게 생각할까 싶어 괴로웠다. 그들 눈에는 식료품 구매권, 즉 달걀, 치즈, 우유, 땅콩버터를 살 수 있는 큼직한 WIC* 종이 쿠폰만 보일 뿐이었다. 수입 상황에 따라 은행 잔고가 200달러 근처를 오가는 수준이기 때문에 정부 지원금이 없으면 식료품을 못 산다는 내 형편을 그들이 알 리 없었다.

새로운 달이 시작되어 잔액이 다시 채워질 때까지 어떻게든 월말을 버티고 또 버텼다. 땅콩버터 샌드위치와 삶은 달걀을 주식으로 삼고 아침 커피도 아껴서 나눠 마시며 한 달을 버텼다. 비록 그때는 알지 못했지만, 미 정부는 식료품 구매권을 사용하는 2900만 명의 사람들에 대한 차별을 없애기 위해 스냅SNAP**이라는 새로운 명칭의 프로그램 도입을 추진하고 있었다. 하지만 그 제도를 스냅이라고 부르든 식료품 구매권이라고 부르든, 가난한 사람들이 열심히 일하는 미국인들의 세금으로 정크 푸드를 산다는 인식은 변하지 않았다.

●   Women, Infants, and Children. 임산부, 유아, 만 5세 미만 아동을 위한 영양 지원 제도.
●●   Supplemental Nutrition Assistance Program. 영양보충 지원 제도.

머릿속은 더없이 복잡했지만 나는 내가 과연 좋은 엄마인가에 강박적으로 집착했다. 미아에게 제대로 엄마 노릇을 못하고 있었다. 어떻게 아이를 잘 키울 것인가보다는 어떻게 이번주를 무사히 넘길 것인가에 더욱 신경이 쏠려 있었다. 제이미와 같이 살 때는 제이미가 일을 했기 때문에 집에서 미아를 돌볼 수 있었다. 하루종일 미아와 함께 세상을 둘러보며 많은 것을 배우고 호기심을 키우던 날들이 그리웠다. 이제는 아등바등 살기도 벅찼다. 항상 시간에 쫓겼다. 항상 차를 타고 어디론가 달려가고 있었다. 식사도 하는 둥 마는 둥, 청소도 허겁지겁이었다. 끊임없이 무언가 하느라 제대로 숨 돌릴 겨를도 없었다. 무언가에 뒤처지고 있는지, 무언가를 잊어버리지는 않았는지, 무언가가 우리의 삶을 더욱 망친 건 아닌지 두려워하다보니 미아와 함께 애벌레가 보도를 꾸물꾸물 기어가는 광경을 지켜볼 시간과 여유가 없었다.

우리가 사는 아파트는 이웃집에서 나는 화장실 물 내리는 소리와 의자 끄는 소리까지 희미하게 거의 다 들리는 구조였다. 우리 아래층에 사는 여자는 미아가 바닥을 뛰어다닐 때마다 빗자루나 대걸레 손잡이로 천장을 치면서 소리를 질러 자신의 존재감을 확실하게 드러냈다. 처음 이사 왔을 때 발코니에 있던 잎사귀와 거미줄을 바깥으로 쓸어내자 아랫집에서 "씨발, 뭐야?"라는 여자의 고함이 들려왔다. 천장을 빗자루로 두들겨대는 소리 외에, 간접적으로나마 아랫집 여자가 나에게 말한 것은 그때가 처음이었다. "이 거지같은 게 다 뭔데?" 여자는 계속 소리를 질렀다. "왜 이쪽으로 쓰레기를 버리고 지랄이야!" 나는 살금살금 집안으로 들어가서 조용히 문을 닫고 굳은 자세로 소파에 앉아서 아래층 여자가 달려 올라와 문을 두드리지 않기만을 빌었다.

우리집 위층에 사는 엄마와 세 아이들은 거의 집을 비우는 듯했다. 이사 후 처음 몇 주 동안은 소리만 들렸다. 나는 보통 밤 10시 정도에 잠자리에 들었는데, 그 시간쯤에 윗집 사람들이 계단을 올라가는 소리가 들렸다. 한 20분 정도가 지나면 다시 조용해졌다.

어느 날 아침해가 뜰 즈음, 윗집 사람들이 외출하는 소리를 듣고는 나와 같은 상황에 처한 사람들이 누군지 궁금해져 창문으로 달려가 밖을 내다보았다.

키가 큰 윗집 엄마는 보라색과 빨간색이 들어간 바람막이 재킷에 흰색 스니커즈 차림으로 다리를 절뚝거리며 걸었다. 학생처럼 보이는 두 남자아이와 여자아이 하나가 엄마 뒤를 따라 걸었다. 그 엄마가 도대체 어떻게 버텨내고 있는지 상상조차 하기 힘들었다. 돌볼 아이가 하나뿐인 나도 이렇게 힘든데 말이다. 그후로 가끔 그 엄마의 모습이 눈에 들어왔다. 어린 여자아이의 머리는 항상 깔끔했고, 여러 가닥으로 땋아 붙여 밝은 색 리본으로 묶여 있었다. 윗집 사람들이 하루종일 어디에 가 있는지, 그 엄마가 어떻게 하기에 아이들이 그토록 조용하고 예의바르게 행동하는지 궁금했다. 윗집 여자는 아이들에게 존중받는 좋은 엄마처럼 보인다는 게 부러웠다. 미아는 이제야 똑바로 서서 걷는 법을 배웠을 뿐인데도 깨어 있는 순간에는 계속해서 도망가거나 말썽을 부리는 것 같았다.

"커피를 즐겨 마시게 될 거야." 처음 이 집을 확인하러 왔다가 만난 또다른 이웃 브룩은 이곳의 금주 규정을 암시하며 이렇게 말했다. 우리는 예전에 다소 어색하게 스쳐지나간 적이 있었지만, 실제로 이야기를 나눈 것은 그때가 처음이었다. 지금은 전생처럼 아득히 느껴지는 예전, 즉 브룩이 일하던 술집에서 내가 맥주를 주문하고 브룩이 나에게 맥주를 따라주던 시절부터 우리는 안면이 있었다. 브룩이 어떻게 여기 오게 되었는지 궁금했다. 하지만 결코 입 밖에 꺼내지는 않았다. 브룩 역시 나에게 물어보지 않았으면 하는 마음이었으니.

아파트 단지의 한쪽 끝에 위치한 사회복귀훈련시설에 사는 남자들과는 이야기를 나누어본 적이 없었다. 가끔씩 아파트 앞 길가에서 트레이닝복에 슬리퍼 차림으로 담배를 피우는 모습이 눈에 띄기는 했다. 나이 지긋한 어떤 남자는 가끔씩 가족이 데리러 왔지만 그를 제외한 다른 사람들은 아무도 가지 않는 것 같았다. 어쩌면 그곳에서의 생활을 교도소 복역의 연장선으로 여기는지도 몰랐다. 나도 어느 정도는 비슷한 기분이었으니까.

술집에 가던 날들이 그리웠다. 마시고 싶으면 맥주를 마실 수 있던 때가 그리웠다. 맥주 자체가 그리웠다기보다는 주택 당국 관계자가 불쑥 나타날까봐 걱정할 필요가 없는 자유가 그리웠다. 어딘가에 가거나, 머무르거나, 일을 하거나, 먹거나 먹지 않거나, 쉬는 날에는 마음껏 잠을 자거나, 휴가를 낼 수 있던 그 많은 자유가 그리웠다.

미아와 나는 어느 정도 정상적으로 보이는 삶을 살았고 낮에는 각자 갈 곳이 있었다. 나는 보육 보조를 받을 수 있었지만 하루종일은 아니고 반나절뿐이었다. 내 친구의 남편 존이 운영하는 작은 조경사업체에서 잡초를 뽑고, 관목의 가지치기를 하고, 진달래 덤불에서 시든 꽃들을 떼어내는 일을 하고 시간당 10달러를 받았다. 차 뒷좌석에 커다란 쓰레기통을 싣고는 올림픽 반도 북동쪽에 있는, 외부인 출입을 제한하는 고급 주택지까지 운전을 했다. 그 쓰레기통에는 흰색 페인트 통과 조경용 장비, 그리고 장갑 몇 켤레가 들어 있었다. 몇몇 고객들은 내가 잡초와 가지치기한 쓰레기들을 어디에 버리라고 장소를 지정해주었지만, 그렇지 않은 경우 자루에 넣어서 도로의 연석 근처에 쌓아놓거나 때로는 낑낑대며 차 뒷좌석에 실어야 했다. 존의 고객 중에는 나를 고용할 정도로 큰 정원을 가진 사람이 몇 명 없었기 때문에 대부분의 경우에는 내가 알아서 일감을 찾아 1시간에 최대 20~25달러씩 받으며 일해야 했다. 이동 시간까지 고려하면 실제로 일할 수 있는 시간은 하루에 2~3시간 정도에 불과했다.

조경 일을 하려면 바닥을 기어다녀야 한다. 대부분의 고용주들은 조경용 나뭇조각으로 덮인 비탈 전체에 난 잡초를 뽑아달라고 요청했다. 나는 장갑을 끼고 무릎을 두 번이나 덧댄 바지를 입고서 제초제를 쓰지 않고 손으로 일일이 잡초를 뽑아 양동이나 쓰레기통, 쓰레기봉투에 넣었다. 조경 일은 좋은 일거리였다. 하지만 계절을 타는 일이었기 때문에 몇 주 지나지 않아 일감이 없어지면 그후에는 무슨 일을 하며 먹고살아야 할지 알 수가 없었다. 지갑이 두툼한 관광객들에게 요깃거리를 파는 포트타운젠드의 인력시장 역시 계절에 따라 부침이 심했다. '엄마들의 근무가능 시간'에 할 만한 '정상적인' 일자리는 많지 않았고, 나에게는 경력이라고 할 만한 것도 없었다. 나는 항상 이력서에 좀처럼 올리기 힘든 카페나 변변치 않은 직장에서 일을 했었다. 매주 일요일 유치원 청소를 하지만 이것도 어디 내세울 만한 일자리는 아니었다. 하지만 지금 당장은 일거리가 있으니 최대한 그 일에 집중하려고 노력했다.

나는 정오까지 미아를 어린이집에 데려다주었고, 일주일에 세 번은 제이미가 미아를 하원시켜 저녁 7시까지 돌보았다. 미아가 제이미와 함께 있는 저녁이면 나는 가끔씩 발코니에 나가서 벽에 등을 기대고 앉아 아래를 내려다봤다. 항상 딸과 함께 건물과 나무 사이의 자그마한 풀밭에 나와 노는 이웃이 있었다. 그 집 딸은 미아보다 약간 어려 보였다. 둘 다 거의 투명할 정도로 흰 피부였다. 아이가 빨간색과 파란색이 섞인 플라스틱 미끄럼틀의 계단을 오르는 동안 그 젊은 엄마가 상냥하게 딸에게 묻는 소리가 들려왔다. "미끄럼틀 타고 내려갈 거야?" 그 미끄럼틀은 아마 한참 전에 여기 살았던 사람이 놓고 간 모양이었다. 아이가 미끄럼틀을 타고 내려가자 "우와!" 하고 엄마가 탄성을 질렀다. 미끄럼틀을 오르락내리락하는 딸에게 자상하게 이야기를 건네는 모습을 보면서 **저 엄마가 나보다 낫네**라고 생각했다. 나는 절대 저렇게 신나게 아이와 놀아줄 수 없다는 걸 알았다.

그러던 어느 날 늦은 오후, 구급대원과 소방관들이 풀밭을 가로지르며 방해가 되지 않게 작은 미끄럼틀을 한쪽으로 치우는 모습이 보였다. 그들은 아이 엄마가 사는 아파트로 들어갔다. 아이의 소리는 들리지 않았다. 발코니의 난간에 기대 몸을 내밀고는 무슨 일인지 확인했다. 몇몇 이웃들도 나와 마찬가지였다. 소방관 한 명이 고개를 들어 우리를 쳐다보자 본능적으로 한 걸음 물러서서 몸을 숨겼다. 그 소방관은 고개를 절레절레 흔들었다. 임시 주거지에서 살며 난간 너머로 남의 집 사정이나 훔쳐보는 우리가 그 소방관 눈에는 어떻게 보일까 궁금했다. 경찰과 소방관들이 우리가 사는 건물과 이곳 주민들에 대해 뭐라고 이야기할까 궁금했다. 그리고 도대체 그들이 무슨 이유로 이곳에 온 걸까 의아했다. 사람들이 그 집 엄마를 들것에 실어서 밖으로 데려 나오기 전에 집으로 들어왔다. 비록 그녀가 눈을 감고 있다 하더라도 내가 위쪽에서 자신을 구경한다는 걸 그녀에게 보여주고 싶지 않았다. 최소한의 자존심을 지켜주고 싶었다. 그녀가 어떤 심정인지 알 것 같았으니까.

1시간 후 미아를 데리러 아파트를 나서는데 브룩이 눈을 휘둥그레 뜨고 상기된 채 입이 근질거려 못 참겠다는 표정으로 집에서 나왔다. "무슨 일이 있었는지 알지?" 브룩은 나에게 달려오며 말했다.

나는 고개를 가로저었다. 브룩의 말에 따르면 누군가 아이를 데려다주러 왔다가 침대에 쓰러져 있는 그녀를 발견했다고 한다. 수면제를 입에 털어넣고 보드카 한 병을 단숨에 들이켰는데, 아무리 흔들어도 의식이 돌아오지 않았다. "다행히 너무 늦지는 않았나봐. 살아 있대." 브룩은 나를 안심시켰다. 그러더니 한숨을 쉬며 어깨를 으쓱했다. "이 건물에서는 금주해야 하는데 말이야."

맨 처음 떠오른 생각은 과연 그 여자가 괜찮은지도, 그 어린 여자아이가 어떻게 되었을까도 아니었다. 그저 제이미가 이 일을 모르기만을 바랐다. 미아를 봐주고 있는 얼리헤드스타트 어린이집을 포함하여 미아 주변에서 무언가 나쁜 일이 일어날 때면 간신히 얻어낸 24시간 양육권을 빼앗길까봐 두려워하던 나날이었다.

나 때문에 미아는 열악한 환경에서, 그리고 때로는 안타까운 방식으로 가난에 대처하는 사람들 주변에서 살게 되었다. 어떤 이들은 오랫동안 교도소나 재활시설에 머무는 바람에 집을 잃었고, 어떤 이들은 인생이 잘 풀리지 않는 상황에 끊임없이 분노했으며, 어떤 이들은 정신질환 증상을 보였다. 모든 것을 포기하는 쪽을 택한 어떤 엄마의 선택은 내게도 적잖은 유혹으로 다가왔으며 일순간이나마 그녀가 약간 부럽기까지 했다.

4장

나는 위험한 사람이
아니에요

—

"줄리 있나요?" 유리 창구 너머에서 월세 납입 영수증을 끊어주는 여성에게 내가 물었다. 월세는 내가 보고한 수입에 따라 매달 약간씩 달라졌지만 대개 200달러 정도였다.

그 여자는 눈을 가늘게 뜨고 고객 창구 뒤쪽 벽에 걸린 화이트보드를 확인했다. "아니요." 한숨과 함께 대답이 돌아왔다. "줄리는 고객과 함께 외근중이에요. 뭐 남길 말이라도 있나요?"

물론 나는 할말이 있었다.

"지금 사는 아파트에 좀처럼 정착을 못 하겠어요."

다음날 줄리를 회의실에서 만나 이렇게 말했다. 다행히도 줄리는 이유를 묻지 않았다.

주택 당국에서 갑자기 현관문을 두드리지 않을까 끊임없이 걱정하면서, 아래층 여자가 소리를 지르거나 빗자루대로 우리집 바닥을 쾅쾅 두들길까봐 두려워하며 발끝으로 살금살금 걸어 다니자니 그야말로 진이 다 빠질 지경이었다. 심지어 외로움에 진저리가 나서 제이미에게 저녁을 먹으러 오라고 한 적도 있다. 외출을 하거나 친구를 만나거나 누구를 초대한 지 백만 년은 된 듯했다. 고립되었다는 생각이 들었다. 마음 편히 지낼 곳은 어디에도 없었다.

"여기서 잠깐만 기다려요." 줄리는 밖으로 나갔다가 몇 분 후 서류 뭉치 여러 개를 가지고 돌아왔다. "티브라TBRA를 신청할 수 있을 거예요." 티브라란 세입자임대지원Tenant-Based Rental Assistance 제도를 뜻했다. "섹션8랑 굉장히 비슷해요. 섹션8 대기자 명단에는 이미 올라가 있죠?"

나는 고개를 끄덕였다. 정부에서 운영하는 섹션8는 그야말로 유니콘 같은 제도로, 여기저기서 끊임없이 이야기는 들어봤지만 실제로 혜택을 받는 사람을 주변에서 본 적이 없었다. 섹션8는 월세가 세입자 소득의 30~40퍼센트를 초과할 경우 정부에서 월세의 나머지를 바우처 형태로 지원해주는 제도다. 따라서 최저임금으로 일하며 한 달 소득이 1000달러인 사람의 경우 바우처를 제시하면 월세를 300달러만 내면 되고, 수혜자가 일정 기준을 충족시키는 한 정부에서 그 나머지 월세를 내준다. 이 제도의 혜택을 받는 사람들은 대부분 방이 두세 개 딸린 집에서 살고 있었다. 거주하는 건물이 섹션8에서 정한 몇 가지 요건을 통과해야 한다는 조건이 붙어 있긴 했지만, 납 성분이 든 페인트를 사용하지 않고 배관 시설이 제대로 작동해야 한다는 식의 상당히 기본적인 조건이었다. 일단 이 제도의 수혜자가 되면 해당 주 어디서든 혜택을 받을 수 있으며 유효기한도 없었다. 집을 빌려줄 집주인만 있다면 말이다.

나는 세 군데의 카운티에서 대기자 명단에 올라 있었다. 포트타운 젠드가 있는 제퍼슨 카운티의 대기 기간이 가장 짧아서 약 1년 정도였고, 내가 전화를 걸었던 대부분의 곳은 5년 이상 기다려야 했다. 신청자가 지나치게 많은 일부 카운티는 아예 신규 신청을 받지 않기도 했다.

줄리는 섹션8와 티브라 제도를 전담하는 다른 사회복지사를 소개해주었다. 커다란 책상 뒤에 근엄한 얼굴로 앉은 그 여성은 짙은 색의 짧은 곱슬머리를 기르고 있었다. 그 사회복지사의 안내에 따라 몇 가지 신청서를 작성하고 내년 및 향후 계획에 대한 질문에 대답했다. 수입에 대한 세부 증명과 계산 내역 및 매달 275달러씩 받는 양육비 지원금을 감안할 때, 월세 700달러가 드는 방 두 개짜리 집을 얻을 경우 내 부담금은 199달러였다.

"매달 내는 월세는 보고하는 소득에 따라 약간씩 오르락내리락할 거예요." 새로운 사회복지사와 상담을 하는 내내 고맙게도 자리를 함께해준 줄리가 덧붙였다.

티브라의 혜택을 받으려면 제도에 대해 자세히 설명해주고 미래의 집주인이 티브라(그리고 결국에는 섹션8)를 통해 월세를 받는 데 동의하도록 어떻게 설득하는지 가르쳐주는 관련 강의나 세미나에도 참석해야 했다. "집주인들은 대개 섹션8를 접해본 적이 있어요." 줄리는 신청을 마치고 나오는 길에 말했다. "최소한 이 제도에 대해서 알고는 있지요. 하지만 어떤 집주인들은 이 제도가 굉장히 유용하다는 걸 잘 몰라요." 나는 그게 무슨 뜻인지, 나라에서 돈을 준다는데도 왜 인식이 나쁜 건지 의아했지만, 굳이 되묻지는 않았다.

주차장까지 걸어온 다음, 줄리가 주택 지원 프로그램 강의가 열리는 시간과 장소를 적어주었다. "운이 좋은 편이에요. 바로 내일 강의가 있거든요." 줄리는 잘되었다는 듯이 말했다. "상당히 빨리 새집으로 이사 갈 수 있을 겁니다!"

줄리에게 웃어 보이고는 고개를 끄덕였지만, 이 제도가 큰 도움이 되리라는 희망은 별로 품지 않았다. 집을 나온 이후 지난 6개월간 겪은 일들로 인한 트라우마, 그리고 제이미와의 끝없는 싸움 때문에 몸 전체가 마비되어버린 것 같았다. 머리, 위장, 신경을 비롯한 몸의 구석구석이 끝없이 극도의 긴장 상태였다. 안전한 것은 하나도 없었다. 영원한 것도 없었다. 매일같이 지금 당장이라도 누군가 잡아채갈 수 있는 양탄자 위를 걷는 듯한 불안한 기분이었다. 나를 향해 웃어주고 내게 고개를 끄덕이면서 이 제도의 혜택을 받을 수 있어서, 살 집이 생겨서 정말 운이 좋다며 거듭 이야기하는 사람들을 보면서도 조금도 운이 좋다는 생각이 들지 않았다. 내 삶 전체가 어디로 향하는지도 모를 지경이었다.

복지사들이 나에게 어디로 가야 하는지, 어디에 지원해야 하는지, 어떤 신청서를 작성해야 하는지 알려주었다. 그들은 나에게 무엇이 필요한지 물었고, 나는 '살 집'과 '일용할 양식', '내가 일할 수 있도록 해주는 보육 지원'이라고 대답했다. 그러면 그들은 직접 도와주거나 도와줄 만한 사람을 찾아주었으며 때로는 도움을 주지 못하는 경우도 있었다. 하지만 그들이 해줄 수 있는 일은 그게 전부였다. 정신적 트라우마에서 벗어나는 것 역시 매우 중요했고 어쩌면 무엇보다도 절실한 일일 수도 있었다. 하지만 누구도 트라우마 극복을 도와줄 수 없었을 뿐더러, 나조차도 내가 과연 도움이 필요한 걸까 아직 확신하지 못했다. 몇 달에 걸친 가난과 불안정, 불안함 때문에 일종의 공황장애 반응을 보이는 내가 이전의 상태로 돌아가려면 어쩌면 몇 년이라는 시간이 필요할지도 몰랐다.

———

"여러분은 집주인들이 이 제도를 고마워할 거라고 생각하겠지요."
강사는 좁은 강의실에서 두 개의 테이블에 나눠 앉은 약 스무 명의 사람들 앞에 서서 이렇게 말했다. 강사의 이름은 마크였으며, 내가 예전에 들었던 리히프LIHEAP• 강의를 진행했던 바로 그 사람이었다. 전기를 어떻게 하면 가장 효율적으로 사용하는지 3시간짜리 세미나를 들은 것도 벌써 1년 전 일이었다. 강의가 어쩌나 기초적인 상식 수준으로 진행되던지 그 속에서 일종의 유머를 찾으려고 노력하면서 시간을 때웠었다. 이 현실과 나를 분리시켜 꾹 참고 전등 끄는 법을 배워야 난방 지원금으로 400달러를 받을 수 있다고 스스로에게 되뇌었다. 세상은 정부의 지원이 필요한 이들을 제대로 교육받지 못한 무식한 사람

———

•   Low-Income Home Energy Assitance Program, 저소득가구 에너지 지원 프로그램.

으로 간주해 그에 걸맞게 대우하고 있다는 인식이 점점 굳어졌다. 돈이 필요하다고 해서 전기요금 아끼는 법도 모르는 사람 취급을 받는다니 얼마나 모욕적인가.

이번에는 몇 시간이나 앉아서 집주인을 **안심**시킬 수 있도록 임대 지원 제도가 어떻게 세입자의 월세를 지원하는지 배워야 했다. 정부 관계자를 비롯한 많은 사람들은 너무나 당연하게도 집주인들이 나를 불신할 것이라 단정지었다. 하지만 내 입장에서 강의는 오히려 역효과를 내는 것 같았다. 이 강의에 참석하기 위해 나는 일을 쉬어야 했고 미아를 돌봐줄 사람도 찾아야 했다. 강의실에 앉아 강단에 선 마크를 뚫어지게 바라보았다. 그는 리히프 강의 때와 똑같은 긴소매 플란넬 셔츠에 밑위가 긴 청바지를 배 위쪽까지 올려 입고 있었다. 포니테일로 묶은 가느다란 머리카락은 1년 전에 만났을 때보다 약간 더 길었다. 오븐 예열을 피하고 오븐을 식힐 때 문을 열어두면 전기세를 절약할 수 있다는 그의 강의 내용이 떠올라 짐짓 웃음이 나왔다. 마크는 따뜻한 물에서 나오는 온기가 집안으로 들어와서 실내 온도를 높여주니 샤워 후 온수를 곧바로 흘려보내지 말라고 조언했다.

"섹션8는 월세 지급을 보장하기 때문에 집주인들에게 무척 좋은 제도입니다. 다만 집주인들이 섹션8 수혜를 받는 **해당자**에게 집을 빌려주는 걸 꺼릴 뿐이지요. 그러니까 여러분은 집을 빌려줘도 괜찮은 사람이라는 걸 집주인에게 확실히 보여줘야 합니다."

지난 몇 달 동안 경찰, 소방관, 구급대원이 몇 번이나 우리 건물에 들이닥쳤는지 생각해보았다. 주거 공간이 깨끗하게 관리되고 있는지를 확인하기 위해, 주차장에 세워진 고장난 자동차가 수리되었는지 불시에 검문하기 위해, 또는 더러운 빨래나 쓰레기를 쌓아두는 등의 가난한 사람들이 저지르기 쉬운 나쁜 행동을 감시하기 위해서 말이다. 하지만 실상 빨래나 쓰레기를 쌓아놓는 것은 누구나 기피하는 고된 일을 하고 돌아오면 제대로 집안일을 처리할 체력이나 여유가 없기 때문이다. 우리는 최저임금을 받으면서 생계를 유지하고, 밤낮을 가리지 않고 여러 직업을 전전하며, 아이들을 맡길 안전한 장소를 확보하기 위해 여기저기 뛰어다니면서 기본적인 생필품까지 마련해야 한다. 하지만 그러한 노력은 아무에게도 보이지 않는 것 같았다. 사람들 눈에는 불가항력의 상황 때문에 끊임없이 좌절하며 사는 삶의 결과물만 들어올 뿐이었다. 내가 그렇지 않음을 증명하려고 아무리 노력한들, '가난'은 항상 더러움을 연상시키는 모양이었다. 그렇게 뿌리 깊은 낙인이 만연한 상황에서 도대체 어떻게 내가 믿을 만한 세입자라는 사실을 집주인에게 납득시키겠는가?

"티브라에 해당하시는 분들은 그 프로그램이 어떻게 섹션8로 전환되는지 설명하셔야 합니다. 하지만 두 가지 제도의 혜택을 똑같이 강조하도록 하세요!" 마크는 힘주어 말했다. "티브라와 섹션8라는 훌륭한 제도는 월세를 양쪽으로 배분해주죠. 여러분이 내는 월세와 제도가 지원하는 월세로 말입니다." 마크는 이 말을 하면서 잔뜩 흥분한 모습이었다. 섹션8 지원자를 상대로 강의를 하는 게 아니라 무슨 경매라도 진행하는 듯한 모습이었다. "집주인들은 섹션 8에서 나오는 월세가 본인이 원하는 날짜가 아닌 특정 날짜에만 입금되는 걸 좋아하지 않아요. 매달 1일에 집세를 받고 싶어하는 집주인이 많지만 여러분이 집주인을 설득할 수 있습니다!" 마크는 다른 종이 뭉치를 집어들며 다시 한번 강조했다. "섹션8는 월세 지급이 보장된다는 걸 말해야 해요."

어떻게든 선입견의 벽을 뚫고 세입자로 받아주겠다고 집주인이 승낙한 후에도 몇 가지 장벽을 더 넘어야 한다. 제도를 통해 월세 지원을 받으려면 해당 주택이나 아파트의 화재경보기가 정상적으로 작동해야 하고 일련의 안전주거 조건을 충족해야 한다. 이 기준을 충족하지 못하면 섹션8의 지원을 받는 대상자 가족들은 이 집을 빌릴 수 없다. 안전주거 조건 충족 및 승인의 책임은 집주인에게 있다. 하지만 주거 환경이 괜찮은 지역의 집주인들은 '섹션8 수혜자'에게 집을 빌려주고 싶어하지 않는다는 딜레마가 발생한다. 따라서 섹션8 대상자들은 상대적으로 허름한 동네에서 집을 찾아야 하고, 그 결과 입주 검사를 통과하지 못할 위험이 커진다.

"섹션8 기준의 충족은 집주인들의 의무지만 상당수가 별로 내켜 하지 않습니다." 마크는 지적했다. "어디까지나 집주인들의 선택이지요. 불법도 아니고 차별도 아닌."

"완전 차별이잖아요!" 내 옆에 앉은 젊은 여자가 소리쳤다.

워터프런트 피자 가게에서 본 적이 있는 여자였다. 우리는 마주보고 미소를 지었다. 이름이 에이미였나 그랬는데 확실치는 않았다.

"저랑 남자친구는 근사한 작은 집을 찾아냈어요. 하지만 결국 제 친구가 그 집에 들어가게 됐어요. 섹션8 대상자들은 집을 엉망으로 만든

다며 집주인이 싫다고 하더라고요." 그녀는 임신으로 불룩하게 나온 아랫배를 문질렀다. "빈민가의 집주인이 되기는 싫다더군요."

그 자리에 있는 모든 사람들이 마크를 바라보자 마크는 주머니에 손을 찔러넣었다.

다행히도 고작 일주일 만에 이사 갈 집을 찾았다. 뿐만 아니라 바로 입주가 가능했고 안전 검사도 통과한 집이었다. 지금이라도 당장 살던 곳에서 나올 수 있었다. 새 아파트는 노스비치에서 몇 블록 떨어진 공터와 마주해 있었다. 집주인인 거티라는 여성에게 월세 지불방식을 이야기하자 그녀는 어깨를 으쓱해 보였다. 일단 내가 일부만 내고 나머지 월세는 매달 10일에 입금될 거라고 설명했다.

"알았어요, 괜찮은 것 같네요." 거티는 내 어깨에 머리를 기대고 안겨 있는 미아를 보면서 웃었다. "아기 침대 같은 거 필요해요?"

필요 없다고 말하고 싶었다. 사람들이 무언가 도와주려고 할 때마다 누군가 나보다 더 도움이 절실한 사람이 있을지 모른다며 본능적으로 이를 거절했다. 하지만 바로 그때 미아가 쓰던 조립식 아기 침대 옆쪽에 구멍이 난 게 떠올랐다.

"네, 필요해요."

"마침 잘됐네. 지난번 세입자가 물건을 몇 개 남기고 갔는데 처치 곤란이었거든." 거티는 트럭 뒤쪽으로 걸어가더니 미아가 다니는 어린이집에서 쓰는 것과 비슷한 흰색 아기 침대를 꺼냈다. 거기에는 자그마한 빨간색 티셔츠가 들어 있었다. 나는 그 티셔츠를 꺼내서 거티에게 내밀었다.

"원한다면 그것도 가져가요." 거티는 말했다. "무슨 의상 같던데."

아기를 안은 반대편 손으로 티셔츠를 흔들어서 펼치자 눈알 몇 개가 박힌 후드 모자가 눈에 들어왔고 뒤쪽에는 인형 꼬리가 달려 있었다. "설마 이거 가재 의상인가요?" 나는 살짝 웃으며 말했다.

거티는 웃음을 터뜨렸다. "그런가보네요."

미아에게는 핼러윈 의상이 없었다. 벌써 9월이었지만 핼러윈은 생각조차 해보지 못했다. 이사할 집을 찾아야 한다는 생각으로 머릿속이 꽉 차 있었던 탓이다.

거티는 아기 침대를 집안으로 운반하는 것을 도와준 다음 열쇠를 건네주고 나갔다. 우리가 살 곳은 작은 풀밭과 현관이 이어진 아파트 일층이었다. 좀더 앞쪽으로 나가면 널찍한 마당이 펼쳐져 있었다. 부엌 한쪽에 있는 식당의 전면은 창문이었다. 남동생이 조립해준 컴퓨터를 부엌 카운터에 있는 붙박이 책상에 설치하고서 디스크 드라이브에 시디를 넣었다. 미아는 음악에 맞춰 잠깐 춤을 추더니 식탁 주위를 뛰어다니다가 거실로 달려가서 소파에 얼굴을 묻고 복도 저쪽으로 달려갔다가 되돌아와서 처음부터 모든 동작을 반복했다.

거실 선반에는 내 책들을 빽빽하게 꽂았다. 벽에는 엄마가 준 사진과 그림 몇 점을 걸었다. 알래스카 출신 아티스트가 그린 눈으로 뒤덮인 벌판 그림들로 어릴 때 우리집에 걸려 있던 것들이었다. 자작나무가 그려진 마지막 그림을 막 걸고 내려오는 참에 제이미에게 전화가 걸려왔다. 아까 제이미에게 메시지를 남겨놓은 터였다.

"원하는 게 뭐야?" 전화를 받자 제이미가 물었다.

"음, 저기, 토요일에 할 수 있는 일거리가 생겨서 그러는데 미아를 좀더 오래 봐줄 수 있어?"

"얼마나 오래?" 제이미는 매달 마지막 주말만 빼고 토요일과 일요일에 미아를 몇 시간씩 봐주고 있었다.

"시외로 좀 멀리 나가야 돼." 나는 설명했다. "일하는 시간도 엄청 길거든. 최대한 오래 봐주면 좋지."

제이미는 몇 초 동안 아무 말도 없었다. 수화기 너머로 제이미가 숨을 급히 들이쉬는 소리가 들렸다. 담배를 피우는 게 틀림없었다. 겨울이 되기 전에 최대한 일을 많이 해두려고 최근 들어 제이미에게 미아를 오래 봐달라고 여러 번 부탁했었다.

"싫어." 제이미가 마침내 입을 열었다.

"왜 싫은데? 제이미, 일하러 간다니까."

"널 도와주기 싫어." 제이미는 불쑥 말했다. "네가 양육비니 뭐니 하며 내 돈을 다 가져가잖아. 애를 맡기면서 기저귀도 같이 안 보내고 말이야. 게다가 애 저녁도 먹여야 하고. 그러니까 싫어." 나는 제이미의 생각을 바꾸기 위해 계속 설득했다.

"**싫다니까!**" 제이미는 다시 소리를 질렀다. "**제기랄, 내가 널 왜 도와줘야 하는데!**" 제이미는 버럭하더니 전화를 끊었다.

대부분 제이미의 고함으로 끝나는 이런 식의 대화를 마치면 언제나 그렇듯이 심장이 불규칙하게 뛰었다. 이번에는 가슴이 평소보다 더욱 조여와서 제대로 숨을 쉬기가 힘들었다. 가정폭력 프로그램 상담사인 비어트리스는 이런 일이 생기면 종이봉투를 입에 가져다 대고 숨을 쉬어보라고 말했다. 눈을 감고 5초간 코로 숨을 들이마신 다음 다시 5초 동안 입으로 숨을 내쉬었다. 이렇게 두 번 더 심호흡을 한 다음 눈을 뜨자 미아가 나를 뚫어지게 쳐다보며 내 앞에 서 있었다. "어무마 모오오해?" 미아는 고무젖꼭지를 문 치아 사이로 웅얼거리며 물었다.

"엄마 괜찮아." 이렇게 말하고는 허리를 굽히고 발톱 모양으로 손가락을 오므리면서 미아에게 손을 내밀었다. 간지럼 괴물 흉내였다. 내가 으르렁 소리를 내자 미아는 좋아서 까르륵거리며 부엌 식탁 주변을 도망 다녔고 나는 그뒤를 바싹 쫓았다. 소파 근처에서 미아를 붙잡아서 아이가 자지러지게 웃느라 고무젖꼭지를 바닥에 떨어뜨릴 때까지 간지럼을 태웠다. 그러고는 미아의 몸에 팔을 두르고 안아 올려 그 자그마한 몸을 꼭 안고 온기를 느끼며 살냄새를 맡았다.

미아는 꼼지락댔다. "안 돼, 엄마!" 그러더니 웃음을 터뜨렸다. "또 해줘! 또 해줘!"

미아는 자기 침실로 달려갔고 나도 그뒤를 따랐다. 아래쪽에서 빗자루로 바닥을 두드리며 소리를 지르는 사람은 아무도 없었다.

5장
생존을 위한
일곱 가지의 정부 지원

———

우비에 달린 모자를 뒤집어썼지만 늦여름 비가 어찌나 세차고 빠르게 내리는지 이미 머리는 흠뻑 젖어 있었다. 자갈벽 옆에 서 있던 동료 쪽으로 다가갔지만 그의 얼굴도 이미 모자에 덮여 보이지 않았다. "이제 어떻게 할까요?" 쏟아지는 빗소리를 뚫고 목소리가 상대방에게 들리도록 크게 소리를 질렀다.

"집에 가야죠." 조경 작업 보조로 6개월 전 나를 고용한 내 친구 에밀리의 남편 존이 말했다. 진녹색 우비에는 아직도 비가 내리기 전에 한바탕 휩쓸고 지나갔던 우박의 흔적이 희끗희끗하게 남아 있었지만 존은 어깨를 으쓱하고 살짝 웃어 보였다. 존은 안경을 벗어 비 때문에 서린 김과 빗방울을 닦아내고는 다시 썼다.

나는 좌절감에 고개를 떨궜다. 최근 들어 이렇게 비 때문에 작업을 중단하는 일이 꽤 빈번해졌다. 조경 시즌의 끝이 가까워오고 있었고 그와 동시에 내 주수입원도 끝이 보였다.

우리는 쓰레기통, 잔디 다듬는 기계, 갈퀴를 존의 노란색 픽업트럭에 실었고, 존은 나를 향해 다시 한번 웃어주고서 운전을 해서 떠났다. 존의 차가 멀어지는 모습을 지켜보다가 길 한쪽에 세워둔 내 차로 걸어갔다. 앞쪽 창문이 열려 있었다. **제기랄!**

집에 도착해서 현관 입구 사각형 모양의 리놀륨 타일 바닥 위에 한 발로 서서 뒤뚱뒤뚱 균형을 잡으며 작업용 고무장화를 벗었다. 칼하트 바지의 단추를 풀고 무릎까지 내린 다음 두 다리를 빼냈다. 바지는 진흙과 빗물을 잔뜩 흡수해서 어찌나 두툼해졌는지 다리를 빼낸 뒤에도 무너지지 않고 아코디언 같은 모양으로 그대로 세워져 있었다. 알래스카 토박이들은 이렇게 벗은 칼하트 바지가 그 모양 그대로 서 있는 상태여야만 비로소 세탁할 때가 되었다고 말하곤 한다.

그날은 저녁 7시까지 제이미가 미아를 돌보기로 했기 때문에 남은 시간 동안 무엇을 해야 할지 고민했다. 부엌 식탁에 놓인 교과서 몇 권이 눈에 들어오자 이제는 익숙한 일상이 된 과제를 해야겠다는 생각이 들었다. 고통스러울 정도로 긴 시간이 걸리는 학위 취득 과정을 시작해 12학점을 신청한 상태였다. 온라인 강의 두 개와 미아의 어린이집 근처 건물에서 진행되는 강의 하나였다. 입학 상담원을 만난 자리에서 4년제 대학에 편입할 수 있게 전문대학 졸업 학위를 따고 싶다고 말했다. 고등학교 때 들었던 수업들은 대부분 대학 강의를 미리 들을 수 있는 러닝스타트 프로그램●을 통한 것이라 알래스카 대학에서

———
● 고등학생이 지역 전문대학 강좌를 동시 수강하여 대학 학점을 미리 취득해서 대학을 조기 졸업할 수 있는 제도.

는 이 조기 취득 학점을 인정해주었다. 물론 2년간 지역 전문대학에서 학위를 따는 것이 가장 손쉬운 출발점일 뿐만 아니라 필수 강의를 최대한 적은 비용으로 마칠 수 있는 방법일 것이다. 그다음에는 보다 수월하게 4년제 대학으로 편입할 수도 있다. 그러나 별다른 지원을 받지 못하며 혼자서 아이를 키우는 대부분의 부모들처럼, 내가 그 지점까지 도달하기 위해서는 몇 년이라는 시간이 필요했다.

미아는 이미 나의 피부양자로 등록되어 있었기 때문에 정부의 학자금 지원을 받는 일은 그다지 어렵지 않았다. 미아를 피부양자로 지정하고 납세 서류로 그 사실을 증명하는 것은 (거의 수입이 없다시피한) 최저임금으로 아이를 키우고 있다는 사실을 보여줄 가장 간단한 방법이었다.

저소득층 학생들에게 학자금을 지원해주는 펠그랜트Pell Grant라는 연방 제도는 분기별 등록금보다 많은 돈을 지원해주었기 때문에 3개월치 학비를 내고도 내 수중에는 분기마다 1300달러가 남았다. 이 돈을 셋으로 나누고 매달 받는 양육비 275달러와 매주 유치원 청소로 버는 45달러를 합치면 한 달에 약 700달러 정도의 생활비가 생기는 셈이었다. 300달러에 약간 못 미치는 식료품 구입권이 지원되었으며 WIC 지원금도 있었다. 티브라와 리히프 덕분에 월세는 150달러 정도밖에 되지 않았으므로 남은 돈으로 자동차 보험, 전화, 인터넷 비용을 낼 수 있었다. 겨울에 접어들자 더이상 조경 일을 할 수 없었기 때문에 미아의 어린이집 지원도 끊겼다. 교육을 받고 강의에 참석한대도 보육 지원을 받을 수는 없었기 때문에 일주일에 두 번 몇 시간씩 필수 과목인 프랑스어 수업을 듣는 동안에 미아를 돌봐줄 사람을 찾아야 했다. 프랑스어 강의가 지긋지긋하게 싫었지만, 내가 실내에서 다른 사람들과 함께 앉아 있는 것은 일주일을 통틀어 그 강의 시간이 유일했다.

미아가 잠들면 커다란 컵에 커피를 가득 따라 새벽까지 과제에 몰두하기가 일쑤였다. 미아는 낮잠을 자지 않았고 쉴새없이 조잘대거나 움직였다. 미아를 돌보려면 끊임없이 주의를 기울여야 했다. 중간중간 시간이 비어도 그 시간에 할 만한 일거리를 찾을 수가 없었기 때문에 미아를 데리고 숲이나 해변으로 긴 산책을 나갔다. 일을 할 때는 항상 미아와의 산책이 그리웠지만, 지금은 몇 시간밖에 자지 못해 몸도 무겁고 수입도 훨씬 줄어든 상황이었다. 미아가 지금보다 어려서 아직 걷지 못하고 떼를 써도 흔들어 달래면 금방 잠들던 때가 차라리 훨씬 편했다. 이제는 타고난 고집이 제법 드러나기 시작했다. 미아는 선천적으로 독립적인 아이였고, 아침에 조금만 함께 놀아주어도 진이 빠질 지경이었다.

하지만 미아가 잠들고 나면 조용한 부엌에 앉아 교과서에 집중했다. 과제용 도서들을 읽고 교재에서 한 챕터가 끝날 때마다 등장하는 토론 문제를 푸는 식의 따분한 과제를 하다보면 외로움이 절절하게 밀려들었다. 그해 여름은 살 만한 집을 마련하는 데 온 신경을 쏟았기 때문에 끊임없이 이사를 다녀야 했다. 이제 그럭저럭 괜찮은 집에 정착하고 마음도 어느 정도 안정을 찾자 미아를 혼자 힘으로 키우고 있다는 막막함이 짙은 안개처럼 스멀스멀 스며들었다. 미아를 돌보는 일 때문에 제이미와 너무 많이 옥신각신했고 제이미가 여기 온대도 고작 몇 시간밖에 아이를 봐주지 않았기 때문에 나는 육아에서 한시도 벗어나지 못하는 기분이었다. 미아는 마르지 않는 샘처럼 끊임없이 에너지가 솟아나는 아이였다. 산책을 할 때면 달팽이처럼 느린 속도로 유모차를 직접 밀겠다고 고집을 부렸다. 공원에서는 끝도 없이 그네를 밀어달라고 하거나 미끄럼틀을 수없이 오르내리며 자기에게서 눈을 떼지 말라고 졸라댔다. 나도 이제 거의 서른 줄에 접어들었기 때문에 친구들 중 상당수가 결혼을 하고 집을 장만하여 가족을 꾸리기 시작했다. 친구들은 이러한 인생의 중대사들을 순조롭게 치러내고 있었다. 상황이 이렇게까지 악화되었다는 사실을 털어놓기 부끄러웠던 나는 아예 친구들과 연락을 끊었다. 지금까지 등록한 지원 프로그램만 해도 펠그랜트, 스냅, 티브라, 리히프, WIC, 메디케이드•, 보육 지원까지 전부 일곱 개나 되었다. 생존을 위해 무려 일곱 가지 정부 지원이 필요하다는 의미였다. 걸음마를 시작한 아이, 허둥대는 일, 그리고 스트레스로 점철된 끝없는 아수라장 속에서 나의 시간은 조용히 흘러가고 있었다.

가족 중 아무도 깨닫지 못한 채 내 생일이 지나갔다. 처음 있는 일이었다. 제이미는 내가 불쌍했는지 미아와 함께 도자기 머그를 직접 칠할 수 있는 체험장에 데려다주겠다고 했다. 올리브가든 레스토랑에서 저녁을 먹으면서, 파스타 한 움큼을 손에 쥐어 입에 욱여넣는 미아

•   Medicaid, 저소득층을 위한 의료 보조 제도.

를 무릎에 앉힌 제이미를 지켜보았다.

차가 우리 아파트에 도착하자 잠시 뜸을 들이다가 차문을 열었다.

"잠깐 들어왔다 갈래?"

"왜?" 제이미는 운전대를 손가락으로 툭툭 두들기며 물었다.

제이미와 함께 있고 싶다는 생각에 솟아나는 눈물을 꾹 참았다.

"미아를 좀 재워주고 가면 안 돼?"

제이미는 볼멘 듯이 입술을 오므렸지만 자동차 열쇠를 돌려 차의 시동을 껐다. 제이미를 쳐다보고는 미소 지으며 미아를 다시 바라보았다. 나에게 가족은 제이미와 미아뿐이었다.

내가 소파에서 잘지언정 제이미가 우리집에서 하룻밤 자고 갔으면 했다. 평소 혼자서 침대로 향할 때마다 가슴에 숨어 있는 괴물이 발톱으로 안쪽을 긁어대는 것 같았다. 최대한 몸을 웅크리거나 때로는 베개를 꼭 안기도 했지만 마음속에 새겨진 깊은 공허를 메울 수는 없었다. 필사적으로 몰아내려 했지만 외로움은 밤마다 끈질기게 찾아왔고, 사라지지 않았다. 내 생일, 심지어 꼭 안고 재워줄 사람조차 없는 상태에서 맞은 첫 생일날 나는 하염없이 외로움과 싸웠다.

"오늘밤 자고 갈래?" 제이미의 얼굴 대신 바닥을 내려다보며 웅얼거렸다.

"싫어." 제이미는 거의 코웃음을 치며 대답했다. 그리고 작별 인사나 생일축하 인사 한마디하지 않고 돌아갔다. 나는 괜히 물어봤다며 후회했다.

바닥에 앉아 아빠에게 전화를 걸었다. 벌써 밤 10시가 다 된 시간이었지만 아빠는 거의 매일 밤 샬럿과 함께 MSNBC의 〈키스 올버먼의 카운트다운〉이라는 뉴스 프로그램을 보기 때문에 아직 깨어 있으리라 확신했다. 두 분과 함께 살 때 내가 좋아한 시간이기도 했다. 제이미가 우리를 쫓아낸 후 갈 곳이 없어졌을 때 아빠네 집에서 몇 주간 신세를 졌었다.

"안녕, 아빠." 나는 이렇게 운을 떼고는 말을 멈추었다. 뭐라고 해야 할지 알 수가 없었다. 아빠가 필요했지만 그 말을 입 밖에 낼 수는 없었다. 우리 가족 사이에서 통용되는 암묵적 언어는 침묵이었다.

"그래, 스테퍼니." 아빠는 약간 놀란 목소리로 대답했다. 나는 더이상 평소에는 아빠에게 전화를 하지 않았다. 아빠는 우리집에서 고작 몇 시간 떨어진 곳에 살고 있었지만 3개월 전 미아 생일 파티 이후 아빠를 만난 적도, 아빠와 이야기를 나눈 적도 없었다. "무슨 일이냐?"

나는 크게 숨을 들이쉬었다. "오늘 내 생일이야." 목소리가 약간 떨렸다.

"아, 스테퍼니." 아빠는 안도했다는 듯이 크게 한숨을 쉬었다.

우리 두 사람 모두 아무 말도 하지 않았다. 수화기 저편에서 TV 소리가 들리지 않았기 때문에 정지된 화면에서 나오는 불빛이 아빠의 집 어두운 거실을 희미하게 밝히는 모습을 머릿속에 그려보았다. 어쩌면 샬럿은 담배를 피우러 밖에 나갔는지도 모른다. 두 사람이 지금도 평일에는 와인을 마시지 않을까 궁금했다.

———

제이미의 집을 막 나와서 아빠네 집에서 신세를 졌을 때, 아빠는 밤늦게까지 부엌 식탁에서 수많은 양식과 법원 서류를 산더미처럼 쌓아놓고 있는 내 모습을 지켜보았다. 지금 돌이켜보면 당시 아빠는 도대체 딸의 인생에서 무슨 일이 벌어지고 있는지 이해하려고 노력하는 것 같았다. 아빠가 아는 것이라고는 나에게 돈이 없었고, 집도 없었으며, 미아는 고작 생후 7개월이라는 사실뿐이었다. 아빠는 상황을 어떻게 개선해야 할지 몰랐다. 우리에게 밥은 먹여줄 수 있었지만 현실적으로 경제적인 여력이 전혀 없는 상황이었다. 주택 시장 붕괴로 전기 기술자인 아빠는 이미 큰 타격을 입었다. 미국을 강타한 2008년 금융위기 때문에 주택 개발업자들이 새로운 개발사업을 전혀 추진하지 못하고 어려움을 겪던 시기였다.

나는 식료품 구매권으로 모두가 먹을 식료품을 구입하여 최대한 두 분의 부담을 덜어주려 했다. 저녁이나 아침을 차리기도 하고 낮에는 청소도 했지만 그것만으로는 충분치 않다는 걸 잘 알았다. 안 그래도 생계유지를 위해 뼈빠지게 일하는 아빠와 샬럿에게 너무나 큰 부담을 더하는 셈이었다. 두 분은 4~5년 전 작은 집을 마련해 이사하면서, 나중에 그 집을 팔고 이동식 주택에서 살다가 꿈꾸던 집을 짓겠다는 계획을 세웠다. 하지만 집값이 폭락하면서 그 계획은 물거품이 되었다. 샬럿은 다시 학교를 다니면서 전문 자격증을 딴 후 보험회사에서 의료청구 처리원으로 일했다. 아빠는 고등학교를 졸업한 이후 줄곧 전기

기술자로 일해왔다.

샬럿은 전남편과 이혼한 후 이동식 주택을 구입해 거기서 적은 수입으로 혼자서 아들을 키웠다. 아빠는 최대한 집답게 그 이동식 주택을 꾸미기 위해 뒤쪽에 커다란 베란다를 만들어 열 개가 넘는 다양한 새 모이통을 놓았다. 미아는 거실 창문을 통해 큰 어치들이 날아와서 땅콩을 물어가는 모습을 지켜보는 것을 좋아했고 양팔을 파닥거리면서 신나게 소리를 질렀다. 아빠는 미아가 그럴 때마다 웃음을 터뜨렸다. "딱 저 나이 때의 너랑 어쩜 저렇게 똑같니." 아빠는 신기하다는 듯이 말하곤 했다.

어느 날 밤, 느지막이 퇴근한 아빠가 양손 가득 식료품 쇼핑 꾸러미를 들고 왔다. 나는 미아를 재우고 나서 샬럿과 함께 거실에 앉아 TV를 보고 있었다. 아빠는 와인을 한잔하면서 욕조에 몸을 담갔다. 그러던 중, 시끄러운 TV 소리 사이로 흐느끼는 울음소리가 들려왔다. 다 큰 어른 남자가 흐느껴 울다니. 그런 소리를 들어본 적이 없었다. 샬럿은 여러 번 밖으로 나가서 아빠가 괜찮은지 확인했다.

"그만 좀 해!" 마침내 샬럿이 소리를 질렀다. "당신이 이러면 스테퍼니가 얼마나 겁을 먹겠어!"

그전까지는 아빠가 우는 모습을 본 적이 없었지만 아이들이 흔히 그러듯이 아빠가 우는 건 내 잘못이라고 생각했다. 당신도 어려운 상황인데 나까지 도움을 청하니 내가 적지 않은 짐이 된 것이다. 며칠 전 아빠는 나에게 여기서 나가는 게 좋겠다고 말하기도 했다. 그 이야기를 들은 샬럿은 머물고 싶은 만큼 있어도 된다며 나를 안심시켰다.

두 분이 나 때문에 얼마나 논쟁을 벌였을지 궁금했다.

아빠가 그렇게 무너지는 모습을 보자 미아를 데리고 나가서 다른 곳에서 살아야 할지도 모른다는 불안감이 엄습했다. 최대한 아빠의 상황을 이해하려고 노력해보았지만 직업도 없이 월세를 내야 하는 곳에서 어떻게 미아와 함께 살 수 있을지 막막하기만 했다. 도대체 어떻게 먹고살아야 할까. 갓난아이를 데리고 집도 절도 없는 신세가 되었다는 충격에서 벗어날 시간조차 없었다. 샬럿의 말이 맞았다. 나는 아빠 때문에 겁을 먹고 있었다. 아마도 샬럿의 예상과는 조금 다른 방향이겠지만 말이다.

샬럿은 세번째로 나갔다가 돌아와서는 소파에 앉았다. 우리 두 사람은 서로 아무 말도 하지 않았다. 샬럿이 TV의 볼륨을 높였고 우리는 계속 〈키스 올버먼의 카운트다운〉을 시청했다. 감히 고개를 돌려 샬럿을 쳐다볼 수도 없었지만 평정심을 유지하려고 애썼다. 침착하게.

이내 잘 시간이 되어 소파에서 일어섰다. 친척이 자그마한 캠핑용 트레일러를 가져와 진입로에 주차해줘서 미아와 나는 거기서 임시로 머물렀다. 지붕과 문 사이의 틈이 벌어졌고 부엌이나 화장실조차 사용할 수 없었지만, 전기 히터가 있었고 우리 두 사람이 잠을 청할 만한 공간은 있었다.

"자러 가니, 스테퍼니?" 샬럿은 평상시처럼 행동하려고 노력하며 물었다.

"네, 은근히 피곤하네요." 나는 거짓말을 했다. 문 앞에서 잠깐 걸음을 멈추고 샬럿을 쳐다보았다. "여기 머물게 해주셔서 감사해요."

샬럿은 항상 그랬듯이 빙그레 미소 지으며 "필요하면 언제까지든 있어도 돼"라고 말했다. 하지만 우리 두 사람 모두가 이제 더이상 그게 사실이 아님을 깨닫고 있었다.

자그마한 트레일러 문 안쪽으로 머리를 들이밀자 접이식 소파침대에서 새근거리며 자고 있는 미아가 보였다. 담요에 기어들어가 뒤뚱거리는 소파침대의 가장자리에서 균형을 잡으며 미아 옆에 누웠다. 별로 피곤하지는 않았다. 그냥 거기에 누워 미아가 자는 소리를 들으며 우리 앞에 펼쳐진 세상의 다른 모든 일들을 잊고 싶었다. 똑바로 누웠다가 다시 옆으로 누웠다가 뒤척였지만 아빠의 흐느끼는 소리가 머릿속에서 사라지지 않았다. 당분간은 레저용 캠핑장에 트레일러를 주차시켜놓을 수 있지 않을까. 애너코르테스에 있는 외할아버지네 집 뒷마당에 세워둘 수도 있었지만, 50마리의 길고양이를 먹여살리고 있는 외할머니와 그렇게 지근거리에서 살 자신이 없었다.

1시간 후, 트레일러의 얇은 벽을 뚫고 아빠와 샬럿이 사는 집에서 쾅 하고 문이 닫히는 소리가 들렸다. 두 분이 한바탕 싸우는 모양인지 무언가 부서지는 소리와 쿵쿵거리는 소리가 여러 차례 들려왔다. 그러다가 갑자기 잠잠해졌다.

조용히 다시 그쪽 집으로 건너가서 무슨 일인지 살폈다. 부엌 바닥에는 냉장고에서 떨어진 자석들이 흩어져 있었다. 식탁도 원래 놓인 장소가 아니라 다른 쪽으로 가 있었다. 으스스한 적막이 흘렀다. 바로 그때 뒤쪽 베란다에서 무언가 소리가 들렸다. 아빠는 여전히 흐느끼고 있었지만 이번에는 거듭해서 샬럿에게 사과하고 있었다.

다음날 아침, 미아와 함께 아침을 먹으러 갔더니 아빠는 이미 출근하고 없었다. 샬럿은 아직도 원래 자리를 벗어나 있는 식탁 앞에 앉아 있었다. 식탁에 앉아서 본능적으로 샬럿의 손을 잡았다. 나를 올려다보는 샬럿의 눈은 퉁퉁 부어 있었고 생기가 없었다.

"네 아빠가 전에는 이런 적이 한 번도 없었어." 샬럿은 내 등 너머의 반대쪽 벽에 시선을 고정시키고 말했다. 그러다가 갑자기 나를 똑바로 바라보았다. "테디베어처럼 마냥 순한 사람이잖니."

샬럿은 전날 밤에 무슨 일이 있었는지 들려줬다. 샬럿은 여동생 집으로 가겠다며 짐을 싸기 시작했으며 심지어 개까지 데려가겠다고 아빠에게 말했단다. 나는 감탄하면서 샬럿을 바라보았다. 나 역시 제이미가 처음 분노를 터뜨리기 시작했을 때 즉시 박차고 나올 용기가 있었더라면 얼마나 좋았을까. 샬럿만큼 강한 사람이었다면.

"그게 내 실수였어." 샬럿은 몸을 둥글게 말고 발치에 엎드려 있는 개를 내려다보며 말했다. "내가 너무 지나쳤나봐." 샬럿이 마시던 커피잔을 식탁에 내려놓더니 조심스럽게 소매를 걷어올리자 짙은 보랏빛 멍이 드러났다.

"멍멍아, 멍멍아" 하며 부엌 바닥에 엎드린 개의 등을 쓰다듬으며 신나게 노는 미아를 내려다보았다. 미아는 잠에서 막 깬 탓에 머리가 잔뜩 헝클어져 있었고 아직도 우주복 스타일의 잠옷 차림이었다.

나는 눈을 감았다. 우리는 이곳을 떠나야 했다.

바로 그날 노숙인 쉼터 여기저기에 전화를 걸기 시작했다. 최소한 일정 기간 동안 우리가 비를 피할 수 있는 지붕이 있는 곳, 그리고 욕심을 부린다면 미아와 내가 누군가의 폭력 때문에 두려움에 떨지 않고 살 곳을 말이다. 일하러 간 아빠가 우리에게 집을 나가야 할 것 같다고 전화로 통보할 즈음에는 이미 차에 짐을 싣고 떠날 준비를 마친 상태였다.

고모와 남동생에게 샬럿이 보여준 멍에 대해 털어놓으려고 했지만, 아빠가 이미 두 사람에게 내가 아마도 관심을 끌려고 거짓말을 꾸며낼 것이라고 전화로 경고한 뒤였다. 그리고 제이미와의 일도 모두 관심을 받기 위해 지어낸 것 같다는 말도 남긴 모양이었다.

———

"미안하다, 스테퍼니." 내 생일날 밤, 아빠는 수화기 너머로 거듭 사과했다. 아빠는 직장에서 무척 바빴다고 변명을 늘어놓았지만 나는 괜히 전화했다고 후회하며 더이상 귀를 기울이지 않았다.

아빠는 내 생일을 잊은 데 대한 보상을 하려고 했다. 일주일 후 100달러짜리 수표가 든 카드가 우편으로 도착했다. 나는 그 수표를 쳐다보았다. 아빠 입장에서 선물로 주기에 무척이나 큰돈이라는 사실은 너무나 잘 알았다. 미아와 나를 집에서 내보낸 아빠에 대한 분노가 치밀어올라 그 돈을 완전히 무모하게 쓰기로 결심했다. 고지서를 처리하거나 꼭 필요한 세면도구를 사는 대신, 미아를 데리고 시내에 새로 생긴 태국 음식점에 가서 점심을 먹었다. 달콤한 코코넛 밀크로 지은 밥에 망고를 얹은 디저트가 자그마한 그릇에 담겨 나오는 곳이었다.

식사를 마친 뒤 미아의 곱슬머리에 밥풀이 얼마나 엉망으로 엉겨붙었는지 목욕을 시켜야 할 정도였다. 그후 미아가 낮잠에 빠지자 부엌 옆의 책상에 앉아 컴퓨터를 켜놓고 온전히 나 자신을 위한 무언가를 하기로 마음먹었다.

내 컴퓨터 브라우저에는 벌써 며칠째 매치닷컴이라는 온라인 데이트 사이트가 열려 있었다. 프로필을 작성하고 사진을 업로드한 다음 내 또래 남성들의 프로필을 살펴보았다. 부모님 두 분 모두 현재 함께 살고 있는 배우자를 이곳에서 만났고 고모도 마찬가지였다. 과연 괜찮은 사람을 찾을 수 있을지 확신하지 못했지만, 내 삶에서 한 가지 확실히 없는 것을 꼽으라면 바로 사교생활이었다. 내 형편을 보여주기가 부끄러워 지난 1년간 점차적으로 친구들과 연락을 끊고 숨어버렸기 때문에 마땅히 만날 사람들도 없었다. 미아가 잠자리에 들고 몇 시간 지나 깊은 밤이 되면 하루 중 처음으로 가만히 앉아 누군가와 소통하고 싶다는 절박한 욕구에 휩싸였다. 단순히 이메일을 주고받거나 전화 통화만 하는 사이라고 해도 말이다. 내 이야기를 털어놓는 데 진절머리가 났기에 내가 어떤 상황에 처했는지 어떤 우여곡절을 겪었는지 다 알고 있는 친구들이 아니라 새로운 사람을 만나고 싶었다. 소위 말하는 '썸'도 타면서 현실에서 벗어나 이 모든 일이 벌어지기 전의 나로 돌아가고 싶었다. 문신을 새기고 머리에 두른 스카프 밑으로 턱선까지 오게 갈색머리를 기른 채 허리에 트레이닝복 상의를 묶고 밴드 음악에 맞춰 신나게 춤을 추던 바로 그 여자로. 나는 새로운 관계를 맺고 싶었다.

이런 상황에서 온라인 데이트 사이트를 기웃거리면 너무나 필사적으로 누군가를 필요로 하는 사람처럼 보일지도 모른다는 생각이 들었지만 크게 개의치 않았다. 나는 유타 주 솔트레이크시티와 워싱턴 주 윈스럽처럼 먼 곳에 사는 남자들과 이야기를 나누었다. 상대방에게 어떤 감정이 생길 만한 여지를 방지하기 위해 쉽게 오갈 수 없는 먼 거리에 사는 남자들을 선호했다. 제이미는 미아를 오래 봐주지 않았기 때문에 내가 그들을 만나러 가거나 그쪽에서 나를 만나러 온다는 건 있을 수 없는 일이었다. 뿐만 아니라 그 모든 일들이 너무나 버겁기만 했다. 나에게는 그저 한바탕 함께 웃을 수 있고 임신과 가난으로 인해 성격이 완전히 바뀌기 전 내가 어떤 사람이었는지 일깨워줄 상대가 필요할 뿐이었다. 바람처럼 자유롭게 어디든 발길 닿는 대로 가고, 만나고 싶은 사람을 만나고, 일자리 세 개를 소화하며 저축을 하거나 여행 비용을 모으던 이전의 내 모습은 완전히 사라져버렸다. 내 안에 아직도 그때의 내가 남아 있다는 것을 확인할 무언가가 필요했던 셈이다.

만약 스스로에게 솔직했다면 좋은 사람을 만나기를 남몰래 바랐다는 걸 시인했을 터이다. 하지만 스스로에게 확신이 없기도 했고, 이성적이고 현실적인 측면에서 그런 일이 일어날 가능성은 지극히 희박하다는 사실을 너무나 잘 알았다. 나는 정부 지원을 받는 극빈층이었고 주기적으로 불안발작을 일으켰다. 게다가 바로 얼마 전에 경험했던 감정적인 학대를 대부분 아직 극복하지도 못했을뿐더러 그러한 학대가 나에게 얼마나 심각한 영향을 미쳤는지조차 파악하지 못했다. 내 삶은 엄마라는 이 고달프고도 새로운 정체성 안에서 일종의 답보 상태였다. 진짜로 엄마가 되고 싶었는지조차 확신할 수 없었다. 제정신을 가진 사람이라면 **나 같은** 사람에게 진지하게 호감을 가질 수 있을까?

온라인 데이트 사이트에서 고작 한 달 정도 활동했을 즈음, 놀랍게도 어떤 남자가 진짜로 나를 만나러 왔다. 그는 스탠우드라는 인근 마을에 살고 있었다. 포트타운젠드가 아닌 다른 곳에서 살고 싶어서 외곽으로 집을 구하러 다닐 때 몇 번이나 운전을 해서 지나친 곳이었다. 스탠우드는 우리 가족이 모두 살고 있는 스카짓 카운티 바로 남쪽에 있는 자그마한 농촌 마을이었다. 내가 사는 곳에서 멀지는 않았지만 지나치게 가깝지도 않았고, 사람의 발길이 닿지 않은 호젓한 해변이 곳곳에 있는 카마노 섬 바로 옆이었다. 가깝기도 했지만 그 남자가 지금 사는 농장에는 증조할아버지가 지은 집이 있는데 할아버지가 결국 거기서 총으로 자살을 했다는 이야기를 듣고 그야말로 존 스타인벡 소설 같다는 생각이 들었다.

트래비스라는 이 남자는 짧은 시기나마 농장을 떠나 있기도 했다지만 놀라울 정도의 경외심을 담아 자신이 사는 농장을 예찬했다. 욕조에서 목욕하는 어렸을 때 그의 사진이 그곳에 남아 있으며 지금은 밤마다 바로 그 욕조 옆에 서서 양치질을 한다고 했다. 그의 부모님은 할아버지에게서 농장을 매입한 후 여전히 그곳에서 살면서 직접 말 위탁사육 사업을 한다고 했다. 트래비스의 어머니는 평일에 다섯 명의 손자들을 돌보면서 틈틈이 장부를 관리했다. 원할 때마다 말을 탈 수 있을지도 모른다는 희망보다는 그 어머니의 이야기에 더 흥미를 느껴서 저녁을 사주겠다는 트래비스의 제안을 수락했다.

트래비스는 아버지에게 그날 밤 말들의 먹이와 물을 챙겨달라고 부탁한 다음 포트타운젠드로 기꺼이 달려왔다. 페리 터미널에서 만난 트래비스는 약간 긴장한 듯이 눈을 커다랗게 뜨고 있었다.

"태어나서 배를 처음 탔거든요." 트래비스는 살짝 가쁜 숨을 쉬며 말했다. "여기 이런 마을이 있는지조차 몰랐어요." 그는 초조한 웃음을 터뜨렸고, 나는 사이렌스로 걸어가면 어떻겠느냐고 제안했다. 아직 오후 4시밖에 되지 않았기 때문에 식당에 가도 손님이 없을 것 같았다. 내가 낯선 남자와 외식하는 광경을 누군가 본다면 즉시 그 이야기가 제이미 귀에 들어갈 것이 틀림없었다. 몇 달 전, 하루종일 고된 정원 일을 마친 후 간신히 한숨 돌리며 혼자서 맥주를 한잔하러 시내에 간 적이 있었다. 그곳에 있던 누군가 고자질을 한 모양인지 미아를 데리러 가자 제이미가 술 취한 것이 아니냐며 나를 추궁했다. 그 일이 있은 후 아예 술집에 발을 들여놓지 않으려고 애쓰던 중이었다.

우리는 안쪽 테이블에 앉아 각각 버거와 맥주를 주문했다. 반년 전 엄마와 윌리엄과 함께 앉았던 야외 테이블을 바라보았다. 마지막으로 여기 와서 식사했던 것이 바로 그때였다. 더듬거리며 주문하는 모습을 보니 트래비스 역시 외식을 자주 하지는 않는 듯했다. 이미 그에게 상당한 호기심을 느끼고 있었기 때문에 개의치 않으면서 그가 초조한 모양이라고 생각했다.

"그래서, 정확히 어떤 일을 하신다고요?" 트래비스가 이미 이메일과 전화로 자세히 설명해준 이야기를 다시 물었다.

"아침에는 마구간을 청소하고, 밤에는 말들 먹이를 주고, 낮시간 동안에는 망가진 것이라면 무엇이든 수리하죠." 트래비스는 나의 관심과 끊임없는 질문을 별로 성가시게 생각하지 않는 것 같았다. 우리 둘 중 하나가 재미있는 이야기를 꺼낼 때마다 금세 웃음을 터뜨렸다. "하지만 건초를 거두는 계절에는 하루종일 일을 해야 해요."

나는 상황을 다 이해한다는 듯이 고개를 끄덕였다. "그러면 직접 재배한 건초로 주인들이 사육해달라고 맡기는 말들에게 먹이를 주는 거예요? 말이 몇 마리나 되는데요?"

"부모님 마구간에는 부모님 소유의 말이 몇 마리 있고 친구들이 맡긴 말이 또 몇 마리 됩니다." 트래비스는 버거를 크게 한입 베어 물었고 나는 그가 말을 이어갈 수 있도록 잠시 기다렸다. 트래비스는 작업복처럼 보이는 옷을 입고 있었다. 구멍이 뚫리고 기름 자국이 난 청바지와 갈색 가죽부츠, 그리고 빛바랜 티셔츠 위에 후드가 달린 트레이닝복 상의. 나 역시 트래비스와 비슷한 차림새였지만, 하의만큼은 여름에 중고매장에서 구입한 괜찮은 럭키 브랜드 청바지를 입고 있었다. "수전이라는 여자분이 농장 일부를 임대해서 마구간을 운영하면서 말들을 교육하는데요. 제일 큰 마구간에는 120마리 정도가 들어가지만 지금은 그 절반 정도만 돌봐요. 우리한테 말을 위탁하던 사람들이 다들 망하는 바람에 말에 돈을 못 쓰나봐요. 심지어 말을 다른 사람한테 넘길 돈도 없어 보여요."

말 사육에 그렇게 많은 비용이 든다고는 생각해본 적이 없었지만 말을 돌보는 일이 굉장히 힘들다는 사실만은 분명히 알고 있었다. 조부모님 댁 근처에서 살았던 아주 어렸을 때, 여름마다 먼지가 날리는 긴 도로 저편 아빠가 자란 농장에서 시간을 보내곤 했다. 벌목꾼이었던 친할아버지는 은퇴 후 말에 짐을 실어 숲을 오가는 일을 하셨다. 할아버지는 내가 미아 또래일 무렵부터 나를 말에 태워주셨다. 제대로 뛰지도 못하는 어린 시절부터 나는 안장도 얹지 않은 말을 곧잘 탔다. 미아가 내 어린 시절처럼 말을 타는 모습이 머릿속에 그려졌다.

페리 터미널까지 다시 걸어가서 트래비스를 배웅할 즈음에는 이미 날이 어둑어둑해지고 있었다. 가볍게 포옹을 하고 작별 인사를 나누는 순간, 그의 가슴에 얼굴을 파묻고 놓아주고 싶지 않다는 충동이 솟아올랐다. 트래비스에게서는 말, 건초, 기름, 그리고 톱밥 냄새가 났다. 트래비스의 몸에서 나는 일꾼의 냄새에 긴장이 풀렸고, 급작스럽게 어린 시절에 대한 향수가 밀려와 나는 울컥하고 말았다. 자동차에서 일하던 기억, 할아버지와 함께 말을 타던 기억, 어렸을 때 아빠에게 못을 건네주던 기억. 트래비스의 포옹은 그러한 모든 순간을 상기시켰고, 내게 위로가 되었으며, 어딘가 모를 편안함을 전해주었다.

6장

농장,
'정상가족'의 테두리

—

나는 단날로 된 거버나이프를 접어서 칼하트 바지 뒷주머니에 넣었다. 얼굴에 닿는 축축한 가을 공기를 느끼며 트래비스와 함께 수십 개는 되는 32킬로그램가량의 건초 더미를 분쇄기에 집어넣었다. 1센티미터 남짓 작은 조각으로 건초가 잘리면 목재 칩과 잘 섞어서 말의 잠자리에 깔아주었다. 이마에 붙은 진노란색 건초 먼지를 닦아내고는 겨드랑이에 끼워두었던 작업용 장갑을 다시 꼈다. 잠시 멈춰서 숨을 고르다가 붉은색 노끈을 내 쪽으로 힘껏 잡아당겼다. 건초 더미를 한 다발로 묶어둔 노끈을 매듭 바로 앞쪽에서 자르면 건초 더미를 움직이지 않고도 끈만 얌전히 빼낼 수 있었기 때문에 한 단씩 집어서 절단기에 던져넣기가 훨씬 수월했다. 노끈을 매듭 뒤쪽에서 자르면 매듭이 중간에 걸려서 노끈이 잘 빠지지 않아 건초 더미가 땅으로 우수수 떨어지기에 작업이 더뎌지기 마련이었다.

"그렇게 하면 안 돼!" 트래비스는 내 발치에 쌓이는 건초 뭉치를 보더니 다시 한번 소리를 질렀다.

"미안해!" 최대한 진심처럼 들리도록 노력하며 소리를 질러 답했다. 그리고 같은 작업을 수도 없이 반복하면서 산처럼 쌓인 건초 더미를 잘게 절단하여 그보다 더 거대한 마른 풀더미로 쌓아올렸다.

트래비스와 첫번째 데이트를 한 이후 고작 4개월 정도 되었을 무렵, 거의 두 살이 된 미아를 데리고 스탠우드로 이사하여 트래비스와 함께 살게 되었다. 그후 9개월간 좀처럼 쉽지 않은 시간이 이어졌다. 트래비스는 농장과 집밖에서 그야말로 뼈가 빠지게 일했다. 그러나 집안에서는 주구장창 TV만 봤다. 우리의 관계는 안정적이었고 가족의 형태를 갖추고 있었다. 그보다 더 중요한 것은 트래비스와의 생활을 통해 눈에 보이지 않는 충족감을 느낄 수 있었다는 점이다. 트래비스와 함께 있으면 나도 어엿한 가족의 일원이었다. 결여된 부분이 채워진 느낌이었다. 하지만 그로 인해 독립성을 잃게 되리라고는 예상치 못했다. 엄마라는 나의 정체성에서 독립성이 얼마나 중요한 부분인지를 미처 깨닫지 못했었다. 트래비스는 나의 가치를 농장에서 얼마나 많은 일을 소화하느냐로 판단했다. 청소나 요리처럼 집안에서 하는 가사노동은 트래비스가 보기에 아무런 쓸모가 없었기 때문이다. 그렇다고 해서 다른 일자리를 찾을 수도 없었기 때문에 농장일을 얼마나 해내느냐로 나의 가치가 결정되는 셈이었다. 문제는 미아를 돌보는 데 사용 가능한 돈이 제이미가 주는 약간의 양육비와 정부에서 보조해주는 식료품 구매권뿐이었다는 점이다. 트래비스는 내가 상당 부분 기여한 일에 대한 보수를 받아도 나에게 돈을 나눠주지 않았다.

처음에는 매일 저녁 마구간에 나가서 고객들이 맡겨둔 50여 마리의 말에게 먹이와 물을 주는 일이 즐거웠다. 주말마다 마구간을 청소하던 일꾼들이 그만두자 트래비스는 흔쾌히 그 일을 맡겠다고 나섰고, 말먹이를 주는 명목으로 부모에게서 받는 100달러에 추가로 매주 100달러를 더 벌었다. 주말에 미아가 아빠와 시간을 보내는 동안 나는 아침 7시에 일어나서 밖으로 나가 말의 배설물을 치우고 매일 저녁에는 말의 먹이를 주는 일을 도왔다. 하지만 트래비스는 그 일의 대가로 부모님께 현금 뭉치를 받아 나에게는 한푼도 주지 않고 그대로 자기 주머니에 쩔러넣었다.

"트래비스." 두 번이나 그런 일이 반복되자 나는 이렇게 말했다. "나한테도 좀 줘야 하는 거 아니야? 나도 도왔잖아."

"너한테 돈이 왜 필요한데?" 트래비스는 버럭했다. "너 생활비 한푼 안 내잖아."

이제껏 쌓인 굴욕감으로 눈물이 왈칵 터지려는 것을 간신히 참고는 차에 기름을 넣어야 한다는 변명을 쥐어짜냈다.

"여기 있어." 그는 지폐 뭉치를 뒤적이다가 20달러짜리 한 장을 건넸다.

우리는 자주 싸우기 시작했다. 내가 말먹이 주는 일을 돕지 않겠다고 할 때마다, 저녁이 식탁에 차려져 있지 않을 때마다, 늦잠을 자면 그 보복으로 트래비스가 말을 걸지 않는다는 사실을 알면서도 개의치 않고 내가 늦잠을 잘 때마다. 나는 필사적으로 생활정보 사이트인 크레이그리스트Craigslist나 지역 신문에 게시되는 거의 모든 구인광고에 지원했다. 매주 적게는 몇 장, 많게는 열 장이 넘는 이력서를 여기저기 보냈지만 연락이 오는 곳은 거의 없었다. 그러다가 친구가 새로운 직원을 구하던 청소업체에 내 전화번호를 건네주어 곧바로 일자리를 얻었다. 그 일은 전망이 괜찮아 보였다. 시급은 10달러였는데, 그 청소대행업체를 운영하는 제니는 나에게 매주 20시간씩 일감을 줄 수 있을 것이라고 했다. 수중에 매주 200달러가 들어오는 셈이었다. 어쩌면 농장일을 그만둘 수 있을지 몰랐다.

"괜찮은 일이야. 그 업체에서 청소하는 집들은 전부 다 스탠우드에 있어." 트랙터에서 내리는 트래비스에게 말했다. "심지어 수습 기간도 따로 없는 것 같아. 그냥 가서 일을 하면 그 자리에서 현금을 받는다고." 트래비스와는 벌써 며칠 동안이나 거의 말을 주고받지 않았지만, 최대한 다정하게 웃으려고 노력했다. "그야말로 내가 찾던 일 같아." 이제 거의 두 살하고도 6개월째에 접어드는 미아는 트래비스와 함께 사는 것을 너무나도 좋아했다. 나 역시 행복했지만, 솔직히 말하자면 여기 머무는 가장 큰 이유는 트래비스와 함께하는 한 싱글맘이라는 낙인에서 벗어날 수 있었기 때문이었다.

"뭐라고?" 트래비스는 내가 한 말의 절반밖에 못 들었다는 듯이 짜증스럽게 되물었다. 그는 처음 만났던 날과 똑같은 옷을 입고 있었다. 처음으로 그와 포옹했을 때의 기분을 떠올려보려고 노력했다. 1년 전 그의 품 안에서 안전함과 편안함을 느꼈다. 하지만 이제 트래비스의 두 팔은 나를 꼭 안아주기에는 너무나 분노로 차 있었다.

트레일러를 트랙터 뒤쪽 갈고리에 연결하는 트래비스 뒤를 따라다니며 이렇게 설명했다. "오전에 시간제로 청소일을 하고, 어린이집에서는 미아를 하루종일 봐주니까 오후에 농장일을 도울 수 있지 않을까?" 나는 집세와 생활비를 내는 대신 농장일을 하는 셈이라고 스스로를 설득했지만, 지난번처럼 자동차 기름값을 달라고 할 때마다 너무 자존심이 상했다.

트래비스는 무표정한 얼굴로 나를 쳐다보았다.

"열심히 일할게. 마구간도 청소하고." 체면을 다 버리고 거의 애원하듯 말했다. "말들한테 먹이랑 물도 줄게. 솔직히 요리하는 거 좋아하진 않지만 저녁도 최선을 다해서 준비할게."

"농장 일만 한다면 저녁 같은 건 아무래도 상관없어." 트래비스는 그러더니 한숨을 쉬었다.

나는 그저 기다렸다.

"이 건초 더미 자르는 것 좀 도와줘." 트래비스는 다시 트랙터에 올라타면서 말했다.

"그럼 나 그 일 해도 되지?" 트랙터의 엔진 소리에 질세라 힘껏 소리를 질렀다. 그는 나를 흘깃 바라보았지만 대답은 하지 않았다. 나는 뾰로통한 얼굴로 건초 더미를 마구간에 쌓아놓는 트래비스가 탄 트랙터 뒤를 따라갈 수밖에 없었다.

그때는 2009년 초겨울이었다. 경제 불황이 한창이던 시기라 많은 고객들이 취미나 다른 어떤 이유로도 말 사육을 감당할 여유가 없었다. 트래비스와 그 부모님이 운영하는 말 사육 사업은 사상 최저 매출액을 기록중이었다. 설상가상으로 마구간에 깔아두는 알팔파•와 목재 칩의 가격도 올랐다. 농장에서 사용하는 대부분의 장비가 노후화되어서 고장나기 일쑤였다. 사업을 근근이 유지하는 데 지친 트래비스의 부모님은 대부분의 운영을 트래비스에게 맡겼다. 건초 수확 계절이 오면 트래비스는 정말 온종일 일을 했고 하루에 최대 12시간까지 트랙터를 타고 다녔으며, 겨울이 찾아오면 동파된 파이프를 수리하고 매일 아침 80여 칸에 달하는 마구간에서 일일이 배설물을 치웠다.

뿌옇게 떠다니는 건초 먼지 사이로 위를 올려다보니 놀랍게도 나에게 웃어주는 트래비스의 얼굴이 눈에 들어왔다. 두번째 건초 더미를 절반 정도 절단한 참이었다. 트래비스가 쓴 빨간 야구모자와 후드 달린 트레이닝복 상의의 어깨에는 건초 가루가 뽀얗게 덮여 있었다. 트래비스가 내 머리를 헝클어뜨리려고 장갑 낀 손을 뻗길래 얼른 고개를 숙이고는 노끈 한 뭉치를 집어서 그에게 던졌다. 트래비스가 활짝 웃자 그의 파란색 눈이 유난히 빛났다.

—

내가 보기에 제니의 청소업체는 상당히 체계적으로 운영되는 것 같았다. 제니가 지갑처럼 어디든 들고 다니는 일정 수첩에는 수많은 고객들의 의뢰가 적혀 있었다. 처음 일을 나간 날, 제니가 청소도구 세트와 페이퍼 타월 한 롤을 주었다. 계곡이 내려다보이는 곳에 자리한 고

•   alfalfa. 콩과의 여러해살이풀. 영양 보충을 위해 가축에게 먹이기도 한다.

객의 커다란 갈색 집 앞에서 제니와 다른 여성 청소원 몇 명을 만났다. 제니는 내 이름도 제대로 소개하지 않은 채 그냥 "새로 온 직원이야"라고만 말했다. 다른 여성들은 악수를 청하거나 나와 눈을 마주치지도 않고서 각자 차에서 청소도구 바구니를 꺼내면서 고개를 끄덕였다. 백발에 헤어롤을 만, 나이 지긋한 여성 고객은 우리가 마치 저녁식사를 하러 온 손님이라도 되는 것처럼 환하게 웃으며 문을 열어주었다. 모두 함께 집안으로 들어가서 각자 맡은 구역으로 향하길래 그 자리에 가만히 서서 누군가가 지시해주기를 기다렸다.

"시간이 있다면 안방 화장실이랑 제일 큰 침실을 청소해." 가장 나이가 많은 동료가 말했다. 아마도 트레이시라는 이름의 동료였을 것이다. 트레이시는 속을 빵빵하게 채운 커다란 분홍색 의자가 침대 옆에 놓인 큰 방을 가리키고는 내가 뭔가 질문을 던지기도 전에 나를 내버려두고 가버렸다.

대략 절반 정도 청소했을 때 제니가 들어와서 내가 잘하고 있는지 점검했다. 잠시 무표정으로 여기저기를 살펴보더니 미소를 지으며 "곧 잘 하는데!" 하고는 다시 나가버렸다. 청소를 마친 후 밖으로 나가자 다들 짐을 싸고 있었다. "다음 집으로 갈 테니 그냥 따라오면 돼." 일을 시작한 첫 주 내내 비슷한 양상이었다. 청소원 여러 명으로 이루어진 우리 팀이 의뢰한 집에 도착해서 1시간 정도 각자 집안 구석구석으로 흩어졌다가 청소를 마무리하고 현관 쪽으로 다시 나오는 식이었다. 그다음 각자 낡은 자기 차에 올라타고는 무리 지어 다음 집으로 이동했다.

이 모든 작업의 중심에는 붉은 기가 도는 금발머리를 팽팽하게 잡아당겨 포니테일로 묶은 제니가 있었다. 사람들이 자기 비위를 맞춰주기를 기대하는 제니의 행동은 고등학교 때 인기 많았던 여학생을 보는 것 같았다. 침실이든 화장실이든 청소하는 방법을 가르쳐줄 때면 미소 지으면서 "그냥 반짝반짝 빛나게만 하면 돼!"라고 말하는 식이었다. 나는 액체 세제를 스프레이로 뿌린 후 페이퍼 타월로 닦아냈으며 형광색 먼지떨이로 먼지를 털고 방향제를 뿌리고 방을 나왔다.

각자 제일 선호하는 청소 구역이 있는 것 같았다. 어떤 사람들은 부엌 청소를 좋아했고 또 어떤 사람들은 거실과 침실을 진공청소기로 미는 쪽을 선호했다. 화장실 청소를 좋아하는 사람은 아무도 없었다. 그 일은 항상 신참에게 돌아갔다.

장미 무늬가 들어간 샤워 커튼과 그에 잘 어울리는 분홍색 변기 커버, 발매트, 수건으로 구성된 화장실은 언뜻 깨끗하고 깔끔해 보일지 모른다. 그렇다고 해서 화장실 청소가 견딜 만한 일이라고 착각해서는 안 된다. 처음에는 무엇보다도 여기저기 떨어진 온갖 털 때문에 구역질이 났다. 하지만 그 수가 어쩌나 많은지 결국에는 무덤덤해졌다. 장갑을 낀 손으로 최대한 탐폰, 콘돔, 콧물 범벅인 휴지, 머리카락 뭉치를 만지지 않고 화장실 쓰레기통을 비우는 방법을 익혔다. 사람들은 화장실 선반 여기저기, 치약 옆, 유리잔 근처 등 사방에 처방약이 든 약통을 내버려두었다. 물론 내 임무는 청소였지만, 사람들이 조금만 더 깔끔했으면, 어지럽게 놓인 잡동사니를 조금만이라도 정리했으면 하고 끊임없이 바랐다. 수많은 물건을 들어올려서 깨끗하게 닦고 밑바

닦까지 문지른 다음 얌전하게 다시 가지런히 놓아두는 데만 해도 최소 5분 이상이 걸렸다.

첫 주의 일이 끝난 후, 어깨 길이의 갈색 곱슬머리를 한, 나보다 열 살 정도 많은 앤절라라는 여성과 짝을 이루게 되었는데, 다른 모든 청소원들이 제니 몰래 수군거리며 험담하는 요주의 인물이었다. 앤절라는 골초라 치아와 손톱이 누렇게 물들어 있었으며, 제니가 우리 두 사람만 다음 집으로 가라고 지시할 때까지 나와 제대로 통성명도 하지 않았다.

"앤절라가 그 집을 잘 알아. 길을 알려줄 거야. 마치면 앤절라를 집에 데려다주고 아침에 다시 태우러 가면 돼. 앤지, 오늘밤에 문자로 내일 어디 청소할지 알려줄게, 알았지?" 제니는 손을 흔들고는 다른 두 여성과 함께 자기 차에 탔다. 그걸로 아마도 내 수습 기간이 끝난 모양이었다.

다음 집에서 앤절라는 내가 부엌과 화장실을 청소하는 동안, 말끔하게 다림질된 카키색 옷을 입은 중년 부부 고객들과 수다를 떨었다. 잠깐 진공청소기를 돌리는 소리가 들리기 전까지는 실제로 앤절라가 일을 하고 있는 것 같지도 않았다. 안방 침실 청소를 끝내고 나오다가 앤절라와 마주쳤다.

"다 끝났어?" 앤절라는 이렇게 물으면서 진공청소기를 끄고 웃었다.

제니가 나를 앤절라와 짝지어준 후, 앤절라가 자리 비운 사이를 틈타 다른 동료가 나에게 다가와서는 청소할 때 앤절라를 잘 감시해야 한다고 속삭였다. "고객 집에서 스펀지랑 페이퍼 타월을 훔치거든." 그러한 청소용품은 직원이 사비를 들여 직접 마련해야 하는 품목이었다. 청소를 끝낸 후, 앤절라가 고객의 집 찬장에서 절반쯤 남은 감자칩 봉지나 짭짤한 크래커 한 통을 제멋대로 꺼내서 차에 가지고 타는 경우도 가끔 있었다. 그 집에 들어갈 때만 해도 과자가 없었는데라고 생각하면서 나는 앤절라가 과자를 뜯는 광경을 지켜보았다.

"너도 좀 먹을래?" 경멸 어린 내 시선을 전혀 눈치채지 못한 채 과자 봉지를 내 쪽으로 내밀며 묻는 앤절라 때문에 소리를 지르고 싶었다.

"됐어요." 그러고는 그날 함께 작업했던 두 명의 다른 청소원이 내 차 뒤쪽의 진입로를 빠져나갈 때까지 기다렸다. 뿌리 부분이 살짝 희끗희끗한 짧은 흑발머리의 트레이시는 차를 잠시 멈추고 담배에 불을 붙이던 중이었다.

"이봐, 차 안에서 담배 피워도 돼?" 앤절라는 벌써 서너번째 똑같은 질문을 했다. 내가 너무 피곤해서 못 이기는 척 말을 들어주리라는 걸 알고 보채는 미아처럼 말이다.

"안 된다고요." 나는 퉁명스럽게 답했다.

"그럼 트레이시 차를 타고 갈 수 있는지 물어볼게." 앤절라는 그러더니 차문을 열고 후진하기 시작하는 뒤쪽 차로 달려갔다.

나는 앤절라의 문제되는 행동을 한 번도 제니에게 이야기하지 않았다. 이목을 끌 수 있는 일을 피했고 불평하지 않았으며 그저 겸손하게 일자리를 찾았다는 데 감사했다. 그러면서도 제니에게서 더 많은 일거리를 받아야 했다. 자신이 고용한 사람들에 대해 제니는 호의적으로 이야기했으며 앤절라는 아주 오래, 어쩌면 우리 중 그 누구보다도 오래 제니와 함께 일해온 듯했다. 나는 어떤 사연인 건지, 어떻게 앤절라가 지금의 상황에 처하게 되었는지 궁금했다. 뿐만 아니라 다른 동료들에 대해서도 마찬가지였다. 이 사람들은 도대체 무슨 사연이 있기에 쥐꼬리만한 돈을 받으며 남의 집 화장실을 청소하게 되었을까?

"예전에 앤절라는 일을 잘하는 직원 중 하나였어." 드물게도 나와 단둘이서 차를 타고 다음 청소할 집으로 가던 길에 제니는 이렇게 이야기한 적이 있다. 제니의 목소리가 다소 누그러졌다. "지금 굉장히 힘든 시기를 겪고 있어. 안쓰러워."

나는 맞장구를 쳤다. "그러게요." 하지만 안쓰럽다는 생각은 전혀 들지 않았다. 앤절라와 함께 청소를 하러 가면 내가 거의 두 배의 속도로 청소를 하는 동안 앤절라는 어슬렁어슬렁 돌아다니며 잡지를 들춰보거나 찬장을 기웃거렸다. 얼마 지나지 않아 내 손가락 마디 양옆이 갈라졌다. 몸에서는 암모니아와 표백제, 그리고 진공청소기를 돌리기 전에 카펫에 뿌리는 그 망할 가루 냄새가 났다.

습한 겨울 날씨는 내 폐에 좋지 않은 영향을 미쳤다. 청소 일을 시작한 지 몇 주 만에 고약한 기침감기에 걸렸다. 최대한 목캔디와 감기약으로 기침을 숨기려 했지만 점점 더 심해지기만 했다. 어느 날 아침, 앤절라를 태우고 나무로 둘러싸인 깔끔한 감청색 집의 자갈이 깔린 진입로 쪽으로 차를 몰고 내려가는 길에 한바탕 심한 기침이 찾아왔다. 어쩌나 심했는지 숨조차 제대로 쉬지 못할 지경이었다.

"어머나." 앤절라는 이상하게 관심을 보이며 말했다. "너도 아픈 거야?" 나는 심호흡을 하려고 애썼지만 차라리 젖은 수건에 코를 박고 숨을 쉬는 편이 나을 지경이었다. 누가 봐도 아픈 모습으로 짜증스럽게 앤절라를 쳐다보았다. "제니에게 전화를 해야겠네. 이 집에 사는 사람들은 나이가 많아. 우리가 여길 청소하면 안 될 것 같아." 앤절라는 전화기를 꺼내서 제니의 번호를 찾기 시작했다.

앤절라는 나에게서 등을 돌리고 몇 걸음 저쪽으로 걸어갔다. 내가 미처 말릴 새도 없이 이미 전화를 걸고 있었다. 앤절라에게 손사래를 치고 고개를 좌우로 저으며 입모양으로 "안 돼"라고 말했지만 앤절라는 개의치 않고 제니에게 말을 했다.

"스테퍼니가 굉장히 아파." 앤절라는 학교를 조퇴하려고 아픈 척하는 아이들처럼 목소리를 낮추고 쇳소리를 냈다. "그리고 나도 감기에 걸린 거 같아." 앤절라는 어깨와 귀 사이에 전화기를 끼우고는 주머니에서 담뱃갑을 꺼냈으나 다 빈 담뱃갑을 보고 눈을 찌푸리더니 빈 갑을 자기 청소도구 바구니에 던져넣었다.

하루치 일당을 손해보고 싶지 않은데다 이제 막 들어온 신입 직원으로서 병가를 쓰기도 싫었다. 이 일자리가 필요했고 제니에게 게으르다는 인상을 주는 것도 꺼림칙했다. 앤절라는 차에서 내려 고집스럽게 청소도구를 꺼내는 나를 무시하며 답했다. "나는 목요일 오후가 좋아." 앤절라가 전화기에 대고 이렇게 말하면서 나에게 활짝 웃어 보이는가 하면 내 쪽으로 엄지손가락을 치켜드는 것을 보니 아마도 하루 일을 쉬게 되어 기분이 날아가는 모양이었다. "좋아." 앤절라는 아픈 척을 하려고 목소리를 꾸며내는 것도 까맣게 잊은 채 여전히 신나는 표정으로 전화기 저편의 제니에게 대답했다. "알았어, 그럼 그때 얘기해."

"그러지 말라고 했잖아요!" 차 뒤편에 있던 내 쪽으로 앤절라가 다가오자 이렇게 쏘아붙였다. 머리가 깨질 듯 아파왔다. 이 일을 트래비스에게 설명하면 집에 일찍 왔다고 화를 낼 것이 틀림없었다. 하지만 그보다 수입이 줄어든다는 점이 더욱 뼈아팠다. "전 정말 일 빠질 수 없어요. 이해 안 돼요?"

"어휴, 괜찮아." 앤절라는 거의 빈 청소도구 바구니를 다시 내 차에 실었다. "내일은 일이 더 많을 거야."

앤절라네 집까지 운전해서 가는 길에 우리는 한마디도 하지 않았다. 나는 대화를 아예 차단하기 위해 라디오로 손을 뻗어 볼륨을 높였다. 앤절라는 음악에 맞춰 머리를 흔드는가 하면 발끝을 까닥이면서 리듬을 탔다. 앤절라가 하루치 일당을 날리는 데 스트레스를 받지 않는다는 사실을 믿을 수가 없었다. 집 없는 가난한 싱글맘이라는 같은 신세였기 때문에 앤절라에게도 아이들 얘기나 생활 환경에 대해서 궁금한 것들이 많았다. 아무에게도 인정하지는 않았지만 트래비스와 함께 사는 이유 중 하나도 그런 것들 때문이었다. 알고 보니 앤절라의 집은 우리집에서 모퉁이만 돌면 바로 보이는 곳에 있었다. 주거 불가능 판정을 받고 퇴거 명령이 내려진 집이었지만 앤절라는 이사하지 않고 버텼다. 수도와 전기가 모두 끊긴 상태에서 살고 있었다.

하지만 그날 일당인 20달러를 앤절라 때문에 날려버리면서 동정심이나 호기심은 온데간데없이 사라져버렸다. 앤절라의 집 앞에 차를 세우고 그 집 문에 붙은 여러 장의 주거 불가 공고문을 쳐다보지 않으려고 고개를 낮추려 노력했다.

앤절라는 차에서 내리기 전에 잠시 머뭇거렸다. "담배 한 갑 사게 돈 좀 빌려줄래?"

"그게 내 1시간 시급이라고요." 앤절라가 돈을 빌려달라고 은근히 압박을 가하고 있다는 것을 눈치채고는 약간 움찔하면서 이렇게 말했다.

앤절라는 더이상 부탁하지 않고 고개를 끄덕였다. 아마도 내가 얼마나 화가 나 있는지 알고 있었기 때문일 것이다. 내 수중에도 빌려줄 돈은 없다는 사실을 알아차렸는지도 모른다.

앤절라가 차에서 자기 청소도구 바구니를 꺼내는 동안 기다리면서 집 쪽을 쳐다보지 않으려고 애썼다. 바로 전해에 노숙인 쉼터에서 살 때 어땠는지가 기억났기에, 앤절라가 수치심을 느끼게 하고 싶지 않았다. 다른 청소원들 몇몇은 결국 앤절라가 양육권을 빼앗기고 말았다고 수군댔다. 사실인지는 알 수 없었지만 앤절라를 데려다줄 때 아이들은 본 적이 없었다.

"다 꺼냈어!" 앤절라는 트렁크를 닫으면서 소리를 질렀다. 앤절라가 남은 하루를 어떻게 보낼까 하는 궁금증을 애써 누르며 고개를 끄덕였다. 그저 다음날 아침에 데리러 갔을 때 일할 준비를 마치고 있었으면 바랄 뿐이었다.

며칠 후 그날 청소하지 못했던 나이든 부부의 집에 다시 갔을 때, 가족사진이 곳곳에 걸린 집안에서 평생을 함께 쌓아온, 이제는 인생의 마무리를 함께 준비하고 있는 부부를 만날 수 있었다. 남편은 앤절라와 함께 웃거나 농담을 주고받으면서 아내의 시리얼 그릇을 집어주는가 하면 아내가 소파에 앉기 전에 아내가 제일 좋아하는 담요를 가져다주었다. 두 사람은 서로가 눈에 보이지 않을 때마다 불안해했다. 그 모습을 보니 내가 고객들의 삶에서 어떤 역할을 하고 있는지가 뼈저리게 느껴졌다.

나는 고객의 삶을 지켜보는 목격자였다. 한 달에 몇 시간씩 고객의 집에서 시간을 보내지만 그들 눈에는 내가 보이지 않는다. 그뿐 아니라 그들은 내가 어떤 사람인지 전혀 모른다. 집주인의 눈에 띄지 않게 먼지를 쓸고 때를 벗겨내며 카펫을 진공청소기로 깨끗이 청소하는 게 내 일이었다. 고객의 친척보다도 그들을 훨씬 속속들이 알 기회를 얻은 것 같은 기분이었다. 그들이 아침으로 무엇을 먹는지, 어떤 TV 프로그램을 보는지, 얼마나 오랫동안 아팠는지 알게 되었다. 설령 고객이 집에 없더라도 침대에 남은 자국이나 침실 스탠드에 놓인 화장지를 보고 그들의 모습을 떠올릴 수 있었다. 극소수의 지인들만 아는, 또는 아무도 모르는 고객의 은밀한 모습을 직접 목격하게 되는 셈이었다.

7장

세 상 에   남 은
마 지 막   일 자 리

—

한 달이 지났지만 제니는 더 많은 일감을 주겠다는 약속을 지키지 않았다. 이유는 모르겠지만 제니는 나에게 그다지 호감을 가진 것 같지 않았다. 내가 별로 수다를 떨지 않는 편인데다 누가 누구와 데이트를 했다는 등의 가십을 별로 신경쓰지 않아서일지도 모른다. 어쩌면 미아를 돌보기 위한 비용 및 시간을 제대로 계산하기 불가능할 정도로 작업 일정이 불규칙하다며 노골적으로 불만을 드러냈기 때문이거나, 내 태도 자체가 지나치게 무뚝뚝해서였는지도 모른다.

그래도 제니의 주먹구구식 운영을 감내하면서 최대한 많은 일감을 받아내려 노력했다. 점점 더 앤절라를 믿을 수 없게 되면서, 제니는 저녁 때면 앤절라가 아닌 나에게 직접 다음날 일거리를 문자로 보내왔다. 나는 규칙적인 근무 일정을 원했다. 제니는 초반에 일주일에 20시간씩 일감을 할당해줄 수 있을 것 같다고 예상했었지만 앤절라가 일을 하러 나오느냐에 따라 내 근무 시간은 일주일에 10시간, 때로는 그보다 더 줄어들기도 했다. 하지만 이 문제는 해결의 기미가 전혀 보이지 않았다. 아침에 15분 동안 집밖에서 앤절라가 채비를 마칠 때까지 기다리다가 청소할 집에 지각을 해도 불만을 이야기할 수 없었다. 제니는 불평하는 사람을 공동 작업에 어울리지 않는 직원으로 여겼다. 일당을 현금으로 받기 때문에 정부 지원금을 더 많이 받을 수 있어서 얼마나 좋은지 모른다고 자랑을 늘어놓는 앤절라의 말에 나는 손의 마디마디가 하얘질 정도로 운전대를 꽉 움켜쥐었다. 그러한 편법을 너무나 당연하다는 듯이 이야기하는 앤절라의 태도가 마음에 들지 않았다. 한 조가 되어 같이 일하는 이상 서로를 돌봐줘야 한다고 생각했지만, 앤절라보다는 미아를 돌보면서 앞으로 어떻게 생활할 것인가에 집중하는 일이 더 다급했다.

한편 트래비스는 내 새로운 일자리를 무슨 독서클럽처럼 취급하면서 내가 농장에서 해야 할 중요한 일들을 방해하는 장애물로 여겼다. 나는 미아를 챙기는 동시에 집안을 청소하느라 정신없이 하루를 보냈고, 트래비스가 말먹이를 주는 일이 당연히 내 몫인 것처럼 쳐다볼 때마다 화를 냈다. 농장에 딸린 집에서 '농부의 아내'로 살아가는 삶이 점점 더 힘겨워질수록 트래비스의 집에서 얼마나 오래 살 수 있을지 확신이 사라지고 불안감이 커졌다. 다시 집 없는 신세가 되었을 때 미아와 내가 유일하게 의지할 수 있는 안전망은 일을 해서 돈을 벌어오는 나의 능력뿐이었다. 하지만 제니는 우리 두 사람이 생계를 유지할 정도로 일거리를 충분히 제공해주지 않았다. 턱없이 부족했다.

—

정식으로 인가를 받은 보증된 청소대행업체인 클래식클린은 지역 광고란에 거의 항상 굵은 서체로 "청소원 모집!"이라고 쓰인 구인 광고를 게재했다. 만약 제니 밑에서 일하는 것이 여의치 않아지면 그곳에 문의해봐야겠다고 항상 생각했다. 지금이야말로 그때였다.

"안녕하세요, 스테퍼니 씨 맞죠?" 문을 열어준 여성이 말했다. "찾는 데 어렵지는 않았어요? 건물이 많아서 찾기 쉽지 않았을 텐데."

방금 전까지 트래비스가 진흙 묻은 발로 부엌 전체를 마구 더럽히며 돌아다닌 일로 눈물이 날 정도로 대판 싸우고 왔음에도 불구하고 최대한 상냥하게 미소 지으려 노력했다. "워낙 설명을 잘해주셔서요"라고 대답하자 그 여성은 흡족한 표정을 지었다.

"제 이름은 로니예요." 여성은 이렇게 말하고는 손을 내밀었다. "클래식클린의 인사팀 책임자죠."

손을 뻗어 로니와 악수한 다음 내 이력서를 건넸다. 이력서를 내미는 사람들이 별로 없던 모양인지 로니는 약간 놀란 것 같았다.

"어머나, 고마워요." 로니는 기분좋게 말했다. 이 일은 세상에 남은 마지막 일자리 같았다. 한푼이라도 벌어야만 여기저기 노숙인 쉼터에 다시 전화하는 일을 막을 수 있었다. 딸을 데리고 이러한 상황에 처하게 되었다는 사실에 불안하고 분노가 치밀었다. 고정된 근무 일정에 맞춰 규칙적으로 일할 수 있는 제대로 된 일자리가 나의 독립, 더 나아가서 생존을 위한 열쇠였다. 미아와 나의 미래는 내가 일자리를 얻을 수 있는지 없는지에 달려 있었다.

로니는 두 개의 커다란 별채 중 하나에 마련된 직사각형 사무실 공간 안쪽의 탁자를 가리켰다. 로니는 이미 전화로 클래식클린 사무실이 사장인 팸의 건물 내에 있다고 설명해줬다. "여기 앉아서 지원서를 작성하세요. 범죄기록조회에도 동의하셔야 돼요. 괜찮죠?"

나는 고개를 끄덕이고는 시키는 대로 지원서를 작성했다. 잠시 후 로니가 돌아와서 내 옆에 앉은 후 이렇게 말문을 열었다. "아마 억양 때문에 눈치챘겠지만 저는 뉴저지 출신이에요." 그 말은 사실이었다. 로니는 대니 드비토●의 막내 여동생 같은 말투였다. 키가 작고 땅딸막한 체형에 검은색 곱슬머리 앞부분은 짧고 옆과 뒤는 풍성하게 늘어뜨린 멀렛 헤어스타일이었는데 되도록이면 심기를 건들지 않고 원만하게 지내고 싶은 유형의 사람이었다. 직설적이고 사무적인데다 말이 무척 빨랐는데, 자기가 이야기한 내용을 내가 이해할 수 있게 잠시 말을 멈추었다가 눈썹을 올리며 내가 "좋아요"라고 답하면 다시 설명을 이어갔다.

"이게 우리 근무 스케줄이에요." 로니는 자신의 책상 뒤 게시판을 가리키며 말했다. 그 게시판이 어찌나 거대하던지 로니도 맨 위쪽에는 손이 닿지 않아 계단식 발판을 사용해야 했다. "각 고객의 이름이 코팅된 라벨로 붙어 있고 A, B, C, D 주간으로 돌아가면서 교대해요. 여기 화살표가 보이겠지만 지금은 C주간이고요. 한 달에 한 번이나

———
● Danny Devito. 뉴저지 출신으로 유명한 이탈리아계 미국인 배우.

일주일에 한 번씩 청소를 의뢰하는 고객들도 있지만 대부분은 격주에 한 번씩 의뢰하니까 한 달에 두 번꼴이죠. 각 청소원은 서로 다른 색 점으로 표시되니까 어떤 청소원이 어느 고객의 집에 배정되었는지 쉽게 알 수 있어요."

로니는 잠시 말을 멈추고 나를 쳐다보았다. 나는 두 손을 꼭 잡고 로니 옆에 서 있었다. "무슨 말인지 이해하겠어요?" 로니의 질문에 고개를 끄덕였다. "그러니까 범죄기록조회에서 문제가 없으면 말이죠, 물론 무슨 문제가 있을 거라고 생각하지는 않지만 가끔씩 굉장히 놀라운 일도 생기거든요." 로니는 말을 멈추고 빙그레 웃었다. "어쨌든, 범죄기록조회에서 별문제가 없으면 일을 시작하게 청소도구 바구니랑 진공청소기, 그리고 티셔츠를 몇 장 드릴 거예요. 옷 사이즈가 어떻게 되나요, 스몰 아니면 미디엄? 스몰은 피하는 게 좋아요. 움직이기 편하도록 좀 넉넉한 옷이 좋거든요. 미디엄 사이즈 셔츠가 몇 장 남아 있었던 것 같은데. 아참, 궁금한 거 있나요?"

질문은 산더미처럼 많았다. 하지만 시급은 얼마인지, 일주일에 몇 시간이나 일을 하게 되는지, 의료보험이나 병가는 제공되는지 등등 내가 궁금한 점들은 전부 그다지 중요하지 않아 보였다. 내가 대체하게 되는 사람이 노란색 점이므로 이제부터 게시판에 있는 모든 노란색 점이 내 스케줄이라는 사실이 중요해 보였다. 자세히 보니 수, 목, 금요일은 격주에 한 번씩, 월요일은 한 달에 한 번씩 청소하는 일정이었다.

로니는 현재 워싱턴 주의 최저임금인 "시급 8.55달러"라고 쓰인 벽에 붙은 포스터를 가리켰다. "수습 기간에는 일단 저 시급으로 나가요." 로니의 설명은 이어졌다. "하지만 수습 기간이 끝나면 9달러로 올라요." 그렇다면 평범한 직장인들처럼 하루에 8시간씩 일할 경우 1년에 1만 8720달러를 번다. 하지만 이 회사는 하루 6시간 이상은 근무하지 못하기 때문에 하루에 8시간씩은 일할 수가 없었다. 로니는 그보다 근무 시간이 길어지면 피로 때문에 다칠 위험이 커진다고 했다. 또한 이동 시간은 시급 계산에 포함되지 않았다. 제니의 경우 한집에서 다음 집으로 운전하는 시간까지 시급을 주었기 때문에 매일 1~2달러씩 추가로 돈을 받을 수 있었다. 새 직장에서는 최대 2시간까지 무급으로 청소할 집 사이를 이동해야 했고, 청소할 때 사용한 걸레 그리고 작은 빨간 새와 회사 로고가 수놓인 검은 작업복을 집으로 가져와서 내 돈으로 산 세제로 세탁해야 했다.

로니는 그 자리에 서서 일정표를 자세히 살피는 나를 별로 개의치 않으며 클래식클린의 운영 방침에 대한 설명을 이어갔다. 대부분의 집들은 청소에 2~3시간이 소요되었다. 몇몇 큰 집들은 4시간이 걸린다고 했다. 6시간짜리도 있었다. 나에게 할당되는 집마다 각 방에 대한 자세한 설명과 청소 관련 지시사항, 예상 소요 시간이 담긴 출력물이 제공된다. 로니는 그러한 설명서를 한 장 꺼내서 보여주었다. 청소원들이 참고할 수 있도록 타일이 헐거워진 부분이 어디인지, 먼지 떨기를 할 때 놓치기 쉬운 곳은 어디인지, 고객이 깜빡한 경우 깨끗한 침구를 어디서 찾을 수 있는지에 대한 메모가 대부분의 경우 방별로 기록돼 있었다. 내가 어떤 작업을 해야 하는지뿐만 아니라 각 집에 가면 어떤 상황에 처하는지까지 꼼꼼하고 상세하게 설명되어 있었다. 저녁 늦은 시간에 다음날 계획을 문자로 논의하는 일은 없었다. 원한다면 미리 계획을 세워서 지금부터 석 달 후 둘째 주 화요일에 어떤 집에 가서 침대 시트를 교체하고 4.8킬로미터를 운전해서 다음 집으로 간다는 것까지 알 수 있었다. 나에게 이렇게 안정되고 믿을 수 있는 일자리가 얼마나 필요했는지를 그전까지는 미처 깨닫지 못했다. 나는 거의 로니를 와락 껴안을 뻔했다. 눈가에 차오르는 눈물을 삼키려 안간힘을 썼다.

다음날 로니에게 전화가 걸려왔다. 막 한 집의 청소를 끝내고, 어쩌면 앤절라가 또 남의 물건을 제멋대로 가지고 나올지도 모른다는 사실을 애써 무시하려 노력하며 차 안에서 초조하게 기다리던 때였다.

"범죄기록조회가 끝났어요." 로니는 말했다. "무슨 문제가 있을 거라고 생각하지 않았지만 꼭 필요한 절차거든요."

"그럼요, 알고 있어요." 그들이 범죄기록을 확인한다는 사실에 내가 얼마나 안도했는지를 털어놓을 수 있다면 얼마나 좋을까.

"오늘 오후에 여기 와서 몇 가지 물품을 가져갈 수 있어요? 팸 사장님은 안 계시지만 제가 준비를 도와줄게요. 그러고 나면 사무실 바로 맞은편에 있는 저희 집으로 가서 화장실 청소랑 먼지 떨기를 하면서 청소하는 법을 좀 가르쳐드릴게요."

로니의 말이 무슨 뜻인지를 생각해보았다. 그러니까 내가 채용되었다는 뜻이었다. 바로 그날 오후부터 일을 시작하게 된다. 나에게 일자리가 생긴다. 급여 명세서와 정기적인 근무 일정표가 있는 진짜 일자리가. "네! 그럴게요!" 갑자기 벅차오르며 거의 소리지르다시피 대답했다. 로니는 한바탕 웃고는 정오 이후에 사무실에 들르라고 했다.

어린 시절, 토요일 아침마다 집안 대청소를 했었다. 엄마는 대청소가 끝날 때까지 목욕용 가운 차림으로 느긋하게 주말을 즐겼다. 내 방까지 퍼지는 팬케이크와 베이컨 또는 소시지 냄새와 조지 윈스턴의 피아노 연주곡을 들으며 잠을 깼다. 아침 식사 후 가족들은 각자 마지못해 동의한 할당 구역에 가서 맡은 일을 했다. 내 담당 구역은 화장실이었다. 한동안은 남동생과 같이 쓰는 작은 화장실만 청소했지만 청소를 깔끔하게 잘한다고 엄마가 어찌나 칭찬해주던지 부모님 침실 옆의 큰 화장실도 청소하겠다고 나섰다. 엄마는 친구들에게 내가 욕조를 얼마나 깨끗하게 청소하는지 모른다며 자랑했고, 나는 뿌듯해하며 어깨에 잔뜩 힘이 들어가서 키까지 조금 커진 것 같았다.

우리 엄마는 항상 깔끔해야 한다고 강조했다. "어차피 더러워질 거야." 내가 흰색 옷을 입으려고 할 때마다 엄마는 그렇게 말했다. 엄마는 매니큐어가 군데군데 벗겨진 여자아이들을 볼 때마다 단정치 못하다며 내가 어렸을 때는 손톱에 매니큐어도 바르지 못하게 했다. 대여섯 살 무렵 외가댁에 놀러갔던 어느 토요일 밤, 외할머니가 짙은 분홍색 매니큐어를 손톱과 발톱에 바르는 광경을 지켜보았다. 엄마가 화낼 거라고 말했지만 외할머니는 개의치 않고 내게도 매니큐어를 조심스럽게 발라주었다. 다음날 아침 교회에서 기도하기 위해 손을 모을 때마다 손톱이 보이지 않도록 손가락을 깍지 끼어 손바닥 안으로 감췄다.

클래식클린이 고객의 집을 청소하는 방식은 제니가 운영하는 업체와는 전혀 달랐다. 클래식클린은 청소원들이 이름 없는 유령처럼 청소하는 동안 고객이 집에 있는 편을 선호하는지 아닌지에 따라, 고객의 일정이 어떤지에 따라 아침 9시 또는 오후 1시에 방문했고 늦은 시간에는 일을 하지 않았다. 오후 3시 반 이후에 방문하는 경우는 지극히 드물었다. "그때 엄마들이 짬이 나잖아요. 아이들이 학교에 있는 동안이니까." 로니는 이렇게 설명했다. 청소원이 바뀌어도 청소원 간의 차이점을 고객이 눈치채지 않도록 매우 구체적인 지시에 따라 앞서 일한 청소원과 완전히 동일한 방식으로, 동일한 시간에 집안을 청소해야 했다. 부지런하고 눈썰미도 좋아야 했다. 부엌의 가스레인지는 티끌 하나 없이 반짝반짝 빛나게 닦아야 했고, 베개는 매번 봉긋하게 만져두어야 했으며, 화장지 역시 교체할 때마다 끝부분을 작은 삼각형으로 접어두어야 했다.

클래식클린에서 교육의 일환으로 로니와 팸의 집에 가서 부엌과 침실 옆 화장실을 청소하는 일부터 진행됐다. 나는 무척이나 자신만만했다. 두 사람 모두 울창한 나무로 둘러싸인 상당히 근사한 이층집에서 살고 있었다. 거대한 저택까지는 아니었지만 작은 집도 아니었다. 새로 받은 청소용품을 가지고 로니의 기아 스포티지 자동차를 따라 그녀의 집으로 향했다. 어떤 청소용품이 지급됐는지가 내 직원 기록부에 하나도 빠짐없이 꼼꼼하게 기재되어 있었다. 스프레이 두 통, 코멧 브랜드의 가루세제 한 통, 스펀지 두 개, 노란색 장갑 한 켤레, 흰색 걸레 오십 개, 먼지떨이 두 개, 오럭 사의 진공청소기 한 대, 걸레자루 두 개 등이었다. 로니는 반드시 회사에서 지급한 제품만 사용하고 보충이 필요하면 사무실에 요청하라고 지시했다. 필요한 청소용품이 모두 지급되었는지 로니가 확인하는 동안 잠깐 이야기를 나누면서 오후에 미아를 주말 동안 돌봐줄 아빠에게 데려다주어야 한다고 말했다.

"아, 그렇군요. 어떤 상황인지 알아요. 정말이라니까, 너무 잘 알죠." 로니가 재혼했을 때 로니의 딸은 열 살이었다고 했다. "그리고 팸도 비슷한 일을 겪었어요. 사실 팸도 싱글맘으로 이 사업을 시작했어요. 아마 그쪽도 팸과 통하는 부분이 많을 겁니다." 제니 역시 한때 싱글맘이었다. 집안일과 병행할 수 있고 그럭저럭 수입을 올릴 수 있는 일자리를 찾다가 여기까지 흘러온 엄마들이 청소원들 중에 얼마나 많은지 궁금했다. 이 일은 그야말로 최후의 보루 같았다.

로니는 나에게 사무실에 전화를 걸어 공식적으로 출근 체크를 하라며 자기 집 전화를 줬다. 음성 메시지 안내가 멈추고 삐익 하는 소리가 들리자 "안녕하세요, 스테퍼니 랜드입니다. 로니 집에서 일을 시작합니다"라고 말한 후 전화를 끊었다.

"잠깐!" 로니가 너무 다급하게 말하는 바람에 펄쩍 뛸 정도로 놀랐다. "날짜와 시간을 말해야죠!" 로니는 그러고는 약간 정정했다. "물론 음성 메시지가 재생되기 전에 날짜와 시간이 나오긴 해요. 그래도 일을 시작하고 끝낼 때마다 항상 시간을 기록해야 해요, 발신자 번호가 뜨도록 항상 고객 집의 유선전화를 이용해야 됩니다. 그냥 우리가 근무 시간을 추적하는 방법이 그러니까 따라주세요."

나는 눈을 휘둥그레 뜨고 고개를 끄덕였다. 사실 나에게 할당된 고객 설명서가 빼곡히 든 바인더를 넘겨줄 때 로니에게 이 모든 것에 대한 설명을 이미 들었지만 다른 정보가 너무 많아서 깜박하고 있었다. 로니가 평소에도 여러 번 설명을 되풀이하는 상황에 익숙하다는 느낌을 받았다.

로니는 자그마한 부엌과 복도를 사이에 두고 있는 화장실을 가리켰다. "이 화장실에서는 특히 세면대랑 세면기 뒤쪽의 벽면을 신경써야 해요." 거울 앞에 얌전히 놓인 아쿠아넷 스프레이 두 통만 보아도 알 수 있듯이 로니는 평소 헤어스프레이를 많이 쓴다고 말했다. "그 외의 다른 것들은 비교적 평범해요, 변기랑 욕조, 그리고 샤워기가 있어요." 로니는 내 어깨를 톡톡 두들겼다. "그냥 최선을 다하면 돼요. 나중에 작업 내용을 확인할 테니 다 끝나면 부르러 와요."

미아를 임신하기 몇 년 전, 카페 말고 다른 일자리를 구하고 싶다는 필사적인 마음에 메리메이즈Merry Maids라는 청소대행업체에 지원한 적이 있었다. 첫날은 사무실에 출근해서 네 편의 교육용 동영상을 보았다. 황록색 폴로셔츠를 카키색 바지 안으로 깔끔하게 집어넣어 입은 금발의 여성이 미소를 지으며 무릎 보호대를 끼우는 동안 나긋나긋한 여성의 목소리로 내레이션이 흘러나왔다. "그리고 우리는 바닥을 어떻게 청소할까요? 네, 맞습니다. 손과 무릎을 써서 청소하지요." 적잖이 당황했지만 모든 공간, 모든 방, 모든 바닥에 격자무늬로 지도를 그려서 설명하는 그 교육용 동영상의 일부는 무척이나 유용했다. 메리메이즈에서는 청소원들에게 왼쪽에서 오른쪽, 위쪽에서 아래쪽과 같이 한쪽 방향으로 일하도록 지시했다. 그 동영상이 머릿속에 강렬하게 남아 그때부터 무언가를 청소할 때마다 왼쪽 맨 위 구석부터 시작하여 대각선 및 아래쪽 방향으로 작업을 해나가는 습관을 들였다.

로니의 화장실에서도 거의 본능적으로 화장실 문 왼쪽, 즉 거울 위쪽의 왼편부터 청소하기 시작했다. 거울에 닿지 않은 스프레이는 세면대에 떨어졌기 때문에 그쪽도 어차피 청소를 해야 했다. 이런 식으로 청소를 하면 놓치는 부분이 없어진다. 청소원의 업무는 기본적으로 집 안 모든 구석구석을 1센티미터도 빼놓지 않고 깨끗이 쓸고 닦는 일이다. 집에 따라서는 침실 네 개, 욕실 딸린 큰 화장실이 두 개, 작은 화장실 두 개, 부엌, 식당, 거실, 응접실까지 있는 경우도 종종 있기 때문에 그 드넓은 공간을 한 군데도 빼놓지 않고 깨끗이 청소해야 한다고 생각하면 막막해지기 쉽다.

로니에게 화장실 청소를 끝냈다고 이야기하자 로니는 청소 상태를 검사할 준비를 하면서 입술을 꾹 다물었다. 화장실로 모습을 감춘 지 몇 초도 채 지나지 않아 로니가 소리를 질렀다. "스테퍼니!"

로니를 따라 화장실로 뛰어들어갔다. 로니는 거울을 마주보고 서서 새우처럼 허리를 구부린 다음 휙 일어났다가 다시 허리를 구부리더니 나에게도 그 자세를 해보라고 했다. 로니의 손가락은 내가 미처 보지 못한, 허리를 낮춰야만 보이는 거울의 한 지점을 가리켰다. 그다음 로니는 손가락으로 세면대를 한번 훑었다. "처음부터 전부 다시 해야겠네요." 그러고는 고개를 절레절레 저으면서 이렇게 말했다. "세면대랑 벽에 묻은 스프레이를 불려서 닦아내야죠."

나는 눈을 크게 떴다. 세상에, 벽면 청소를 잊어버리다니.

로니는 나에게도 표면이 얼마나 끈끈한지 손으로 세면대를 만져보라고 했고 화장실의 다른 부분도 확인해보라고 지시했다. 로니의 말대로 헤어스프레이가 화장실 모든 표면에 묻어 있었다. 심지어 내가 놓친 또다른 부분인 변기 뒤쪽까지 튀어 있었다.

"그렇지만 욕조랑 샤워기는 아주 깨끗하게 잘했어요." 로니는 나를 남겨두고 나가면서 내 어깨를 다시 두드렸다.

혼자 텅 빈 화장실에 서서 거울에 비친 내 모습을 바라보았다. 친구들에게 나를 자랑하던 엄마를 떠올렸다. "스테퍼니는 욕조를 아주 반짝반짝하게 청소한다니까." 엄마가 자랑스럽게 하던 말이었다. 그러나 지금 거울에 비친 내 모습은, 건넛방에서 카탈로그를 뒤적이는 낯선 여성의 화장실을 힘껏 청소했지만 처음부터 다시 청소하라고 핀잔을 듣고 잔뜩 창피를 당해 어깨를 움츠린 채 당장이라도 도망치고 싶어하는 초라한 몰골이었다.

이제야 양쪽 업체에서 꽤나 넉넉히 일감이 들어오겠다 싶을 즈음, 제니가 나를 해고했다. 저녁 8시에 문자로 다음날 어떤 집의 청소 일정을 잡아두었다길래 거절했더니 일어난 일이었다. 그다음날은 클래식 클린에서 다른 집을 청소하는 일정이 먼저 잡혀 있었고 제니에게도 미리 그 사실을 알렸지만, 본인이 까맣게 잊어버렸음에도 불구하고 제니는 이를 빌미로 문자 메시지를 보내 나를 해고했다.

"네가 하도 일을 더 달라고 해서 너 때문에 특별히 이 고객을 받은 거야. 더이상 이렇게는 안 되겠어. 팀워크를 깨지 않는 사람이 필요해."

어차피 제니의 일을 그만두고 전담으로 로니와 일한다면 로니가 더 좋아할 것을 알고 있었기 때문에 따로 변명을 하지 않았다. 클래식클린은 비록 시급은 낮았지만 체계적이고 합리적으로 운영됐기 때문에 어느 정도 상쇄가 되었다. 최소한 지금으로서는 그래야만 했다. 나에게 남은 일자리는 이것뿐이었으니까.

8장

포르노 잡지를 보는 집

처음 몇 주 동안은 전임자인 캐서린을 따라다녔다. 캐서린은 키가 크고 나보다 나이가 많았지만 내 차보다 최근 연식의 지프 체로키를 몰았다. 캐서린은 이 일을 그만두고 남편이 운영하는 건설업체에서 경리직원으로 일할 예정이라고 했다. 클래식클린은 남편의 사업이 부진한동안 부수입을 올리기 위한 방편이었다. 캐서린은 피곤해 보였지만 마지막으로 고객들의 집을 방문하게 되어 기분이 좋은 모양이었다.

나는 2주간 여러 집을 돌면서 침착하고 여유로운 캐서린의 태도를 흉내내려고 노력했다. 크리스마스가 얼마 남지 않았을 때, 고객들이 캐서린에게 10달러 정도가 든 작은 카드를 남겨둔 모습이 눈에 띄었다. 고객들은 청소원이 두 명 온다는 사실도, 내가 앞으로 캐서린을대체한다는 사실도 몰랐다. 고객이 남겨둔 카드를 발견할 때마다 캐서린은 예상치 못한 반가운 선물인 양 행동했기 때문에 그 10달러는 평상시 자주 받는 팁이 아니라 크리스마스 특별 보너스구나 싶었다. 1년 내내 스물네 번을 열심히 손으로 화장실을 문질러야만 10달러 팁을 받을 수 있다는 의미였다.

우리는 뒷문이나 부엌 옆쪽에 난 쪽문을 통해 집안으로 들어가라고 지시받는 경우가 많았다. 캐서린과 나는 각종 스프레이와 솔이 착착 담긴 작은 가방과 네모난 흰색 걸레가 든 큰 가방, 진공청소기, 대걸레를 들고 고객의 집에 입성했다. 경험이 없었던 나는 처음에는 각각의 청소도구를 어떻게 사용해야 하는지 잘 몰랐다. 클래식클린에서의 작업은 제니 밑에서 일하는 것과 전혀 달랐다. 이곳에서는 손으로 모든 것을 문질러 닦아내야 했다. 먼지만 툭툭 털고 슬슬 닦아서 집안에 좋은 냄새와 광채만 남기면 끝나는 일이 아니었다. 온갖 종류의 스펀지와 솔, 유기농 비누와 식초도 사용했다.

차에서 꺼낸 청소도구를 한꺼번에 운반하기 위해 양손에 들고 비틀거리며 집안으로 들어와 교육받은 대로 '작업 공간'을 꾸렸다. 근무 일정표가 든 바인더를 열고 고객의 성을 기입한 다음 사무실에 전화를 걸어 현재 시간과 함께 근무 시작을 음성 메시지로 남겼다. 처음에는 1분이라도 낭비할세라 고군분투하며 각 집에 할당된 2~3시간 내에 청소를 간신히 마친 후 작업 종료 메시지를 남기는 날들이 계속되었다.

나의 생활은 다시금 어느 정도 일정한 리듬을 되찾았고 미아를 집근처의 어린이집에 데려다주는 일로 하루가 시작되었다. 그 어린이집이 썩 마음에 들지는 않았지만 육아 지원 보조금을 받아주는 곳은 거기밖에 없었다. 어린이집 건물은 추웠고 원생 수도 너무 많았을 뿐만 아니라 그곳 교사들은 일하기 싫어하는 것처럼 보였다. 게다가 미아는 잔병치레를 하고 나면 곧바로 새로운 병을 옮아오곤 했다. 미아가 그곳에서 제대로 보살핌을 받지 못한다는 사실을 알았지만 일을 나가려면 달리 방법이 없었다. 지금 우리 상황에서는 돈을 벌 수 있는 능력이 무엇보다 중요했다. 한번은 어린이집 앞에서 미아의 축축하고 통통한 손을 잡고 한참 서 있기도 했다. 미아에게는 내가 필요하다는 것을 잘 알았다. 내가 집에 함께 있어주는 것이 미아에게는 최선이었지만, 일을 나가지 않고 집에 있으면 해고당할 수도 있으며 그게 우리에게 무슨 의미인지를 아이에게 차마 설명해줄 수가 없었다. 우리 둘은 어린이집 문 앞에서 잠시 머뭇거렸다. 미아의 얼굴을 내려다보자 윗입술에 시퍼런 콧물이 잔뜩 묻어 있었다.

"코에서 뭐가 나오는 거니?" 교사처럼 보이는 머리색이 짙은 낯선 여자가 우리 쪽으로 어슬렁어슬렁 다가오면서 물었다. 그 여자는 언뜻 미아에게 질문을 던지는 듯했지만 사실은 나에게 하는 말이었다. 미아가 안아달라고 나에게 손을 내밀자 그 교사는 우리에게서 등을 돌리고는 고개를 절레절레했다. 미아를 그곳에 맡겨두고 나와야 한다는 현실이 참담했다. 전날 밤 토할 정도로 아파서 타이레놀을 몇 번이나 먹여야 했던 미아, 하지만 나에게는 선택권이 없었다.

미아가 다니는 어린이집에서는 아이가 힘이 없고 잘 놀지 않거나, 계속해서 토하거나, 고열이 있을 때가 아니고서는 데려가라고 전화를 하지 않았다. 어떤 때는 아이를 집에 데리고 와서 TV 앞 소파에 앉히고 담요를 두른 후 빨대가 꽂힌 주스 컵을 한 손에 쥐여주면 저녁을 먹고 잠자기 전에 목욕을 할 때까지 그 자리에서 움직이지 않았다. 트래비스도 미아 옆에 앉아서 내가 저녁을 준비하고 청소를 하는 동안 미아와 함께 만화를 보았다.

내 안에 분노가 계속해서 쌓여갔지만 트래비스가 진심으로 미아를 사랑한다는 것만은 알 수 있었다. 트래비스는 꼬마 친구와 함께 사륜 오토바이를 타거나 소파에 나란히 앉아 같이 TV 보는 시간을 무척이나 좋아했다. 지금 와서 돌이켜보면 트래비스와 같이 사는 것 자체보다는 트래비스와 함께라면 완전한 가족처럼 보인다는 사실에 더욱 끌렸던 것 같다. 트래비스는 훌륭하게 아빠 역할을 해주었기 때문에 제이미에게서 결핍된 부분을 보완하고도 남을 정도였다. 그는 우리 아빠처럼 땀흘리며 열심히 일하는 사람이었다. 일이 좀 한가한 날이면 엉뚱한 장난을 치거나 팬케이크를 만들기도 했다. 내 입장에서는 가끔씩 재미있는 행동을 한대도 무기력하게 TV 화면만 응시하는 평상시 모습이 상쇄되지는 않았지만, 미아는 트래비스를 볼 때마다 눈이 반짝반짝 빛났다. 부러웠다. 나 역시 트래비스에게 홀딱 반할 수 있으면 얼마나 좋을까. 하루종일 힘들게 일하고 집에 와서 소파에 사이좋게 나란히 앉은 두 사람을 보면 조금 더 안도하게 됐다. 어쩌면 트래비스의 단점도 기꺼이 감내할 가치가 있는지 모른다는 생각이 들었다.

직장에서는 캐서린이 그만둔 후에 로니와 함께 일종의 통과 의식을 치렀다. 새로 집을 담당할 때마다 마치 각 집에 친하게 지내야 할 영혼이 존재하는 것처럼 로니는 나에게 그 집을 '소개'해줬다.

로니는 집을 소개해줄 때 제일 신바람이 나는 모양이었다. 실제로 우리가 담당하는 집들에 무언가 개인적인 유대감을 느끼는 것 같았다. "앞으로 친하게 지낼 수 있을 거야." 집을 소개해줄 때 윙크를 날리며 이렇게 말하기도 했다.

소개 과정에서 로니가 들려준 이야기 중 상당수는 배부받은 고객 설명서에 인쇄되어 있지 않았다. "샤워기 주변이 굉장히 더러워지기 쉬우니까 밑으로 들어가서 세게 문질러야 돼요" 또는 "서재에 딸린 작은 화장실은 바닥에 소변이 고인 경우가 많으니 주의하세요"처럼 고객은 절대 알 수 없는 암묵적인 메모였다. 하지만 이 일을 바라보는 새로운 방식에 눈을 떴다. 단순히 직업으로서만이 아니라 이 일의 본질까지 남몰래 인식하게 된 것이다.

클래식클린에서 막 일을 시작하면서는 우선 한 손에 꼽을 만큼 적은 숫자의 집을 혼자서 돌아가며 청소했다. 수요일은 무려 6시간이라는 긴 시간 동안 바다가 내려다보이는 절벽 끝에 나란히 선 비교적 작은 집 두 채를 청소했다.

고객 상당수는 미아의 어린이집에서 차로 30분 정도 걸리는 카마노 섬에 거주하고 있었다. 그곳 사람들은 대부분 최소 1시간 이상 거리인 에버렛이나 시애틀로 통근했다. 잘은 몰라도 이 정도 되는 집의 재산세를 감당할 수 있다면 대도시에서 일하는 의사나 변호사쯤 되리라 생각했다. 카마노 섬은 본토와 위드비 섬 사이에 위치했기 때문에 내가 청소하는 집들은 대부분 바다가 보이는 전망을 자랑했다. 수요일에 청소하는 곳은 담당하는 집들 중에서도 가장 작은 편에 속했는데 거주 공간보다 두 배나 큰 별도의 차고가 딸려 있었다.

로니는 양쪽 집 중에서 부부의 집부터 시작해야 청소를 시작하기 전에 그 옆집에 사는 할아버지가 집을 비울 시간이 생긴다고 조언했다. 아침에 첫번째 집으로 걸어가면서 로니는 옆집을 향해 고갯짓을 했다. "저 집 할아버지한테는 일어나서 움직일 시간을 좀 줘야 해요. 몸이 굉장히 안 좋으시거든." 어디가 아프시냐고 물었더니 로니는 어깨를 으쓱하고는 말했다. "할머니가 돌아가셨어. 나중에 알게 될 거예요. 얼마나 슬픈지 몰라."

그때부터 나는 그 집을 슬픔의 집이라고 불렀다. 다른 별칭은 생각나지 않았다. 나머지 집들에도 점점 익숙해지면서 각각 담배 피우는 여자의 집, 농장이 딸린 집과 같이 어울리는 별명을 붙였다.

클래식클린에서 일을 시작했을 때는 수요일에 담당하게 된 집의 고객 중 그 누구도 청소원이 바뀌었다는 사실을 못 알아챈다는 점이 상당히 이상했지만, 어쨌든 나는 각 집을 꽤나 속속들이 알고 있었다. 고객에게 우리는 보이지 않는 존재였기 때문에 별도로 지시를 받지 않는 이상 로니가 굳이 고객에게 청소원이 바뀌었다고 이야기할 필요는 없었다. 클래식클린의 이직률이 무척이나 높다는 사실을 고객이 알면 좋지 않은 인상을 줄 수 있었다. 낯선 사람 여럿이 집안 여기저기를 돌아다닌다고 생각하면 고객도 썩 유쾌하지는 않을 테니 말이다. 나는 개인에게 고용된 전속 청소원이 아니라 청소회사 소속이었다. 고객들은 내가 아닌 회사를 신뢰하여 의뢰한 것이었다. 한 달에 6시간씩 고객의 집을 구석구석 돌아다니지만 고객들은 내 이름조차 모른다.

나는 수요일에 첫번째로 청소를 하는 집에 '포르노 잡지를 보는 집'이라는 별칭을 붙였다. 이 집은 방이 세 개뿐이었고 절벽이 내려다보이는 커다란 통유리창이 있으며 뒷마당에는 장미 정원이 있었다. 아담한 공간에 두 사람과 개, 고양이가 함께 살고 있었기 때문에 먼지, 털, 비듬이 수북했다. 이 집에서는 벽난로 선반, TV 윗면, 세탁실 등에 특히 신경써야 했다.

"이 샤워실은 말이죠." 로니가 샤워실 문을 열자 머리카락과 샴푸병이 여기저기 흩어져 있고 시퍼런 콧물 같은 액체가 잔뜩 묻은 사각형 모양의 샤워 부스가 눈에 들어왔다. "여기는 충분히 불린 다음에 청소해야 돼요."

클래식클린에서 사용하는 청소용품은 그야말로 필요한 것들만 간신히 갖춘 수준이었다. 청소용품 바구니에는 올리브유가 주재료인 닥터브로너스 비누와 물을 반반씩 섞은 리필용 세제 한 병이 들어 있었다. 또한 식초와 물을 1대3의 비율로 섞은 액체 한 병, 코멧 가루세제 한 통, 부석 하나, 칫솔 하나, 때를 문질러 벗겨낼 때 사용하는 녹색 스펀지 몇 개, 그리고 손에 쥘 수 있는 세척솔 두 개가 담겨 있었다. 비누 거품과 때가 덕지덕지 붙은 이 샤워실은 정해진 절차에 따라 청소해야 했다.

일단 모든 샴푸병, 수건, 목욕용 타월을 꺼내서 문밖에 나란히 늘어놓는다. 그다음 클래식클린에서 다목적 세제라고 부르는 액체를 샤워실 전체에 스프레이로 뿌려서 흠뻑 적셔둔다. 세면대와 변기를 청소한 후 반으로 자른 플라스틱 우유통에 물을 가득 채워서 샤워실 안에 놓는다. 샤워실 청소에는 스펀지, 세척솔, 스프레이 통에 담긴 두 가지 액체, 그리고 걸레 몇 개가 필요하다. 다시 한번 유리로 된 샤워실 문 안쪽에 스프레이로 액체세제를 뿌리고 스펀지에 코멧 가루세제를 뿌린 후 왼쪽에서 오른쪽으로, 위에서 아래로 열심히 문지른다.

그다음 식초를 탄 물로 헹구고 마른걸레로 닦은 후 놓친 부분을 다시 문지르면 마무리된다. 샤워실의 다른 부분도 똑같은 방법으로 문질러서 청소한다. 그 집 청소를 처음 하던 날에는 샤워실 청소에만 1시간이 꼬박 걸렸기 때문에 '진짜' 다목적 세제가 있으면 얼마나 좋을까 간절히 바랐다. 클래식클린은 '환경친화적' 청소업체라고 광고하지는 않았다. 비용을 절감하기 위해 성능이 약한 천연세제를 사용하고 실제로 때를 벗겨내는 일은 청소원들의 '땀방울'에 의존했다.

상사에게는 절대 털어놓지 않을 비밀이지만 나는 척추에 신경 손상이 있어서 오른손잡이인데도 오른손으로 스펀지나 솔을 잡을 수가 없었다. 어렸을 때부터 척추측만증이 있었지만, 최근에 청소 일을 하다 보니 척추가 오른팔로 내려오는 신경을 누르는 증상이 나타났다. 샤워기를 문지르려면 오른손으로 둥글게 주먹을 쥐고 스펀지를 주먹과 벽 사이에 끼운 다음 손가락 관절로 최대한 세게 눌러야 했다. 샤워실 바닥을 청소할 때는 손의 통증을 방지하기 위해 팔꿈치를 고정하고 주먹을 쥔 후 오른손에 상체의 체중을 전부 실어서 비누 거품과 때를 벗겨내야만 했다. 오른손이 너무 저리면 왼손으로 바꾸기도 했지만, 처음 몇 달 동안은 6시간씩 청소를 하고 집에 오면 접시를 들거나 식료품 쇼핑 봉투를 드는 일조차 힘겨웠다.

처음 몇 번은 정해진 시간보다 늦게 청소가 끝났기 때문에 팸이 불같이 화를 냈다. 클래식클린은 고객에게 더 많은 비용을 청구할 수 없었기 때문에 나에게 지급되는 추가 수당은 고스란히 회사의 부담이었다. 액수가 크지 않았지만 팸은 내가 청소를 15분 더 하는 바람에 개인적으로 무슨 심한 상처라도 받은 것처럼 경제적 부담에 대해 불평을 늘어놓았다. 나는 왜 그렇게 오래 걸렸는지 강조해서 설명했고, 아무리 작은 집이라 해도 집 전체를 고작 3시간 만에 청소해야 한다는 사실에 어안이 벙벙했다.

내가 그 집에 포르노 잡지를 보는 집이라는 별명을 붙인 것은 몇 번 청소를 다니고 나서였다. 한번은 침대 시트를 교체하려고 침실에 들어갔는데 침실용 탁자에 놓인 디지털시계 앞에 윤활제가 놓여 있었다. 디지털시계의 밝은 빨간색 숫자에 비쳐 금방이라도 나에게 달려들 것처럼 도발적으로 빛나는 그 윤활제를 빤히 바라보았다. 그리고 윤활제가 보이지 않도록 침대의 한쪽 구석으로 시선을 피했다. 약간 열린 탁자 서랍 사이로 성인 잡지 『허슬러』가 눈에 들어왔다. 내 발치에는 벗어놓은 더러운 양말이 한 켤레 떨어져 있었다.

나는 몸을 움츠리면서 침대 커버로 손을 뻗었다. 재빨리 시트를 벗겨내고 시트로 양말을 집어 올렸다. 모든 것을 세탁기 안에 던져넣었다. 교육받은 대로 깨끗한 시트를 깔고 침대 아래쪽 모서리는 대각선으로 깔끔하게 접어넣은 다음 주름이 생기지 않도록 주의하며 침대 위쪽까지 씌웠다. 먼지를 털 차례가 되자 그 윤활제를 피하기 위해 침실용 탁자를 마지막 순서로 미뤄두기로 결심했다. 성인용 잡지를 보면서 자위하는 사람을 비난해본 적은 없지만 청소원이 보게끔 적나라하게 놓아뒀다는 사실에 불쾌감을 참을 수 없었다.

어쩌면 오늘이 수요일이라는 걸 잊었을지도 몰라, 나는 생각했다.

하지만 시간이 지남에 따라 그 윤활제는 포르노 잡지를 보는 집의 여러 비밀 중 하나에 지나지 않음을 깨닫게 되었다. 이 집 부부는 완전히 개별적인 삶을 살고 있는 것 같았다. 뒤쪽 방 의자에 조심스럽게 걸어둔 수술복으로 미루어보아 아내는 간호사였고 근무 시간도 평범한 직장인들과는 달랐다. 남편의 직업은 알 수 없었다. 두 사람은 아마도 부부일 것이라고 추정했지만 집안 어디에도 결혼 사진은 없었고 두 사람이 커플 스웨터를 입고 있는 사진들만 눈에 띄었다. 이 집 주인들은 남색이나 진녹색처럼 차분한 톤을 좋아하는 모양인지 집안 전체의 분위기는 다소 어두웠다. 부엌 싱크대 위 창틀에는 "우리는 고양이를 위해 함께 산다"라는 글귀가 든 액자가 놓여 있었다.

포르노 잡지를 보는 집의 화장실 쓰레기통은 휴지, 탐폰, 팬티라이너, 치실 뭉치 등으로 가득했다. 살짝 열린 화장실 약장에는 처방전을 받아야 살 수 있는 항생제가 여러 줄씩 들어 있었다. 화장지와 샤워실의 콧물로 미루어볼 때, 두 사람 중 한 명은 나나 미아, 그리고 아마도 습기가 많은 북서부 지역에서 사는 대다수 사람들처럼 만성 비염 환자일 가능성이 높아 보였다. 하룻밤 사이에도 집안, 지하실, 그리고 창틀에 검은곰팡이가 잔뜩 생기는 곳이니 말이다.

거실에는 구형 TV 및 벽난로 쪽을 바라보고 소파와 의자 몇 개가 놓여 있었다. 간호사 아내는 고양이가 자주 앉는 램프 옆의 소파 자리를 선호하는 것 같았다. 남편은 『허슬러』의 과월호가 여행 잡지 사이사이에 끼워진 바구니 옆의 의자에 앉는 것이 틀림없었다. 숙박과 식사가 모두 제공되는 리조트 홍보용 소책자들이 한 달가량 식탁 위에 몇 개나 놓여 있었지만 결국 가지는 않은 것 같았다. 고객들은 휴가를 떠날 경우 보통 청소 일정을 취소하기 때문이다.

세탁실 옆에 위치한 뒤쪽 방에는 트윈 베드가 깔끔하게 정리되어 있었고, 잘 접힌 간호사 수술복이 침대 옆 의자에 놓여 있었다. 작은 수납장에는 슈퍼마켓 판매대에서 볼 법한, 상의를 벗은 근육질 남성이 긴 머리 여성을 안고 있는 그림이 들어간 로맨스 소설들이 차곡차곡 쌓여 있었다. 왜 아내가 뒤쪽 방에서 자는 걸까 궁금했다. 앞쪽 침실에는 큼직한 킹사이즈 침대가 놓여 있었고 개 목걸이를 둘러놓은 유골함이 놓인 좁은 서랍장도 있었다. 어쩌면 남편이 코를 고는지도 모른다. 아니면 아내가 일 때문에 불규칙한 시간에 침대에 들어가고 나오기 때문일는지도 모른다.

하지만 포르노 잡지와 로맨스 소설은 아무래도 이상한 인상을 주었다. 그 부부가 서로 다른 방, 다른 침대에서 잠을 자며 각자 다른 배우자나 다른 형태의 삶을 꿈꾸는 모습을 상상했다.

트래비스와 나도 그 부부와 비슷하게 살아가기 시작했다. 물론 그 정도로 심하지는 않았지만, 트래비스는 일을 끝내고 들어와서 내가 만든 저녁을 먹은 다음 소파에 앉아서 4시간쯤 TV를 보다가 침대로 와서도 타이머가 달린 작은 침실용 TV에서 눈을 떼지 않았다. 보통 한 시간 타이머를 맞추어두곤 했다.

처음 이 집에 왔을 때에는 트래비스가 직접 만든 선반에 퀸사이즈 매트리스만큼 커다란 TV가 설치되어 있었다. 트래비스는 TV를 약간 앞쪽으로 기울여 각도를 잘 보이게끔 잡은 다음 두꺼운 쇠사슬로 벽에 고정해두었다. 트래비스의 집에 처음 갔을 때 그 거대한 TV를 멍하니 바라보았다. 그후 트래비스는 TV를 평면 스크린으로, 선반을 전문 매장에서 구입한 것으로 업그레이드했다. 하지만 화면 크기는 대략 비슷했다. 예전 것이든 지금 것이든, TV만 보면 속이 부글부글 끓어올랐다.

트래비스는 내 서른한 살 생일에 노트북을 사주었다. 밤에 미아가 잠자리에 들면 부엌 식탁에 앉아서 온라인에 일기를 쓰기 시작했다. 오른손에 너무 힘이 없어서 펜을 쥘 수 없었던 탓이다. 학교 과제를 하거나 친구들과 채팅을 할 때도 있었지만 TV를 보는 트래비스에게 항상 등을 돌리고 있었다.

9장
최악의 트레일러

—

나에게 엄마 노릇이란, 미아와 잠시 떨어질 때 아이가 엄마는 반드시 돌아온다는 믿음을 갖기를 바라며 작별 인사를 하는 거였다. 제이미와 함께 살며 우여곡절을 겪는 동안 심리치료사들에게서 배운 것들 중 하나는, 아이의 감성과 적응력, 유연성 발달에는 최소 한 명의 안정적인 양육자가, 즉 어떤 일에도 흔들리지 않고 곁에 있어주겠다는 약속을 지키는 성인의 존재가 매우 중요하다는 점이었다. 가장 중심 역할을 해주는 이 양육자가 든든히 곁을 지키는 한, 아이를 돌봐주는 사람이 얼마나 많고 얼마나 자주 바뀌느냐는 크게 문제가 되지 않는다. 미아가 아주 어렸을 무렵, 주중에는 어린이집을, 주말에는 제이미의 집을 정신없이 오갈 때, 나는 미아가 정해진 일정과 집에서의 일상, 그리고 미리 짜놓은 일과를 철저하게 지키도록 했다. 목욕을 마치면 늘 같은 방식으로 변기 위에 수건을 깔고 미아를 들어올려 수건 중앙에 세우고서 다른 수건으로 미아의 몸과 머리를 닦아주고 간지럼을 태웠다. 잠자리에서 책을 읽어주고 뽀뽀해준 뒤 "잘 자, 사랑해, 내일 아침에 보자"라고 인사하는 것도 역시 익숙한 일상을 만드는 데 도움이 됐다. 항상 아이의 곁에 있어주겠다는 약속을 지키고 절대 아이를 실망시키지 않으려면 너무나 많은 노력을 기울여야 했기 때문에 이것은 엄마로서 내가 미아에게 줄 수 있는 가장 큰 선물이었다. 미아의 삶에서 다른 모든 것들이 혼란스러울지라도, 우리가 그 어떤 곳을 집이라고 부르든 최소한 그곳에 평소와 똑같은 모양으로 자른 팬케이크가 놓여 있을 거라 미아가 확신했으면 하고 바랐다.

작별 인사를 하는 일은 우리 모녀에게 못되게 굴었던 남자에게 딸을 돌봐달라고 부탁하는 것만큼이나 아무리 여러 번 겪어도 수월해지지 않는 일이었다. 아침에 미아를 어린이집에 데려다주려고 어린이집 주차장에 차를 대는 순간부터 전쟁이 시작되었다. 미아와 함께 걸어서 어린이집 교실에 도착한 뒤 "잘 놀고 있어 우리 딸, 엄마가 많이 사랑해. 간식 시간 지나면 보자"라는 말을 남기고 몸을 돌려 자리를 뜨려고 하면, 미아는 소리를 지르고 발길질을 하고 울음을 터뜨리며 나에게 달라붙어 교사가 겨우 떼어놓아야 했다. 몇몇 교사들은 미아를 떼어낸 다음 잠시 안아주었지만 대부분은 그냥 바닥에 내려놓았기 때문에 미아가 창문 유리에 몸을 부딪치며 우는 광경을 바라볼 수밖에 없었다.

미아는 할아버지 할머니를 만날 기회가 거의 없었기 때문에 양로원과 함께 운영되는 어린이집에 미아를 맡겨도 괜찮을 것 같았다. 하지만 하루에 두 번씩 그 시설의 복도를 통과하면서, 양로원 직원들이 약을 나눠주기 위해 노인들을 줄 세우면서 그들에게 몸에서 냄새가 난다며 면전에서 핀잔주는 모습을 지켜보았다. 삶의 종말을 눈앞에서 목격하는 기분이었다. 그리고 '슬픔의 집'에서와는 달리, 이곳에서의 종말은 인생을 마감하는 가장 비참한 방식일지도 모른다고 생각했다.

———

슬픔의 집은 청소할 것이 별로 없었다. 화장실 바닥에 떨어진 핏방울을 가끔 문질러서 닦아야 했고 변기도 무척이나 지저분했다. 하지만 그 외에는 집안 곳곳에 살짝 먼지가 앉아 있을 뿐이었다. 그 집에 사는 할아버지는 병원에 갈 때를 제외하면 대부분의 시간을 집안에서 보냈지만 극히 일부 공간만 사용하는 것 같았다.

집안 곳곳에 놓인 사진으로 미루어보아 할아버지의 아내는 1980년대 후반에 세상을 떠난 것 같았다. 처음에는 최근에 사별하셨다고 생각했지만 아무리 봐도 최근에 찍은 사진처럼 보이는 것은 없었다. 작은 걱정인형이나 새둥지처럼 아내가 수집한 자질구레한 장식품들이 창턱에 가지런히 놓여 있었다. 부엌 탁자 위쪽의 코르크판에는 아내가 손글씨로 쓴 '해야 할 일' 목록이 압정으로 꽂혀 팔락이고 있었다. 화장실에는 세면대가 두 개였는데, 부인이 사용하던 쪽 세면대 옆에는 아직도 전원이 꽂힌 헤어드라이어가 고리에 걸려 있었기 때문에 청소할 때마다 먼지를 떨어야 했다. 할아버지가 사용하는 쪽 세면대에는 컵과 빗, 약이 놓여 있었는데 갈 때마다 약통의 종류가 바뀌었다. 할아버지가 무슨 병을 앓는지 궁금해하면서 약통을 살펴보았다. 신체적인 질병이라기보다는 깊은 상심으로 인한 마음의 병처럼 느껴졌다.

할아버지가 서서 거울을 보는 지점 바로 뒤에 위치한 화장실 선반에는 부인과 아들의 유골이 놓여 있었다. 선반 위쪽에는 산 정상에서 평화를 상징하는 손가락 기호를 그리고 있는 아들의 사진이 놓여 있었다. 아들은 녹색 두건을 두르고 수염을 길게 기른 모습이었다. 액자 안에는 익숙한 시구가 적혀 있었다.

내 무덤 앞에서 울지 말아요.
나는 그곳에 없어요. 잠들어 있지 않아요.•

그 아래에는 자그마한 상자 두 개가 나란히 놓여 있었다. 하나는 장미 모양이 양각된 분홍색 도자기 상자였고 다른 하나는 어두운 은회색이었다. 분홍색 상자 뒤에는 부인의 사진을 기대놓았다. 상자를 열고 안에 뭐가 들어 있는지 살펴보았더니 거기에는 재와 이름표, 그리고 장례식장에서 보낸 안내서가 들어 있었다.

할아버지는 슈퍼마켓 빵 코너에서 사 온 페이스트리 빵과 샌드위치를 먹었고 커피에 칼루아를 듬뿍 타서 마셨다. 육십대 후반이나 칠십대 초반 정도로 보였지만 여전히 골프를 치고 인디언 카지노에서 도박을 즐겼다. 차고에는 근사한 고속 모터보트와 지프 CJ 모델이 먼지만

• 메리 엘리자베스 프레이, 「내 무덤 앞에서 울지 말아요(Do not stand at my grave and weep)」

쌓여 녹슬어가고 있었다. 거실 벽에는 지프차 앞에 서서 선글라스를 끼고 활짝 웃는 부인의 사진이 걸려 있었다. 할아버지는 침실에서 필터 없는 카멜 담배를 피웠는데, 미닫이 유리문 난간에 서서 피우거나 날씨가 괜찮을 때에는 앞 베란다에서 피웠다. 차로 몇 시간 떨어진 곳에 사는 둘째 아들은 자주 찾아오지 않는 눈치였다. 할아버지는 아내가 세상을 떠난 뒤에도 거의 변한 것이 없는 두 사람의 보금자리에서 홀로 서서히 죽어가고 있었다. 할아버지는 보람찬 인생을 살았다. 좋은 직장을 구하고 근사한 집을 마련했으며 사랑하는 여자와 결혼하여 많은 곳을 함께 여행했지만, 그 모든 것에도 불구하고 이렇게 혼자서 죽을 날만을 기다리고 있었다.

슬픔의 집을 처음으로 청소하고 온 날은 밤에 집에 돌아가서도 그 할아버지 생각이 머릿속을 떠나지 않았다. 그저 생활비를 벌기 위해 기계적으로 하는 청소 일이었지만 이제는 이 일이 내 삶에 예상치 못한 흔적을 남기는 것처럼 느껴졌다. 고객들의 연약한 면을 접하자 왜인지 나 자신의 불안감도 조금이나마 잦아들었다. 물론 고객을 만나거나 대화를 주고받는 일은 없었고 그들 중 상당수는 나의 존재조차도 알지 못했다. 하지만 나는 고객들을 가족이나 친구처럼 여기며 그들을 걱정하고, 궁금해하고, 멀리서나마 신경을 쓰기 시작했다. 그들이 저녁에 무엇을 하는지 궁금했다. 어디에 앉는지도. 그전날 어떤 음식을 먹었고 무엇을 보았는지. 그날그날 기분은 어떤지. 나의 삶은 너무나 단조로웠다. 하지만 이제는 고객들 덕분에 무언가 고대할 일이 생겼고, 나 자신이 아닌 다른 사람에게 좋은 일이 생기기를 바라게 되었다.

—

미아가 다니는 어린이집은 워낙 교사들의 이직률이 높고 원생들의 수
도 오락가락했기 때문에 미아는 이 교실에서 저 교실로 자꾸 옮겨다
닐 수밖에 없었다. 미아의 오전 담당 교사가 몸부림을 치고 소리를 지
르며 내 쪽으로 손을 내미는 미아를 데려가기 전에 얼른 눈물을 훔치
는 모습이 몇 주 동안이나 눈에 들어왔다. 그 교사가 어떤 부모에게
쥐꼬리만한 급료를 받으며 일하는 것이 얼마나 힘든지 모른다고 털어
놓는 모습을 우연히 들은 적도 있다. "이런 일을 하려고 대학을 나왔
다뇨." 그는 잔뜩 화가 난 말투로 내뱉었다. 나는 그 교사에게 미아를
맡겨놓고 오기가 싫었다. 직원들이 최소한의 생활을 할 정도로 월급을
주는 시설에 미아를 맡길 여유가 없다는 사실이 너무나 괴로웠다.

어느 날 아침, 유난히 힘겹게 미아와 작별 인사를 하고 돌아선 길에
차에 타자 왈칵 울음이 터져나왔다. 몇 분간 흐느끼면서 꾹 억눌러왔
던 슬픔을 마음껏 토해냈다. 그날은 조금 일찍 미아를 어린이집에 데
려갔지만 아이를 떼어놓고 나오는 과정이 워낙 힘들어서 오히려 평소
보다 늦게 나오고 말았다. 나도 모르게 짜증을 드러내며 미아에게 작
별 키스도 날리지 않은 채 나와버렸다. 나 자신도 언제든 죽을 수 있
지 않을까 하는 악몽 같은 생각이 들어 괴로웠다. 지금 당장 자동차
사고로 세상을 떠나면 나에 대한 미아의 마지막 기억은 자신을 낯선
사람에게 맡기고, 울며 소리지르는 딸을 내버려두고 가버리는 엄마의
모습이겠지?

평소보다 더 그러한 생각이 사무치는 아침이었다. 앞으로 이틀 동안 핸드폰이 잘 터지지 않는 카마노 섬의 어떤 지역에서 일할 예정이었다. 미아에게서 멀리 떨어진 곳으로 가고 싶지 않았고, 따뜻하고 아이들을 잘 보살피는 환경과는 거리가 멀어 보이는 어린이집에 미아를 맡기고 싶지 않았으며, 만에 하나 미아에게 무슨 일이라도 생기면 그날은 아무 연락도 받지 못한다는 생각에 두려워졌다. 하지만 그냥 넘겨버리기에는 너무 좋은 일감이었다.

"이사 청소예요." 로니는 전화로 나에게 말했다. "요즘은 이사 청소를 많이 안 하거든요."

클래식클린은 대부분의 경우 청소 의뢰가 들어오면 잠재적인 고객에게 견적을 제공했다. 고객을 만나서 어느 정도의 청소가 필요한지 점검하고 소요 시간(때로는 필요 인원까지)을 추정했다. 1주, 2주, 또는 한 달에 한 번씩 청소하는 정기 고객은 사전에 규정된 청소 시간 및 요금이 있었지만 건설 및 이사 청소는 보통 어느 정도 유동적으로 예산이 정해졌다.

근무 일정상 나는 대여섯 군데의 집을 교대해가면서 청소했지만, 대부분 고객들은 격주로, 혹은 한 달에 한 번씩 청소했기 때문에 수입은 2주당 20시간 근무량 정도에 지나지 않았다. 주마다 근무 일정이 들쭉날쭉했기 때문에 다른 일을 할 수도 없었고 일의 종류에 관계없이 더 많은 시간 동안 할 만한 일감이 생기기를 기다리는 수밖에 없었다. 로니가 이사 청소에 관심이 있느냐고 전화로 물어봤을 때 나는 신이 나서 하겠다고 대답하면서 다른 직원들이 아니라 나에게 물어봐줘서 고맙다는 인사까지 했다.

이사 청소를 할 곳은 어마어마한 크기의 가스레인지 때문에 '요리사의 집'이라는 별명을 붙인 집 바로 맞은편의 대형 트레일러였다. 요리사의 집 주인은 내가 청소를 하는 동안 집에 머무는 일이 드물었지만, 딱 한 번 마주쳤을 때 그는 조리대와 부엌 가운데 놓인 아일랜드 테이블 사이를 전부 차지한 거대한 가스레인지 옆에 서 있었다.

"이것 때문에 개인 대출까지 받아야 했죠." 집주인은 가스레인지 가장자리를 부드럽게 손으로 쓸면서 말했다. "아마 그쪽이 모는 차보다 두 배는 비쌀걸요!"

물론 그 말이 사실이라는 데에는 의심의 여지가 없었지만, 내가 오래된 스바루 왜건을 몰고 다닌다는 점을 지적한 그에게 인상 쓰지 않으려 노력하면서 가스레인지를 청소할 때 특별히 주의해야 할 점이 있느냐고 물었다. 그 집주인은 조리대에서 우묵한 프라이팬을 사용하여 튀김요리 만들기를 즐겼을 뿐만 아니라 주방에는 각종 재료를 재운 올리브유 병들이 수도 없이 놓여 있었기 때문에 정기적으로 청소를 해도 2주가 지나고 나면 가스레인지 전체가 기름으로 온통 뒤덮이곤 했다. 집 전체에 고약한 기름 냄새가 밴 것을 보면 그 집주인은 일주일에도 몇 번씩 프라이팬을 사용하는 것이 틀림없었다. "주의해야 할 점이 있어요." 그는 손가락을 들어 강조했다. "절대 거친 스펀지를 사용하지 마세요!" 가스레인지 표면에 흠집을 내면 안 되기 때문에 스펀지 대신 걸레 대여섯 장으로 청소해야 했다.

이사 청소를 위해 대형 트레일러 진입로에 차를 세웠을 때에는 이미 약속 시간에서 10분 정도 지난 상태였다. 팸은 그날 함께 일할 동료 청소원과 먼저 도착해 있었다. 나는 서둘러서 그들 옆으로 갔다. "늦어서 죄송해요." 최대한 진심처럼 들리도록 얼른 둘러댔다. "오늘 아침에 미아가 어쩌나 안 떨어지는지."

팸은 약간 화를 내면서 아이들은 부모가 일해야 한다는 사실을 이해하고 존중할 줄 알아야 한다며 웅얼거렸다. 나는 팸에게 다시 한번 말해달라거나 무슨 말인지 확실히 해달라고 부탁하지 않았다. 팸도 예전에 나와 같은 입장에 처해봤을 테고, 일 때문에 아이들을 거의 돌보지 못했던 시기를 그럭저럭 무사히 넘겼으리라 생각했다. 팸은 체격이 좋고 퉁명스러운 인상에 금발머리를 곱창밴드로 묶은 다른 청소원에게 고갯짓을 하며 "이 사람은 실라예요"라고 소개해주었다. 그 청소원은 지각 때문에 화가 난다기보다는 지루해서 짜증난다는 표정이었다. "실라는 이번주를 끝으로 회사를 그만둬요." 실라와 마주보고는 고개를 끄덕하고 살짝 웃어 보였다.

우리는 일반적으로 주택을 청소할 때는 사용하지 않는 낯선 스프레이들로 가득한 바구니들을 밴에서 꺼냈다. 곰팡이, 기름때, 찌든 얼룩을 제거하는 고성능 클리너였다. 나에게 청소용품 바구니와 걸레 주머니를 건네주며 실라는 내가 커피가 담긴 재활용 컵을 다른 쪽 손으로 옮기는 동안 초조하게 기다렸다.

"안으로 들어가기에 앞서 이 집에 대해 몇 가지 알아둬야 해요." 팸은 트레일러 밖에 선 우리에게 말했다. 그러고는 실라와 나에게 가까이 오라고 말했다. 실라는 팸을 바라보았지만 실라가 왜 그만두는 걸까 하는 호기심과 부러움을 꾹 누르면서 나는 계속 실라를 쳐다보았다.

팸은 어깨 너머로 무성하게 자란 풀밭을 슬쩍 넘겨보았다. 몸짓으로 그쪽을 가리키면서 말했다. "저기가 맨발의 도둑Barefoot Bandit 엄마네 집이에요."

맨발의 도둑은 당시 모르는 사람이 없을 정도로 유명한 이름이었다. 그를 콜턴 해리스 무어라는 본명으로 지칭하는 사람은 거의 없었지만, 그 맨발의 도둑이 나와 같은 스카짓 카운티 출신이라는 것은 알고 있었다. 맨발의 도둑은 고작 열아홉 살의 나이로 최근 이 지역 일대에서 절도 행각을 벌였다. 주인이 잠자는 틈을 타서 부잣집에 침입하는가 하면 한번은 차고의 먼지에 맨발 자국을 남기기도 했다. 바로 전주에는 내가 담당하는 요리사 집에 침입하여 컴퓨터로 집주인의 신용카드 정보를 빼낸 뒤 곰 퇴치용 스프레이와 야간용 고글을 주문하고 무인 경비행기를 검색했다. 내가 격주마다 먼지를 터는 책상에 앉은 맨발의 도둑이 여기저기 흩어져 있는 서류 사이에서 신용카드 번호를 손쉽게 찾아내는 광경이 머릿속에 그려졌다. 지역 언론에서는 맨발의 도둑을 무장한 위험 인물이라며 자기 엄마 집에 숨어 있을 가능성이 있다고 보도했다.

맨발의 도둑이 실제로 엄마 집에 있으리라고는 생각하지 않았지만, 그 주변 전체가 완벽하게 공포 소설의 배경처럼 보이긴 했다. 사실 우리는 비포장도로를 따라 숲속 깊숙한 곳에 있는 버려진 트레일러 앞까지 왔다. 원래 이사 청소란 범죄 현장을 청소하는 것처럼 인간이 접촉한 흔적을 모두 지워버려야 하기 때문에, 맨발의 도둑 이야기를 든지 않았더라도 어느 정도 으스스하게 느끼기 마련이다.

트레일러 출입문 쪽으로 걸어가는 도중에도 팸은 계속 내부 상태에 대해 우리에게 마음의 준비를 시켰다. 팸은 그 트레일러에 살던 부부가 이혼했다고 말했다. 부인이 이사해서 나간 후에도 남편은 몇 명의 룸메이트와 함께 계속 그곳에서 살았다. "집주인의 예산이 꽤나 빠듯한 편이라 굉장히 효율적으로 청소를 해야 해요." 팸은 출입문을 열기 전에 우리 쪽으로 얼굴을 돌리며 말했다. "오늘은 첫날이니까 나도 몇 시간 정도 작업을 같이할 텐데, 스테퍼니는 내일 다시 한번 와서 마무리하도록 하세요."

나는 '굉장히 효율적으로'라는 게 무슨 뜻인지 알 수가 없었다. 원래 이 일은 점심 휴식 시간이 따로 주어지지 않았으며 한 집을 끝내고 다음 집으로 운전해 이동하면서 사과와 땅콩버터 샌드위치를 입에 욱여넣는 걸 '휴식'으로 간주했다. 하지만 오늘은 다른 곳으로 이동할 필요가 없다. 앞으로 이틀 내내 이 대형 트레일러를 6시간에서 8시간가량 청소해야 한다. 핸드폰도 터지지 않는 깊은 숲속에서, 누구한테 전화를 할 수도, 심지어 미아에게 급한 일이 생겨도 전화조차 받을 수가 없는 상태로.

"물을 충분히 마시도록 해요." 팸은 자물쇠와 씨름하면서 말했다. 팸은 세제와 페이퍼 타월로 가득한 대걸레 양동이를 내려놓았다. "그리고 필요할 때마다 잠깐씩 휴식을 취하도록 하세요."

팸의 이 말에 놀라서 눈썹을 치켜떴다. 작업 시간에 휴식을 취해도 된다는 이야기를 들은 것은 처음이었다. 어쩌면 일반적인 청소와 달리 이사 청소는 견적 자체에 약간의 휴식 시간이 포함되어 있는지도 몰랐다. 그전까지만 해도 일하는 도중에 잠깐씩 앉는 것도 안 된다고 생각했었다.

지금까지 청소했던 대부분의 집들은 집을 관리할 여유가 있는 사람이 소유한 집이었고 내 앞에도 수많은 청소 인력이 거쳐간 경우가 많았다. 이사 청소는 보기와는 전혀 다르다. 집은 텅 비어 있다. 탁자 위에 놓인 램프나 선반에 꽂힌 책, 장식품 주변에 쌓인 먼지를 떨어낼 필요가 없기 때문에 언뜻 굉장히 청소가 쉬워 보일지 모른다. 하지만 실제로는 가장 시간이 오래 걸리고, 죽도록 힘들고, 제일 더러운 것이 이사 청소다. 가장 흔한 경우는 집주인이 임차인에게 집을 빌려주고는 몇 년 동안이나 제대로 청소를 하지 않은 상태로 집을 팔기로 결정한 경우다. 이러한 집에는 먼지와 기름때가 고무로 된 시멘트처럼 부엌에 덮여 있다. 변기 주변 바닥은 누런색으로 찌들어 있고 틈새마다 머리카락이 박혀 있다. 표면을 문질러 닦을 때마다 원래의 색이 드러나기 때문에 아직 남은 변색된 표면이 더욱 더러워 보인다.

트레일러로 걸어들어가는 순간 시커멓게 변색된 입구의 타일이 제일 먼저 눈에 들어왔다. 눈에 띄게 색이 짙어진 카펫이 마치 통로처럼 거실까지 이어져 있었다. 식당에 서서 머리에 닿을락 말락 한 천장 조명을 올려다보니 먼지와 거미줄이 주렁주렁 늘어져 있었다.

"손님용 화장실은 내가 청소할게요." 이 말을 듣고는 팸에 대한 호감도가 살짝 올라갔다. "그쪽이 꽤나 고약하더라고." 팸은 허리에 손을 올리고 거미줄을 올려다보며 말했다. 그러더니 구부러지고 먼지가 시커멓게 낀 거실용 블라인드의 한쪽 구석을 살피는 실라를 불렀다. "실라, 먼지를 떨어요. 블라인드도 꼭 청소하고." 팸은 나를 돌아보며 심호흡을 한번 하더니 말했다. "스테퍼니는 부엌을 맡아요."

옆방으로 향하는 팸을 따라가서 부엌 냉장고 안을 들여다보았다. 팸이 처음 이 집을 둘러볼 때 냉장고 전원을 뽑고 문을 열어둔 상태였다. 팸은 얼굴을 찡그렸다. 평소 직원들을 질책할 때에도 항상 기분 좋고 명랑한 태도를 유지하는 팸이 지저분한 광경을 보고 그렇게 반응한 것은 아마도 그때가 유일했을 것이다. "냉장 서랍을 전부 꺼내서 물에 담가서 불려야 할 거예요." 팸은 고개를 내 쪽으로 돌려 이렇게 말했지만 눈은 여전히 냉장고 안쪽에 고정되어 있었다. 좀더 가까이 다가가서 팸의 어깨 너머로 냉장고를 들여다보았다. "유리로 된 선반을 전부 꺼내서 최대한 깨끗하게 닦으세요." 팸은 냉장고 문에 붙은 구불구불한 고무 패킹 부분을 잡아서 떼어냈다. "문가 패킹 부분은 칫솔을 사용하는 편이 좋겠네요. 틈새마다 낀 딱딱해진 음식 찌꺼기도 걷어내고. 도움이 필요하면 불러요." 팸은 내 어깨를 두드리며 미소를 지었다. "고깃덩어리에서 나온 핏물이 말라붙었던데 그게 청소하기 좀 까다로울 겁니다."

계속해서 작은 부엌을 여기저기 살피던 팸은 가스레인지 후드 밑의 거무튀튀한 주황색의 두꺼운 기름때를 가리켰다. 우리는 그 아래에 서서 어이가 없다는 듯이 입을 벌렸다. 천장에는 칠리처럼 보이는 것이 튄 자국이 있었다. 가스레인지 손잡이에도 갈색 음식 찌꺼기가 말라붙어 있었다. 찬장 내부를 비롯하여 부엌 전체를 한 군데도 빠짐없이 문지르고 닦아야 했다.

싱크대 앞에 서니 창문을 통해 맨발의 도둑이 어린 시절을 보낸 건너집의 한쪽 끝자락이 보였다. 그의 머리가 풀숲에서 불쑥 올라오지 않을까 하며 끊임없이 창문 쪽을 살폈다. 출퇴근 때 전적으로 의지하는 내 사랑하는 스바루 자동차가 걱정되기도 했다. 맨발의 도둑이 나에게 총구를 겨누고 자동차 열쇠를 빼앗은 다음 차를 몰고 가버리는 광경을 상상했다.

천장을 닦으려면 부엌 조리대 위에 올라서야 했다. 팸은 내 담당 구역을 살펴보러 와서는 날카로운 눈빛으로 청소하는 모습을 점검했다. 큰 화장실을 어떻게 청소해야 할지 보여줄 테니까 부엌 청소가 다 끝나면 부르라고 했다. 팸은 아직도 손님용 화장실을 청소하는 중이었다. 팸이 일회용 흰색 마스크를 쓰고도 표백제 연기 때문에 기침하는 소리가 들려왔다. 회사에서는 유독성 연기로부터 청소원들을 보호하기 위해 별다른 조치를 취하지 않았다. 팸이 마스크를 쓴 것은 순수 모범을 보임으로써 다른 청소원들에게 마스크 착용을 상기시키려는 목적이었다. 일하다 부상을 입으면 회사에서 지급한 안전 장비를 착용했는지가 첫번째 관건이 된다.

잠깐 팔을 내리고 쉬는 사이에 팸이 부엌으로 들어왔다. 거의 30분 동안 조리대 위에 서서 천장에 묻은 얼룩을 닦아내려고 노력했지만 좀처럼 마음먹은 대로 되지 않았다.

팸이 나에게 따라오라고 손짓하길래 그뒤를 따라서 아직 보지 못한 집의 나머지 절반으로 향했다. 제일 큰 침실에는 아직 가구가 남아 있었고 옷장도 절반 정도가 채워져 있었다. 늑대가 그려진 두꺼운 플리스 재질의 담요가 물침대처럼 보이는 커다란 침대 위에 덮여 있었다. 2시간 동안 말라붙은 음식 찌꺼기를 벗겨내야 할 정도로 지저분하게 부엌을 사용하는 남자가 그 침실에서 여성들과 즐기는 광경을 상상하니 얼굴이 찡그려졌다. 털북숭이 늑대 담요 위에서 그 남자와 함께 시간을 보내는 여자들은 도대체 어떤 사람일지 궁금했다.

이렇게 고객의 모습을 머릿속으로 그려보거나 고객에 대해 이리저리 추측해보면서 나는 나름대로 두려움, 피곤함, 그리고 외로움을 견뎌내고 있었다. 청소하는 집의 주인들이 내 주위에 있다고 상상했다. 그들이 평일 새벽에 침대에서 일어나서 샤워를 하고 수건을 사용하는 광경을 그려보았다. 그래서 바닥에 둥글게 뭉쳐 굴러다니는 젖은 수건을 장갑을 끼고서 조심조심 다루었다. 집에 사는 사람들과 그들의 행동은 집안 곳곳에 흔적을 남겼다. 식탁에 남은 둥그런 커피 컵 자국을 닦아내면서 아침에 그들이 부엌 창가에 서서 커피를 마시는 광경을 상상했다.

열여섯 살 때 나는 반려동물용품점에서 쥐, 생쥐, 모래쥐, 고슴도치, 족제비, 새 등의 동물 우리를 청소하는 아르바이트를 했다. 가게 사장은 좀 공격적으로 말하는 편이었고 어쩌나 목소리 톤이 높은지 들을 때마다 움찔움찔 놀랄 정도였다. 어느 날 아침, 이미 잔뜩 지친 상태로 더이상 하루도 버틸 수 없다고 생각하며 출근했다. 새장 안에 손을 넣으면 새들이 미친듯이 날개를 파닥거리며 내 몸의 말초신경을 자극했기 때문에 더이상은 새 우리에 손을 찔러넣고 싶지가 않았다.

"이 일 때문에 너무 스트레스를 많이 받아요." 나는 사장실로 들어가서 이렇게 말했다. "그만둘게요."

번식용 수컷 설치류 우리 옆에 놓인 책상에 앉아 있던 그는 빈정거리는 어투로 말했다. "더 스트레스를 받기 전에 여기서 쫓아내야겠네!"

마지막 급여 수표가 우편으로 도착하기까지는 몇 주라는 시간이 걸렸다. 그후로는 한 번도 일을 중도 포기한 적이 없었지만, 이 트레일러의 큰 침실은 나를 거의 포기 상태로 내몰았다.

그다음날 혼자서 다시 트레일러로 향했다. 진입로에 차를 세우고 차문을 잠그고 집안으로 들어가서 문을 잠갔다. 혹시라도 근처를 지나가는 맨발의 도둑을 보게 될까봐 되도록이면 창밖을 내다보지 않으려고 노력했다. 아침에 미아가 미열이 나길래 타이레놀을 먹인 다음 어린이집에 데려다주고 온 길이었다. 그전날처럼 트레일러 안에서는 전혀 핸드폰이 터지지 않았다. 미아의 상태가 더 심각해져도 연락을 받을 방법이 없었다. 연락 수단도 없이 트레일러에 혼자 갇혀 있다고 생각하니 불안감이 스멀스멀 몰려와 떨쳐낼 수가 없었다. 엄마로서 아이에게 무슨 일이 생겼을 때를 대비하여 최소한 항상 연락이 닿는 곳에 있고 싶었다.

전날 대부분의 청소를 끝내기는 했지만 실라가 청소한 구역을 다시 한번 확인해야 했다. 냉장고 서랍은 아직 싱크대에 담가 불리는 중이었다. 싱크대, 가스레인지, 냉장고를 잇는 동선 부분이 삼각형 모양으로 닳은, 부엌의 갈색 리놀륨 바닥도 문질러야 했다. 하지만 둘째날 가장 많은 시간을 보낼 곳은 바로 큰 화장실이었다.

전날에 팸은 스프레이를 뿌린 다음 문질러 닦을 때까지의 시간을 넉넉히 확보하라고 말했다. 화장실을 조금 청소한 후 집안의 다른 쪽으로 이동해서 청소하다가 다시 화장실로 돌아와서 나머지 일부를 청소하는 식으로 해보라고 조언했다. 왼쪽에서 오른쪽으로, 위에서 아래쪽으로 진행하는 평소의 내 청소법은 눈앞에 펼쳐진 이 쓰레기장 앞에서는 역부족이었다. 천장의 상당 부분과 샤워기 위쪽 벽에는 검은 곰팡이가 잔뜩 피어 있었다. 나는 곰팡이 제거 스프레이를 두 통이나 뿌려서 표면을 흠뻑 적신 다음 독한 스프레이를 들이마시지 않기 위해 고글과 마스크를 쓰고 표면을 문질러서 곰팡이를 벗겨냈다.

샤워실 내부의 각 모퉁이와 틈새는 흰곰팡이가 피어 분홍빛이었다. 세제가 먼지와 곰팡이를 씻어내면서 갈색이나 검은색 액체로 변하여 방울방울 흘러내리다가 내 발치를 지나 떠내려갔다. 한 부분을 열심히 문질러서 깨끗하게 닦아놓고 나자 자그마한 샤워실의 모든 구석구석을 방금 청소한 곳만큼이나 힘껏 문질러 닦아야 한다는 사실을 깨닫고 곧바로 절망했다. 나중에는 마스크 대신 셔츠 깃으로 코를 막는가 하면 조금이나마 깨끗한 공기를 마시기 위해 몇 번이나 어두컴컴한 큰 침실로 피신해야 했다.

무릎을 꿇고 앉아서 변기 상태를 자세히 들여다본 순간, 바로 일어나서 밖으로 나갔다. 도저히 더이상은 참을 수가 없었다. 부슬부슬 비가 내리는 현관에 15분 가까이 앉아 있었다. 담배라도 한 대 피울 수 있었으면, 아니 하다못해 제대로 점심 끼니를 때울 만한 것이라도 있었으면, 아니면 물 말고 무언가 마실 것이 있었으면 하고 바랐다. 아침에 가져온 커피와 땅콩버터 샌드위치는 뱃속으로 사라진 지 벌써 오래였다.

현관에 앉아서 헤아릴 수 없는 감정에 휩싸였다. 구역질나는 변기를 손으로 문질러 닦아내면서 그 대가로 거의 최저임금에 가까운 돈밖에 받지 못한다는 사실에 분노가 치밀었다. 현재 시급의 세 배를 준다 해도 하고 싶지 않은 일이었다. 트레일러의 큰 화장실 안쪽에 놓인 변기 바닥 주변에는 군데군데 소변이 굳어서 생긴 누런 웅덩이가 있었다. 좌변기의 아래쪽, 가장자리, 그리고 맨 위쪽에는 대변으로 추정되는 갈색 얼룩과 구토로 보이는 노란색 및 주황색 얼룩이 여기저기 묻어 있었다. 노란색 설거지용 장갑을 끼고 코멧 가루세제로 무장했다. 이 화장실을 사용했던 남자는 겉으로나마 변기가 깨끗해 보였으면 하고 바란 건지 동그란 모양의 파란색 변기세정제를 사서 달았다. 그래서인지 변기 안쪽의 깨끗한 물이 차오르는 지점을 빙 둘러 짙은 파란색 자국이 남아 있었다. 변기 안으로 손을 깊숙이 넣어 부석으로 그 파란색 자국이 사라질 때까지 문지르고 또 문질러야 했다.

"그 돈을 받고 이런 일을 해야 하다니." 혼자 중얼거리다가 숲속을 향해 힘껏 소리를 질렀다. 지붕에서 빗물이 방울방울 떨어지는 현관에 홀로 앉아서 소리를 지르다가 분노 어린 내 목소리에 스스로도 깜짝 놀랐다. 경고도 없이 찾아오는 제이미의 학대를 견디면서, 거대한 사람이 두툼한 팔로 내 몸을 옥죄는 것처럼 무릎이 붙어서 떨어지지 않고 폐가 조여들며 가슴이 답답해지는 경험을 한 후 어느 정도 인내심이 단련된 상태였다. 발밑 바닥이 푹 내려앉는 듯한 느낌을 받은 적도 한두 번이 아니었다. 여전히 한 걸음 한 걸음 조심스럽게 내딛는 중이었다. 자칫 한 번이라도 삐끗했다가는 다시 노숙인 쉼터에서 살게 될지도 모른다는 사실을 너무나 잘 알았다. 이 상황도 참고 견뎌내야 했다. 통제할 수 없는 불확실한 상황 속에서 무엇보다도 침착함을 유지해야 했다. 미아에게 의지할 수 있는 엄마가 되어야 했다. 출근을 하고 맡겨진 일을 해야 했다. "절대 무너지면 안 돼!" 스스로에게 거듭 되뇌었다. 이 말을 주문처럼 마음속으로 수없이 되풀이했으며, 심지어 가끔씩은 입 밖으로 소리 내서 말하기도 했다.

나의 적갈색 스바루 자동차가 빗속에서 어슴푸레 빛났다. 하늘을 가득 메운 구름이 갑자기 흩어지면서 햇빛이 자동차에 쏟아졌다. 이 정도로 일을 그만두고 싶다는 생각이 절실하게 든 건 처음이었다. 그집의 화장실, 화장실을 그렇게 구역질나는 상태로 내버려둔 남자, 그리고 나에게 최저임금을 지급하는 회사 그 모두에게 멸시당하는 기분이었다. 이곳에서 벗어나는 광경을 상상하며 자동차를 뚫어지게 바라보았다.

나에게는 선택권이 없었다. 이제 트래비스와는 거의 말조차 섞지 않았다. 트래비스는 주말에 미아를 친아빠에게 보내고 나면 내가 아침 7시부터 일어나서 농장 일을 돕는 대신 잠만 잔다며 화가 나 있었다. 그가 화를 내든 말든 나는 더이상 신경쓰지 않았고 트래비스도 그 사실을 알고 있었다. 우리는 서로에게 불만을 품은 채 몇 달 동안 함께 살고 있었다. 나에게는 미아와 함께 살 곳을 마련할 여유가 전혀 없었다. 그래서 그 화장실로 돌아가야 했다. 여기서 일을 포기하고 떠나난다면 수입 한푼 없이 몇 달 동안이나 비참하게 살아야 했다. 내가받는 양육비는 자동차 기름값도 감당하기 힘든 수준이었다. 미아가아빠를 만날 수 있도록 차로 왔다갔다하는 데에만 한 달치 양육비인275달러가 날아갔다. 일자리를 잃는다면 다시 전적으로 트래비스에게신세질 수밖에 없었다. 그렇게 되면 자존감을 잃어버릴 수밖에 없었다.

나는 주먹을 굳게 쥐고 일어났다. 입을 꽉 다물고 다시 집안으로 들어갔다. 이건 내 운명이 아니야. 나의 최후는 이렇지 않아. 스스로의결단이 옳았다는 것을 증명하기로 결심했다.

그 트레일러 때문에 악몽까지 꾸었다. 꿈속에서 운전해서 집에 가는 도중에 전화기에서 음성 메시지 도착을 알리는 소리가 울린다. 아니면 모르는 번호로 전화가 걸려온다. 전화를 받으면 어떤 여성이 너무나 흥분한 목소리로 뭐라고 이야기하는데 처음에는 못 알아듣다가'병원'이라는 단어가 들려온다. 단발로 자른 갈색 곱슬머리가 피에 흠뻑 젖은 미아의 모습이 섬광처럼 나타난다. 전화기 저편의 여성은 도대체 이제까지 어디 있었느냐며 왜 긴급 연락처가 없는지 추궁한다. **나밖에 없어요!** 꿈속에서 몇 번이나 대답한다. **나밖에 없다고요.**

그 트레일러는 정말 만만치 않은 상대였다. 그 집에서 무려 12시간이나 청소를 한 후 며칠이 지나 로니에게 전화가 왔다. 항상 활기찬 평소와는 달리 심각한 목소리였다. 고객이 청소 상태에 만족하지 않았다고 한다. 전구나 블라인드의 먼지를 제대로 털지 않았다던가, 아니면 거울에 놓친 부분이 있다던가, 아니 그 전부였는지도 모른다. "그 집에 다시 가서 제대로 청소를 해야 할 것 같네요." 로니는 부드럽게 말했다. "그리고 고용 계약서에 명시된 대로," 로니는 여기서 잠깐 멈추고 숨을 몰아쉬었다. "추가 청소에 대한 수당은 지급하지 않아요."

심장이 쿵쿵거리며 가슴 한편에서 빨리 뛰기 시작했다. "거기 다시 갈 수는 없어요." 목이 메었다. 그 트레일러까지는 편도로만 40분이 걸렸고 거기까지 가는 기름값도 회사에 청구할 수 없었다. 로니에게 싫다고 말하면 일자리를 잃을 수도 있었지만 거기 되돌아간다면 오히려 내가 먼저 일을 그만두겠다고 할지도 몰랐다. "못 갈 것 같습니다. 그 화장실 때문에 일을 그만두고 싶었어요."

로니는 한숨을 쉬었다. 로니는 내가 얼마나 필사적으로 일을 찾는지, 기름값조차도 얼마나 부담스러워하는지 잘 알고 있었다. "대책을 찾아보죠." 로니는 이렇게 말하고 전화를 끊었다. 로니가 누군가를 다시 그 집으로 보내서 청소를 끝냈는지 어쨌는지는 영영 알 수가 없었다. 실라에게 전화해서 부탁했을 수도 있지만 내 생각에는 팸이 가서 청소를 끝냈던 것 같다. 그렇지만 팸은 그 일에 대해 나에게 아무런 언급도 하지 않았다.

10장

헨 리 의 집

—

오늘 소개받을 새로운 고객 집 앞 콘크리트 현관에 로니와 함께 서 있었다. 빨간색 나무 문에 노크를 하고는 잠시 기다리는데 안에서 개 짖는 소리와 함께 누군가가 번잡하게 움직이며 개들을 조용히 시키는 소리가 들렸다. 흰색 셔츠와 짙은 남색의 트레이닝복 바지 차림에 목욕가운을 걸치고 슬리퍼를 신은 남자가 현관문을 열어줬다.

"오셨군요!" 집주인 남자는 밝은 목소리로 말했다. 기운이 넘치는 오스트레일리안 셰퍼드 두 마리가 뭉툭한 꼬리를 흔들며 신나게 뛰어올랐다.

로니가 나를 소개했다. "헨리, 우리 회사에서 제일 일 잘하는 스테퍼니예요."

"자, 들어오세요." 헨리는 그러면서 내 청소도구를 들어주겠다는 시늉을 했다. 로니는 미소를 지으며 감사 인사를 했고 헨리는 현관문을 닫았다. 사등분으로 접힌 흰색 걸레가 담긴 가방을 바닥에 내려놓으면서 그가 말했다. "이 집을 어떻게 청소해야 하는지 보여드리죠."

헨리는 최근 들어 청소원을 교체해달라고 요구했다. 로니는 나에 대한 칭찬을 한참 늘어놓으면서 내가 이전 담당자보다 더 깨끗하게 청소할 것이라고 헨리를 설득했다. 로니는 헨리의 특별한 요구사항에 철저하게 맞춰 청소하라고 나에게 지시했다. 그가 원하는 순서대로 청소할 것. 지각은 절대 금지. 청소 시간을 넘기는 일도 없도록 할 것. 항상, 언제나 최선을 다할 것. 격주 금요일마다 4시간씩 청소하기가 내 스케줄이었다. "땀 좀 흘릴 각오하세요." 로니가 말했다.

헨리를 만나기 전부터 이미 겁을 먹고 있었다. 로니에게 헨리가 얼마나 까다로운 고객인지 이야기를 들었던 터라 마침내 직접 그를 만나자 나도 모르게 몸이 움츠러들었다. 헨리는 나보다 거의 30센티미터는 더 컸다. 꼿꼿한 자세에 자신감이 넘쳤고 뚱뚱한 배가 앞으로 불쑥 튀어나와 있었다.

우리는 헨리와 부인이 사무실로 사용중인 앞쪽 거실부터 살펴봤다. 두 사람 모두 반질거리는 커다란 마호가니 책상을 썼다. 대개의 집에서 근사한 소파를 놓는 전면 유리창 옆에 헨리의 책상이 놓여 있었다. 벽에 설치된 선반에는 서부 개척시대를 그린 소설, 여행 서적, 컴퓨터 프로그래밍 매뉴얼이 빼곡히 꽂혀 있었다. 헨리의 L자형 책상에는 두 대의 컴퓨터 모니터가 놓여 있었다. 헨리는 하와이에서 무슨 IT 회사를 다녔다는데 은퇴 후 이곳으로 부인과 둘이 이사 왔다고 한다. 헨리의 책상 위에는 고지서, 카메라, 매뉴얼이 잔뜩 쌓여 있어 표면이 보이지 않을 정도였다. 헨리 부인의 책상은 그와는 대조적으로 작고 휠

썬 깔끔했다. 부인의 책상에는 스캐너, 코팅기, 요리 레시피와 스크랩북 만들기 요령에 대한 잡지 기사 스크랩, 부부가 기르는 개와 강아지 사진들이 놓여 있었다.

헨리는 내가 청소를 하는 동안에도 집안에 있을 예정이었기에 자기 일과에 맞춰 일정한 순서로 청소해달라고 했다. 헨리가 아침을 먹고 뉴스를 보는 동안에는 사무실과 큰 식당을 청소한다. 〈더 프라이스 이즈 라이트*〉가 시작할 무렵에는 다른 편 청소를 하되, 가는 길에 손님용 화장실에 들러 세탁실을 청소한 뒤 안방 화장실로 넘어간다.

손님용 화장실에서는 일단 네 개의 발매트를 나중에 청소하기 위해 화장실 문밖에 쌓아둔다. 먼저 샤워실 대각선 방향의 변기부터 청소한다. 헤드 두 개짜리 샤워기가 설치돼 있고, 둘레에는 대리석으로 장식된 상당히 넓은 샤워실이다. 샤워실은 헨리가 직접 청소하겠다고 했다. 수건들을 다시 접은 후, 한 번도 사용하지 않은 것처럼 보이는 자쿠지 욕조 모서리를 닦는다.

헨리는 문에 걸린 수영복을 가리키며 자기네 부부는 현관에 있는 온수 욕조를 사용한다고 설명했다. 욕조를 청소한 후에는 세면대에 올라가서 무릎을 꿇어야 위쪽까지 손이 닿을 만큼 거대한 거울을 닦고, 전구와 세면대 두 개의 먼지를 턴 다음 어지러진 수납장을 정리한다. 부인이 사용하는 세면대 쪽에는 투명한 플라스틱 서랍 몇 개와 브러시를 비롯하여 용도를 알 수 없는 미용도구를 끼우는 다양한 크기의

---

* The Price is Right, 미국의 인기 퀴즈 쇼.

구멍이 난 수납대가 있었다. 헨리의 세면대에는 위쪽에 각 요일의 머리글자가 쓰인 칸막이 약통이 여러 개 놓여 있었다. 헨리는 칫솔 여러 개를 썼으며 치약이 산지사방으로 튄 자국이 눈에 띄었다.

진공청소기로 카펫을 청소하기 전에 벽의 지저분한 곳을 군데군데 문지르고 바닥을 대걸레로 닦아야 했다. 진공청소기를 민 자국이 눌리지 않도록 조심했다. 그다음에는 대형 드레스룸에서 수많은 선반의 먼지를 털고 침실을 정리한 다음 진공청소기로 마무리했다.

헨리의 집에 처음 간 날, 집안을 살펴보다가 잠시 복도에 멈춰 서서 유리 장식장을 감상했다. 헨리는 목공이 취미라지만 집안에 놓인 장식품은 대부분 자신보다 훨씬 재능이 뛰어난 예술가의 작품이라고 설명했다. 살짝 멋쩍어하며 차고의 절반도 목공 작업장으로 꾸며놓았지만 요즘에는 직접 가구를 만드는 일이 거의 없다고 덧붙였다.

집안을 둘러보는 동안 별다른 말을 하지 않은 채 수많은 지시사항을 기억하려고 노력했다. 만약 지시사항을 제대로 따르지 않으면 헨리가 화를 낼까 궁금했다. 거실에는 내 차보다 더 거대한 TV가 놓여 있었다. TV 아래쪽 벽장에는 DVD 감상을 위한, 또는 거기 설치된 수많은 스피커들의 전원을 연결하고 음량을 조절하기 위한 전자기기가 몇 개나 놓여 있었다. 전문 매장에서나 볼 법한 어마어마한 시설이었다. 다른 쪽 벽에는 벽돌 선반과 난간까지 갖춰진 근사한 벽난로가 있었다. 탁자 위에 놓인 리모컨 다섯 개가 움직이지 않도록 조심하면서 육중한 가죽 소파 두 개와 그사이의 탁자를 옆으로 옮겨야 했다. 진공청소기로 붉은색 카펫 위를 얇게 뒤덮은 개털을 걷어내자 원래 카펫 색이 벽돌색에 가깝다는 걸 알게 되었다. 거실을 청소한 후에는 간단하게 아침 식사를 할 수 있는 부엌과 스테인리스 냉장고, 대리석 조리대와 부엌 바닥, 그리고 마지막으로 입구 통로에 있는 작은 화장실을 청소했다.

처음 몇 번은 청소하는 동안 헨리의 목소리만 들려도 움츠러들었다. 아이팟 셔플을 조절하거나 할당된 시간에 맞춰 청소가 진행되고 있는지 확인하기 위해 시계를 들여다볼 때를 제외하고 한순간도 쉬지 않고 일했다. 청소를 시작한 초반에 몇 번은 정해진 시간을 초과하기도 했는데, 그 초과 시간 때문에 안절부절못한 로니가 팸에게 전화를 걸어 걱정을 털어놓는 바람에 팸이 다시 나에게 무슨 문제가 없는지 전화로 확인하기도 했다. 하지만 어느 정도 시간이 지나자 어디에 털이 모이는지, 어떤 지점을 재빠르게 닦거나 문질러야 하는지, 어떤 얼룩이 좀처럼 지워지지 않는지 파악하게 되었다. 아무 생각 없이 순서에 따라 기계적으로 청소할 수 있게 되면서 머릿속으로는 내 삶에서 일어나는 다른 일들에 대해 걱정하게 되었다.

오전에 그 집에 가면 항상 헨리와 잠시 잡담을 나누었다. 그다음 헨리는 한가롭게 부엌을 어슬렁거리며 보통 두껍게 썬 빵 두 조각에 토마토와 아보카도를 곁들여 아침을 준비한다. 헨리가 아침 식사를 마치면 원목 식탁을 청소하면서 흩어진 빵 부스러기를 닦아내고 다양한 종류의 소금과 핫소스 병이 가득한 원목 회전쟁반을 들어올려 바닥을 닦는다. 부엌 청소를 마치고 복도까지 나올 즈음이면 헨리는 이미 책상에 앉아 일하는 중이었고 내가 청소를 마치고 떠날 때까지 움직이지 않았다.

그러던 어느 금요일, 헨리는 다음주에 하루 더 청소를 해줄 수 있겠느냐고 물었다.

"죄송하지만 안 되겠어요. 다음주 금요일에는 여기 반대편 동네의 다른 집에 가야 하거든요."

이 집과 격주로 금요일마다 청소를 하는, 농장이 딸린 집도 새로운 고객이었다. 내가 담당하기 전까지 집주인이 회사 내의 거의 모든 청소원을 겪어보았다는 점도 헨리의 집과 놀라울 정도로 비슷했다. 두 집 모두 청소하기 무척 까다로운 카펫 바닥인데다 반려동물이 여러 마리 있었기 때문에 땀을 흠뻑 흘릴 정도로 신속하게 움직이며 4시간을 꼭 채워야 했다. 그 집 계단에 깔린 짙은 남색 카펫을 진공청소기로 밀어야 한다는 생각에 나도 모르게 몸서리를 쳤다.

"아아." 헨리는 눈을 내리깔았다.

"그렇지만 이번 주말에는 가능해요. 주말도 괜찮으시면 말이죠. 딸이 격주 주말에 아빠네 집에 가는데 여기서 청소를 끝내고 데려다주거든요."

헨리는 자세를 더욱 꼿꼿이 하고 서서는 기분좋다는 표정으로 말했다. "잘됐네요, 저녁 파티를 열 생각이거든요!" 그는 나에게 따라오라는 몸짓을 했다. 우리는 슬라이드 유리문을 지나 집 뒤쪽의 지붕 달린 테라스로 걸어나갔다. "이 그릴을 반짝반짝 빛나게 닦아야 해요."

더럽기 짝이 없는 그릴을 보면서 고개를 끄덕이다가 구석에 빈 샴페인 병이 놓인 온수 욕조가 눈에 들어왔다. 따뜻한 욕조에 몸을 담근

채 샴페인을 마실 기회가 내 인생에 딱 한 번이라도 찾아온다면 얼마나 좋을까 하는 생각에 온몸이 저릴 지경이었다.

집안으로 다시 돌아가서 커다란 식탁이 놓인 식당을 청소기로 밀었다. 거기에는 오래된 비디오 포커 게임이 설치되어 있었고 바에 달린 작은 싱크대 옆에는 절반쯤 남은 고급 진 한 병이 놓여 있었다. 은퇴하면 나는 과연 어떤 삶을 살까 상상했지만 과연 은퇴라는 것을 할 수 있을지조차 확신할 수 없었다. 혼자 청소할 수 없을 정도로 넓은 집의 주인이 되는 일만은 절대 없을 것이라고 확신했다. 사용하지도 않는 공간에 2주 전과 똑같이 진공청소기 민 자국을 남기기 위해 누군가를 고용하다니 얼마나 공간 낭비인가. 요란한 소리로 음악을 들으며 깊은 생각에 잠겨 지난번과 똑같이 청소기 민 자국을 만드느라 골몰하고 있을 때 헨리가 내 어깨를 툭 쳤다. 깜짝 놀라 허겁지겁 진공청소기 전원을 끄고 이어폰을 잡아 뺐다.

"바닷가재 좋아해요?"

나는 눈을 깜박였다.

"보통 금요일에는 저녁에 해산물과 스테이크를 먹는데," 헨리가 말을 이었다. "시장에서 가재를 몇 마리 사오거든요."

헨리가 왜 굳이 청소기를 밀던 나를 불러 세운 걸까 궁금해하며 고개를 끄덕였다. 거대한 수조에 든 바닷가재를 실제로 사는 사람을 시장에서 본 적이 있긴 했다.

"오늘 저녁은 몇 명이나 같이 먹죠?"

"두 명이요."

"그러면 가재를 좀더 사 올게요. 파티를 위해 추가로 청소해줘서 고마워요."

나는 더듬거리면서 고맙다고 인사했다. 그렇게 친절함을 베풀고 나를 사람처럼 대해주는 고객은 만난 적이 없었다. 어떻게 그의 호의를 받아야 할지 알 수가 없었다. 바닷가재를 통째로 먹어본 적은 내 평생 딱 한 번인가 두 번뿐이었고 어떻게 요리해야 하는 건지도 몰랐다. 아무래도 별 볼 일 없는 요리 실력 때문에 이 황송한 선물을 망칠까봐 죄책감까지 들 지경이었다.

헨리는 몇 분 뒤 개들을 데리고 외출했다. 헨리가 나를 집에 혼자 남겨두고 나간 것은 처음이었다. 헨리가 나를 신뢰한다는 생각에 저절로 웃음이 나왔다. 지금까지는 의심의 눈초리를 받는 데 너무 익숙해져 있었다. 처음 청소를 하러 간 날, 달리 용무도 없으면서 내가 지나다닌 곳을 자꾸 확인하던 농장이 딸린 집의 주인이 떠올랐다. 보석을 서랍 속이 아니라 빤히 보이는 밖에 내버려둔 점으로 볼 때 나에게 미끼를 던지는 것 같았다.

집안에는 나 혼자뿐이라 아무도 보는 사람은 없었지만 주변을 두리번거리며 주머니에 손을 넣어 전화기를 꺼냈다. 트래비스에게 전화를 걸어 그에게 신나게 바닷가재 이야기를 했다. 지난번 재고 정리 세일 때 사둔 스테이크 몇 조각을 냉동실에서 꺼내놓으라고 부탁했다. 예상치 않게 찾아온 이 기쁜 행운을 트래비스와 나누면서 우리 두 사람의 관계에 다시 한번 희망을 가져보고 싶었다.

하지만 트래비스는 바닷가재나 스테이크 이야기에 아무 반응도 보이지 않았다. 그 대신 높낮이가 없는 단조로운 목소리로 이렇게 말했다. "차 트랜스미션 오일 확인했어?"

"응, 얼마 없더라고." 나는 기분이 팍 상해서 대답했다. 가만히 서서 헨리네 복도 벽에 걸린 금속 느낌의 등대 그림을 바라보다가 양말을 신은 내 발을 내려다보며 한쪽 발을 반질거리는 나무 바닥에 문질렀다.

어쩌면 트래비스는 내 차에 대해 묻는 걸로 나에 대한 사랑을 표현하는 걸지도 모른다. 하지만 도무지 그에게 애정이 느껴지지 않았다. 가족과 자주 연락하는 편이 아니었기 때문에 내게는 트래비스가 필요했다. 전화를 끊으며 "사랑해"라고 말해보았지만 그는 나도 사랑한다고 대답하지 않았다.

전화를 끊은 후 헨리의 화장실을 청소하기 시작했지만 트래비스와 통화하면서 느낀 실망감이 머리를 떠나지 않았다. 화장실을 닦기 위해 걸레에 손을 뻗는 순간 외출한 헨리가 돌아왔다.

"이거 어떻게 손질하는지 알아요?" 헨리가 입을 열자 목소리가 울리는 바람에 나는 펄쩍 뛰어오를 정도로 놀랐다. 뒤돌아보자 헨리는 세탁실로 따라오라고 손짓했다. 방금 청소한 세탁기 위에 이제까지 본 것 중 가장 큰 바닷가재 두 마리가 놓여 있었다. 갈색이 도는 붉은빛의 그 가재들은 아직도 살아 있었다. 그리고 내 것이었다.

헨리는 조리법을 인쇄한 종이와 반짝반짝 빛나는 껍질 까는 도구 몇 개를 건네주었다.

"있잖아요," 나는 은색 도구를 엄지손가락으로 문지르면서 말했다.

"덕분에 남자친구랑 화해할 수 있을지도 몰라요."

"아, 그래요?" 헨리가 관심과 흥미가 섞인 표정으로 쳐다보았다.

나는 별일 아니라는 듯이 어깨를 으쓱했다. "요즘에 자주 싸웠거든요. 돈이랑 뭐 그런 문제들 때문에."

"음, 그것 참 안타깝네." 헨리는 팔짱을 끼면서 말했다. 그는 내 눈을 똑바로 바라보면서 눈을 약간 가늘게 찡그리고는 껍질 까는 도구를 들어서 내 코를 겨냥했다. "재미가 없으면 지속할 이유도 없는 법."

헨리의 말이 그날 하루종일 머릿속을 떠나지 않았다. 트래비스와 나는 취향이 전혀 달랐다. 트래비스는 고속도로에서 레저용 차량 운전을 즐기는 반면 나는 소규모 양조장에서 만든 맥주를 마시며 정치나 문학을 주제로 대화 나누는 것을 좋아했다. 서로 맞춰보려고 노력하긴 했다. 트래비스는 자주 밤에 맥주를 들고 집밖으로 나와 내 곁에 앉아 우리가 마당 한구석에 만들어놓은 커다란 정원을 바라봤다. 우리 두 사람의 공통분모는 미아였다. 활발하게 뛰놀며 행복해하는 미아가 우리를 두 팔로 꼭 안아주는 순간만큼은 진짜 가족이 된 기분이었다. 나는 미아처럼 트래비스에게 사랑과 기쁨을 느끼기 위해 부단히 노력했다. 하지만 세상을 탐험할 의지도, 호기심을 느끼며 무언가를 배우려는 의지도 없는 트래비스를 앞으로도 절대 이해할 수 없을 것임을 알았다. 우리 두 사람은 서로 다르다는 사실에 분노하며 서로를 비난하는 지경에 이르렀다.

나는 미아를 위해 이상적인 가족의 형태라는 이 꿈을 끝까지 지키려고 노력했다. 농장, 말, 타이어로 만든 앞마당 그네, 마음껏 뛰어다닐 수 있는 넓은 들판. 미아가 속옷 바람에 작은 카우보이 부츠를 신고 우리가 가꾼 밭에서 뽑아낸 당근 한 움큼을 들고 있는 모습을 본지난여름 이후, 남몰래 미아에게 사과하며 이렇게 속삭였다. **엄마한테는 이걸로 충분하지 않아서 정말 미안해.**

집 청소를 끝내자 헨리는 내가 차에 청소도구를 싣는 걸 도와주었다. 비록 품에 바닷가재가 담긴 가방을 안고 있긴 했지만, 이렇게 친절함을 베풀어주고 청소원이 아니라 사랑과 미소를 받을 자격이 있는 사람으로, 그리고 가끔씩 근사한 바닷가재 만찬을 즐길 자격이 있는 하나의 인격체로 대우해준 헨리를 안아주고 싶었다. 감사 인사를 하자 헨리는 활짝 웃으며 가슴을 폈다. "어서 집으로 가야죠." 헨리는 이렇게 말했지만 나는 그 '집'이 영원하지 않으며 금방이라도 터질 시한폭탄 같은 것임을 깨닫기 시작한 참이었다.

도로 맨 끝의 정지 표지판에서 길 한쪽의 연석 옆에 차를 세웠다. 운전대에 고개를 파묻었다. 헨리와 이야기를 나누다보니 아빠가 보고 싶어졌다.

작년에는 이런 일이 잦았다. 가슴 한가운데가 뻥 뚫린 것 같은 상실감 때문에 괴로울 때는 가만히 앉아서 그 감정이 지나가기를 기다리는 것이 최선이었다. 고통스러운 감정을 무시하는 것은 좋지 않았다. 나 자신에게 사랑이 필요한 것처럼, 고통스러운 감정도 애정을 갖고 지켜봐야 했다. 조수석에 가재가 든 가방을 놓은 채, 차 안에서 다섯을 세며 천천히 숨을 들이쉬고 내뱉었다. **사랑해,** 스스로에게 속삭였다. **네 곁에는 내가 있잖아.**

스스로에 대한 사랑의 확인이 나에게 남은 유일한 위안이었다.

미아를 제이미의 집에 데려다주기 위해 어린이집에 갔을 때 미아는 잠들어 있었다. 거의 오후 2시가 다 된 시간이었는데 조금이라도 더 늦어지면 차가 많이 막힐 터였다. 미아를 안아 올려서 코트를 입히고 카시트에 앉히자 짜증을 냈다. 잠깐 집에 들러서 차 시동을 켠 채 진입로에 세워놓고, 얼른 집으로 뛰어들어가서 바닷가재를 냉장고에 넣은 다음 미아가 주말에 아빠네 집에 갈 때 꼭 가져가는 특별한 배낭을 집어들었다. 거기에 옷가지 몇 개와 담요, 미아와 함께 만든 사진앨범과 '호기심 많은 원숭이 조지' 인형을 넣었다. 운전해서 가는 길에 미아가 잠들었기 때문에 얼마 전 만든 시디를 들을 기회가 생겼다. 건초 일을 하는 농부에 대한 우스꽝스러운 컨트리 음악이 흘러나왔다. 낮은 음으로 가슴을 쿵쿵 울리는 베이스 소리로 시작되는 노래라 트래비스는 미아가 트럭에 탈 때마다 그 노래 도입부를 크게 틀어댔다. 미아가 다시 한번 그 노래를 틀어달라고 트래비스에게 조르면서 까르르거리며 갈색 말이 그려진 분홍색 부츠를 앞뒤로 까딱이는 광경을 떠올리고는 빙그레 미소를 지었다. 바다가 눈에 들어오자 손을 뻗어서 미아의 다리를 흔들어 깨웠다.

집에 돌아오니 저녁 6시가 채 되지 않았다. 혼자 부엌에서 물을 붓고 소금을 적당히 넣은 냄비를 가스레인지 위에 올려놓았다. 물이 마구 끓기 시작하자 가재들에게 끓는 물이 보이지 않도록 몸으로 가린 채 조리법을 대여섯 번쯤 읽었다. 트래비스는 그릴을 가지고 현관 밖으로 나갔는데, 아마도 스테이크를 구우려는 모양이었다. 가재를 물

끓는 냄비에 넣어 숨통을 끊는 것은 온전히 내 몫이었다.

냄비가 너무 작아서 가재 두 마리를 한번에 다 넣을 수 없었다. 할 수 없이 하나씩 삶아야 했다. 우리 아빠는 엄청난 양의 칠리 스튜를 만드는 데 이 냄비를 사용했는데 무슨 영문인지 부모님이 이혼한 후 내가 그 냄비를 물려받았다. 법랑 재질에 물을 거를 수 있는 체가 안쪽에 달린 냄비였다. 이십대 초반에 알래스카에 있는 어떤 오두막집에서 당시의 남자친구와 함께 살았다. 그 오두막집은 수도 시설이 없었고 6000평이 넘는 영구 동토층에 자리잡고 있었다. 아빠는 우리를 만나러 오면서 칠리 스튜 레시피를 직접 손으로 써서 가져오셨다. 심지어 맨 위에 '아빠의 칠리 스튜'라는 제목까지 붙였다. 나는 그 종이를 투명한 비닐에 넣어 레시피 바인더에 넣어두었다.

간 고기, 양파, 강낭콩, 그리고 약간의 커민 향신료가 들어가는 간단한 레시피였다. 내 생각에는 베티 크로커Betty Crocker 브랜드 요리책에서 베낀 레시피가 틀림없었다. 어렸을 적에는 아빠가 만든 칠리 스튜를 무척이나 좋아했다. 각자 김이 모락모락 나는 칠리 스튜 그릇을 앞에 두고 식탁에 둘러앉아 손으로 짭짤한 크래커를 부순 다음 바닥에 가루를 떨어내면 엄마가 기함을 했다. 제이미가 주먹으로 문을 부수고 우리를 쫓아내기 한 달쯤 전에 미아를 데리고 아빠와 샬럿이 사는 집에 처음으로 찾아갔을 때, 샬럿은 아빠를 마구 졸라서 칠리를 만들게 했다. 샬럿의 그런 점이 마음에 쏙 들었다. 물이 펄펄 끓는 냄비와 죽음을 기다리는 가재를 보고 있으려니 그러한 추억들이 물밀듯이 몰려왔다. 샬럿을 떠올리자 마지막으로 샬럿을 만난 게 언제인지,

심지어 통화라도 한 것이 언제인지 기억조차 나지 않는다는 생각이 들었다.

가재 한 마리를 끓는 물에 넣자 예상과는 달리 소리를 내거나 미친 듯이 허우적대지 않았다. 가재 껍데기는 거의 물에 넣자마자 밝은 빨간색으로 변했고 표면에는 녹색 거품이 생겼다. 가재가 다 익자 그 거품을 걷어내고 나머지 한 마리를 넣었다.

식탁에는 스테이크 두 접시, 가재 두 마리, 맥주 두 잔이 놓였다. 우리집 식탁이 헨리의 파티 식탁과 얼마나 다를까 생각했다. 헨리의 집에서는 아마도 특별한 날에만 사용하는 접시를 꺼냈을 테고 각자 무릎에 큼직한 리넨 냅킨을 놓았을 것이다. 트래비스와 나는 말 한마디 없이 저녁을 먹었다. 나는 트래비스에게 웃어 보이면서 번거로운 저녁 준비를 불쾌해하는 트래비스의 감정을 애써 무시하려고 노력했다. 트래비스가 영화를 트는 동안 식탁을 정리하고 식기세척기에 그릇을 넣은 다음 큰 접시를 닦고 식탁과 조리대를 문질렀다. 우리는 트래비스가 부모님에게 물려받은 갈색 가죽 소파에 나란히 앉았지만 서로의 몸에 손을 대지는 않았다. 영화가 절반쯤 진행될 무렵, 요즘 미아가 집에 없을 때마다 종종 하던 버릇대로 현관으로 나가서 담배에 불을 붙였다. 몇 주 전, 트레일러를 청소한 후 담배 한 갑을 샀는데 그후 이제 담배 한 개비씩 피우는 일이 점점 더 일종의 습관처럼 되어갔다. 트래비스도 밖으로 나와서 담배 반 개비를 피우고는 자러 가겠다고 했다.

"나도 같이 갈까?" 담뱃재를 떨어버리며 물었다.

트래비스는 잠깐 멈추었다. "그러든지 말든지." 그러고는 안으로 들어가버렸다.

　주말에 청소 일을 하느라 마구간 청소를 돕지 못한다는 이유로 트 래비스가 그렇게 화를 낼 줄은 몰랐다. 그날은 평소처럼 엉덩이를 맞 대고 자는 것이 아니라 사랑을 나눌 수 있지 않을까 희망을 가져보기 도 했다. 밤이 되면 우리는 내 작은 엉덩이가 트래비스의 큰 엉덩이에 맞닿은 상태로 얼굴을 마주보지 않은 채 반대편을 보고 누웠다. 가끔 씩 자동차가 지나면서 헤드라이트 불빛이 들어와 침실의 어둠과 침묵 을 깰 뿐이었다.

　다음날 아침 커다란 붉은색 현관 앞에서 헨리를 만났다. "어땠어 요?" 껍질 까는 근사한 도구를 돌려주는 나에게 헨리는 웃으며 이렇 게 물었다.

　"이제껏 먹어본 것 중에 최고였어요." 헨리에게 활짝 웃어 보였지만 문득 그의 말에 담긴 의미를 깨닫고는 머뭇거렸다. "하지만 남자친구 랑 화해는 못했네요."

　"아." 헨리는 은색 도구를 내려다보며 말했다. "어쩌면 그게 최선인 지도 모르겠군요. 그쪽은 돌봐줄 남자가 꼭 필요한 타입으로 보이지 않거든요. 일을 열심히 하잖아."

　헨리는 이렇게 칭찬해주었지만 아무리 열심히 일해도 충분치 않다 는 사실을 나는 알고 있었다. 학교 공부, 집안일, 미아 돌보기, 생활비 를 벌기 위한 일터를 동분서주하는 나에게 일은 가차없이, 그리고 끊 임없이 쏟아졌다. 급여 명세서를 받을 때면 내가 하는 일이 별것 아니 라는 자괴감에 빠졌다. 하지만 헨리는 나를 존중했다. 그는 나를 한 사람의 인간으로서 확실히 존중해준 첫번째 고객이었다.

바닷가재 저녁을 먹은 후 얼마 되지 않아 트래비스와 헤어졌다. 그날 저녁 청소 일을 마치고 돌아와 저녁을 차리고, 청소를 하고, 미아를 목욕시키고, 침대에 눕혔다. 부엌 식탁에 책과 노트북을 펼쳐놓고 TV 소리를 차단하기 위해 이어폰을 낀 다음 학교 과제를 시작했다. 그러다가 쓰레기로 넘쳐나는 부엌 쓰레기통이 눈에 들어왔다. 식탁에서 일어나 TV가 보이지 않도록 시야를 막은 채 트래비스 앞에 섰다.

"쓰레기통 좀 비워줄래?" 허리에 손을 짚고 말했다.

단 한순간의 주저함도 없이 트래비스는 이렇게 받아쳤다. "너 이 집에서 나가." 그러더니 벌떡 일어나서 나를 밀치고 다시 소파에 앉았다. 나는 밀려난 자리에 서서 어안이 벙벙해져 그를 내려다보았다. TV에서 한바탕 웃는 소리가 요란하게 흘러나오자 화면을 보던 트래비스의 얼굴이 확 밝아지더니 빙그레 미소를 지었다. 부엌 식탁으로 돌아와서 의자에 털썩 앉았다. 트래비스가 내뱉은 말의 묵직한 무게가 나를 바닥에 짓눌렀고, 도저히 빠져나올 자신이 없는 구덩이 속으로 몰아넣었다.

2부

이름 없는 존재처럼

11장

원룸 아파트,
다시 둘만 남다

—

트래비스는 한 달의 말미를 주었다. 이 집을 나가야 한다는 이야기를 미아에게는 하지 않았다. 일단 아이를 놀라게 하고 싶지 않아서이기도 했지만 앞으로의 계획이 없었기 때문이기도 했다. 온라인에 룸메이트나 입주 일자리, 월세방을 찾는 광고를 올렸다. 전혀 성과가 없었다. 아파트를 알아봤지만 하나같이 내가 받는 급여보다 월세가 더 비쌌다. 한 달에 800달러 정도 되는 내 벌이로는 보증금은 물론이고 첫 달 및 마지막 달 월세조차 마련할 방도가 없었다. 나에게는 자동차 기름값과 공과금, 그리고 하다못해 방 하나라도 빌릴 수 있을 정도의 돈을 벌 능력이 없었다. 아파트를 빌리려면 최소한 매달 700달러 정도는 필요했다. 침실 한 개 이상인 집은 생각조차 할 수 없었다. 저금은커녕 신용 등급도 형편없었고 대출을 신청할 처지도 아니었다. 대출을 받아도 상환할 방도가 없었다. 게다가 학교 공부를 하려면 전기와 인터넷도 설치해야 했다. 공유기도 마련해야 했다. 필요한 살림살이가 너무나도 많았다.

몇몇 친구들에게 연락을 하자 친구들이 페이팔에서 '기부' 버튼을 설정한 다음 간단한 설명과 함께 게시물에 첨부하여 블로그에 올리라고 격려해주었다.

트래비스에게 6월 말까지 집에서 나가라는 통보를 받았습니다. 부끄럽지만 아파트 보증금조차 없습니다. 페이팔 계정을 만들었어요. 단돈 5달러라도 기부해주신다면 큰 도움이 될 거예요. 감사합니다.

돈 때문에 남에게 손을 벌리기가 싫었다. 이번에도 남자친구와 잘 지내지 못하고 헤어졌다는 사실을 인정하기도 싫었다. 대부분의 지인들은 미아와 내가 노숙인 쉼터에서 살았다는 걸 몰랐지만 그래도 과거의 흑역사가 되풀이되는 기분이었다. 그러던 중, 페이스북을 통해 격려와 사랑이 가득 담긴 지인들의 메시지가 도착했다. 10달러, 심지어 100달러를 보내준 사람들도 있었다. 금액의 많고 적음에 상관없이 기부가 들어올 때마다 눈시울이 뜨거워졌다. 월마트 웹사이트에서 필요한 물건들을 정리해 보관함에 넣어두고 페이스북 게시물로 공유했다. 머지않아 트래비스 집으로 냄비, 프라이팬, 미아의 옷, 수저 세트 등이 담긴 택배 상자가 도착했다. 그 어느 때보다도 비참한 신세가 되었지만 그렇다고 해서 주저앉아 있을 수만은 없었다. 다시는 노숙자 신세로 돌아가기 싫었다. 아빠가 다른 가족들에게 내가 관심을 끌기 위해 거짓말을 한다고 이야기한 이후로 주변 사람들에게 경제적인 도움을 요청하는 일이 죽기보다 싫었다. 너도나도 나를 비난할 것 같았다. 나의 행동을, 특히 어차피 오래가지 못할 관계에 미아까지 끌어들였다는 점을 손가락질할 것 같았다. 사람들이 나에 대해 어떻게 생각할지 두려웠다. 하지만 연락하는 지인들마다 나를 조금씩 수렁에서 끌어올려주었다. 나는 이 어려움을 딛고 일어날 것이다.

노숙인 쉼터에서 살기 시작했을 때, 가장 오랜 절친한 친구인 멀리사에게 전화를 걸었다. 멀리사는 다시 두 발로 서려는 내 계획에 귀를 기울였다. 내 계획은 대부분 어떤 형태로든 정부 보조를 포함하고 있었다. 식료품 구매권, WIC 분유 구매권, 주유 할인권, 저소득층 주택 지원, 공과금 지원, 그리고 양육비 보조까지.

"고맙다고는 하지 않아도 돼." 멀리사는 날 선 말투로 말했다.

"뭐가 고마운데?" 노숙자 쉼터의 낡은 파란색 커튼 너머로 뒤뜰에서 걸어다니는 사슴을 보며 물었다. 미아는 옆방에서 낮잠을 자고 있었다.

"그 모든 혜택이 내가 내는 세금에서 나가는 거잖아." 멀리사는 그러더니 똑같은 말을 반복했다. "그러니까 고맙다고 안 해도 된다고."

내 입에서는 고맙다는 말이 나오지 않았다. 이제껏 고맙다는 말은 해본 적이 없었다. 무슨 말을 해야 할지 알 수가 없었다.

나는 급한 일이 생긴 척하며 말했다. "있잖아, 미아가 우네. 가봐야겠어."

미아가 자는 방의 문을 열자 끼익 소리가 났다. 침대 끝자락에 앉아서 곤히 자는 미아의 가슴이 오르락내리락하는 모습을 지켜보았다. 처

원룸 아파트, 다시 둘만 남다

음에는 멀리사가 나를 도울 수 있어서 무척 기뻐하는 것 같았지만 사실 속마음은 그렇지 않았던 거였다. 멀리사는 복지 정책의 혜택을 받는 사람에 대해 부정적으로 말한 적도 있었다. 의붓딸의 생모가 복지 제도를 악용하는 것 같다며 도통 마음에 들지 않는다고 불평했었다.

당당하게 내 입장을, 그리고 나와 마찬가지로 최저임금을 받으며 남의 집에서 일하면서 혼자 아이까지 키우느라 고군분투하는 수백만 명의 입장을 대변할 용기가 내게 있다면 얼마나 좋을까 싶었다. 하지만 나는 숨어버렸다. 페이스북에서 조용히 멀리사를 차단했고 복지 혜택을 받는 사람들을 나쁘게 묘사하는 발언이나 언론보도를 못 들은 척했다. "복지는 죽었다!"라고 크게 외치고 싶었다. 사람들이 생각하는 의미의 복지는 존재하지 않았다. 정부 기관을 찾아가서 집세를 내기 위해 쥐꼬리만한 수입을 보완할 만한 돈이 필요하다고 말한들 별다른 지원을 받을 수는 없었다. 한 달에 몇백 달러 정도의 식료품 구매권을 신청할 수 있었다. 푸드뱅크에서 배를 채울 수도 있었다. 하지만 생존에 꼭 필요한 곳에 사용하기 위한 비상금을 마련할 수는 없었다.

지인들이 보내준 돈이 조금씩 쌓여 500달러 정도가 수중에 들어왔다. 트래비스가 기부를 받은 금액만큼 보태주겠다고 했다. 마침내 마운트버넌의 오래된 아파트를 원룸 세 칸짜리로 나누어 임대해주는 곳을 발견했다. 우리가 살게 될 원룸은 원래 전면 거실과 그에 딸린 일광욕실이 있던 방이었다. 한 달에 550달러를 내고 욕조가 딸린 욕실과 큰 냉장고가 놓인 작은 부엌, 통유리 창을 통해 도시 전체가 내다보이는 경치를 누릴 수 있게 된 셈이다.

아파트에 대해 문의하기 위해 집주인인 제이와 몇 차례 이메일을 주고받았고, 제이는 나에게 직접 와서 살펴보라고 했다. 그날 일을 마치고 미아를 데리러 가기 전에 잠깐 들러서 그 집을 둘러보았다. 원룸 아파트라는 말로 미루어보아 공간이 넓지 않을 것임은 충분히 예상됐다. 하지만 지난 1년간 트래비스와 함께 영화를 보던 거실보다도 작은 아파트에 서니 일순간 현실을 외면한 채 이 집을 퇴짜놓고 싶다는 충동마저 들었다. 포트타운젠드 공터 근처에서 미아와 함께 살던 침실 두 개, 식당, 세탁기와 건조기까지 갖춘 아파트가 떠올랐다. 이 집에는 아무것도 없었다. 고속도로 대로변에 위치한 이 지저분한 아파트조차 내 형편에는 적잖이 부담스러웠다.

그곳에 서자 아주 낡은 바닥이 눈에 들어왔다. 원래 집을 지을 때 깔았던 목재인지, 바닥의 널빤지들 사이로 커다란 틈이 보였다. 프랑스식 문을 지나면 도시 전체가 내려다보이는 일광욕실이 있었다. 창문 밑에는 뚜껑을 들어올리면 수납공간으로 사용가능한 벤치가 있었지만 누군가 거기에 블라인드와 커튼봉을 잔뜩 버려두고 갔다. 바닥에는 어두운 녹색 카펫이 깔려 있었다. 나는 머릿속으로 미아의 침대와 장난감을 놓을 위치를, 그리고 내 화장대가 어디에 들어갈지를 그려보았다. 반대편에는 전기레인지와 냉장고, 싱크대가 달린 L자 모양의 찬장이 부엌 꼴을 갖추고 있었다. 한쪽 벽에서 반대쪽 벽까지 걸어보았다. 서른 걸음 정도였다.

나는 제이에게 전화를 걸었다. "아주 좋네요. 지금 집 구경하고 있어요. 우리가 살기에 괜찮을 것 같아요."

"딸이 세 살이라고요?" 제이가 물었다. 그가 우리에게 집을 빌려주겠다는 결정을 재고하지 않기를 간절히 바랐다.

"세 살 되어가요. 하지만 제가 일을 많이 하고 주말에는 딸이 아빠한테 가요." 나는 부엌 한편에 달린 창문으로 걸음을 옮겨 빠르게 지나치는 차들을 내려다보았다. "아마 집에 있는 시간이 많지는 않을 거예요." 나도 모르게 숨을 죽였다. 그 말이 절반쯤만 사실이었기 때문이다.

"좋아요, 그건 상관없어요. 이번 주말에 와서 열쇠를 가져갈래요? 그때 보증금이랑 월세를 주면 돼요."

"보증금을 할부로 드려도 될까요?" 나 자신의 대담함에 놀라면서 이렇게 물었다. 어쩌면 그 공간에 서 있자니 더이상 잃을 게 없다는 생각이 들었는지도 모른다. "한 달에 50달러나 100달러씩 드릴 수 있어요. 조금 갑작스럽게 이사를 하는 거라 지금 당장은 모아둔 돈이 없거든요."

잠시 침묵이 흘렀다. 나는 아랫입술을 질겅질겅 깨물었다. "그래요, 좋아요. 앞으로 다섯 달 동안 100달러씩 월세가 더 들어오는 거니까 괜찮겠네요."

나는 숨을 내쉬면서 거의 웃음을 터뜨릴 뻔했다. "너무 감사해요. 덕분에 살았네요."

아파트에서 제이를 만나 첫 달치 월세를 수표로 지불하고 열쇠를 받았을 때, 제이는 부인과 함께 내가 이제부터 살 공간의 거실과 부엌 천장을 막 페인트칠하려던 참이었다. 제이는 평범한 얼굴에 갈색 머리를 가진 사내로 내 또래 정도인 듯했다. 자신을 맨디라고 소개한 제이의 부인은 모든 면에서 나보다 훨씬 자그마한 사람이었다. 부부는 좋은 사람들처럼 보였다. 친절하고, 믿을 수 있고, 아마도 열심히 일하는 정직한 사람들일 것이다. 아니, 그러기를 바랐다.

"오늘 할 일이 아주 많으신가봐요." 힘을 합쳐 긴 장대를 조립하는 두 사람에게 말을 건넸다.

맨디는 말도 말라는 표정으로 대꾸했다. "네, 그래도 할아버지 할머니가 오늘은 애들을 봐주신대요."

"이렇게 날씨 좋은 토요일에 여기 와서 이러고 있네요." 제이도 거들었다. 두 사람은 서로 마주보았다. 제이가 한숨을 푹 쉬었다.

미소짓고 손을 흔들며 보증금을 할부로 내야 하는 사정을 이해해줘서 고맙다고 인사했다. 토요일에 우리가 소유한 오래된 집에 이사 올 세입자를 위해 반려자와 함께 벽과 천장을 페인트칠하는 동안 부모님이 우리 아이를 돌봐주는 광경을 상상했다. **토요일을 그렇게 보낼 수 있다면 더 바랄 게 없겠지.** 트래비스의 집으로 운전하는 길에 생각했다. 슬슬 짐도 싸야 했고 침구, 그릇, 컵, 내가 사용할 침대 등등 당장 필요한 물건들이 무엇인지도 생각해보아야 했다. 새로 구한 집이 이사할 만한 상태가 되기까지는 며칠이 걸리겠지만 주인 부부는 원한다면 저녁 때 와서 청소를 해도 상관없다고 말했다. 새집의 찬장과 바닥에서 때를 벗겨내는 것은 내 나름대로의 세이지 정화 의식•이었다.

• sage smudging ritual, 세이지 허브에 불을 붙여 집안을 정화하는 인디언들의 의식.

도움이 필요하다는 내 게시물을 보고는 친구 세라가 혹시 필요한 게 없느냐고 메시지를 보내왔다. 체면 따위는 내려놓고, 없이 살아야 하지 않을까 걱정했던 몇 가지 품목을 얘기했다. 세라는 자기 딸이 쓰던 트윈 침대를 주겠다고 했다. 침대를 가지러 가는 길에는 트래비스도 함께 가주었다. 이 모든 일을 겪는 동안 트래비스는 어떠한 표정이나 감정도 드러내지 않았다. 그는 집에 와서 팔자를 한탄하며 우는 내 모습을 보면 마구간으로 모습을 감춰버렸다. 꼭 필요한 경우가 아니면 대화를 나누지 않았지만, 트래비스는 우리 모녀를 빨리 집에서 내보내는 데 도움이 된다면 무슨 일이든 적극적으로 참여하려 했다. 주말에 미아가 제이미의 집에 간 사이에 몇 번 세라의 집 식탁에 앉아 간식을 곁들여 와인을 마신 적이 있었다. 하지만 침대를 가지러 와서 세라의 집 현관에 서 있으려니 오늘은 자꾸 고개와 어깨가 축 처졌다.

"이쪽에 있어." 세라는 트래비스를 흘낏 보면서 말했다. 우리는 세라를 따라 복도를 지나 딸의 방으로 들어갔다. "퀸사이즈 침대로 바꿔주려고. 이제 트윈은 좀 작은 것 같아서 말이야."

세라는 그 침대를 내가 아니라 미아가 사용할 거라고 생각하는 듯했지만 굳이 정정하지 않았다.

집을 나서기 전에 세라는 나를 꼭 안아주었다. "아참! 너한테 줄 게 있어." 세라는 세탁실로 모습을 감추더니 상자 하나를 들고 나와서 입구에 있는 벤치에 내려놓았다. 그 상자에는 봄에 미아와 내가 농장 여기저기에서 찾아낸 개똥지빠귀의 알처럼 밝은 파란색을 띤 새 접시 세트가 들어 있었다. 큰 접시, 샐러드 접시, 커피 컵, 밥그릇 네 세트로 구성된 그 선물에 나는 너무나 놀라 손으로 입을 막았다. 한 번도 쓰지 않은 새것이었다. 우리의 새로운 시작을 위해. 세라를 와락 끌어안으며 고맙다는 인사를 했고 심호흡을 한번 한 다음 접시 세트가 담긴 상자를 트럭으로 옮겼다.

새 출발이었지만 할 일이 너무도 많았다. 단순히 이사하는 일뿐만 아니라 새집에서 계속 살 수 있도록 수입을 확보하는 일도 중요했다.

2주 동안 트래비스의 집에서 미아를 재우고 난 뒤 차에 최대한 많은 짐을 실어서 옮겼다. 새로 이사할 원룸 아파트에 가서 조리대, 싱크대, 욕조를 문질러서 청소했다. 심지어 사방의 벽도 엄마가 준 그림 몇 점을 걸기 전에 한번씩 깨끗이 닦아야 했다. 내가 가장 좋아하는 작품은 어렸을 때부터 가지고 있던 『엄마, 나를 사랑하세요?』라는 책에 실린 바버라 래벌리의 삽화 두 점이었다. 알래스카의 풍광을 그대로 담은 것으로 유명한 이 삽화를 보면 우리 가족이 여름마다 낚시를 한 뒤 차고에 놓인 냉동실에 연어와 넙치를 가득 채워넣던 행복한 시절이 떠올랐다.

미아와 함께 살 원룸 아파트는 고작 8평을 약간 넘었고 커다란 창문 열 개 중에서 여덟 개는 침대 쪽에, 나머지 두 개는 나무 바닥 쪽 벽에 달려 있었기 때문에 공간이 많지 않아 어떤 그림을 걸어둘지 신중하게 결정해야 했다. 노숙인 쉼터에서 살게 됐을 때처럼 모든 일을 비관적으로 보지 않으려고 노력했다. 이것은 우리에게 또하나의 소박한 시작일 뿐이다. 다만 미아가 나와는 다르게 상황을 받아들일까봐 두려웠다.

이렇게 짐을 나르고 청소를 하다가 거의 자정이 다 되어, 트래비스가 잠자리에 든 이후에야 집으로 돌아가서 소파에 펴놓은 담요 속으로 기어들어갔다. 미아의 세번째 생일이 되기 일주일 전, 마지막으로 가구들과 짐을 전부 원룸으로 옮겨 정리했다. 일부러 미아가 제이미에게 가는 주말로 이삿날을 잡았다. 트래비스와 그의 친구가 큰 짐들을 옮겨주었고 심지어 트래비스의 부모님이 미아에게 물려준 로프트 침대를 분해하여 조립까지 해주었다. 내가 농장이 딸린 집을 청소하는 동안 두 사람은 원룸에 와서 작업을 했다. 그날 아침에 미아를 어린이집에 데려다주면서, 아이를 이번 주말 친아빠 집에 다녀올 때면 미아가 지난 1년 반 동안 집이라고 생각했던 곳으로는 다시 돌아가지 않는다는 걸 깨달았다. 트래비스에게 도움을 요청하기가 싫어서 이사를 비롯한 모든 일을 혼자 처리하려고 했지만, 그 주에 일하다가 침대를 옮기면서 바보같이 허리를 다치고 말았다. 일을 끝까지 마치기 위해서는 이부프로펜 800밀리그램짜리 진통제를 하루에 두세 번씩 삼켜야 했다. 신체적인 고통 때문에 미아에 대한 걱정에서 잠시나마 벗어날 수 있었다.

토요일 밤까지 짐을 전부 옮겼다. 일요일 오후에 미아의 장난감들은 모두 장난감 상자에, 의류는 전부 깔끔하게 접어서 수납한 후 정리를 모두 끝냈다. 제이미의 집에 가서 아이를 태운 후 작은 원룸 아파트로 향하면서 여느 부모와 마찬가지로 미아가 새집을 마음에 들어했으면 하고 바랐다. 이곳을 집처럼 여기거나 소속감을 느끼기를 바랐다. 하지만 미아는 주변을 잠시 둘러보고 화장실을 확인하더니 트래비스 집으로 가자고 졸라댔다.

"이제부터 여기서 사는 거야, 우리 딸." 이렇게 말하면서 미아의 머리를 쓰다듬었다.

"트래비스 아빠가 이리로 오는 거야?" 미아가 물었다. 미아는 세라가 준 트윈 침대로 올라와서 내 무릎 위에 앉았다.

"아니, 트래비스 아빠는 자기 집에서 살 거야. 거기서 잠을 자. 우리는 여기서 잘 거야. 이게 우리집이야."

"싫어, 엄마. 트래비스 아빠가 보고 싶어. 트래비스 아빠는 어디 있어?"

미아는 구슬프게 눈물을 흘리기 시작했고 내 품에 안겨 상처받은 작은 가슴을 들썩이면서 흐느꼈다. 나는 미안하다고 거듭 사과하며 미아와 함께 울었다. 앞으로는 좀더 신중하게 행동하겠다고 스스로에게 다짐했다. 내 감정에 관해서라면 아무리 무모하게 굴어도 상관없겠지만, 미아의 마음에 멋대로 상처를 줄 수는 없었다.

12장

비자발적
미니멀리스트

—

팔을 걷어붙이고 엎드려 화장실 바닥을 문질러대는 일을 주저하지 않는다면 일자리 찾느라 고민 따위는 할 필요가 없다. 클래식클린에서 주는 일감이 생계를 꾸리기에 충분하지 않았기 때문에 나는 직접 더 많은 고객을 찾아나섰다. 구인 사이트와 페이스북에 광고를 올렸다. 연락받은 곳들 중에서 미아를 제이미의 집에 데려다주지 않아도 되는 격주 금요일마다 오후에 4시간씩 청소할 수 있는 도나의 집을 골랐다. 도나의 집은 스카짓 계곡의 언덕 깊은 곳에 위치하고 있었다. 우리 가족이 여섯 세대에 걸쳐 살고 있는 산간 오지 마을과 캐스케이드 산맥을 면하고 있는 곳이었다.

근처 해비탯● 지부에서 활동하고 있는 도나는 최근에 난생처음 자기 집을 장만하게 된 몇몇 가족의 이야기를 들려주었다. 대부분은 해

● Habitat for Humanity, 열악한 주거 환경을 개선하는 비영리단체.

당 가족과 지인들이 못 박기, 페인트칠, 조경 등의 신체 노동을 하는 대가로 계약금을 면제받는 '땀의 분담sweat equity'이라는 해비탯 프로그램을 통해 마련했다고 한다. 싱글맘인 나로서는 계약금에 상응하는 노동을 할 시간을 내는 것 자체도 어려웠지만 그 프로그램에 지원하려면 세후 월수입이 1600달러가 되어야 했다.

"저는 못할 것 같아요." 도나는 그래도 프로그램 담당자에게 연락해보라고 독려해줬다. 하지만 곰곰이 생각해보니 사실 스카짓 계곡에 집을 마련하고 싶은지조차 확신할 수 없었다. 내 수입으로는 도저히 집값을 감당할 수 없는 애너코르테스와 디셉션패스를 제외하면, 그 지역 내 다른 곳들은 도저히 보금자리처럼 느껴지지가 않았다. 그리고 해비탯 프로그램에 지원할 경우 카운티 내에서 내가 살고 싶은 곳을 선택할 수 없었다.

"가족들이 전부 여기 살잖아요. 여기보다 더 '고향' 같은 곳이 어디 있어요."

"그건 그렇지만요." 나는 도나의 거실에 장식된 사진 위쪽의 먼지를 털면서 말했다. "저는 몬태나의 미줄라 쪽을 좀 알아보고 싶어요. 미아를 임신했을 때 거기 있는 대학에 갈 계획을 세우고 있었거든요."

나와 이야기를 주고받으며 스크랩북을 만들던 도나는 식탁에 수북이 쌓인 종이, 사진, 스티커 더미를 뒤지다가 갑자기 멈추고는 나를 빤히 쳐다보았다. "하느님을 웃기는 방법을 알고 싶어요?" 도나가 불쑥 이런 말을 던졌다.

"네?" 그 말이 미줄라로 이사 가고 싶다는 내 희망과 무슨 관련이 있나 의아했다.

"하느님한테 자기 계획을 말하면 돼요. 하느님을 웃기고 싶으면 자기 계획을 말해주면 된다고요.●" 그러고 도나는 신나게 웃음을 터뜨렸다.

"맞아요." 이렇게 대꾸하면서 몸을 돌려 복도를 따라 쭉 덧댄 조각 장식의 먼지를 털었다.

도나는 자기 집 청소비로 한 시간에 20달러를 주며 나에게 그 이하는 절대 받지 말라고 조언했다. 클래식클린은 청소를 맡긴 고객에게 시간당 25달러를 받았지만 그중 내 몫은 9달러뿐이었다. 세금과 경비까지 제외하면 순수하게 내 수중에 떨어지는 돈은 시간당 6달러였다. 직접 고객을 찾고 일정을 짜면 시간이 많이 걸렸는데 게다가 특히 집을 사전답사하고도 신규 계약으로 이어지지 않으면 그 시간을 고스란히 버리는 셈이었다. 하지만 일단 새 고객을 찾으면 낭비한 시간을 보충할 만큼 넉넉한 시급을 받을 수 있었기 때문에 전체 수입 측면에서 많은 보탬이 되었다. 물론 청소하면서 내가 뭔가를 부수는 일이 없을 때의 이야기지만.

트래비스의 집을 나와서 새 아파트로 이사하면서 출퇴근 시간이 40분 정도 늘어났다. 클래식클린의 고객들은 두 집을 제외하면 전부 스탠우드와 카마노 섬 지역에 위치하고 있었다. 하지만 미아의 어린이 집은 여전히 트래비스의 집 코앞에 있었기 때문에 출퇴근길에 그곳

● "If you want to make God laugh, tell him your plans." 우디 앨런이 한 말로, 신의 관점에서 볼 때 인간의 계획은 덧없다는 뜻.

을 지나갈 수밖에 없었다. 트래비스의 집 앞을 지나갈 때마다 거의 무의식적으로 속도를 늦추고 목을 길게 빼고서 안에서 진흙이 잔뜩 묻은 장화를 신고 걸어다니는 트래비스를 쳐다보았다. 반려자가 주는 안정감을 그리워하는 것과는 별개로, 그 집에 한 가지 미련이 남아 있었다. 몇 주에 걸쳐 하루에도 몇 번씩 그 집 앞을 지나다니다가 결국 트래비스에게 잠깐 들러서 정원을 손봐도 되겠느냐고 묻고 말았다. 정원의 식물들이 무성하게 웃자라거나 시들어가도록 내버려두어 훌륭한 식재료를 전부 낭비하는 모습이 보기 싫었다.

"그렇게 해." 트래비스는 긴 침묵 끝에 말했다.

"미아도 데려가서 잠깐 놀게 할게." 트래비스는 개의치 않는 것 같았다. 트래비스는 최대한 미아와의 인연을 유지하기 위해 노력하겠다고 말했다. 하지만 지금은 여름이라 건초 작업이 한창일 계절이었고 트래비스는 거의 매일같이 동틀 무렵부터 땅거미가 질 때까지 일했다. 미아는 건초를 베는 동안 트래비스 무릎에 타고 있는 것을 좋아했다. 최소한 트래비스의 무릎을 몇 번 더 탈 기회가 생긴 셈이었다.

미아와 나의 새로운 생활은 매일 아침 7시에 시작됐다. 침대에서 내려오면서 잠기운을 떨치고 부엌으로 가서 커피 끓일 물을 올렸다. 아침에 마실 커피 한잔은 잔에 따르고 나머지 한잔은 운전을 하면서 마시기 위해 병에 넣었다. 미아는 보통 오트밀이나 시리얼을 먹었다. 가끔씩 팬케이크 믹스에 물을 부어 반죽한 다음 구워줬는데 그럴 때면 미아는 동전보다 조금 큰, 김이 모락모락 나는 팬케이크를 접시에 옮겨 담고 거기에 약간의 버터와 시럽을 얹는 내 모습을 지켜보았다. 나는 허기를 달래기 위해 땅콩버터맛 클리프 에너지바를 칼하트 바지 주머니에 넣어 다녔고 식빵에 땅콩버터와 젤리를 바른 샌드위치를 페이퍼 타월과 알루미늄 포일에 싸 다니며 도시락으로 먹었다. 물론 그것들은 너덜너덜해질 때까지 몇 번이고 재사용했다.

월세, 공과금, 자동차 보험료, 기름값, 휴대폰과 인터넷 요금, 빨래방, 세면도구 구입비 등을 합치면 매달 생활비가 대략 1000달러에 육박했다. 미아나 내가 신을 신발이 새로 필요하거나 하다못해 치약 하나가 다 떨어질 때마다 벽에 붙여놓은 한 달 예산을 살피며 각 고지서의 기한과 계좌에서 언제 출금되는지를 확인했다. 생활비가 만만찮아 평소보다 전기세가 많이 나오는 경우 등의 예상치 못한 지출에 대비한 비상금이 겨우 20달러 정도에 불과했다. 만약 정부에서 양육비 지원을 받지 못했다면 아예 일조차 못했을 것이다. 예전보다 수입이 조금 높아졌기 때문에 매달 50달러의 양육비 분담금을 내야 했다. 소득이 높아지면 식료품 구매권 지원 금액도 줄어들었기 때문에 이제는 달마다 200달러 정도밖에 받지 못했지만, 식료품을 살 돈은 그게 전부였다. 수입이 늘어도 정부 보조금이 줄어들고 고지서는 쌓여갔기에 형편은 나아지지 않았다. 그래서 대부분의 경우에는 용돈과 가재도구를 마련할 돈이 50달러 정도밖에 남지 않았다. 몸으로 하는 이 일에 드는 물리적인 시간과 노력을 생각하면 필수품조차 제대로 못 사는 현실이 더욱 뼈아팠다.

새 아파트가 시내에 위치한다는 점은 꽤나 장점이었다. 근처에 있는 식료품 협동조합에서 미아에게 '바나나카드'라는 과일 구입 지원 카드를 발굴해주었기 때문에 쇼핑하러 갈 때마다 사과, 오렌지, 또는 바나나를 무료로 받을 수 있었다. 식료품 구매권을 사용하여 할인판매중인 델리 샌드위치와 미아가 먹을 요구르트 또는 후무스, 초콜릿 우유, 그리고 미아가 고른 과일을 구입했다. 그후 길거리가 내다보이는 큰 창문 옆 식탁에 앉았다. 1달러에 파는 드립 커피도 주문했다. 우리는 그곳에 마주보고 앉아 웃으며 외식 시간을 마음껏 즐겼다.

집에서 도로를 따라 쭉 걸어가면 최근에 개업한 스프라우츠라는 중고품 위탁 판매점이 있었다. 새디라는 젊은 금발머리 여성이 주인이었는데 항상 딸을 아기띠로 안거나 아기용 안전 울타리 안에 내려놓고 가게를 지키고 있었다.

"휴대용 아기 침대도 받으시나요?" 내가 가져온 헌옷 뭉치를 분류하는 새디에게 이렇게 물었다. 새디는 손을 멈추고 잠시 생각하는 듯했다.

"상태가 괜찮아요?" 새디는 물건을 살펴보는 동안 아이가 잠에서 깨지 않게 하려고 살짝 몸을 흔들며 얼렀다.

침대 그물망 옆쪽에 구멍이 났다고 솔직히 털어놓았다. "하지만 그렇게 많이 사용하진 않았어요." 그러고는 이렇게 덧붙였다. "산책용 유모차도 있어요."

"그런 물건에는 매장 적립금밖에는 못 드려요." 새디는 실망했는지 코를 찡그리며 말했다. "현금은 못 드려요."

"괜찮아요." 나는 우물거리며 대답했다.

새디는 금전등록기를 열더니 헌옷 값 20달러를 건네주며 미소 지었다. "괜찮은 물건을 아주 많이 가져오셨네요."

"맞아요." 거의 속삭이듯 말했다. "혹시 몰라서 말이죠……" 트래
비스와의 사이에 아이가 생길 경우를 대비하여 곱게 접어 보관해뒀던
신생아용 우주복을 보며 숨을 삼켰다. "괜히 가지고 있었나봐요."

새디는 내 말에 담긴 뜻을 알아챘을 수도 있고, 그냥 무슨 의미인
지 이해한 것처럼 행동했는지도 모른다. 지역 엄마들을 위한 페이스북
그룹에 내가 올린 구직 게시물을 새디가 보게 되면서부터 우리는 안
면을 텄다. 새디는 걸음마하는 아이와 신생아, 두 아이를 돌보면서 가
게 개업 준비를 하느라 집을 너무나 오래 방치해뒀다며 내게 집 청소
를 부탁했다. 혹시 매장에는 청소할 사람이 필요하지 않느냐고 묻자
새디는 처음에 괜찮다고 말했다. 그다음에는 화장실을 청소해주면 그
대가로 매장에서 옷을 살 수 있는 적립금을 줄 수 있느냐고 물었다.
새디는 일단 날 보고, 이윽고 고개를 돌려 아까 남자 아동복 코너에
서 찾아낸 새 꼬마자동차 토마스 아기 잠옷을 움켜쥔 미아를 바라보
더니 미소를 지으며 고개를 끄덕였다. 그후 미아는 필요할 때마다 매
장에 가서 마음에 드는 원피스나 다른 물건들을 집어올 수 있었다. 우
리는 협동조합에 가서 점심을 먹고 스프라우츠에 가서 미아가 마음에
드는 물건을 골라 오는 오후 나들이를 즐겼다. 미아의 옷은 하나같이
누가 입었던 헌옷 아니면 월마트 재고 정리 코너에서 찾아낸 신축성
있는 바지였다. 하지만 원피스를 고를 때면 미아는 어쩌나 고개를 빳
빳이 들고 다녔는지 중고품 매장보다는 고급 백화점에서 쇼핑하는 것
처럼 보였다.

예전에 임시 주거 아파트 건물로 이사했을 때 엄마에게 어린 시절 집에 놓였던 오래된 물건들이 담긴 상자를 여러 개 받았었다. 이제 공간이 절대적으로 부족해진 상황이라 보관소 비용이 아까워서 엄마가 잡동사니를 전부 나에게 떠넘긴 게 아닐까 싶어졌다. 가방 하나에 들어가는 짐밖에 놓을 공간이 없었던 노숙인 쉼터와 마찬가지로 이 원룸 아파트도 너무 좁았기 때문에 부피가 큰 물건들은 대부분 기부 센터나 중고품 위탁 판매점에 가져다주었다. 공간이 부족해지자 꼭 필요한 물건만 갖추고 살 수밖에 없었다. 예전에 들춰봤던 잡지 기사가 생각났다. 그 기사 속 활짝 웃는 커플들은 소유물을 최소화하거나 아주 작은 집으로 이사하는 쪽을 선택했다며 자신들이 얼마나 환경을 생각하는지 자랑을 늘어놓았다. 하지만 그들은 언제든지 침실 두 개, 서재, 욕실 두 개와 작은 화장실 하나가 딸린 평범한 집으로 손쉽게 다시 이사할 수 있었다. 나도 지금 집의 세 배 넓이 정도 되는 집을 감당할 능력이 있었다면 월세를 낼 때마다 원룸 아파트에 대해 전혀 다른 감정을 느꼈을 것이다.

팸은 내가 트래비스의 집에서 원룸으로 이사한 후 남은 짐을 어떻게 처리할지 결정할 때까지 몇 주 동안 사무실 다락방 한쪽에 짐을 보관할 수 있도록 편의를 봐주었다. 클래식클린 사무실에 청소용품을 보충하러 간 길에 월급을 받아들고 정식으로 주소를 변경했다.

"새집은 어때요?" 팸은 여느 때처럼 쾌활하게 물었고 나는 긍정적인 답변을 하려고 했다. 아니, 최소한 팸의 밝은 태도를 흉내내려 노력했다.

"나쁘지 않아요. 다만 짐을 다 어떻게 해야 할지 모르겠어요. 트래비스는 자기 집에 제 짐을 두지 말라고 하는데 보관소를 빌릴 돈이 없거든요." 상사에게 내 스트레스를 전부 털어놓고 싶지 않아서 여기까지 하고 말을 멈추었다. 팸은 무척이나 진심 어린 태도로 내가 잘 지내고 있는지 물어봐주었고, 나의 이야기에 귀를 기울였으며, 내 삶에서 너무나도 절실히 필요한 엄마의 자리를 채워주기 시작했다.

무엇을 보관하고 무엇을 기부하거나 판매할지 결정하는 일은 결코 쉽지 않았다. 보관중인 어떤 물건들은 쓸모는 없지만 가치를 매길 수 없는 것들이기도 했다. 육아일기, 사진, 오래된 편지, 졸업앨범은 금전적으로는 아무 가치가 없었지만 소중한 것들이었다.

그다음에는 내 옷을 정리하기 시작했다. 알래스카에 살던 시절부터 보관해온 방한용품 및 낚시용 옷, 그리고 더이상 자주 입지 않은 원피스와 셔츠를 처분했다. 보관할지 아니면 버릴지 결정하기 가장 까다로운 물건은 가재도구였다. 보관할 공간이 있는지뿐만 아니라 대체가능성도 살펴야 했기 때문이다. 아빠가 쓰던 칠리 냄비는 더이상 별 쓸모는 없었지만 너무나 많은 추억과 감정이 담긴 물건이었다. 부모님이 결혼식 때 받은 캐서롤 접시들도 마찬가지였다. 하지만 물건은 어디까지나 그저 물건일 뿐이었고, 나에게 주어진 수납공간은 한정적이었다. 그래서 미아와 나는 각자 큰 수건 두 개, 작은 수건 몇 개, 그리고 침구 세트만 갖고 있기로 했다. 원래 빗자루와 대걸레 수납용인 벽장에는 청바지 두 벌, 카키색 바지 한 벌, 번듯한 셔츠 한 벌, 그리고 내 돈으로 산 '근사한' 원피스 한 벌을 넣었는데 이게 내 사복의 전부였다. 나머지는 전부 클래식클린 유니폼 티셔츠와 작업용 바지들이었다. 미아의 물건들 중 상당수는 차마 처분할 엄두가 나지 않아서 온갖 아이디어를 짜내 집안 장식품처럼 보이도록 동물인형, 책, 그리고 장난감을 진열하여 보관했다. 정리해야 할 물건들이 너무도 많았다. 무엇을 남기고 무엇을 버릴지 결정하는 과정에서 찾아온 상실감에 가슴이 찢어졌다. 그중 일부는 원룸 아파트 아래 지하실에 보관해두었지만 습기와 곰팡이, 쥐 때문에 엉망진창이 될까봐 많이 가져다놓을 수도 없었다. 그 물건들을 도저히 그냥 버릴 수는 없었다. 우리의 역사였으니까.

지금 당장 이런 사연을 팸에게 설명할 수는 없었지만 팸은 나를 보기만 해도 직관적으로 상황을 이해하는 것 같았다. 어쩌면 팸도 한때는 단칸방에서 싱글맘으로 살아가면서 똑같은 딜레마를 겪었기 때문일지도 모른다. 갑자기 팸이 산타클로스 할머니처럼 좋은 생각이 났다는 표정으로 자기를 따라오라고 일렀다.

우리는 사무실과 팸의 집 사이에 자리잡은 자그마한 매장으로 들어갔고, 팸은 위쪽 좁은 다락방을 가리켰다. "저 공간이 굉장히 넓은데 지금은 비어 있어요." 팸은 어깨를 으쓱하며 말했다. 다락방 공간에는 다 부서져가는 사다리가 걸려 있었기 때문에 내 물건들을 조심조심 끌어올려야 했다. 다락방 바닥에는 다양한 종류의 오래된 중고품이 놓여 있어서 마치 창고 세일을 해서 사람들이 쓸 만한 물건들을 한바탕 골라간 후의 풍경 같았다. "필요한 것이 있으면 가져가요." 물건들을 빤히 쳐다보는 나에게 팸이 각양각색의 물병과 플라스틱 선반들을 가리켰다. "여기 있는 건 아무거나 가져가도 상관없어요. 우리 교회에서 대규모 창고 세일 행사를 열어서 그때 기증할 물건인데 그전에 눈에 띄는 게 있다면 그냥 가져가도 돼요."

아래를 내려다보자 낡은 발받침대가 보였다. "이걸 커피 테이블로 쓸 수 있을 것 같아요." 팸은 미소 짓더니 고개를 끄덕였다. "이 병도 부엌에서 유용할 것 같고요."

"그 외에도 다른 도움이 필요하다면 언제든지 말해요. 혹시 작업용 걸레를 빨지 못할 사정이라서 나한테 부탁하고 싶다든가." 나는 팸을 덥석 안고 싶었다. 팸이 나를 안아주었으면 했다. 엄마의 따뜻한 품이 어찌나 절실했던지 몇 번이나 눈물이 솟아나 목이 메었고 안아달라고 부탁하고 싶었다. "그리고 마당에도 일손이 좀 필요한데, 스테퍼니가 시간만 된다면." 팸이 덧붙였다.

"다음 주말에는 확실히 시간이 돼요!" 나는 부리나케 대답했다. "그보다 더 빨리 일해야 한다면 일정을 확인해볼게요."

"괜찮아요. 급한 건 아니니까." 팸은 다락 아래의 벽으로 가려진 청소용품 보관함의 문을 열었다. "여기도 정리를 좀 해줄 수 있으면 좋겠네요." 팸이 불을 켜자 예비용 진공청소기, 바닥 청소 기계, 나란히 놓인 대걸레와 병들이 가득한 복도가 눈에 들어왔다.

머릿속으로는 추가로 들어올 수입을 이미 계산중이었다.

팸은 나를 보며 미소 지었다. 팸의 눈도 신이 나서 조금 더 반짝이는 것 같았다. 팸의 자그마하고 둥그스름한 체격과 친절한 마음 씀씀이를 보면서, 다른 청소원들도 상사에게 이렇게 친근감을 느낄지 궁금했다.

주말에 시간이 날 때마다 팸의 다락방에 가서 쌓아둔 내 물건들을 조금씩 정리하기 시작했다. 서류, 책, 기념품들은 상자 두 개에 들어갈 정도만 남기고 전부 처리했다. 한때 소중하게 접어서 보관해둔 물건들도 대부분 쓰레기통이나 중고품 할인상점으로 보냈다. 건물에 나 혼자밖에 없었던 어느 날 오후, 따로 보관해둔 아기 옷들 중 끝까지 남겨둔 것들을 살펴본 다음 처분하기로 했다. 언젠가 둘째가 태어나면때 입힐 수 있지 않을까 하는 바람에 마지막까지 차마 버리지 못한 특별한 신생아용 옷들이었다. 최소한 그 아기 옷을 중고품 위탁 판매점에 가져다주면 지금 당장 내 옆에 있는 아이가 입을 만한 괜찮은 옷으로 교환할 수 있을 것이다. 미아에게는 거의 끊임없이 새 바지와 신발이 필요했으니까. 어쩌면 지금 가진 것, 지금 누리는 삶에 감사하고 지금 주어진 공간을 활용하라는 인생의 교훈일지도 몰랐다. 자발적으로 이 길에 들어선 것이었다면 더 좋았겠지만, 지금이 내 인생의 중요한 한 페이지라는 점만은 분명했다.

13장

마지막 정리,
웬디의 집

—

새 고객인 웬디의 집을 세번째로 방문했을 때부터 웬디의 건강 상태가 눈에 띄게 급격히 악화됐다. "암 때문에 시간이 별로 남지 않았어요." 대화 도중에 불쑥 이렇게 말을 꺼낸 웬디의 어깨는 평상시와는 달리 축 처져 있었다. 어떤 대답도 위로가 될 것 같지 않았기 때문에 웬디를 따라 천천히 고개를 끄덕이며 침통하게 동의의 뜻을 표했다. 하지만 웬디의 셔츠는 여전히 빳빳하게 풀 먹인 상태였다. 집안도 티끌 하나 없이 깨끗했기 때문에 웬디가 도대체 왜 나에게 돈을 주고 청소를 시키는 걸까 어리둥절한 경우도 많았다.

부엌 청소를 마치고 나면 웬디는 가끔 점심을 차려주면서 함께 식탁에서 먹자고 나를 붙잡았다. 우리는 레이스가 달린 흰색 식탁보를 깐 식탁에서 삼각형 모양으로 사등분해 자른 흰 빵 참치 샌드위치에 당근 스틱을 곁들여 점심을 먹으며 서로의 아이들에 대한 이야기를 주고받았다. 웬디가 인스턴트커피를 끓여 크림과 설탕 봉지, 은 찻

숟가락과 함께 건네주면 찻잔을 들고 우아하게 홀짝거렸다. 어렸을 때 할머니와 함께 다과회 소꿉놀이를 했던 생각이 나 웬디에게도 그렇게 이야기했다. 웬디는 미소를 짓더니 손사래를 치며 말했다. "할 수 있을 때 예쁜 찻잔을 사용해야죠." 웬디는 분홍색 꽃이 새겨진 컵받침에 놓인 컵이 달가닥거릴 정도로 유달리 손을 떨었다.

웬디 집에는 장식품, 자녀와 손자들의 사진, 결혼식 날 웬디의 모습이 담긴 초상화 등이 있는 유리 장식장이 여러 군데 놓여 있었다. 한번은 그 장식장을 뚫어지게 쳐다보다가 웬디에게 들켰다. 그 사진들을 바라보면서 나는 웬디와 그 남편이 얼마나 젊어 보이는지, 저랬던 사람들이 어떻게 갑자기 이토록 나이가 드는지, 어떻게 두 사람이 그토록 오랫동안 서로 사랑하고 몸과 마음을 함께하며 나이를 먹었는지 생각했다. 웬디는 웃으면서 결혼식 초상화 옆 선반에 놓인 빨간 유리로 만든 장미 모양의 부케를 가리켰다. "우리 남편이 내가 항상 빨간 장미를 볼 수 있도록 해준 셈이죠." 웬디의 말에 나는 부러움과 슬픔이 한꺼번에 몰려와 묘한 감정이 들었다.

웬디의 집은 그야말로 전형적인 '할머니네 집'같았기 때문에 이곳에만 오면 가족이나 우리 할머니가 절실히 그리워졌다. 부엌 조리대에는 요리책과 식료품 쇼핑 목록 및 그린 스무디 레시피가 적힌 종이들이 수북했다. 웬디는 커피에 인공감미료를 넣어 마셨기 때문에 인공감미료 봉지들이 든 바구니를 커피포트 옆에 놓아두었는데, 커피포트는 거의 24시간 켜두는 것 같았다.

웬디의 집은 다른 집들과 비교할 때 비교적 청소하기 수월했다. 조리대와 찬장, 바닥을 닦고, 먼지를 떨고 진공청소기를 돌린 다음 아래 층에 있는 작은 화장실을 청소했다. 웬디는 위층 화장실은 꼭 본인이 청소하겠다고 했다.

부엌의 기다란 카운터 끄트머리에는 바닥의 리놀륨이 닳아서 떨어 져나간 부분이 있었다. 점심을 같이 먹으면서 왜 그렇게 되었느냐고 물어보자 웬디는 거기서 남편이 앉아서 담배를 피웠었다고 했다. 웬 디는 그 기억을 떠올리며 얼굴을 찌푸렸다. "그게 얼마나 보기 싫었던 지." 웬디는 그러면서 커피를 한 모금 마셨다. 나도 고개를 끄덕이면서 진흙이 잔뜩 묻은 장화를 신고 들어와 부엌 바닥에 자국을 남기던 트 래비스를 떠올렸다. "하지만 그런 일들 때문에 부부 사이가 멀어지지 않도록 하는 것이 중요하죠." 웬디는 이렇게 말하면서 가는 세로줄무 늬 셔츠 위에 입은 흰색 카디건의 주름을 폈다.

"제가 그랬어요." 내 말에 웬디는 나를 올려다보았는데 백발에 가 까운 머리가 오후 햇빛을 받아 후광처럼 밝게 빛났다. "얼마 전에 남 자친구랑 헤어졌어요. 1년 약간 넘게 같이 살았죠. 저희 딸은 아직 세 살인데…… 남자친구와 딸아이 사이가 좋았거든요. 이제는 손바닥만 한 원룸 아파트에서 딸이랑 단둘이 사는데 월세도 감당하기가 힘들어 요." 찻잔을 들어 마지막 남은 커피 한 모금을 마시고 붉어진 뺨을 감 추었다. 그런 이야기를 한꺼번에 털어놓자 슬픔에 가슴이 아파왔다. 이 모든 일이 단순한 악몽이 아니라 내게 실제로 일어나는 일이라는 게 실감이 났다.

웬디는 잠시 침묵하다가 "도움이 필요한 일이 좀 있는데," 하면서 식탁 의자에서 일어났다. 웬디가 자기가 먹은 접시를 치우기에 나도 벌떡 일어나서 접시에 손을 댔다. "접시는 그냥 거기 놔둬도 돼요. 날 따라와요."

웬디가 소위 '상태가 나쁜 날'에 사용하기 위해 전동 의자를 설치해놓은 계단을 따라 위층으로 올라갔다. 집에 찾아오는 손님이 그리 많아 보이지 않았기에 혹시 웬디가 나 때문에 옷을 깔끔하게 입고 머리를 매만지는 것인지 궁금했다. 진공청소기로 계단을 청소한 한두 번을 제외하면 아직 위층에 올라가본 적은 없었다. 웬디의 침실은 층계참 오른쪽에 위치했는데, 웬디는 그 방에서 코를 고는 통통한 흰색 개와 함께 잠을 잤다. 이 개는 밖으로 나가고 싶을 때 미닫이 유리문 옆에 있는 벨을 누를 줄 알았다. 웬디가 손님용 침실의 문을 열자 우리가 선 복도로 빛이 흘러들어왔다.

수십 개의 신발 상자, 플라스틱 용기, 고무로 된 통이 벽을 따라 그 방에 나란히 놓여 있었다. 손님용 침대 위에는 더 많은 상자들이 쓰러지지 않도록 겹겹이 쌓여 있었다. 웬디는 한숨을 쉬었다.

"이 물건들을 종류별로 정리하려고 했는데 암 때문에," 고개를 끄덕이며 웬디가 지금까지 해온 일을 살펴보았다. "아들한테 줄 물건들은 대부분 차고에 있어요. 연장이나 그런 것들 말이에요. 하지만 조카들이랑 걔네 아이들은 아마 이런 걸 가지고 싶어할 거예요."

쌓인 상자들을 가리키며 어떤 물건을 누구에게 줄 것인지 설명하는 웬디를 존경스럽게 바라보았다. 청소원으로 일하면서 창고 세일 준비를 위해 차고에 있는 물건들을 전부 분류하거나 살림살이를 줄이기 위해 잡동사니를 처리하는 일은 여러 차례 해본 적이 있었다. 하지만 이번 일은 그러한 일들과는 성격이 달랐다. 삶의 마지막을 준비하는 일이었다. 웬디는 세상을 떠난 후 친척들에게 나눠줄 유품들을 정리하고 있었다.

웬디가 자신에게 시간이 얼마나 남았는지를 알고 있는지는 확신하지 못했지만, 만약 그랬더라도 나에게는 한 번도 이야기한 적이 없었다. 7월에 웬디의 집에서 추가 근무를 한 덕분에 미아와 나는 이사 비용 및 예상치 못한 자동차 수리비로 300달러를 지출했음에도 불구하고 근근이 생활을 이어나갈 수 있었다. 만약 웬디가 일감을 주지 않았다면 비참한 상황이 벌어졌을 것이다. 웬디 집에서 잡초를 뽑고, 잡동사니를 정리하고, 나중에 웬디 가족의 일손을 덜어주기 위해 잘 사용하지 않는 집안 구석구석까지 꼼꼼하게 청소를 했다. 웬디는 그러한 일을 맡길 때 감정을 드러내지 않은 채 지극히 사무적인 태도를 보였다. 그 모습이 사뭇 이상하게 보였지만 나는 웬디를 존경했고, 나 역시 삶의 끝자락에 섰을 때 허겁지겁 누군가에게 사과를 하거나 해보고 싶은 일 목록을 하나씩 지워가기보다는 웬디처럼 조용히 소지품을 정리하며 평화를 누릴 수 있기를 바랐다.

7월 4일 독립기념일 주말의 대부분을 웬디의 마당에서 보내며 화단과 상록수 관목 아래 잡초와 씨름했다. 정원 일을 한 지 꽤 오래되었기 때문에 내가 야외에서 일하는 것을 얼마나 좋아하는지 까맣게 잊고 있었다. 거의 매일같이 답답한 집안에 갇혀 있었고, 주인이 외출한 동안 히터나 에어컨조차 꺼진 빈집에서 청소를 하는 일이 많았다.

집에 돌아가면 무자비한 검은곰팡이와 전쟁을 벌여야 했다. 우리가 잠을 자는 공간은 사방 벽에 커다란 창문들이 달려 있었기 때문에 지는 해를 받으면 사우나실처럼 변했다. 비라도 한바탕 쏟아지면 거의 온실처럼 덥고 습해졌다. 어떤 환경에서도, 심지어 불꽃놀이중에도 세상 모르고 자던 미아조차 좀처럼 잠을 이루지 못했다. 어느 날 저녁, 미아를 만나러 왔던 트래비스가 너무 더운 실내 온도 때문에 좀처럼 안으로 들어오질 못했다. 그러다 갑자기 트럭을 타고 떠나서는 30분 후에 에어컨을 싣고 돌아와서 창문에 설치해주었다. 그러고는 에어컨을 제일 센 강도로 틀었다. 미아와 나는 에어컨에서 나오는 찬바람에 얼굴을 가져다댔다. 지금 형편에 에어컨은 무척이나 비싼 사치품처럼 느껴졌다. 전기 요금이 너무 많이 나오지 않도록 집에 도착했을 때나 잠자기 직전에만 침실의 온도를 약간 낮추기 위해서 사용해야 할지도 몰랐다. 습기가 높다는 점이 특히 마음에 걸렸다. 자는 동안 침실 창턱에 검은곰팡이가 심하게 퍼질 만한 모든 조건을 갖춘 셈이었다.

하지만 야외에서는 깊이 숨을 들이쉬거나 내쉴 수 있었다. 정원 일을 할 때면 아이팟에서 나오는 음악 소리 대신 이웃집에서 나는 소리를 들었다. 독립기념일 주말에 웬디의 이웃들은 대부분 불꽃놀이를 즐기거나 그릴에 고기를 구웠다. 이쪽까지 풍겨오는 스테이크나 햄버거 냄새에 절로 군침이 돌았다. 햄버거에 아삭아삭한 양상추와 두툼하게 썬 토마토, 치즈를 얹고 케첩과 마요네즈를 넉넉히 바른 후 맥주한 병을 곁들이는 광경을 상상했다. 상록수 아래에서 아이들이 폭죽을 들고 이웃집 마당을 여기저기 뛰어다니는 모습을 떠올렸다. 독립기념일 주말에 미아는 제이미의 집에 가 있었다. 미아가 또래 아이들에게 둘러싸여 아빠와 함께 바비큐를 즐겼으면 하고 바랐다. 그날 밤에 미아도 불꽃놀이를 볼 수 있었으면 하는 마음이 간절했다.

웬디는 떨리는 손으로 나에게 수표를 써주면서 일하지 않은 점심시간까지도 똑같이 시급을 지급하겠다고 고집을 부렸다. "당신의 시간은 소중하니까." 웬디는 이렇게 말하며 이름과 주소 옆에 분홍색 장미 그림이 인쇄된 수표를 건네주었다.

몇 달 후 웬디는 청소 서비스를 중단했다. "더이상 감당할 형편이 안 되네요." 전화로 전해지는 웬디의 힘없는 목소리에서 안타까움이 묻어나는 것 같았다.

웬디가 언제 세상을 떠났는지는 모르지만 혹시 내가 발길을 끊은 직후가 아닐까 싶었다. 웬디와 샌드위치와 커피를 즐기며 나눈 대화를 자주 떠올렸고, 웬디가 앞에 놓인 당근 스틱을 손도 대지 않던 모습을 기억하고는 어쩌면 웬디는 그저 보여주기용으로 접시를 뒀던 걸지도 모른다고 생각했다. 식욕은 없었지만 그렇게라도 하면 우리 둘 다 혼자 식사를 하지 않아도 될 테니 말이다. 웬디와 보낸 오후의 추억들은 나의 시간이 소중하다는 것을 일깨워주었다. 뿐만 아니라, 비록 화장실을 청소하거나 노간주나무에 붙은 사탕껍질을 떼어내기 위해 그곳에 드나들었을지언정 나도 웬디에게 가치 있는 존재라는 걸 깨닫게 해주었다.

일도 없고 미아도 없는 주말은 침묵 속에서 흘러갔다. 펠그랜트 학업 지원 프로그램은 정규 학기 등록금만 지원해줬는데 월세를 내고 나면 여름학기를 등록할 형편이 되지 않았으므로 결국 해야 할 학교 과제도 없고 시간을 보낼 마당이나 정원도 없는데다 친구와 술 한잔 즐길 돈도 없는 상태가 되었다. 시애틀이나 벨링햄까지 운전해서 가는 것도 너무 돈이 많이 들었기 때문에 그냥 집에서 시간을 보냈다. 근처 공원에 가서 풀밭에 담요를 깔고 책을 읽으려고도 해보았지만 포장해 온 음식으로 단란하게 점심을 먹는 가족이나 커플들을, 엄마가 아기와 함께 그늘에서 쉬는 동안 아빠가 아이들과 놀아주는 광경을 보면 질투심이 부글부글 끓어올랐다.

살 수 있는 재료가 극도로 한정되어 있었기 때문에 음식을 구입하고, 조리하고, 먹는 과정은 즐겁다기보다는 따분하고 반복적인 일이 되어갔다. 여유가 좀 생기면 일요일에 으깬 감자를 잔뜩 만들어서 둥글납작하게 빚어둔 다음, 버터에 노릇노릇하게 구워서 거기에 달걀을 얹어 아침으로 먹거나 일이 끝나고 먹을 간식으로 삼았다. 에너지바와 땅콩버터 젤리 외에 탑 라멘Top Ramen이라는 인스턴트 라면을 넉넉히 끓여서 먹는 경우도 많았다. 쌀 식초, 스리라차 소스, 간장, 약간의 설탕, 참기름을 섞어서 나만의 소스를 만들어냈다. 이런 여러 소스를 전부 마련하느라 20달러 정도의 적잖은 초기 비용이 들었지만 라면수프를 넣고 끓인 것은 맛이 없어 도저히 먹을 수가 없었다. 넉넉하게 끓인 인스턴트 라면과 소스를 곁들이면 나름대로 근사한 저녁식사가 됐다. 라면에 양배추, 브로콜리, 양파, 또는 무엇이든 세일하는 야채를 볶아서 넣고 완숙 계란과 델리 코너의 마감 세일에서 사 온 얇게 자른 고기를 얹었다. 신선한 농산물은 호사스러운 별미였다. 나는 450그램에 1달러 이하인 채소만 구입했고, 그나마도 형편이 좀 나은 월초에만 구매했다.

미아가 아파서 어린이집에 가지 못해 평소보다 자주 집에서 삼시세끼를 먹여야 했든, 성장기라 유달리 식욕이 왕성해서 식비가 많이 들었든, 상황이 어쨌든지 간에 매달 두번째 쇼핑은 간신히 배만 채울 정도로 최소한의 식료품만 구입해야 했다. 그럴 때마다 값싼 빵과 빈약한 크래커, 설탕과 인공첨가물과 과당이 잔뜩 든 콘 시럽 외에는 다른 재료가 별로 들어 있지 않지만 성장기 딸에게 어쩔 수 없이 먹여야 하는 잼, 그리고 싸구려 인스턴트 조리식품이나 가공식품을 몇 박스 구입했다. 몇 주 동안은 커피를 살 돈조차 없었다. 커피 대신 홍차를 마시면서 눈물이 나왔다. 푸드뱅크나 무료 급식소가 있다는 건 알았지만 절대 발걸음을 하지 않았다. 비록 우리는 빈약하기 짝이 없는 음식만 살 수 있었지만 굶을 정도는 아니었기 때문에 절대 급식소에 갈 수는 없었다. 나보다 훨씬 더 급식소의 혜택이 절실한 사람들이 언제나 넘쳐나기 때문이었다.

항상 내가 먹는 양을 줄이는 편이었기 때문에 미아는 다행히도 크게 눈치채지 못하는 것 같았다. 하지만 어느 날 오후 제이미의 집에 미아를 데리러 갔을 때 미아는 20분 동안이나 자기가 갔던 생일 파티 이야기를 늘어놓았다. 친구들이나 게임 이야기가 아니라 거기서 먹었던 음식 이야기가 끝없이 이어졌다. "과일이 엄청 많았어, 엄마! 딸기랑 라즈베리랑 또다른 베리들이랑 내가 먹고 싶은 만큼 마음껏 먹게 해줬어!" 그날 밤 미아가 잠자리에 든 후 SNS에 올라온 포트타운젠드의 생일 파티 사진이 없는지 찾다가 사진 몇 장을 발견했다. 미아가 찍힌 사진은 없었지만 과일만큼은 확실히 알아볼 수 있었다. 다양한 베리가 담긴 그릇과 접시들로 식탁이 빼곡했다. 5달러 정도 하는 작은 베리 한 통은 미아에게 믿을 수 없을 정도로 특별한 음식이었고, 보통 몇 분 만에 한 통을 다 먹어 치울 정도로 좋아했다.

그즈음, 몇몇 다른 고객들이 나에게 추가로 일감을 주겠다고 제안했다. 크레이그리스트에 게시한 광고를 보고서도 꾸준히 연락이 왔다.

전문 청소원으로 일주일에 25시간씩 일하지만
아직도 생활비가 모자랍니다.

내 경쟁 상대라고 할 만한 다른 광고들을 보면 대부분 남편과 아내로 이루어진 팀으로 잡동사니를 정리해서 쓰레기장에 가져다 버릴 수 있는 트럭을 소유하고 있었다. 몇몇 광고를 보면 제니의 업체처럼 정식으로 허가를 받았고 보험에 가입했으며 보다 큰 일거리를 소화할 수 있도록 직원 몇 명을 고용하고 있었다. 처음에는 내 광고가 이러한 광고들 사이에서 눈에 띄거나 추가 수입을 가져올 수 있을 것이라 생각하지 않았지만, 약간씩 광고 문구를 바꿔서 광고를 게시할 때마다 대여섯 통씩 전화가 걸려왔다.

키가 작고 눈이 반짝반짝 빛나는 샤론이라는 집주인은 다음 세입자가 이사 들어오기 전에 빈집을 청소해달라고 했다. 아파트는 지저분한 편이었지만 진저리나는 상태는 아니었고, 사전답사를 하는 동안 샤론은 청소원을 처음 고용해본다고 털어놓았다. 오븐과 냉장고는 청소하고 블라인드는 그대로 놔두라고 주문했다. 청소하는 데 시간이 얼마나 걸릴지 가늠해보려고 했지만 미아를 업고 걸어다녀야 했기 때문에 공간을 제대로 살펴보기가 어려웠다.

"4~5시간 정도 걸릴 것 같아요." 끊임없이 조리대 위의 무언가를 잡으려고 손을 뻗는 미아에 정신이 팔려 어림짐작으로 이렇게 말했다.

"아, 그러면 100달러를 드리면 되겠네요." 샤론은 복도에 서서 이야기를 나누다가 이렇게 말했다. 그다음 돈뭉치를 꺼내 건네주었다. 멍하게 샤론을 빤히 바라볼 뿐 도대체 어떻게 해야 할지 알 수가 없었다. 이제껏 개별적으로 한 그 어떤 청소 일감보다 훨씬 많은 보수였다. 샤론은 얼른 돈을 받아가라고 몸짓을 했다. "그쪽이 낸 광고가 마음에 와닿더라고요. 부양해야 할 가족이 있을 때 경제적으로 쪼들리면 얼마나 힘든지 잘 알거든요." 샤론이 미아를 바라보자 샤론과 눈을 마주친 미아가 쑥스러운지 얼굴을 내 등에 묻었다.

"감사합니다." 북받치는 감정을 애써 누르며 말했다. "절대 실망하지 않으실 거예요!"

미아를 카시트에 앉힌 후 운전대에 앉아 계기판을 바라보았다. **난 잘하고 있어!** 머릿속에서 속삭였다. **제기랄, 난 잘하고 있다고!** 고개를 돌려 미아를 바라보자 뿌듯함에 가슴이 부풀어올랐다. 우리 두 사람에게 너무나 많은 어려움이 닥쳐왔지만 내 힘으로 어떻게든 헤쳐 나가고 있었다. "해피밀 먹을래?" 현금뭉치로 불룩한 주머니를 내려다봤다. 가슴에는 자부심이 흘러넘쳤다. 미아는 얼굴이 확 밝아지더니 팔

을 번쩍 들며 뒷좌석에서 소리를 질렀다. "신난다!" 나도 한바탕 웃고
는 눈을 깜박여 눈물 몇 방울을 떨어낸 다음 미아를 따라 기쁨의 환
호성을 질렀다.

14장

집이 주는 위로

—

미아의 귀 환기관 수술을 위해 이비인후과에 가야 하는 시간이 30분 정도밖에 남지 않은 시점에 세번째로 알람이 울렸다. 병원에서는 수술 당일에 목욕을 시키고 편안한 옷을 입히라고 했다. 하지만 수술은커녕 병원에 예약 취소 전화를 해야 할 판이었다. 미아의 머리카락과 가슴께는 찐득한 녹색 콧물로 온통 범벅이었다. 전날 밤에 이미 한 차례 토했고 오늘 아침에도 바닥 전체에 한바탕 토해놓았다. 이렇게 아픈 상태에서 수술을 할 수는 없을 것 같았지만 어쨌든 지시받은 대로 아이를 준비시켜서 제시간에 병원에 데려갔다.

미아는 무슨 일이 일어나고 있는지 어렴풋이 눈치채고 있었다. 미아에게는 의사가 다시 귓속을 들여다보아야 하는데 이번에는 엄마가 진찰실에 함께 있어줄 수 없다고 설명했다. 이전에도 귀 때문에 가정의학과에 몇 번이나 갔었고 수술에 적합한 상태인지 확인하기 위해 이비인후과 전문의에게 상담받은 적도 있다. 실제 수술보다도 마취 때문에 더 불안했다.

"우리 아들에게도 환기관 수술을 했습니다." 전문의는 나에게 말했다. "따님한테도 그때와 똑같이 할 겁니다."

오전 8시에 병원에 도착하자 담당자들이 수술용 가운과 모자, 양말, 옷을 담아둘 가방이 놓인 방으로 안내했다. 간호사가 들어와서 질문할 때마다 심장이 덜컥덜컥 내려앉았다. 미아는 긴장한 탓인지 말을 하지 않았고, 간호사들이 체중과 체온을 재고 산소 수치와 심장 박동을 확인한 후 심지어 폴라로이드 카메라로 사진까지 찍는데도 간호사들과 눈을 마주치지 않았다.

"애가 굉장히 아파요." 첫번째 간호사에게 말했지만 고개조차 끄덕이지 않았다. 다음 간호사에게 말했다. "감기가 심하게 걸렸어요. 기침을 하는데 녹색 콧물이 나요. 감염 때문에 그런 것 같아요."

"의사 선생님이 비대해진 인후편도선을 제거해야 하는지 살펴보실 텐데, 지금 제거한다는 건 아니고요. 그냥 진찰만 하실 거예요." 나이 지긋한 그 갈색머리 간호사는 손이 어쩌나 차갑던지 가슴에 청진기를 가져다 대려고 하자 미아가 움찔할 정도였다. 간호사는 집에 가습기가 있느냐고 물었다.

나는 고개를 가로저으면서 습기 때문에 창문 안쪽에 맺히는 물방울과 검은곰팡이가 군데군데 핀 창문 틈새를 떠올렸다. 이사하기 전에 곰팡이를 죽이려고 벗겨냈지만 비만 내리면 다시 스멀스멀 올라왔다. "가습기를 살 수가······" 나는 입을 열었다.

"음, 오늘 당장 하나 사셔야 되겠는데요." 간호사는 그러면서 미아의 진료 차트에 무언가를 적었다.

"저는……" 아래를 내려다보며 말했다. "가습기 살 돈이 없어요."

간호사는 꼿꼿이 서서 입술을 오므리고 팔짱을 끼더니 내가 아니라 미아를 쳐다보았다. "할아버지 할머니는 어디 계세요? 살아 계신가요? 만약 애가 제 손녀였다면 그 정도는 사주겠다고 할 텐데요."

"저희 가족은 경제적으로 도와줄 형편이 못 돼요." 생판 모르는 남에게 지나치게 많은 속사정을 드러내며 허둥지둥 설명을 늘어놓았다. "그게 말이죠, 저희 아빠랑 새엄마가 여력이 안 된다는 뜻이죠. 저희 엄마는 유럽에 사는데 도와줄 수 없다고 하거든요. 아빠는 정말로 돈이 없고요."

간호사는 혀를 찼다. 미아는 주먹 쥔 손을 다리 사이에 끼운 채 꼼짝하지 않고 바닥을 내려다보고 있었다. 아마 추운 모양이었다. 아니면 화장실에 가고 싶은 걸지도 몰랐다. 거듭 물어봤지만 그때마다 고개를 저으며 아니라고 했다. "도대체 어떤 할머니가 손녀한테서 그렇게 멀리 떨어져서 산담." 이렇게 말하며 매섭게 나를 똑바로 쳐다보는 간호사에게 무언가 대답을 해줘야만 할 것 같았다. 바로 그때 미아가 내귀에 대고 속삭였다.

"화장실 가고 싶어." 미아의 숨결에서 평소와는 다른, 감기 걸렸을 때 흘리는 콧물 냄새가 났다.

간호사는 방을 나가면서 복도 저쪽의 화장실을 가리켰다. 미아를 데려가 변기에 앉혔다. 미아는 가슴이 다리에 닿을 정도로 상체를 완전히 숙이더니 상당한 양의 연두색 콧물을 쏟아냈다. 간호사 한 명이 아까 우리가 있던 방 밖에 서서 안내데스크에 있는 여성에게 우리가 어디 갔느냐고 찾기에 손을 흔들어서 간호사를 부른 다음 무슨 일이 일어났는지 보여주었다. **자, 여기 증거가 있어요.** 나는 이렇게 말하고 싶었다. **수술을 하기엔 애가 너무 아프다고요.**

"제가 처리할게요. 아까 있던 방으로 돌아가세요." 간호사는 말했다.

고작 5분 정도 그 방에서 앉아 있었을까, 이 모든 상황에 진저리가 난 나는 옷가방에서 옷을 꺼내 다시 미아에게 입혔다.

방문을 노크하는 소리가 들리더니 전문의가 들어왔다. 그는 지난번처럼 인사 한마디 없이 털썩 의자에 앉았다. 의사가 다시 한번 심박을 재고 미아의 상태를 진단하는 동안 우리는 앉아서 서로를 쳐다보았다. "아마 불안해서 이렇게 아픈 것 같습니다. 엄마가 불안하면 따님도 불안하겠죠."

"불안해할 시간도 없었는데요." 나는 우물거리며 대꾸했다.

의사는 다시 의자에 앉아 팔짱을 끼더니 자리에서 일어나 우리를 내려다보았다. "만약 수술을 시키고 싶지 않다고 해도 상관없습니다. 시간 낭비할 일은 없어서 좋겠군요."

"그런 게 아니잖아요." 눈썹을 찌푸리며 항변했다. 만약 내가 남편과 함께 왔거나 미아의 의료보험이 저소득층을 위한 메디케이드가 아닌 다른 보험이었어도 의사가 이런 식으로 말했을지 궁금했다. "그런 식으로 말한 적 없어요. 애가 어제부터 아팠어요. 지금도 아프다고요. 오늘 수술을 하기에는 상태가 너무 안 좋은 것 같아서 그러는 거예요. 심지어 오늘 왜 여기까지 왔는지도 모르겠어요. 너무 피곤해서 제대로 머리도 안 돌아가네요."

"수술을 하면 상태가 나아질 겁니다. 아프지 않게 해주려는 거라고요."

나는 고개를 끄덕였다. 아무런 직원 복지 혜택이 제공되지 않는 일자리로 생계를 유지하면서 월세를 벌기 위해 전사처럼 투쟁하는 동시에 이렇게 아픈 아이를 키워야 한다는 현실, 그런 현실에 모든 것을 포기하고 절망감에 항복해 그저 주저앉아 팔에 얼굴을 묻고 울고 싶은 어마어마한 충동을 억누르려 노력했다. 내가 하는 일은 사정 때문에 출근을 못하면 나중에 상황이 괜찮아져서 다시 출근을 한다 해도 그 일자리가 남아 있을지 확신할 수 없는 자리였다. 물론 이런 상황을 예상한 것은 아니었다. 하지만 최저임금에 가까운 보수를 받는 일을 하다보면 자연스럽게 복리후생은 기대하지 않게 된다. 하지만 부양 가족이 있는 경우에는 예외 조치를 두어야 하지 않을까. 이제 의사에게 미아를 맡길 때라고 생각하며 아이의 어깨에 팔을 두르고 바라보았다.

"선생님만 믿을게요."

다른 간호사가 들어와서 미아를 수술실로 데려갔다. 또다른 간호사는 서류 몇 장을 가지고 들어왔다. 앞으로 몇 주간 미아를 어떻게 돌봐야 하는지에 대한 설명이 인쇄되어 있었다.

"혹시 댄이랑 캐런의 딸 아닌가, 맞죠?" 간호사가 물었다. 나는 고개를 끄덕였다. "얼굴이 눈에 익더라고. 세상에, 미아가 엄마 판박이네! 너 어릴 때랑 꼭 닮았어." 어리둥절해하는 나에게 그 간호사는 자기가 누군지 자세히 말해주었다. 그 간호사는 내가 열여섯 살에 차를 파손한 일로 소송에 휘말렸을 때 사건을 담당했던 변호사의 부인이었다. "너희 부모님과는 네가 아직 기저귀를 차고 다닐 때부터 베서니코 버넌트 교회에서 알고 지내는 사이였어!"

"아직 기저귀를 차고 다닐 때"라는 말에 엄마가 자주 들려주던 이야기가 떠올랐다. 어느 일요일 아침, 서둘러 교회에 갔는데 설교가 이미 시작된 이후에 교회에 도착했단다. 아빠는 나를 엄마에게 넘겨주었고, 손으로 내 엉덩이를 더듬던 엄마는 내가 기저귀를 안 한 맨 엉덩이라는 사실을 깨닫게 되었다. 당시 나는 겨우 두 돌, 부모님은 고작 스무한 살이었다. 집을 나올 때 너무 서두른 나머지 기저귀를 채우는 것을 잊어버렸고 여분의 기저귀도 가져오지 않았다고 했다. 이 간호사가 그 광경을 보았을지 궁금했다. 그리고 우리 부모님에게도 도움의 손길을 내밀었는지 궁금했다.

간호사와 잡담을 나눈 덕분에 미아의 수술 시간이 수월하게 흘러갔다. 어린아이가 마취에서 깨어났을 때 일어나는 현상에 대해 온라인에서 수많은 기사를 찾아 읽었지만 여전히 제대로 마음의 준비가 되어 있지 않았다. 누군가와 이야기를 나누며 주의를 딴 데로 돌린 덕분에 그나마 마음을 덜 졸이고 기다릴 수 있어 다행이었다. 나 자신, 아니 미아를 위해 흔들리지 않으려면 아이를 잃으면 어쩌나, 아이가 마취에서 못 깨어나지 않을까, 무언가 심각하게 잘못되지 않을까 같은 나쁜 생각은 전부 떨쳐버려야 했다. 쓸데없는 스트레스는 우리 둘 모두에게 좋지 않았다.

미아는 오전 9시에 거즈가 입에 꽉 채워진 상태로 들것에 실려 내가 있는 방으로 되돌아왔다. 미아의 얼굴은 눈물자국으로 가득했고, 화가 나서 빨갛게 달아올라 있었으며, 겁에 질려 휘둥그레진 눈으로 앞이 보이지 않는 사람처럼 사방을 두리번거렸다. 병원 사람들이 들것을 붙박이 침대 옆으로 밀어서 미아가 침대로 기어올라갈 수 있도록 했다. 침대에 앉은 미아 쪽으로 몸을 기울여 아이의 등에 손을 얹은 채 귀에 속삭이기 시작했다. 물론 미아의 귀가 얼마나 욱신거리는지, 의사가 정확히 어떻게 수술했는지 몰랐기 때문에 내 말을 얼마나 알아들을 수 있을지는 확신할 수 없었다. 손을 잡아줄 엄마도 없는 수술실에서 얼마나 무서웠을까. "괜찮아, 우리 딸. 이제 괜찮아."

미아는 온몸이 완전히 뻣뻣하게 굳은 채 옆으로 누워 있더니 다시 몸을 비틀고 소리를 지르면서 팔에 꽂힌 주삿바늘을 고정해둔 테이프를 잡아뜯었다. 간호사와 나는 최대한 미아를 진정시키려 노력했다. 미아는 무릎과 두 손을 바닥에 짚은 채 입에서 거즈를 뱉어내고는 다시 무릎을 꿇고 앉았다. 내 쪽으로 손을 뻗자 미아의 팔에 연결된 튜브가 함께 딸려 올라갔다. 간호사를 쳐다보자 고개를 끄덕여주길래 팔로 미아를 안아서 무릎에 앉힌 뒤 전부 다 괜찮아질 거라고 거듭 달래면서 양옆으로 천천히 몸을 흔들며 얼러주었다.

"주스 마시고 싶어." 미아가 낮은 목소리로 말하고는 통증을 느꼈는지 나에게 풀썩 안겼다. 미아가 훌쩍거리는 소리가 들려왔다. 간호사는 빨대가 달린 주스 컵을 아이에게 건네주었다. 미아는 앉아서 컵에 든 주스를 절반쯤 마신 뒤 다시 내 품속으로 파고들었다.

그로부터 1시간도 지나지 않아서 옷을 갈아입힌 미아를 안고 주차장에 서 있었다. 도무지 아이를 카시트에 태워서 몇 블록 떨어진 집까지 데려갈 자신이 없었다. 병원에서는 우리를 쫓아내다시피 서둘러 집으로 돌려보내면서 미키마우스 모양을 한 가습기를 빌려주었다.

"저희 병원은 뭐든 빠르거든요." 간호사는 가습기를 내 차의 후드 위에 올려놓으면서 이렇게 말했다. 주차장에서 미아를 안은 채 병원 건물을 바라보며 그 어느 때보다도 사무치는 외로움에 잠시 멍하니 서 있었다. 오늘 아침은 어떻게든 넘겼고 미아는 수술을 무사히 마쳤지만, 바로 그 순간 일종의 망토가 내 몸을 덮은 기분이었다. 자부심을 느끼거나 우리가 해냈다고 축하할 만한 순간이 아니었다. 그보다는 이제부터 몸담고 살아가야 할 새로운 외로움의 심연에 빠지는 순간이었다. 이게 내가 처한 적나라한 상황이었다. 나는 이 현실 속에서 눈을 뜨고 잠자리에 들어야 한다.

—

그다음주 월요일 아침, 한 달에 한 번씩 청소하는 '식물의 집'에 도착했더니 부인이 이미 바닥에서 모든 물건을 치워놓았다. 카펫은 걷어서 말아놓고, 잡지 무더기는 의자 위에 올려놓고, 책과 운동기구, 신발은 침대 위에 쌓아놓았다. 그 부인은 거의 군대식이라고 해도 좋을 만큼 내가 접해본 모든 고객 중에서도 가장 구체적인 지시사항을 내렸으며, 집 전체의 바닥과 부엌, 화장실을 꼼꼼히 청소하고 창턱과 창틀에 검은곰팡이가 퍼지 않았는지 살펴야 했다.

집이 주는 위로   215

식물의 집 주인은 자녀를 분가시킨 부부였다. 아들의 방은 아들이 이사를 나간 후에 거의 손대지 않은 것 같았다. 아들이 받은 트로피가 아직도 침대 뒤쪽 창턱에 놓여 있었다. 다만 부인이 피아노를 가르칠 때 사용하는 커다란 전자 피아노와 책상은 아들 방으로 옮겨놓았다. 현관 앞에 놓인 업라이트 피아노보다 전자 피아노가 더 사용하기 편한 걸까 궁금했다. 남편은 목사이거나 교회에서 일하는 것 같았다. 벽에는 그림이나 사진 대신 기도 글귀를 액자에 넣어서 걸어놓았다.

부인은 바퀴 달린 화분에 거대한 식물을 기르고 있었기 때문에 화분을 이리저리 굴리면서 바닥을 쓸고 닦아야 했다. 거실의 각 창문에는 창턱마다 나비란 대여섯 개가 놓여 있거나 천장에 고정시킨 갈고리에 매달려 있었다. 나비란 근처에는 가재발 선인장 화분이 있었고 커튼봉 위에는 필로덴드론 덩굴을 걸쳐놓았다. 주인 몰래 어린 나비란 잎사귀 몇 개를 잘라 집으로 가져가서 화분에 심었다. 나도 녹색 식물, 살아 있는 생명체에 둘러싸여 살고 싶었다. 원예점에서 씨앗이나 모종을 살 돈이 없었지만 말이다.

화장실에는 식물이 없었다. 하지만 곰팡이는 있었다. 욕조 가장자리에 서서 벽과 천장이 만나는 곳의 틈새부터 청소를 시작했다. 부인은 샤워 커튼을 둘둘 말아 접은 후 커튼봉 위에 올려놓았다. 세탁기에 넣을 수 있도록 깔개와 수건도 걷어놓았다. 내가 도착할 즈음에는 흰색 톤의 그 집 화장실에 아무것도 걸려 있지 않아 삭막하기 그지없었다. 주인이 공기 정화를 위해 틀어놓은 가습기를 끄고 내가 움직이며 내는 소리 하나하나가 전부 빈 공간에 메아리치도록 했다. 목소리가 벽에 반사되어 울려퍼지는 그 화장실 안에서 노래 부르는 일이 또하나의 즐거움이었다.

학창 시절에는 학교 합창단과 가을 연극, 봄 뮤지컬에 참여하여 무대에 올랐다. 독창을 한 적은 없었지만 무대에서 공연하는 것은 재미있었다. 친구들과 함께 거리를 걸어가면서 화음을 맞추기도 했다. 이 빈집은 누가 들을까 걱정할 필요 없이 다시 힘차게 노래를 부를 수 있는 공간이 되어주었다. 마음껏 소리를 내어 아델, 테건앤드세라, 와이드스프레드패닉 같은 가수들의 노래를 불렀다.

미아의 수술 이후 처음 돌아온 월요일, 식물의 집 화장실 욕조에 서서 쩌렁쩌렁 울리도록 큰 소리로 노래하다가 갑자기 울음이 터져 주체할 수 없는 상태가 되었다.

샤워실 벽의 물기를 닦아내기 위해 마지막으로 문지르는 도중에 눈물이 넘쳐흐르는 바람에 곧바로 손을 얼굴에 가져다 대고 눈물을 닦았다. 눈에 손바닥을 대고 꾹 누르며 목이 메는 듯 흐느꼈고 무릎을 꿇고 주저앉아 미아와 내가 병원 회복실에서 어떻게 쫓겨났는지 떠올렸다. 미아가 주스를 조금 마시고 화장실에 다녀오자마자 우리는 병원에서 나와야 했다. 심지어 대기실에서 미아와 함께 앉아 있을 수도 없었다. 아직 미아를 품에서 떼어놓고 길을 살피며 운전을 할 준비가 전혀 되지 않은 상태였다. 아침 햇살을 받아 아직 따뜻한 차에 기대어 선 채, 미아의 축 늘어진 몸을 안고 미아가 양쪽 발에 신은 분홍색 플립플롭 샌들을 만져보다가 손을 위로 올려 아이의 종아리, 그리고 허벅지를 한번씩 꼭 쥐고 나서 두 팔로 아이를 안고 얼굴을 아이의 목에 묻었다. 미아의 곁에는 내가 있었지만 나 역시 손을 잡아줄 누군가가 필요했다. 가끔은 엄마에게도 엄마가 필요한 법이다.

미아에게는 우는 모습을 거의 보이지 않았다. 울음은 패배를 인정한다는 의미였다. 몸과 마음이 모두 백기를 든다는 신호처럼 느껴졌다. 그 느낌을 피하기 위해 모든 애를 썼다. 눈물을 멈추지 못하거나, 숨이 막히거나, 죽을지도 모른다는 나쁜 생각까지 들까봐 너무도 두려웠다. 욕조에 앉아서 서럽게 눈물을 흘리다보니 그와 비슷한 감정이 몰려왔다. 자제력을 잃고 도저히 통제할 수 없는 방식으로 내 몸에서 무언가를 분출해내고 있는 기분. 내 힘으로는 어쩔 수 없는 수많은 일들이 일어나는 가운데, 최소한 그 일들에 대한 나 자신의 반응만큼은 조절할 수 있어야 했다. 어려운 일이나 끔찍한 일이 일어날 때마다 울음을 터뜨린다면 하루종일 울어도 모자랄 것이다.

정말로 모든 것을 포기해버릴지도 모른다는 생각이 들기 직전에 무언가가 변했다. 식물의 집 벽들이 내게 다가왔다. 안전하다는 기분이 들었다. 집이 나에게 말을 걸고 있었다. 이 집은 섹션8의 대기 기간이 5년이라는 사실을 알게 된 후, 내가 전화번호부를 뒤지며 월세 지원금을 기부해줄 교회를 찾는 모습을 전부 지켜보았다. 이 집은 나의 사정을 속속들이 알고 있었으며 나 역시 이 집에 대해 모르는 것이 없었다. 이 집 부인이 만성 비염에 시달리고 있다는 걸, 가정상비약을 잔뜩 쌓아두었고 침실에서 80년대의 구식 에어로빅 비디오를 보면서 운동을 한다는 사실을 알고 있었다. 이 집은 내가 사회복지사에게 전화를 걸어서 혹시 현금 지원을 받을 수 있는 자격이 되는지 절박하게 묻는 광경을 지켜보았다. 나는 이 집의 부엌을 청소하면서 제이미와 악착같이 싸웠다. 식료품 구매권을 갱신하기 위해 통화중 대기 상태로 기다리며 거실 전체를 청소한 적도 있었다. 욕조라는 요람에 무릎을 꿇고 앉아 있는 몇 분 동안, 이 집의 사방 벽이 나를 보호해주었고 철저한 침묵으로 위로해주었다.

15장

통증을 껴안고

―

미아와 함께 노숙인 쉼터에서 살던 시절, 미아가 잠자리에 든 후에도 나는 한참 동안 잠을 이루지 못했다. 밤이 깊어지면 '행복한' 삶을 머릿속으로 그려보았다. 말끔하게 손질한 푸른 잔디와 그네를 매단 나무가 있는 커다란 마당 풍경. 집이 어마어마하게 클 필요는 없지만 미아가 여기저기 뛰어다닐 만한 넉넉한 공간에 개 한 마리 정도 키우고 가구의 가로대 아래에 요새를 만들 정도는 됐으면 좋겠다. 미아는 침실을 혼자 쓸 뿐만 아니라 전용 화장실도 있다. 그럴듯한 손님방이나 내가 글을 쓸 때 사용하는 서재가 있으면 더 좋겠다. 기다란 소파와 세트로 맞춘 2인용 소파. 차고. 이런 것들만 있으면 행복할 수 있다고 생각했다.

내가 어두운 밤에 외롭게 앉아 동경하던 이러한 물건들을 고객들은 대부분 소유하고 있었지만 나보다 인생을 즐기는 것처럼 보이지는 않았다. 대다수는 그토록 열심히 일을 해서 마련한 집에서 멀리 떨어진 직장에 다니며 오랜 시간 일을 했다. 심지어 나보다 통근 시간이 더 긴 사람들도 있었다. 내 차만큼이나 비싼 카펫 영수증, 내 옷의 절반 정도를 개비할 수 있는 금액이 적힌 드라이클리닝 영수증 등과 같이 고객들의 부엌 조리대에 쌓인 물건들을 눈여겨보았다. 한편, 지금 받고 있는 시급을 15분 단위로 나눈 다음 신체 노동을 몇 분이나 해야 자동차 기름값을 벌 수 있는지 계산해보았다. 대부분의 경우 일터로 출근하기 위해 소비하는 기름값을 버는 데만 최소 1시간 이상은 일을 해야 했다.

한편 내 고객들은 일주일 내내 천으로 덮어두는 호화스러운 차, 보트, 소파를 구입하기 위해 아침부터 밤늦게까지 일했다. 그들은 그렇게 일해서 번 돈으로 클래식클린에 청소비를 지불하고, 클래식클린은 먼지 하나 없이 모든 물건을 제자리에 깔끔하게 정리하는 대가로 나에게 최저임금보다 약간 높은 수준의 시급을 주었다. 고객들은 마법을 부리는 청소 요정이라도 고용한 것처럼 생각했겠지만 나는 요정은 커녕 유령처럼 그들의 집안을 돌아다녔다. 얼굴은 제대로 햇빛을 보지 못해 창백했고 수면 부족으로 눈밑에는 다크서클이 뚜렷했다. 머리는 보통 제대로 감지 않은 채 뒤로 당겨서 포니테일로 묶거나 두건이나 모자를 써서 가렸다. 상사가 다른 바지로 갈아입으라고 할 때까지 무릎에 보기 흉하게 구멍이 뚫린 칼하트 카고 바지 한 벌을 계속 입었다. 내 일자리로는 심지어 일할 때 입을 옷을 살 만한 돈조차 충분히 벌 수 없었다. 몸이 아파도 일을 나갔고 딸이 집에 있어야 할 때에도 어린이집에 맡겼다. 내가 하는 일에는 병가도, 휴가도, 급료 인상 가능성도 없었지만 이 모든 악조건에도 불구하고 나는 더 많은 일감을 달라고 졸랐다. 일을 나가지 못해서 수입을 놓쳐도 이를 거의 보충할 수 없었고 일을 너무 많이 빠지면 해고당할 위험도 있었다. 무엇보다도 자동차가 문제없이 굴러가야만 했다. 호스 하나라도 터지거나, 온도조절장치가 고장나거나, 심지어 타이어 바람만 빠져도 결정적인 타격을 입고 지금보다 더욱 형편이 나빠져 집 없는 신세가 될 위기에 처할 수 있었기 때문이다. 우리는 아슬아슬한 불균형을 유지하면서 하루하루를 보냈고, 생존했다. 타인의 삶이 완벽해 보이도록 그들의 집을 반짝반짝하게 쓸고 닦는 동안 나의 존재는 누구의 눈에도 띄지 않았다.

요리사의 집에는 두 개의 별채가 있었다. 한쪽에는 손님용 침실과 서재가, 다른 한쪽에는 주인 부부의 욕실이 있었고, 거기부터 차고까지 복도로 연결되어 있었다. 차고에는 이 집에서 기르는 흰색 웨스트민스터테리어 두 마리가 항상 소변 웅덩이를 남겨놓았다. 내가 청소하러 가는 날이면 이 반려견 두 마리는 항상 집주인 룬드 씨나 부인과 함께 외출했다. 그중 한 마리가 식탁 옆에 대변을 보았다는 사실을 미처 알아채지 못하고 개똥을 밟고 지나갔다. 저절로 신음이 나왔다. 베이지색 카펫. 심지어 밝은 베이지색, 빌어먹을 흰색에 가까운 색이었다. 아무리 고민해봐도 개똥 얼룩을 완전히 없앨 방법이 없었다.

반년 동안 격주 목요일마다 3시간씩 요리사의 집을 청소했지만 집주인은 딱 한 번 만났을 뿐이었다. 요리사의 집은 팸이 직접 맡았던 고객 중 하나였다. 팸은 예전에 매주 2시간씩 이 집을 청소했다는데, 어마어마한 집의 넓이를 생각해보면 도저히 믿을 수 없는 속도였다.

제시간에 청소를 마치지 못할까봐 걱정돼 문자를 보내거나 걸려온 전화를 받을 겨를도 없이 땀을 뻘뻘 흘리며 집안을 돌아다녀야 했다. 카펫에 묻은 갈색 개똥 자국을 닦아낼 여유 따위가 있을 리 없었다.

이 집 청소를 마치면 역시 3시간에 걸쳐 청소를 해야 하는 담배 피우는 여자의 집이 그날 연달아 기다리고 있었는데, 양쪽 집 사이의 거리는 약 20분 정도였다. 이렇게 하루종일 일감이 꽉 찬 날은 보통 일을 하면서 현실에서 도피할 수 있었다. 3시간, 4시간, 심지어 6시간씩 끊임없이 움직이며 조리대의 왼쪽에서 오른쪽까지 닦고, 싱크대를 광나게 문지르고, 바닥을 닦고, 먼지를 떨고, 유리 미닫이문에 개들이 남긴 얼룩을 지우고, 현관과 복도를 청소기로 밀고, 화장실을 문질러 닦고, 거울에 비친 내 모습을 확인하기 위해 손을 멈출 새도 없이 거울을 닦고, 점점 더 지속적인 화끈거림과 때로는 찌르는 듯한 통증, 혹은 척추를 타고 내려가는 찌릿한 감각으로 발전해가는 근육통을 무시했다.

이렇게 똑같은 동작을 격주로, 처음부터 끝까지, 동일한 시간대에, 똑같은 방식으로, 몇 번씩 하다보니 다음에 무엇을 해야 하는지 생각할 필요가 없어졌다. 모든 동작은 일상이 되어 물 흐르듯 자동으로 이어졌다. 근육은 단단하게 단련되었다. 이 일을 제외한 내 삶의 모든 측면에서는 어려운 결정을 하나 넘기면 더욱 어려운 결정이 닥쳐왔기 때문에, 아무 생각 없이 익숙한 순서에 따라 움직이고 처리할 수 있는 일은 나에게 꼭 필요한 도피처가 되어주었다. 하지만 **너무** 아무 생각 없이 움직인 걸까. 결국 개똥을 밟고 말았으니.

기막힌 전망이 보이고 마당이 있는, 그리고 정원사가 잔디를 깎으면서 지나갈 때까지 풀밭에 아무렇게나 떨어져 썩어가는 사과가 열리는 과일나무까지 갖춘 요리사의 집은 내가 가장 부러워하는 집이었다. 세련된 목재 가구와 가구에 어울리는 적갈색 쿠션이 놓인 그 집 뒷베란다가 무척이나 마음에 들었다. 한가한 주말 오후에 집주인들이 어떻게 시간을 보낼지 상상했다. 그릴에는 새우가 익어가고, 목이 긴 와인 잔에 담긴 차가운 로제 와인을 줄무늬 차양 아래서 홀짝이는 모습. 꿈만 같은 광경이었다. 복도를 따라 파리의 경치를 담은 그림들이 줄지어 걸린 이 집 사람들은 그러한 삶을 매일같이 즐기고 있었다.

부엌 조리대에는 음식이 쌓여 있었고 보기만 해도 군침이 도는 예쁜 쿠키 통이 가지런히 정리되어 있었다. 크리스마스 장식도 흠잡을 데 없이 완벽했다. 잠시 손을 멈추고 크리스마스트리 장식을 살펴보았다. 이 집에는 매해 출시되는 홀마크의 트리 장식인 '눈의 나라 친구들Frosty Friends' 시리즈가 연도별로 전부 갖춰져 있었는데, 우리 가족이 알래스카에서 살 때 엄마도 몇 년에 걸쳐 그 시리즈를 모았다. 엄마는 아빠와 이혼한 후 그 장식을 전부 나에게 물려주었지만 그중 대략 절반은 이리저리 이사를 다니는 동안 잃어버렸다. 우리가 처음 알래스카에서 크리스마스를 보낸 1985년의 장식이 눈에 들어와 조심스럽게 손바닥으로 그걸 모아 쥐고는, 에스키모 아이와 개가 빨간색 카약을 타고 있는 장식이 담긴 포장을 엄마가 풀어서 트리에 걸으라고 내게 줬던 장면을 떠올렸다. 그러다가 크리스마스가 되려면 아직 반년은 남았고, 우리가 사는 원룸 아파트에 장식을 달 만큼 커다란 트리가 들어갈

지도, 트리를 살 수 있을지조차도 확신할 수 없다는 현실을 떠올렸다. 미아는 언제나 추수감사절을 나와 함께 보냈기 때문에 크리스마스는 대부분 제이미와 함께 지냈다. 미아가 매년 트리에 똑같은 장식을 달 수 있는 안정된 삶을 살았으면 하고 간절히 바랐다. 내가 어렸을 때에는 너무나 소소해서 크게 신경쓰지도 않았던 전통이었지만 지금은 내 아이가 그러한 작은 전통을 즐길 수 있기를 무엇보다 바랐다.

요리사의 집 청소의 삼분의 일은 바닥 청소에 쏟아부어야 했다. 가끔 청소를 끝내고 나면 한쪽 손을 척추 끄트머리 허리춤에 올린 채 약간 구부리고 느릿느릿 차로 걸어갔다. 통증을 달고 사는 편이라 통증에는 익숙했지만 등을 구부리고 몇 시간이나 청소를 하다보면 여파가 없을 수는 없었다. 내 척추는 물음표 모양으로 휘어졌고 척추 때문에 응급실에 간 적도 여러 번이었다. 척추를 잘못 건드리지 않도록 항상 조심했고 통증이 악화되면 하루종일 이부프로펜 800밀리그램을 삼키며 버텼다. 가장 최근에는 소파를 벽 쪽으로 밀기 위해 몸을 굽히고 끝을 약간 들어올리는 순간 통증이 느껴졌다. 소파는 내 차만큼이나 묵직했다. 가벼운 것을 들어올릴 준비를 하던 등 근육이 뜻밖의 무게에 놀라 잔뜩 당겼다가 손을 놓은 고무밴드처럼 튕겨나가며 담이 들려버렸다. 경련이 일어날 때마다 이를 갈았고 통증 때문에 잠도 설쳤다. 내 몸은 진통제도 잘 듣지 않는 편이었다. 진통제만 먹으면 반쯤 취한 것처럼 어지럽고 울렁거렸다.

요리사의 집 조리대에 처방받은 커다란 하이드로코돈● 약통들이 놓인 걸 보고, 하마터면 그중 몇 알을 슬쩍할 뻔했다. 내가 청소한 대부분의 집 화장실 세면대와 약장에는 처방약들이 여기저기 어질러져 있곤 했지만, 이 집에는 거의 모든 방마다 거대한 약통들이 있었고 격주로 방문할 때마다 꽉 찬 약통이 완전히 비어 있는 일이 예사였다.

로니와 나는 빈집이 드러내는 비밀에 대해서 절대 이야기를 나누지 않았다. 대다수 고객들은 수면제나 우울증, 불안 장애, 또는 통증을 완화시키는 약을 복용했다. 어쩌면 내 고객들은 병원에 자주 갈 만한 여유가 있거나 처방약 비용을 넉넉히 보장해주는 조항이 포함된 의료 보험에 가입되어 있는지도 몰랐다. 혹은 의사를 찾아가면 자연스럽게 처방약에 의존하게 되는지도 몰랐다.

미아는 의료보험 적용 대상이었지만 내 수입은 이제 메디케이드 혜택을 받기에 약간 초과한 상태였기 때문에 허리 통증이나 만성 비염, 기침 때문에 고생을 해도 의사를 찾아갈 수 없었다. 다행히도 미아는 항상 의료보험 적용을 받을 수 있었기 때문에 걱정할 필요가 없었다. 식료품 구매권을 신청할 때와 동일한 서류만 준비하면 되었기 때문에 신청 절차도 간단했다. 메디케이드가 적용되지 않았다면 미아가 얼마 전에 받은 수술은 고사하고 정기검진과 예방주사 접종 비용조차 감당하지 못했을 것이다. 그렇지만 항상 궁금했다. 의사와 간호사들이 내가 작성한 서류를 통해 미아의 의료보험이 메디케이드인 것을 확인하고 나서는 우리를 차별 대우한 게 아닐까 하고. 나 역시 정기 검진이나 물리치료, 하다못해 부인과 진료라도 받았다면 큰 도움이 되었겠

-     hydrocodone. 마약성 진통제.

지만 도저히 내 병원비까지는 마련할 여유가 없었다. 그래서 다치거나 아프지 않도록 특히 조심해야 했고 통증을 스스로 다스리려고 노력했다. 하지만 비타민이나 처방전 없이 살 수 있는 감기약 및 독감약, 심지어 타이레놀이나 이부프로펜조차 내 형편에는 엄청난 부담이었다. 때로는 남은 생활비가 너무 부족해서 수중에 있는 약을 잘 분배해서 먹어야 했다. 질병이나 통증을 안고 사는 것은 내 일상의 한 부분이었고, 경제적으로 쪼들리면서 살아가는 삶에서는 불가피한 일이었다. 하지만 부유한 고객들은 왜 그런 문제를 안고 있는 걸까? 몸에 좋은 음식, 헬스장 회원권, 언제든 병원에 갈 수 있는 여유, 이런 조건이라면 얼마든지 건강한 몸을 유지할 수 있을 것 같았다. 가난이 나의 건강을 갉아먹는 것처럼 어쩌면 이층집과 불행한 결혼 생활, 근사한 삶이라는 환상을 유지하기 위한 스트레스가 그들의 건강에 적잖은 악영향을 미치는지도 몰랐다.

———

　담배 피우는 여자의 집으로 향하는 길에 자동차 창문을 모두 연채 운전을 했다. 바깥 기온이 27~28도는 넘어 보였기 때문에 미아를 데리고 집에 도착할 때면 우리 침실의 온도는 아마 32도까지 올라갈 것이다. 피부가 접히는 곳마다 땀이 고였다. 담배 피우는 여자 집은 창문이 대부분 북향이라 바깥보다는 서늘했지만, 창문을 모두 닫아놓았기 때문에 숨막힐 정도로 답답했고 퀴퀴한 담배 내 및 향초 냄새가 섞여 순간적으로 메스꺼워졌다. 집안으로 들어가서 얼굴 관리 및 마사지를 받기 위한 스파 예약으로 꽉 찬 일정 수첩과 무선 전화기가 놓인 카운터 위에 바인더를 놓았다. 집주인이 남겨놓은 메모가 눈에 띄었다. **집에 냄새 좋은 향초 하나 있으면 좋아할 것 같아서!**라고 쓰여 있었다. 옆에 놓인 작은 은색 통을 들어올려 뚜껑을 열어보니 밝은 주황색의 향초가 잘 익은 복숭아 향기를 뿜어냈다. 내가 제일 좋아하는 향기였다. 미소를 지으며 다시 한번 향초의 냄새를 맡고는 가방에 넣은 다음 전화를 걸어 출근 확인 메시지를 남겼다.

담배 피우는 여자는 수수께끼 같은 인물이었다. 내가 예정보다 2시간이나 일찍 도착해서 부엌으로 성큼성큼 걸어들어가다가 잠깐 스쳤을 때 말고는 직접 마주친 적이 없었다. 집주인은 나와 제대로 된 인사조차 나누기 전에 서둘러 밖으로 나갔지만, 완벽하게 단장된 머리와 화장을 확인하기에는 충분한 시간이었기 때문에 항상 품고 있던 호기심 하나를 해소할 수 있었다. 그 집 화장실에는 항상 새로운 색조 화장품 가방이나 주름방지 크림 또는 정체를 알 수 없는 작은 용기가 놓여 있었다. 새로운 제품이 등장할 때마다 최소한 50달러 이상의 가격표가 붙어 있었지만 빈병은 보이지 않았고 그중 어느 하나라도 끝까지 사용한 것 같지는 않았다. 격주마다 전신 마사지, 얼굴 마사지, 손발 네일 관리를 받았으며, 혹시 누군가에게 설득당해 화장품들을 사들이지만 별로 사용할 생각은 없는 게 아닐까 의심마저 들었다. 하지만 집주인의 외모를 보니 그게 사실이 아니라는 걸 알 수 있었다. 목요일 오후에 우연히 마주쳤지만 결점 하나 없는 완벽한 외모를 자랑했던 것이다.

담배 피우는 여자의 집은 골프장 바로 옆에 자리잡고 있었고, 집주인도 골프에 상당한 시간을 투자하는 것 같았다. 아래층 세탁기와 건조기 위 벽장에 놓인 액자에는 골프 점수표 및 타이거 우즈와 함께 찍은 집주인의 사진이 들어 있었다. 담배 피우는 여자는 흰색 셔츠와 다림질이 잘된 흰색 반바지를 입고 머리는 묶어서 위로 높이 올렸으며 이마에는 선캡을 걸치고 있었다. 이 집의 아래층은 시간이 멈춘 공간 같았다. 진공청소기와 걸레, 청소용품 바구니를 들고 아래층으로 내려갈 때마다 두꺼운 흰색 카펫 위에 오래된 가구가 놓인 80년대 후반 또는 90년대 초반의 세계로 걸어들어가는 것 같았다. 손님용 침실에는 어렸을 때 우리집에 있었던 것과 똑같은 캐나다기러기 장식품이 놓여 있었다. 서재에는 합판으로 만든 책상과 골동품처럼 보이는 러닝머신이 있었고 맞은편에는 어렸을 때나 보던 오래된 TV/VCR 콤보가 보였다.

위층 부엌에는 원목 바닥을 깔고 조리대를 새것으로 교체하는가 하면 스테인리스 냉장고를 들여놓는 등 몇 가지 개조 작업을 해놓았는데, 내가 보기에 냉장고에는 거의 물병과 양상추만 든 것 같았다.

가구들은 세련되고 현대적이었지만 쌓인 먼지의 양으로 짐작하건대 아무도 손대지 않는 것 같았다. 집주인의 장롱에 걸린 황갈색 캐시미어 카디건이 어쩌나 탐나던지, 청소기를 밀기 위해 벽장에 들어갈 때마다 잠깐 청소를 멈추고 카디건을 걸쳐 입고 후드 모자를 머리에 뒤집어쓴 다음, 손이 감춰지도록 소매를 길게 빼서 부드러운 카디건에 얼굴을 문질러댄 적도 있었다.

안방 침실에 딸린 작은 화장실과 부엌 건너편의 손님용 화장실을 제외하면 과연 이 집을 누가 사용하고는 있나 싶을 정도였다. 변기 안쪽을 문질러 닦기 위해 변좌를 들어올릴 때마다 얼굴을 찡그렸다. 변기 가장자리 아래쪽에는 거의 항상 토사물이 튀어 있었다.

그 집을 몇 번 방문하자 담배 피우는 여자가 집에서 어떻게 시간을 보내는지 상상할 수 있게 되었다. 여자의 남편은 최소 1시간 이상 떨어진 시외 지역에서 자기 소유의 건설 회사를 경영하고 있었다. 2010년 당시 건설업계는 여전히 불황에 허덕이는 상태였다. 이 집 부부는 경제 상황을 불안해하며 혹시나 다음번에는 자기네 회사가 도산하지 않을까 우려했을지도 모른다. 이 집 식탁에는 항상 전기로 켜는 양초와 개인용 테이블 매트가 놓여 있어 당장이라도 저녁 파티를 열 수 있을 것처럼 보였지만, 식탁과 의자에 쌓인 먼지로 미루어보아 실제로 저녁 시간에 손님들을 초대하여 근사한 만찬을 즐기는 경우는 드문 듯했다. 부인은 집에 있을 때 대부분의 시간을 빌트인 가스레인지 맞은편에 놓인 의자에 앉아서 보내는 것 같았다. 자주 앉는 자리 근처에는 뒤편의 팬으로 이어지는 공기 흡입구가 있었고, 그 주변에는 보통 담뱃재가 여기저기 떨어져 있었다. 부인의 자리 옆에는 작은 TV, 일정을 적어두는 수첩, 무선 전화기가 있었으며 바닥에는 담뱃재 뭉치가 떨어져 있었다.

부엌 식탁 옆에 놓인 선반에는 전기로 초를 녹여 향을 내는 방향제가 몇 개 있었다. 여러 개의 방향제가 섞여서 나는 냄새 때문에 머리가 지끈거렸다. 딱 한 번 부인이 일정 수첩 옆에 라이터를 놔두고 간 적이 있긴 하지만, 그때를 제외하면 싱크대 아래에 놓인 깨끗이 씻은 재떨이 말고는 이 집에서 흡연의 증거를 찾을 수는 없었다. 그러던 어느 날, 차고를 통해 밖으로 나오는 길에 냉동고를 발견했다. 문을 열어보자 버지니아슬림 담배 여러 갑이 쌓여 있었다. 담배를 빤히 바라보다가 만족스럽게 미소를 지었다. 수수께끼가 풀린 셈이다.

이 집 부인이 손에 턱을 괴고 담뱃불을 비벼서 끈 다음 조심스럽게 가스레인지의 팬 쪽으로 자욱한 담배 연기를 뿜어내고는, 자리에서 일어나 머리카락을 살짝 흔들고 나서 차고에서 재떨이를 비우고 꼼꼼하게 헹궈서 깨끗하게 닦아놓는 모습이 머릿속에 그려졌다. 그녀가 가방에 담배를 넣어 다니는 건지, 아니면 집안의 그 부엌 의자에서만 담배를 피우는 것인지 궁금했다. 흡연 자체를 이상하게 생각하지는 않았다. 나도 가끔씩 담배를 피우곤 하니까. 담배를 피우든 말든 내가 신경쓸 일은 아니었다. 다만 그 여자가 흡연을 철저하게 비밀로 한다는 사실, 그리고 완벽하고 깔끔하게 보이기 위해 어마어마한 노력을 쏟는다는 사실이 흥미로웠을 뿐이었다.

16장

너 무 많 은 편 견

2012년 여름이 되자 복지정책 수혜자들을 대상으로 마약 검사를 추진한다는 안건이 새롭게 탄력을 받았다. 경기 불황 이후 수백만 명이 정부 지원에 의존하게 되었는데 형편이 어려워진 많은 중산층 납세자들이 무료로 정부 혜택을 받는 사람들에 대한 분노를 강력하게 표출했고 이에 이미 식료품 구매권 등 정부 지원을 받는 사람들과 정부 지원 대상에 해당하지 않는 사람들 사이의 갈등이 심화되었다. 마약 검사를 의무화하면 정부 지원에 의존하는 우리에게 또하나의 고약한 낙인이 새겨지는 셈이기도 했지만 게으른데다 마약까지 중독된 빈곤층이 어떻게 정부 정책을 악용하여 돈을 뜯어내는가를 비난할 새로운 구실이 생기는 셈이었다. 식료품 구매권 이용자를 야생동물에 비유한 인터넷 유머 게시글을 본 적 있다. 피크닉 테이블에 앉아 있는 곰의 그림과 함께 이런 글이 쓰여 있었다.

오늘의 아이러니한 교훈: 농무부에서는 사상 최대 규모로 식료품 구매권을 배부하고 있다. 반면, 마찬가지로 농무부 산하 조직인 산림청은 **야생동물에게 먹이를 주지 말라**고 경고한다. 동물들이 인간에게 의존하게 되어 독자적으로 생존하는 방법을 배우지 못할 수도 있기 때문이다.

또다른 인기 유머 글에는 작업용 장화 그림과 함께 이런 글이 쓰여 있었다. **"취업 건강검진에서 마약 검사가 필수라면, 복지 혜택을 받기 위해서도 검사를 받아야 마땅하다" "마약, 술, 담배를 살 돈이 있는 사람은 식료품 구매권이 필요 없겠지".**

식료품점에서 일하는 내 페이스북 지인은 식료품 구매권으로 손님들이 어떤 품목을 구입하는지 조롱하는 게시물을 올리기 시작했다. **"양파링? 식료품 구매권으로 그걸 산다고? 탄산음료도 곁들여서?"** 그 지인은 가난한 사람들이 구매권으로 간신히 손에 넣는 식료품을 비웃게끔 다른 친구들도 부추겼다.

2012년에는 나를 비롯하여 대략 4700만 세대가 정부 지원을 신청했다. 보건복지부에서 발급하며 식료품 구매권으로 사용하거나 현금 지원을 받을 수 있는 EBT카드는 계산대에서 흔히 볼 수 있는 지불 수단이었다. 집에서 직접 구워 먹는 피자를 판매하는 매장에서도 이제 EBT카드를 받았지만, 식료품 구매권으로 피자를 사는 경우는 거의 없었다.

농번기에 인구 3만 3000명이 거주하는 스카짓 카운티의 최대 도시 마운트버넌으로 수많은 이주 근로자들이 몰려들었고, 그들 중 상당수는 가족과 함께 1년 내내 자리를 잡고 살게 되었다. 하지만 이주자가 많아지면서 이 지역의 보수적 성향이 적나라하게 드러나기 시작했다.

도나는 이 문제에 대해 아주 불만이 많은 것 같았다. 도나가 주는 시급 20달러와 갈 때마다 놓인 10달러의 팁은 우리 가계에 큰 도움을 줬지만, 도나의 집으로 출퇴근하는 데에만 무려 1시간이 걸렸다. 그 집에 가면 두 번에 한 번 꼴로 도나가 집에 있었다. 어느 날은 특별한 믹서기를 샀다며 스무디 재료를 사러 가게에 가는 길이라고 했다. "새로운 나를 위해!" 도나는 신나게 소리쳤다. "하지만 이번에는 협동조합에 가려고요. 이제 대형마트는 싫어서 말이지."

"아, 그래요?" 나는 애써 관심을 보이는 척하며 대답했다. 도나가 즐겨 사용하는 메리케이 오일은 욕조 옆면에 얇은 막을 형성하는데, 그 막은 마치 테이프처럼 도나 몸에서 떨어져나온 모든 털과 각질을 끌어당겼다. 도나와 이야기를 나눌 때마다 그 광경이 자꾸 머릿속에 떠올랐다. 도나가 말을 걸어올 때면 청소하던 손을 멈추고 이야기에 집중하기를 바라는지, 아니면 대화를 나누면서도 계속 청소하기를 바라는지 알 수가 없었다. 하물며 기포가 나오는 욕조 옆면에 쌓인, 내가 죽어라고 닦아낸 음모와 다리털 주인과의 대화를 말이다.

"지난번에 대형마트에 갔을 때 어떤 멕시코 가족 뒤에 줄을 섰는데 말이죠, 식료품 구매권으로 음식을 사더라고요. 그런데 그 집 아이들은 머리부터 발끝까지 아주 **근사한** 옷을 입었더라고!"

기도하는 듯 손을 모은 작은 천사 조각품이 가득한 앞쪽 응접실 창턱에서 계속 먼지를 떨어냈다. 도나의 말이 비수처럼 가슴에 꽂혔다. 나는 혀끝을 꼭 깨물었다. 중고품 매장에서 적립금으로 구입한 예쁜 원피스와 반짝거리는 구두를 미아가 얼마나 좋아했는지 떠올렸다. 어쩌면 도나는 나 역시 식료품 구매권 수혜자라는 걸 몰랐는지도 모른다.

도나에게 그 사람들이 무엇을 사든, 먹든, 입든, 당신과는 상관없는 일이고 슈퍼마켓 계산원이 뒤에 서 있는 사람들한테까지 들릴 정도로 크게 "EBT카드로 계산요?"라고 말할 때마다 무척 짜증이 난다고 이야기해주고 싶었다. 불법 이민자들은 세금을 내더라도 식료품 구입 지원금이나 세금 환급을 받을 수 없다고도 말해주고 싶었다. 그들은 어떠한 형태의 정부 지원도 받을 수 없다. 정부 지원은 미국에서 태어나거나 정식으로 영주권을 취득한 사람들에게만 제공된다.

자녀에게 좋은 삶을 마련해주고 싶어서 온갖 위험을 무릅쓴 그 불법 이민자들의 아이들도 미아만큼이나 정부의 도움을 받을 자격이 있는 시민들이다. 내가 이러한 현실을 잘 아는 이유는 수많은 관공서에서 그들 옆에 앉아 있었기 때문이다. 그들이 언어 장벽 때문에 고군분투하며 유리를 사이에 두고 사회복지사들과 어떤 대화를 나누는지 엿들었다. 하지만 이민자들이 미국인의 권리를 앗아가려 한다는 인식이 점점 널리 퍼지면서 그들에게 낙인이 덧씌워졌다. 그 낙인은 생존을 위해 정부 지원에 의존하는 사람들에게 쏟아지는 따가운 시선과 비슷했다. 식료품 구매권을 사용하는 사람은 열심히 일하지 않았거나 잘못된 선택을 했기 때문에 극빈층이 되었다는 인식이 퍼져 있었다. 사람들은 우리가 고의로 정부에 손을 벌리거나 복지 제도를 악용하여 정부 자금을 받아가기 때문에 세금을 훔쳐가는 것이나 진배없다고 생각하는 듯했다. 나의 고객을 비롯한 수많은 납세자들은, 그 어느 때보다도 자기가 낸 세금이 게으르고 가난한 이들의 식량 보조금으로 사용된다고 생각했다.

도나는 자기 말에 내가 어떤 감정을 느끼는지는 까맣게 모른 채 식료품점에 가기 위해 외출했다. 그후로 식료품을 사러 갈 때마다 이전보다 두 배는 더 창피해졌다. 소셜미디어에 올라온 여러 게시물을 보면서 사람들이 나의 일거수일투족을 지켜보고 있다고 확신했다. 혹시 지나치게 비싼 품목이나 쓸모없어 보이는 품목을 사는 걸까 걱정했다.

식료품 구매권으로 부활절용 사탕이나 크리스마스에 미아의 양말에 넣어둘 초콜릿을 사야 할 경우에는 밤늦게 가서 셀프 계산대를 이용했다. 아무리 필요하다 해도 우유, 치즈, 달걀, 땅콩버터를 살 때에는 WIC 쿠폰을 더이상 사용하지 않게 되었다. 쿠폰이 적용되는 용량, 브랜드, 달걀의 색, 주스 유형, 또는 특정한 시리얼 크기를 전부 제대로 찾아내기란 불가능했다. 각 쿠폰마다 어쩌나 구체적으로 사용 조건이 정해져 있었던지 계산원이 쿠폰을 입력할 때마다 숨죽이고 지켜보아야 했다. 슈퍼마켓에 갈 때마다 무언가 잘못된 품목을 고르는 바람에 계산이 지연되기가 일쑤였다. 계산원들이 컨베이어 벨트에 놓인 큼직한 WIC 쿠폰을 볼 때마다 눈에 띄게 짜증을 내는 모습으로 미루어보아 어쩌면 다른 사람들도 나와 마찬가지였을지도 모른다. 한번은 계산원과 도저히 말이 통하지 않아 옥신각신하다보니 내 뒤에 서 있던 나이 많은 커플이 썩썩거리며 고개를 절레절레하는 일도 있었다.

WIC 사무실의 담당 사회복지사는 쿠폰 사용에 관해 별도의 교육까지 해줬다. 이 프로그램은 최근 유기농 우유에서 비유기농 우유로 지원 품목의 품질을 낮추었기 때문에 식료품 예산에서 그 차액만큼 구멍이 났는데 내 힘으로는 그 차이를 도저히 메울 수가 없었다. 가능하다면 미아에게는 유기농 일반 우유만 먹이고 싶었다. 내가 보기에 비유기농 2퍼센트 저지방 우유는 우유라기보다 우윳빛 물에 가까웠고 당분과 염분, 항생제, 호르몬이 잔뜩 들어 있었다. 상자에 든 애니스 브랜드의 마카로니앤드치즈를 제외하면, WIC 쿠폰으로 구입한 우유는 미아에게 유기농 식품을 먹일 수 있는 유일한 기회였다.

유기농 우유 구매 혜택을 없애다니 말도 안 된다고 코웃음을 치자 담당 복지사는 고개를 끄덕이면서 한숨을 쉬었다. "더이상 유기농 우유를 지원할 예산이 없어요." 1.9리터짜리 유기농 우유 한 통 가격이 거의 4달러나 했으니 어느 정도 이해는 갔다. "아동 비만율이 올라가고 있어서요. 그리고 이 프로그램은 최상의 영양을 제공하는 데 중점을 두고 있으니까요."

"그 사람들은 탈지유가 당분 덩어리라는 걸 모른대요?" 나는 이렇게 물으면서 방 한쪽 구석에 놓인 장난감을 가지고 놀도록 무릎에 안겨 있던 미아를 봐주었다.

"대신 농산물을 구입할 수 있도록 10달러를 추가로 지급해요!" 복지사는 나의 퉁명스러운 태도를 무시하면서 명랑한 말투로 덧붙였다. "원하는 농산물은 전부 살 수 있어요. 감자만 빼고요."

"감자는 왜 안 되는데요?" 한번에 왕창 만들어뒀다가 끼니로 애용하는 으깬 감자를 떠올렸다.

"사람들이 감자를 튀기거나 버터를 많이 넣어서 조리하거든요." 복지사는 본인도 다소 석연치 않다는 듯이 말했다. "하지만 고구마는 살수 있어요!" 복지사의 설명에 따르면 정확히 10달러를 맞추거나 그보다 적게 물건을 구입해야지, 물건값이 10달러를 넘어가면 쿠폰을 사용할 수 없다고 했다. 또한 내가 고른 농산물 가격이 다 해서 10달러 미만이라도 거스름돈은 전혀 받을 수 없다고 했다. 쿠폰 자체는 현금으로서의 가치가 없기 때문이었다.

쿠폰으로 유기농 우유를 구매할 수 있는 마지막 달이었기에 그날 식료품 매장에서 최대한 혜택을 활용하려고 했다.

"이 우유는 WIC 품목이 아니에요. 여기에는 쿠폰이 적용되지 않아요." 계산원은 내가 산 물건들을 봉지에 담는 젊은 남자 직원 쪽으로 몸을 돌리며 한숨을 쉬었다. 계산원이 남자 직원에게 빨리 우유 코너로 가서 쿠폰이 적용되는 우유를 집어오라고 부탁할 것이라 생각했다. 계란을 잘못 집어올 때마다 항상 그랬으니까.

쿠폰이 아직 만료되기 전이었지만 매장에서 이미 시스템을 업데이트한 모양이었다. 평소였다면 몸을 웅크리고 비유기농 우유를 집어서 얼른 자리를 떴을 것이다. 특히 내 뒤에 선 두 명의 나이 지긋한 손님이 짜증난다는 표정으로 고개를 가로젓는 상황이라면 말이다. 다시한번 그들을 힐끗 쳐다보자 남자는 팔짱을 끼고 고개를 옆으로 갸우뚱 기울인 채 내 바지의 무릎에 구멍이 난 걸 보고 있었다. 내 신발도 발가락 부분에 구멍이 나기 직전이었다. 그는 다시 한번 크게 한숨을 쉬었다.

나는 매니저를 불러달라고 요청했다. 계산원은 눈썹을 치켜들면서 어깨를 으쓱하더니 내가 품에서 총이라도 꺼내서 돈을 전부 다 내놓으라고 한 것처럼 양 손바닥을 내 눈앞에 들어 보였다.

"물론이죠." 계산원은 차분하고 냉랭한 말투로 말했다. 진상 고객을 상대하는 상담원 같은 목소리였다. "매니저를 불러드릴게요."

이쪽으로 걸어오는 매니저 뒤를 당황한 계산원이 따라왔는데 시뻘건 얼굴로 마구 몸짓을 해대거나 심지어 나를 가리키면서 하소연하는 모습이 보였다. 매니저는 곧바로 나에게 사과를 하더니 계산대에 섰다. 그다음에 내가 가져온 유기농 우유를 WIC 품목으로 계산하고는 봉지에 넣어서 건네주며 좋은 하루 보내라고 인사를 했다.

아직까지도 떨리는 손으로 카트를 밀고 가는데 뒤에 서 있던 나이 많은 남자가 내가 산 식료품 쪽으로 고개를 까닥하더니 이렇게 말했다. "고맙다는 말은 안 해도 돼!"

점점 분노가 치밀어올랐다. **도대체 뭐가 고맙다는 거죠?** 그 남자에게 소리를 지르고 싶었다. 씩씩대며 아내에게 투덜거리면서 그토록 참을성 없게 기다려줘서? 아마 그런 의미는 아니었을 것이다. 정부 지원을 받을 만큼 가난한 내가 대낮에 일은커녕 쇼핑이나 한다는 비난이 담긴 말이었을 테다.

미아와 함께 WIC에 가서 체중을 재야 했기 때문에 40달러의 수입을 포기하고 오후에 휴가를 냈다는 사실을 그 남자는 몰랐다. WIC를 나오면서 손해본 수입만큼 쿠폰북을 받았지만, 청소 일정을 변경해야 했던 탓에 불편해진 고객의 심기는 보상되지 않았다. 또한 내가 하는 일은 누구든 대체할 수 있었기에 한 번만 더 일정을 변경하게 되면 고객이 다른 청소원을 고용할 수도 있었다. 하지만 내 뒤에 서 있던 그 남자 눈에는 정부 예산으로 지원되는 쿠폰만 보였을 것이다. 자기가 세금을 통해 일정 부분 기여한 정부의 돈 말이다. 그 남자의 관점으로 보자면 내가 그토록 가져가겠다고 고집을 부린 유기농 우유는 사실상 자기 돈으로 사주는 셈이었지만, 나 같은 가난한 사람은 그런 호의를 받을 자격이 없다고 여긴 모양이다.

도나처럼 나를 좋은 친구라 믿어주고 미아가 사용할 색칠공부 책이나 크레용을 준비해주는 고객들도 식료품점에서 나를 맞닥뜨리면 그 남자와 똑같이 행동할까? 그들은 식료품 구매권을 사용하는 청소원을 어떤 시선으로 바라볼까? 열심히 일하는 근로자, 아니면 인생 낙오자? 이러한 것들을 너무나 의식하게 된 나머지 누구에게든 자세한 사정을 최대한 숨기려고 노력했다. 대화를 나누다가도 내가 식료품 구매권으로 끼니를 이어가고 있다는 사실을 상대방이 알게 되면 나에 대한 시각이 바뀔지 문득 궁금해지곤 했다. 그 사실만으로 나를 가치 없는 사람으로 여길까?

자신이 사는 집을 청소하기 위해 다른 사람을 고용할 정도로 돈이 많다는 건 어떤 기분일지 궁금했다. 평생토록 그런 입장에 처해본 적이 없었고, 솔직히 앞으로도 그럴 여유가 생길지도 회의적이었다. 만에 하나 그런 입장이 된다면 넉넉하게 팁을 남기는 것은 물론, 음식을 권하거나 냄새가 좋은 향초를 놓아두고 외출해야겠다고 생각했다. 청소원을 유령이 아닌 손님처럼 대우할 것이다. 동등한 인간으로서. 웬디나 헨리, 도나, 그리고 담배 피우는 여자가 나에게 그랬듯이.

17장

가난한 백인 쓰레기

—

내가 아는 한, 청소를 담당하는 집들 중 감시 카메라를 사용하는 고객은 농장이 딸린 집뿐이었다. 그 집 부인이 너무나 당연하다는 듯이 카메라를 언급했기 때문에 전혀 예상치 못했던 나는 깜짝 놀랐다. 감시 카메라 설치가 지극히 정상적인 일인 것처럼 최선을 다해 고개를 끄덕이려 노력했다. 농장이 딸린 집은 이층집이었고 짙은 감색 카펫은 집에서 기르는 고양이와 개들의 흰색 털로 온통 뽀얗게 덮여 있었다. 계단에도 카펫이 깔려 있었기 때문에 모서리와 계단 틈새 칸칸마다 털이 끼어 있었다. 내가 그곳을 담당하기 전에, 농장이 딸린 집에 적합한 사람을 찾기 위해 로니는 클래식클린의 모든 청소원을 시험해보았다고 말했다. 내가 그 고객을 잃지 않기 위한 마지막 희망이라고 했다.

내가 다른 청소원들과 어떤 점이 그렇게 다른지 확실하게는 몰랐고, 다른 청소원들과 함께 일할 기회 자체가 거의 없었기 때문에 청소 기술이나 직업윤리를 비교해볼 수도 없었다. 다만 나는 일하지 않는 모습을 들킬까봐 언제나 두려워했다. 뿐만 아니라 제이미와 수없이 말다툼하면서 들은 한마디를 지금까지도 떨치지 못하고 있었다. "너는 하루종일 가만히 앉아서 애 보는 일 말고는 아무것도 안 하지. 화장실 타일이 얼마나 더러운 줄 알아?" 그 말을 듣는 순간의 기분을 절대 잊을 수 없었다. 할 수 있는 모든 일을 다했다고 생각하는데도 제이미의 눈에는 턱없이 부족했던 것이다.

슈퍼마켓에서 그 나이든 부부를 만난 이후, 정부 지원에 의존해 생활하는 이들에 대한 사회적 낙인이 암묵적으로 더욱 심하게 느껴졌다. 그러한 낙인은 도저히 벗어버릴 수 없는 무거운 굴레처럼 죄어들기도 했고, 누군가 카메라를 숨겨놓고 24시간 나를 감시하는 기분이 들기도 했다. 나와 이야기를 나누는 사람들은 나에게 식료품 구매권이 필요할 것이라고 생각하는 일이 드물었기 때문에 항상 '그런 사람들'이라고 표현했다. 절대 나를 두고 '그런 사람들'이라고 부르는 게 아니었다. 이민자들이나 유색인종, 또는 소위 백인 쓰레기white trash라고 불리는 가난한 백인들을 그렇게 칭했다.

일반적으로 사람들은 식료품 구매권에 의존하는 이들이 나처럼 평범한 얼굴을 한 백인일 거라 생각하지 않는다. 고등학생 때 같은 반이었던 조용하지만 상냥한 소녀, 자기 이웃에 살 법한 사람, 자신들과 비슷해 보이는 사람일 거라고는 아예 상상하지도 않는다. 정부 지원을 받는 사람이 자신과 비슷한 부류일지도 모른다고 생각하면 스스로의 처지가 불안해지기 때문인지도 모른다. 어쩌면 그들은 나를 보면서 자신들의 취약한 상황을 떠올리고, 자칫 잘못하여 실직이나 이혼을 하게 되면 순식간에 나 같은 처지로 곤두박질칠지도 모른다고 생각했을 수도 있다.

어떤 사람들은 자기 관점에서 볼 때 복지 혜택을 누릴 자격이 없는 가난한 사람들을 비판하고 꾸짖을 기회만 찾아다니는 것 같았다. 그들은 누군가가 EBT카드로 값비싼 육류를 사는 모습을 보면 이를 모든 식료품 구매권 이용자들이 그렇게 행동한다는 증거로 이용했다. 끊임없이 누군가 나를 감시하는 기분이었다. 편안함과 안전함을 느껴야 할 내 집에서조차 종종 그런 기분이 들었다. 일을 하거나 미아를 돌보지 않을 때에는 무언가 다른 일을 닥치는 대로 했다. 가만히 앉아 있으면 무언가 최선을 다하지 않는 것처럼 느껴졌고, 사람들이 손가락질하는 바로 그 게으른 정부 지원 수혜자가 된 것만 같았다. 느긋하게 책을 읽는 시간조차 지나친 사치 같았고 여가 시간은 나와는 완전히 다른 계층의 사람들에게만 허용된 것이라 여겼다. 끊임없이 일을 해야 했다. 정부 지원을 받기 위해 나의 가치를 증명해야 했다.

그러나 가끔 한 번씩은 현실에서 도피하기 위해 데이트를 했다. 예전 남자친구에게 연락하거나 온라인에서 알게 된 상대를 만나기도 했고, 사촌인 젠이 남자를 소개해주는 경우도 있었다. 어색하게 몇 시간을 보내는 동안 나는 엄마나 청소원의 굴레를 벗어던지고 예전의 나로 돌아갈 수 있었다. 그건 가짜로 꾸며낸 모습이었다. 상대편 남자보다 내가 더 그랬다. 어떤 것도 내 진짜 모습이 아니었다. 책이나 영화에 대해 이야기할 때면 나 자신조차 어색했다. 가끔 그렇게 평행 우주속 또다른 나로 사는 일이 정신적인 현실도피를 위해 꼭 필요했는지도 모른다. 하지만 얼마 지나지 않아 데이트도 재미가 없어져 흥미를 잃었고 데이트를 할수록 외로움이나 고독감만 더욱더 절감하게 됐다.

문자를 보내도 답변이 없거나 전화를 걸자마자 음성메시지로 넘어간다는 것은 거절을 의미했고, 내가 사랑스럽지 않다는 증거였다. 나는 궁핍한 현실이 싫었고 코를 찌르는 악취처럼 내 몸에서 사라지지 않는 결핍을 남자들도 감지할 것이라 확신했다. 뿐만 아니라 사람들과 어울리다보면 대다수가 정상적으로 살아간다는 사실을 뼈아프게 깨달을 수밖에 없었다. 다른 사람들은 밤새워 일하지 않고도 콘서트를 보러 가고 식당에서 음식을 포장해다 먹으며 여행을 다닌다. 미아가 끊임없이 내 몸에 치대거나 나를 끌어당기며 끈끈한 손가락으로 내 손을 잡으려 더듬거렸지만 나는 여전히 또다른 누군가의 애정과 따뜻한 손길, 사랑이 필요했다. 누군가의 관심에 굶주리지 않았던 때는 없었다. 의지할 곳이 필요 없는 강한 사람이 되고 싶으면서도 항상 누군가를 원했다.

나는 절망이라는 까마득한 낭떠러지를 향해 걸어가고 있는 셈이나 다름없었다. 매일 아침 차가 고장나지 않고 무사히 일을 나갔다가 귀가할 수 있을까 하는 스트레스에 입술을 깨물곤 했다. 허리 통증은 사라질 줄 몰랐다. 급작스러운 허기는 커피를 마시며 달랬다. 이 깊은 구덩이에서 기어나가기란 불가능한 일처럼 느껴졌다. 나의 유일한 현실적 희망은 학교였다. 공부는 자유를 손에 넣기 위한 티켓이 될 것이다. 그래야만 했다. 아니면 그토록 많은 소중한 시간을 통째로 날리는 셈이 될 테니까. 출소를 기다리는 죄수처럼 학위 취득에 필요한 학점을 따려면 시간이 얼마나 걸리는지 계산해보았다. 앞으로 3년 더. 펠그랜트 교육 프로그램은 등록금을 지원해주었지만 강의에 필요한 교재는 지원해주지 않았다. 가끔은 아마존에서 중고 구판을 사서 보기도 했다. 앞으로 3년 동안 매일 밤 그리고 주말마다 책과 씨름하고 리포트를 쓰며 시험을 치러야 했다. 끊임없이 고객에게 조아리며 청소원으로 살아가는 삶은 일시적인 거라고 여겼다. 가끔씩 밤에 울다가 잠들던 나에게 유일한 위안은 내 인생이 이런 식으로 끝날 리 없다는 확신이었다.

그래서 굳이 사람들을 만나서 어울리려는 노력을 멈추고 그 대신 주말에 일감을 채워넣었다. 미아가 포트타운젠드에 있는 제이미의 집에 가는 격주 토요일마다 차로 45분 운전을 해서 4시간씩 청소해야하는 새로운 고객을 받았다. '주말의 집'이라는 별명을 붙인 이 집의 주인들은 청소하러 가면 항상 집에 있었지만 서로 통성명조차 제대로 한 적이 없었다. 그곳은 젊은 부부가 생후 몇 주밖에 안 된 갓난아기와 함께 사는 집이었다. 산후조리를 도와주기 위해 왔던 할머니가 집을 떠나면서 부부에게 격주에 한 번씩 집 청소를 해주는 서비스를 선물로 안겨줬다.

그 부부는 자신들이 집을 비울 때 청소원이 오는 것을 원치 않았고 나도 사람이 있는 걸 크게 개의치 않았지만, 아무래도 방금 닦아낸 부엌 조리대에서 토스트를 굽거나 조금 전 대걸레로 밀고 지나간 바닥을 뚜벅뚜벅 걸어 다니면 그만큼 청소가 더 힘들어지기 마련이다. 집주인들은 비슷한 또래의 아기가 있는 친구들이 놀러오면 이야기를 나누거나 음식을 대접하기도 했다. 마치 내가 그 집에 존재하지 않는 것처럼.

그 집에 두번째로 청소하러 간 날, 운전을 해서 도착해보니 현관문이 잠겨 있었다. 몇 번 노크를 해도 대답이 없어서 유난히 깨끗한 차고 창문 유리에 손을 가져다 대고 안을 들여다보았다. 아무도 없었다. 토요일 아침이긴 했지만 로니의 휴대폰으로 전화를 걸었다.

"주인들이 집에 없어요, 로니." 얼마나 짜증나고 화가 났던지 거의 소리를 지르듯이 항의했다. 평소에는 잘 보이지 않는 모습이었다. "혹시 열쇠를 남기고 간다고 하지 않았나요?"

"아니. 그 집 아기 엄마는 그냥 항상 집에 있을 거라고만 했어요. 고객한테 전화를 해서 어떻게 된 건지 한번 알아보죠. 어쩌면 잠깐 볼일이 있어서 나갔다가 지금 집으로 가는 중인지도 모르잖아요."

헛걸음을 할 경우 낭비한 시간에 대한 수당은 나오지 않기 때문에 여기까지 오는 데 소비한 기름값을 애써 따져보지 않으려고 했다. 하지만 어림잡아 짐작만 해도 대략 10달러, 즉 내 1시간 시급보다도 많은 돈을 허공에 날린 셈이었다. 심지어 거기서 세금과 걸레 세탁하는 비용을 제외하면 내 손에 들어오는 돈은 더 적었다. 로니가 다시 전화를 걸어 주인 부부가 청소 약속을 깜빡했다는 이야기를 전해주자 좌절감에 위아래 입술을 꾹 다물고 울지 않으려 애를 썼다.

"혹시 내일 다시 오라고 말하지는 않던가요? 이른 시간이라면 가능해요."

"아니요." 로니의 대답에 한숨이 묻어났다. "이번주 청소는 취소했어요."

내가 1분 동안 아무 말도 하지 않자 로니가 아직 끊지 않았느냐고 물길래 그렇다고 대답했다. "오늘 헛걸음한 대신 최소한 기름값이라도 좀 받을 수 있는지 팸한테 물어봐주시면 안 돼요? 기름값 쓰면서 1시간이나 걸려 여기까지 왔다고요. 여윳돈이 많지 않아요. 아시잖아요?" 왈칵 솟아나 뺨을 타고 흐르는 눈물을 닦아내면서 떨리는 목소리를 감추려고 노력했다. 로니는 혹시 방법이 있는지 알아보겠다고 말했지만 불황 때문에 얼마나 회사가 어려운지, 추가적인 비용에 대해 얼마나 조심해야 하는지 장광설을 늘어놓는 팸의 목소리가 들리는 것 같았다. 왜 부탁했을까 후회스러웠다.

2주 후 다시 그 집을 청소하러 갔다. 진입로에 청소용품을 내려놓고 있으려니 그 집 남편이 다가왔다. "정말 미안해요." 나는 고개를 끄덕이고 걸레를 꺼내서 바지 뒷주머니에 쑤셔넣었다. "집에 청소하는 분이 오시는 게 익숙지 않아서 그만."

"괜찮아요." 나는 스프레이 병을 잡으며 말했다.

"이거 받아요." 남자는 그러면서 뒷주머니에 손을 넣더니 시애틀 매리너스 야구 경기 티켓 두 장을 꺼냈다. "내일 밤 경기 티켓이에요." 그는 나에게 티켓을 건네주려 했다. "여기요."

티켓에는 공을 던지거나 3루로 슬라이딩하는 선수들의 일러스트가 담겨 있었다. 근사한 티켓이었다. 자리도 좋을 것 같았다. 꼬마였을 때, 그리고 켄 그리피 주니어, 에드거 마르티네스, 랜디 존슨이 팀에 있던 1994년 플레이오프 시즌에는 가끔 야구장에 갔었지만, 그후로는 야구장에 발걸음해본 적이 없었다.

우리는 그 남자의 어머니가 광을 내달라고 부탁한 진입로의 석재 타일 위에 서 있었다. 팸은 석재 타일의 광을 내는 방법을 가르쳐주고 는 광내는 기계를 내 차 짐칸에 실어주었다. 지난주에 허탕을 치는 바람에 스바루 왜건 짐칸의 절반을 차지하는 그 기계를 벌써 3주째 싣고 다니는 참이었다. 남자는 오늘 샤워실 타일의 회반죽을 다시 바르는 일꾼들이 왔다갔다하기 때문에 광내기 작업은 다음으로 미뤄달라고 했다. 내 입장에서 그게 얼마나 절망스러운 일인지 남자는 상상조차 할 수 없을 테다.

다시 티켓을 내려다보았다. 내 형편에 경기를 보러 가기 위해 기름 값과 주차비를 들이는 건 도저히 감당할 수 없었다. 고개를 들어 그의 피곤하지만 미소를 띤 얼굴, 그의 어깨에 걸쳐진 파란색 아기 목욕 담요를 쳐다보았다. 아마도 태어난 지 한 달밖에 안 된 아들의 젖을 먹인 다음 방금 트림을 시킨 것 같았다. 그의 눈에는 나에게도 익숙한 피로감이 비쳤다. 커다란 집, 근사한 차, 여러 개의 유아용 그네와 흔들의자, 음식을 해오고 육아를 도와줄 친척이 있는 그는 비록 미아가 태어났을 때의 나와는 완전히 다른 삶을 살지 모르지만, 부모로서의 의무는 누구나 공통적으로 짊어지는 것이었다. 심지어 나 같은 사람에게도.

"괜찮아요." 애써 괜찮다고 생각하며 더이상 그에게 화를 내지 않으려고 노력했다. "그냥 직접 가시거나 경기를 구경하러 갈 수 있는 사람한테 주세요. 저는 어차피 못 가거든요." 야구장까지 갈 기름값이 없다고 말해주고 싶었지만 그러면 남자가 혹시 돈을 건네줄까봐 걱정되었다.

"아니면 다른 사람한테 팔 수도 있죠." 남자는 티켓을 다시 한번 내쪽으로 내밀며 말했다. "크레이그리스트에 올리면 틀림없이 금세 팔릴걸요. 제일 앞줄 좌석이거든요."

"정말요?" 매리너스 경기의 맨 앞줄이라니. 내가 미아 정도의 나이때부터 품었던 꿈이기도 했다. 그가 한밤중에 일어나서 아기의 기저귀를 갈아주는 아빠인지 궁금했다. 젖병이 데워지는 동안 부엌에서 아이를 안고 달래며, 자그마한 갓난아기를 배 위에 태운 채 소파에서 잠드는 아빠일까. 아마 틀림없이 그런 아빠일 거라고 결론 내렸다.

"좋아요." 티켓을 내려다보며 말했다. 그는 다시 한번 내 손 쪽으로 티켓을 내밀었다. 티켓을 받아들자 그는 마치 나를 안아주고 싶다는 듯이 내 어깨에 손을 올리고는 꽉 쥐었다.

남자의 말이 맞았다. 티켓은 순식간에 팔렸다. 다음날 오후, 온라인에 게시글을 올렸다. 티켓을 사려는 사람은 약속 장소인 빨래방에 와서 기분좋게 60달러를 건네주었다.

"우리 아들 생일 선물입니다. 이번에 네 살이 되거든요. 인생 첫 야구 관람이죠!"

나는 빙그레 웃고는 좋은 시간 보내라고 말했다.

18장
슬픔의 집

—

주말에는 아무데도 갈 곳이 없었지만 미아와 나는 평소와 같은 시간에 일어났다. 미아에게 줄 팬케이크를 구운 다음 지난여름에 따서 냉동해놓은 블루베리를 훌훌 뿌렸다. 식탁에서 미아 맞은편에 앉아 커피를 얼굴 가까이 가져다 대고는 우걱우걱 팬케이크를 먹어치우는 아이의 모습을 바라보았다. 볼이 터지도록 팬케이크를 욱여넣고서 나를 보며 웃는 미아의 입술은 블루베리 때문에 보라색으로 물들어 있었다. 나는 미소 지으며 눈에 고인 눈물을 감추었고, 나중에 꼭 필요할때 되새겨보기 위해 지금 이 순간을 마음속에 남겨두려 노력했다. 일을 하고 저녁을 차리고, 미아을 재우는 일을 정신없이 반복하다보니우리 삶이 너무나 빨리 흘러갔다. 미아는 이제 많이 자라서 러모나 큄비* 같은 단발머리가 덜 어울렸다. 머지않아 자기 밥그릇 앞에 반원

---

* Ramona Quimby. 유명한 아동용 도서 시리즈의 주인공.

모양으로 늘어놓던 마이리틀포니 인형들도 더이상 가지고 놀지 않을 것이다. 일하는 중이든, 미아가 제이미네 집에 있을 때든, 미아가 보고 싶을 때마다 머릿속에서 이러한 순간들을 다시금 떠올렸다. 차곡차곡 기록해두는 것도 바로 이런 순간들이었다.

미아가 목욕을 하거나 다른 일에 몰두하고 있을 때마다 나는 글쓰기 연습을 시작했다. 머릿속에 떠오르는 모든 생각을 10분 정도 쉬지 않고 타이핑하는 것이다. 날씨가 좋다는 이야기를, 날씨를 충분히 즐기기 위해 세운 계획을, 얼른 미아와 함께 가보고 싶은 비밀 장소의 이야기를 쓰며 주말 아침을 보냈다. 사사건건 말썽을 부리는 미아와 하루종일 싸우다가 기진맥진한 날, 미아가 잠자리에 든 후 컴퓨터를 켜기도 했다.

기억 속에서 미아와의 가장 달콤한 순간들을 꺼내려고 노력하면서 오직 엄마와 아이만이 느낄 수 있는 찰나의 본능적 유대감을 세세히 적어나갔다. 점차 내 일기라기보다는 육아일기에 가까워졌다. 무엇보다, 몇 년의 세월이 흐른 후 지금 이 순간을 돌아본다면, 한 사람이 감당하기에는 결정할 일과 해야 할 일이 너무나 많았던 시기였다고 기억할 것이다. 하지만 미아는 눈 깜짝할 사이에 자라버릴 테니 이 시기의 즐거운 기억도 최대한 많이 남겨두어야 했다. 비록 우리는 허름한 아파트에 살았고 나는 험한 일을 하고 있었으며 경제적 여유도 없었지만, 미아와 함께하는 이 시간은 절대 다시 돌아오지 않을 것이다. 미아와의 시간을 글로 남기는 일은 우리의 삶과 모험에 감사하고 이를 아름다운 추억으로 남겨두기 위한 내 나름대로의 방법이었다. 언젠가 미아가 읽을 수 있도록 책으로 만들어줄 수도 있을 것이라 생각했다.

우리가 가장 좋아하는 바닷가는 애너코르테스 서쪽에 위치한 워싱턴 파크의 해변이었다. 우리는 바위에 앉아 썰물 시간을 기다렸다가 바닷물이 빠져나가며 생긴 작은 웅덩이에서 생명체를 찾았다.

"엄마, 저기 게 좀 봐!" 나는 쪼그리고 앉아 빨간색 플라스틱 바구니에서 노란 삽을 꺼내 게를 퍼올린 다음 자세히 살펴보았다. "엄마, 물리지 않게 조심해, 엄마를 물지도 몰라!" 먼바다에서는 페리들이 지나다녔고 가끔씩 작은 돌고래나 바다사자, 독수리가 눈에 띄었다. 작은 자전거를 차 짐칸에 싣고 가서 꺼내주면 미아는 3킬로미터가 넘는 포장도로를 따라 자전거를 타고 달렸는데, 그 거리가 너무 멀다는 걸 잊어버려서 최소한 800미터 정도는 내가 미아와 자전거를 둘 다 끌고 걸어와야 했다. 집으로 돌아오는 길에는 내가 어렸을 때부터 다녔던 아이스크림 가게에 들렀다. 그곳을 '저녁 대신 먹는 아이스크림 가게'라고 불렀는데 미아는 항상 초콜릿 맛을 골랐으며 끈적거리는 아이스크림을 얼굴에 잔뜩 묻히며 먹었다.

주말에는 사람들이 많이 찾아오지 않는 호젓한 폭포나 수영이 가능한 개울을 찾아 인터넷을 검색했다. 가죽 손잡이가 달린 바구니에 담요와 갈아입을 옷, 수건, 그리고 미아가 먹을 간식을 채워 준비를 마치고 몇 분 안에 집을 나섰다. 유일한 비용은 왕복 기름값뿐이었다.

이렇게 둘이서 보내는 지극히 소박한 시간이 미아와 나에게는 가장 행복한 시간이었다. 어떤 날엔 미아가 탄 자전거를 빠른 걸음으로 따라가며 시내 여기저기를 누비다 협동조합에 들러 사과를 받아왔다.

비 오는 날이면 집에서 퍼즐을 하고 놀거나 요새를 만들었다. 때로는 주말 내내 밤샘 파티를 하듯이 접이식 이인용 소파를 넓게 펴서 바닥에 깐 다음, 미아가 보고 싶다는 DVD를 전부 보여주었다.

당시에는 깨닫지 못했지만 나중에 뒤돌아보니 그렇게 보내는 주말, 미아와 함께하는 조용한 일상이 제일 그리웠다. 가끔은 외출했다가 일정이 순조롭게 풀리지 않아 잔뜩 짜증을 내고 서로에게 마구 소리를 지른 후 기진맥진해져서 허무하게 집으로 돌아오기도 했지만, 세 살짜리 딸과 보내는 시간들은 소중하고 또 소중했다. 미아는 내 침대에 기어올라와 나를 깨운 다음, 작은 팔을 내 목에 두르고 얼굴 윤곽을 따라 흐르는 부드러운 곱슬머리를 내 귀에 대고 오늘은 판다 놀이를 하자고 속삭였다. 그 순간 이를 악물고 일주일을 버텨내던 오기가 순식간에 눈 녹듯 사라졌다. 그 시간만큼은 이 놀라운 아이와 함께 구름을 타고 둥실둥실 떠다니는 것 같았다.

노닥거리지 말고 일을 더 해야 하는 것이 아닌지, 과연 내가 최선을 다하고 있는지 걱정할 필요 없이 마음의 평화를 얻을 수 있는 유일한 시간이 바로 이때였다. 공원에 담요를 펴고 앉아 치즈 몇 조각을 나눠 먹는 우리를 보고 누군가 복지 정책을 악용하는 '극빈층 가족'이라 생각하지 않을까 하며 초조해하지 않았다. 미아와 보내는 시간만큼은 그런 문제를 전혀 신경쓰지 않았다. 공원에서 보내는 오후만큼은 미아와 나는 우리 둘만의 작은 세상에서 서로의 해와 달이었다.

클래식클린에서 6개월 동안 경력을 쌓아 한여름이 되자 일주일에 25시간씩 안정적으로 일감을 받게 되었다. 추가적으로 부업 삼아 개인 고객을 몇 명 찾아서 한 달에 한두 번씩 집이나 마당을 청소했다. 담배 피우는 여자가 가끔씩 선물을 챙겨줬고, 다른 고객들도 부엌 조리대에 무언가를 놓아두고 외출하기 시작했다. 헨리는 갈 때마다 이것저것 건네주며 호의를 베풀었다. 헨리는 내가 청소를 끝낸 후 어린이집에 가서 미아를 태운 다음 제이미네 집에 데려다준다는 걸 알고 있었다. 한번은 도넛 한 박스를 줬고, 또 한번은 값비싼 브랜드의 커다란 사과 주스 한 병을 주기도 했다.

헨리의 건강은 다소 악화되어가는 것 같았다. 화장실 세면대 옆에 놓여 있는 약통이 여러 개로 늘어났고 변기 상태로 미루어보건대 그러한 약들이 헨리의 위장에 상당히 부담되는 모양이었다. 헨리의 아내도 최근에는 가끔 집에 있긴 했지만 대부분 전화기를 붙잡고 보험회사나 친정 어머니와 싸우고 있었다. 통화 내용을 들어보니 친정 어머니를 어떤 양로원에서 다른 양로원으로 옮겨야 하는 상황인 것 같았다.

헨리 부부 두 사람이 함께 있는 모습이 참 보기 좋았다. 헨리의 야단스러운 행동과 말투도 아내와 함께 있으면 다소 부드럽게 누그러져서 헨리를 보다보면 나에게도 인생의 반려자가 있었으면 하고 간절히 바라게 되었다. 헨리는 부인에게 차를 끓여주고, 가게에서 저녁거리로 뭘 사올지 의논했다. 부인이 좋아하는 '바로 그것'을 만들어주겠다는 헨리의 말을 들은 부인은 남편을 힘껏 끌어안고는 바람처럼 현관을 나섰다. 헨리의 아내는 항상 내 이름을 또박또박 부르며 작별 인사를 해주었는데, 그 말투에 어쩌나 진심이 뚝뚝 묻어났는지 헨리뿐 아니라 나까지 포옹해주는 것이 아닐까 싶을 정도였다.

포르노 잡지를 보는 집을 청소하는 날이면 이렇게 훈훈한 순간들을 떠올리려고 노력했다. 포르노 잡지를 보는 집의 공기에는 분노나 불만이 묻어났다. 그 집에 머무는 순간이 달갑지 않았다. 조리대 위에는 간단한 메모가 남겨져 있었다. "시트 교체하기, 부탁해요." 최소한 그 집 부인이 부탁한다고 말을 한 게 어디인가.

아버지의 날 즈음, 포르노 잡지를 보는 집을 청소하는 도중에 전화로 제이미와 대판 싸움을 벌였다. 그후 아무리 연상하려 들지 않으려 노력해도 그 집에만 가면 자동으로 제이미가 떠올랐다.

싸운 이유는 미아의 성 때문이었다. 나는 미아의 성을 내 성으로 바꾸고 싶었다. 어차피 몇 년 있으면 학교에 갈 테고, 지금도 병원에 데려갈 때마다 친딸이 맞느냐고 물어보았다. 미아가 거의 항상 나와 함께 살고 있다면 굳이 아빠의 성을 계속 쓸 이유가 없었다.

제이미는 격렬하게 반대했다. 그는 어차피 내가 미아와 거의 시간을 보내지 않는데다가 미아가 하루 중 대부분을 '그 구역질나는 어린이집'에서 보내지 않느냐며 추궁했다. 예전에 일이 늦게 끝나는 바람에 제이미의 엄마에게 미아를 좀 어린이집에서 데려와달라고 했던 일을 후회했다. 그후 제이미는 어린이집에 대한 자기 엄마의 비판적인 의견을 구실 삼아 나를 비난해왔기 때문이다. 하지만 어떻게 하더라도 제이미의 성에 찰 리가 없었다. 집에 있는 시간을 늘리고 일을 줄이면, 제이미는 일하지 않는다고 흠을 잡으며 내가 집에서 팽팽 놀면서 자기가 주는 양육비로 산다고 비난했다. 학교에 가면 시간 낭비만 하는 거라고 비아냥댔다. 이제는 일을 너무 많이 하는 것도 불만인 모양이었다.

그날 제이미는 전화에 대고 이렇게 말했다. "그리고 너는 아버지의 날을 축하한다는 얘기를 한 번도 안 했잖아." 벽돌색 전기레인지 위에 튄 기름 자국을 닦아내면서 부엌 청소를 거의 마무리하는 참이었다.

"뭐라고?" 사실 그의 말을 못 알아들은 것은 아니었다. 제이미는 나에게 한 번도 어머니의 날을 행복하게 보내라고 말해준 적이 없었다. 내가 좋은 엄마라고 한 적도 없었다. 제이미의 입에서 나온 말들 중에 그나마 칭찬에 가까운 것을 찾아보자면 내가 자신의 화를 돋우거나 꼬드겨서 원하는 것을 얻어낼 만큼 똑똑하다는 말 정도일까. 심지어 처음 데이트를 하던 그해 여름에도 한 번도 예쁘다고 칭찬해준 기억이 없다. 임신한 후, 특히 미아가 태어난 이후에는 몇 번이나 대놓고 못생겼다고 핀잔을 주었다.

"너는 나한테 좋은 아빠라고 말해준 적이 없잖아."

"제이미, 왜냐하면 너는 좋은 아빠가 아니니까. 너는 모든 일에 대해 주변 사람들을 원망하잖아. 절대 책임도 지지 않고 말이야. 무슨 일이 일어날 때마다 남 탓을 하지. 그러면 미아가 뭘 배우겠어? 미아한테 뭘 가르쳐줄 건데?" 나는 식탁 위에 달린 샹들리에의 먼지를 떨기 위해 손을 쭉 뻗었다.

"에밀리아한테는 가르쳐줄 게 많지!" 제이미는 이렇게 말했고, 그 말을 듣자 포트타운젠드 사람들은 아직도 미아를 에밀리아라고 부르는지 궁금해졌다. 그는 **내가** 지어준 애칭이라는 이유로 미아라고 절대 부르지 않았다. 나는 미아라는 이름은 본인이 직접 고른 것이고 내가 에밀리아라고 부르면 오히려 화를 낸다고 설명했다. 제이미는 한동안 미아를 설득해서 밀라라는 애칭에 익숙해지게 하려고 노력했지만 전혀 먹혀들지 않았다. 제이미가 그렇게 부를 때마다 미아가 제이미의 집에서 무의식적으로 정체를 바꾼다고 느껴질 정도였다.

"제이미, 너는 심지어 수영도 못하잖아." 나는 응수했다. 제이미에게 이런 식으로 말하는 상황이 익숙지 않아 사뭇 어색했다. 고정적인 일자리를 구한데다 모든 일을 혼자 처리하게 되니 내 태도도 더욱 당당해졌다. 더이상 제이미 때문에 자괴감에 빠지는 일은 용납할 수 없었다. "미아가 수학 숙제라도 집으로 가져오면 어떻게 할 거야? 리포트를 써야 한다면? 그런 건 어떻게 도와줄 건데?"

제이미를 자극하려고 그런 말을 한 것은 아니었다. 현실적인 걱정이었다. 제이미는 입버릇처럼 공부해서 고졸학력인증서GED 취득을 하겠다고 말하거나 이번 여름에야말로 수영을 배우겠다고 약속했지만 그런 다짐을 절대 실천에 옮기지 않았다. 그러고는 변명을 늘어놓거나 어린 남동생을 돌봐야 했기 때문에 공부를 못했다며, 그건 자기 엄마의 잘못이라는 둥 두서없는 이야기로 둘러댔다. 이제는 절대 원하지 않았던 아빠의 길에 억지로 들어서게 된 것이 내 책임이라고 했다.

"나는 틀림없이 좋은 아빠라고." 가슴을 쑥 내밀고, 어쩌면 손가락으로 가슴을 가리키며 거울 앞에 서 있을 제이미의 자세가 자연스럽게 상상되었다. "어떻게 아느냐면 미아는 내가 없으면 안 되니까." 전화기 너머로 제이미의 밭은 숨소리가 들렸다. 아, 서성거리며 담배를 피우느라 밖에 있구나.

이번에는 내가 먼지떨이를 들고 거실과 침실 사이를 다니면서 제이미의 정곡을 찌를 차례였다. 미아를 데리러 갈 때면 제이미는 미아가 몸을 돌려 마지막 포옹을 할 때까지 토라진 표정으로 우는 척했다. "너는 억지로 미아가 널 필요로 하게 만들잖아."

그 말에 제이미는 이성을 잃었다. 제이미가 어떻게 고함치고 소리를 지르는지 너무나 잘 알고 있었다. "우리 마을 사람들은 전부 너보고 형편없는 인생 낙오자라고 해. 하는 일이라고는 페이스북이랑 인터넷, 그리고 그 바보 같은 웹사이트에 징징거리는 일기를 올리는 것뿐이잖아. 진짜 친구도 없는 주제에. 그렇게 축 처진 가슴을 가진 여자를 누가 좋아하겠냐."

그 말을 듣는 순간 전화를 끊었다. 제이미가 나를 비난하는 쪽으로 방향을 틀면 항상 상황이 더욱 고약해졌다. 그는 보통 나를 너무 뚱뚱하거나, 못생겼거나, 너무 말랐거나, 지나치게 키가 크다고 조롱했다. '축 처진 가슴'은 처음 들어보는 말이었다. 제이미가 가장 즐겨 하는 말은 "누가 널 좋아하겠어"였다. 그 말을 할 때 거의 미소를 짓듯이 입술을 위로 올리는 제이미의 표정을 너무나 잘 알았기 때문에 심지어 전화를 하면서도 그 모습이 눈앞에 그려졌다. 트레일러에서 함께 살 때는 제이미가 농담 삼아 나를 '바보 같은 미치광이'나 '미친년'이라고 불렀지만, 이제는 오직 나에게 상처를 주고 싶을 때에만 그런 말을 사용했다.

분노로 가득차 솔질을 했더니 그날 포르노 잡지를 보는 집의 샤워실 청소를 기록적으로 빨리 끝냈다. 손으로 바닥을 문질러 닦고 변기와 세면대 앞에 깔개를 다시 가져다놓기 전에 물기가 마르기를 기다리는 동안 복도로 나와서 숨을 골랐다. 오른쪽 벽에는 사진관에서 찍은 가족사진이 걸려 있었는데, 사진 속 사람들은 모두 눈을 반짝이며 같은 방향을 바라보고 있었다.

나는 침실 출입구 쪽으로 걸어갔다. 어떤 면에서 보면 커다란 마당이 딸린 적당한 크기의 이 집은 내가 원하던 삶에 가까웠다. 근사한 바다 전망을 갖춘 고급 주택지에서 살 필요는 없었지만, 널찍한 마당으로 둘러싸이고 커다란 나무 몇 그루가 서 있는 집이면 좋겠다고 생각했다. 알람시계 옆에 놓인 윤활제를 가만히 바라보다가 문득 이 집에 사는 부부는 얼마나 자주 섹스를 할까 궁금해졌다.

하지만 이 집보다는 이웃한 '슬픔의 집'에서의 삶이 내가 진짜 꿈꾸던 삶이었을지도 모른다. 그날 제이미와 한바탕 싸운 뒤, 몇 달 만에 처음으로 슬픔의 집을 청소했다. 집주인의 건강이 좋지 않았다. 아니, 병원에 있었다. 두 가지 다였을 것이다. 내가 보기에 이 집 주인은 정말 사랑한 사람과 결혼했다. 하지만 부인이 너무 일찍 세상을 떠났고, 홀로 남은 남편은 다른 사람의 도움이 가장 필요한 시기에 혼자 살아가게 되었다. 포르노 잡지를 보는 집과 슬픔의 집은 그야말로 정반대의 인생 교훈을 주었다. 각자 처한 상황은 다르지만 우리는 궁극적으로 어떤 형태로든 혼자가 된다는 사실을 말이다. 포르노 잡지를 보는 집에서는 아내는 밤 근무를 하거나 다른 방에서 로맨스 소설을 읽을 때 남편은 자위를 했다. 반면 슬픔의 집에는 지극히 사랑했던 아내를 먼저 보낸 할아버지가 살고 있었다.

나는 혼자 지내는 상황을 더이상 크게 개의치 않게 되었다. 미아와 나는 죽이 잘 맞는 단짝이 되었다. 둘이서만 시간을 보내면 다른 어른이 재미있어하는지 걱정하거나, 그가 따분하다는 듯 하품을 하면서 자리를 뜨고 싶어하는 모습에 스트레스받을 필요가 없었다. 저녁으로 무엇을 먹고 싶은지 물어볼 필요도 없었다. 집에 남은 사람이 소외감을 느끼거나 부모로서의 내 자질을 의심할까봐 걱정하지 않으면서 저녁 대신 아이스크림을 먹을 수 있었다.

물론 우리가 사는 원룸 아파트는 단점이 있었다. 하지만 미아와 내가 사는 공간이었다. 원한다면 언제든지 가구 배치를 바꿀 수 있었다. 지저분한 채로 내버려두든, 먼지 하나 없이 깔끔하게 청소하든, 내 자유였다. 미아가 탭댄스를 추거나 소파에서 바닥으로 뛰어내려도 아무도 조용히 하라고 잔소리하지 않았다. 청소원으로 일을 시작했을 때 처음에는 하루종일 고객들의 집을 동경하거나 질투할 것이라 생각했다. 하지만 하루 일과가 끝나면 단순히 집이라고 부를 뿐만 아니라 실제로 집처럼 느껴지는 곳으로 돌아올 수 있었다. 우리집은 미아와 내가 언젠가 박차고 날아갈 작은 둥지였다.

포르노 잡지를 보는 집의 청소를 마치고 나서 여러 번 왕복할 필요 없도록 청소용품을 한꺼번에 전부 들고 슬픔의 집으로 향했다. 습도가 높았고 부슬비가 내리고 있었다. 곰팡이가 잘 번식하는 것도 날씨 탓이었다. 보기만 해도 소름이 돋는 흰곰팡이나 이끼도 날씨 탓이었다.

양손 가득 청소용품 바구니를 들었던 탓에 새끼손가락으로 미닫이 유리문을 열었다. 부엌으로 이어지는 미닫이문을 통과해서 집안에 들어서자마자 익숙한 목재 칩과 애프터셰이브 향기가 코를 스쳤다. 청소용품 바구니를 내려놓으려고 몸을 돌리는 순간 입에서 비명이 튀어나왔다.

온통 아물지 않은 상처로 가득 덮인 집주인 할아버지의 얼굴이 보였다. 바로 다음 순간 소리지른 것을 후회했다. 울고 싶었다. 그 집을 청소할 때는 항상 빈집이었기 때문에 한 번도 집주인 할아버지를 만난 적이 없었다. 마침내 오늘 처음 만난 셈인데 할아버지의 얼굴을 본 순간 비명을 지르고 말았다. 그 상처조차 할아버지가 극심한 고통을 받아왔다는 방증이었다.

"정말 너무 죄송해요." 이렇게 말하며 청소용품 바구니와 걸레 가방, 그리고 사용한 걸레가 가득 든 쓰레기봉투를 거의 떨어뜨릴 뻔했다.

"아니, 아니야. 깜짝 놀라게 해서 내가 미안하지." 할아버지가 말했다. "오늘 아침에 좀 늦잠을 잤어. 청소에 방해되지 않을 거야. 막 나가려던 참이거든."

할아버지가 지나갈 수 있도록 미닫이 유리문 앞에서 비켜섰다. 우리 둘 중 어느 쪽도 자기소개를 하거나 악수하려고 손을 내밀지 않았다. 나는 할아버지가 차고 옆문으로 걸어들어가는 모습을 지켜보았다. 창문을 통해 진입로를 빠져나가 멀어지는 베이지색 올즈모빌 자동차를 보았다. 할아버지가 어디로 향하는지, 청소하는 몇 시간 동안 무슨 용무를 봐야겠다고 생각했는지 궁금했다.

싱크대와 조리대에 접시 몇 개가 놓인 것을 제외하면 부엌은 평소와 똑같았다. 부엌 끝에 놓인 기다란 카운터에는 병원비 청구서와 약 복용법을 안내하는 종이, 그리고 퇴원 확인서가 쌓여 있었다. 로니는 그 주에 슬픔의 집에 가서 청소하라고 전화하면서 포르노 잡지를 보는 집에 사는 부인이 이 집 할아버지를 돌본다고 말했다. 어쩌면 그 부인이 간호사라서인지도 모르고, 어쩌면 할아버지를 돌볼 사람이 아무도 없어서인지도 모른다.

침대 커버는 할아버지가 아침에 일어날 때 젖힌 채 그대로였다. 침대의 반대쪽은 지난번에 청소할 때 만져둔 것과 거의 똑같은 모양으로 말끔하게 정리되어 있었고, 장식용 쿠션도 같은 자리에 놓여 있었다. 침대 시트에는 군데군데 작은 핏자국이 보였다. 침대 커버를 끝까지 걷은 다음, 시트의 모서리를 조심조심 손가락으로 집어서 가운데로 잡아당긴 후, 베갯잇을 벗기고 걷어낸 모든 천을 베갯잇 하나에 쑤셔넣었다. 빨랫감을 세탁기에 넣기 위해 가다가 욕실을 지나쳤다. 욕실 바닥에는 피가 몇 방울 떨어져 있었고, 변기 부근과 샤워실에는 새로운 손잡이가 설치되어 있었으며, 욕조에는 의자가 놓여 있었다.

할아버지의 아내는 살아생전에 돌멩이와 새집, 둥지를 수집해서 거실 창문 옆에 나란히 장식해놓았다. 부부는 오랫동안 중남미를 여행한 모양이었다. 부인은 선생님이었다. 부인이 여행지에서 구한 작은 인형과 예술품을 학교에 가져가서 교실에 장식하거나 학생들에게 보여주는 광경을 상상했다. 혹시 스페인어 선생님은 아니었을까 궁금했다.

슬픔의 집은 오랫동안 별장으로 사용된 집 혹은 자녀들이 장성하여 집을 떠난 후에도 아이들이 쓰지 않는 빈방을 그대로 보존해두는 노부부의 집 같았다. 이 집 부부에게는 아들이 둘 있었다. 한 명은 세상을 떠났고 나머지 한 명은 가까운 곳에 살지만 전혀 찾아오지 않는 것 같았다. 혹시 이 집 할아버지가 가족들을 한꺼번에 잃어버린 게 아닐까 하는 생각도 자주 했다. 어쩌면 아내와 아들이 사고로 세상을 떠나고, 그 슬픔 때문에 남은 아들과도 소원해진 것이 아닐까. 사진, 종이에 끼적인 메모, 벌거벗은 남녀가 손잡은 모습을 그린 만화와 "오두막집 규칙: 물 절약. 샤워는 같이"라는 글이 인쇄된 카드가 든 액자 등, 집안 곳곳에서 눈에 띄는 물건들을 보면서 상상의 나래를 펼쳤다. 슬픔의 집은 시간이 멈춰버린 공간 같았다. 절반만 진행된 프로젝트, 벽에 걸리기를 기다리며 벽장에서 잠자는 예술작품처럼 말이다. 부엌의 코르크판에 압정으로 꽂아둔 부인이 써둔 할 일 목록은 이제 누렇게 색이 바래버렸다. '새 호스 사기. 현관문 걸쇠 고치기'. 이 집 안주인이 마당 화단에서 잡초를 뽑다가 목을 축이기 위해 부엌에 들어와서 할 일 목록을 간단하게 적은 다음 마당으로 되돌아가는 모습을 상상했다. 할 일 목록이 적힌 종이 밑에는 서명된 조경 작업 영수증이 있었다. 날짜는 적혀 있지 않았다.

6시간 근무 중 딱 절반 정도 지점에서 크게 한숨을 내쉬고는 바지 주머니에 스프레이병을 걸었다. 걸레 하나를 꺼내서 식초 희석액을 살짝 뿌리고서 먼지 털 때 사용하기 위해 반대편 바지 주머니에 쑤셔넣었다. 그러고는 뭐든 세제를 뿌려서 닦아야 하는 것들에 사용하려고 걸레를 또하나 집어들었다. 하지만 슬픔의 집은 더러워지는 법이 없었다.

청소하러 갈 때마다 욕실에 놓인 갖가지 약통이 점점 더 늘어나는 것 같았다. 약통을 옆으로 치우고 아래쪽을 닦은 다음 욕조 쪽으로 몸을 돌렸다. 거기에 고리버들로 만든 선반이 있었다. 처음에는 순수하게 호기심에서 유골의 재가 담긴 상자를 열어보았다. 그후로는 가끔씩 아직도 상자들이 거기에 있는지 확인하지 않을 수 없었다. 혹시 할아버지가 대부분의 재를 어딘가에 뿌리고 조금만 남겨두고 보관하는 것인지 궁금했다. 떠나간 가족들의 일부를 그곳에 두고 머리를 빗는 동안 등뒤에서 존재를 느끼는 게 할아버지에게 위안이 될까 궁금했다.

부엌 카운터의 병원 관련 서류더미 아래에는 여러 장의 사진이 쌓여 있었다. 사진에서 무언가 달라진 것을 찾을 수 있지 않을까 생각하며 단서를 찾았다. 하지만 사진들은 항상 똑같았다. 햄버거 패티와 생선이 지글지글 익어가는 그릴 옆에 사람들이 있는 모습이었다. 성조기를 연상시키는 빨간색, 흰색, 파란색 옷을 입은 아이들은 저마다 폭죽을 들고 젊은 시절의 할아버지와 함께 서 있었다. 다들 미소 지으며 포즈를 취하고 있었는데, 유독 집주인만은 난생처음 잡은 물고기를 든 아이처럼 환한 미소를 띠고 있었다. 그는 평생 열심히 살았다. 이 집의 모든 장식품과 사진들은 성공적으로 아메리칸드림을 이룬 한 사람을 보여주고 있었다. 하지만 그는 지금 이곳에서, 철저히 혼자다.

슬픔의 집 주인은 카운터 위에 나에게 남기는 메모나 카드를 놓고 간 적이 없었다. 그가 여분의 돈을 준비하여 나에게 팁 또는 명절 보너스를 줄 것이라고 기대를 하거나, 마땅히 그렇게 해야 한다고 생각하지는 않았다. 조금 이상한 생각인지는 모르겠지만 그는 나에게 다른 형태의 선물을 주었다. 슬픔의 집을 겪고 나서, 나는 미아와 함께하는 작은 공간, 우리가 생활하는 그 집을 사랑이 가득한 보금자리로 여기게 되었다. 미아와 내가 그 공간을 가득 채웠기 때문이다.

우리에게는 근사한 자동차나 해변가 절벽의 전망 좋은 집은 없었지만 서로가 있었다. 미아의 추억이 가득한 곳에서 혼자 사는 삶이 아니라 미아와 살을 비비며 함께 있는 지금 현재를 즐겼다. 여전히 가끔 외롭거나 내게도 애인이 있었으면 하고 괴로워했지만 나는 혼자가 아니었다. 미아가 고독에서 나를 구해주었다.

19장
끔찍한 하루

—

여름이 서서히 끝나가고 일몰 시간도 조금씩 빨라지면서 우리가 사는 원룸은 저녁 시간이면 침대 시트가 땀으로 흠뻑 젖을 정도로 뜨겁게 달궈지는 대신 분홍색, 주황색, 보라색처럼 아름다운 색으로 물들었다. 미아가 다시 저녁 9시 이전에 잠들기 시작하면서 저녁때면 작은 부엌 탁자에 혼자 앉아 있곤 했다. 그러한 밤에는 고속도로를 쏜살같이 달려가는 자동차 소리와 이웃에 사는 청년들이 우리집 아래 길모퉁이의 벤치에 모여 떠드는 소리가 들려왔다. 청년들이 나란히 담배를 피우는 바람에 연기가 우리집 창문까지 들어오곤 했다. 너무 피곤해서 책을 읽을 엄두조차 나지 않는 상태에서 일정표를 앞에 펴놓고 매주, 격주에 한 번씩, 그리고 한 달에 한 번씩 돌아가면서 청소를 하는 고객 스무 명의 일정을 머릿속에 욱여넣으려 노력했다. 대부분의 집은 청소하는 데 3시간이 걸렸지만 보통 하루에 두 집, 가끔은 세 집까지도 소화했다.

몸에 여러 개의 문신을 가진 서른두 살의 싱글맘으로서, 나는 미아와 내가 주변 이웃들의 보수적인 분위기와 그리 어우러진다고 생각한 적이 없었다. 미아는 며칠씩이나 원숭이 의상이나 발레복을 입고 다녔고 곱슬머리는 항상 마구 헝클어져서 한 뭉치가 되어 있었다. 슈퍼마켓을 돌아다니다보면 우리의 행색은 잘 차려입고 다니는 전업주부들의 모습과 극명한 대조를 이루었다. 시리얼 판매대에서 전업주부들과 스쳐가며 커다랗고 반짝이는 그들의 결혼 반지를 힐끔거리고, 예의바르게 뒤에서 아장아장 따라오는 아이들과 그 아이들의 얼룩 하나 없는 옷, 그리고 아침에 손질한 모습 그대로 깔끔하게 포니테일로 묶거나 예쁜 핀을 꽂아놓은 머리를 쳐다보았다.

그러던 어느 날 어떤 여자가 내 쪽을 보더니 따뜻한 미소를 지었다. 우리 엄마의 오랜 친구 중 한 명이라 익숙한 얼굴이었지만 도무지 이름이 기억나지 않았다. 그분은 내가 어떻게 지내는지, 그리고 어디에 사는지 안부 인사를 건넸다. 내가 사는 곳을 이야기하자 미아가 매디슨 초등학교 뒤에 있는 어린이집에 다니느냐고 물었다. 매디슨은 내가 초등학교 2학년 때 우리 가족이 알래스카로 이사하기 직전에 몇 달 정도 잠깐 다닌 학교다. 나는 고개를 저었다.

"미아가 다닐 어린이집을 고를 만한 사정이 아니라서요." 이렇게 말하자 혼란스러워하는 그분에게 설명하기 시작했다. "정부 양육비 지원금이 적용되는 어린이집을 찾아야 해서요. 사립 유치원은 정부 지원금이 적용되지 않아요." 몬테소리를 비롯한 여러 사립 유치원에 전화를 걸어 학비 대신 청소 서비스를 제공하면 안 되겠느냐고 문의했지만 받아주는 곳이 없었다. 열악한 어린이집이 아닌, 보다 풍요로운 환경을 갖춘 정식 유치원에 다닐 수 있다면 미아에게도 큰 도움이 될 터였다. 밤마다 최소한 30분씩 책을 읽어주며 조금이나마 만회를 하려고 노력했다.

"주디 할머니네 어린이집은 YMCA를 통해 운영되니까 틀림없이 정부 지원금이 적용될걸." "주디 할머니요?"

벌써 세 번씩이나 내 치마 속에 숨으려고 하는 미아를 안아 올리면서 물었다. 그분은 미아의 볼을 만져보려고 부드럽게 손을 뻗었지만 미아는 얼굴을 내 어깨 쪽으로 휙 돌리더니 움직이지 않았다.

"어린이집을 운영하는 분이야. 아이들한테 진짜 할머니처럼 대해주신다고. 우리 애들은 아직도 가끔 주디 할머니를 찾아가. 어린이집은 학교 뒤편에 있는 별채에 있는데, 주디 할머니가 어쩌나 상냥한지 아이들은 진짜 친할머니네 집에 가는 것처럼 느끼더라고."

일주일 후, 주디 할머니는 진짜로 두 팔을 활짝 벌려 우리를 환영해주었다. 만난 지 얼마 되지 않았을 때 주디 할머니는 나를 자기 사무실로 데려가서 서로 이야기 나누는 자리를 마련했다. 그날이 유독 힘들었던 날일 수도 있고 너무나 무력하고 어쩔 줄 모르던 시기였을지도 모르지만, 사무실에 앉아서 미아와 나의 일상에 대해 털어놓는 순간 울음이 터져나왔다. 주디 할머니는 휴지를 건네주며 말했다. "당신은 훌륭한 엄마예요. 나는 딱 보면 좋은 엄마인지 아닌지 알아본다니까." 주디 할머니를 보면서 코를 훌쩍거리며 지금까지 아무도 나에게 그런 말을 해준 적이 없다는 사실을 깨달았다. 그 말만으로도 주디 할머니는 나에게 가족처럼 느껴졌다.

　미아가 좀더 양호한 환경에서 하루를 보내게 되자 미아를 남겨두고 일을 나가는 상황에 대해 부담이 덜해졌다. 가능한 한도 내에서 최대한으로 고객을 받았고 비는 시간을 개인 고객으로 채웠다. 개인 고객에게는 클래식클린에서 받는 시급의 두 배를 청구했다. 그해 여름 한 달 정도는 각종 고지서를 납부할 수 있을 정도로 돈을 벌었다. 미아와 나는 떨어질 수 없는 단짝이 되어 미아가 '우-오 노래'라고 부르는 수프얀 스티븐스의 〈퍼페추얼 셀프The Perpetual Self〉를 따라 불렀다. **전부 다 잃어버렸어! 우-오!** 우리는 그 노래를 행복한 아침 노래라고 불렀으며, 각자의 행선지로 떠나기 전 반드시 그 노래를 들으면서 기분좋게 하루를 시작했다. 우리에게 그건 늘 반복되는 일상이었다. 가을이 되자 잠을 줄일 각오를 단단히 하고 여러 개의 온라인 강의를 신청했다. 학기가 시작되면서 과제를 마무리하기 위해 저녁이면 큰 컵 하나 가득 커피를 마셔야 했다. 주말에는 공부를 했다. 강의를 들으면 피로에 쩌들 것이 뻔했지만 내 생각에 학교 수업을 듣는 건 가장 중요한 일이었다. 학업이야말로 우리를 이곳에서 탈출시켜줄 열쇠였다.

　팸과 로니는 자신들의 속도에 맞춰서 청소 소요 시간을 추정했다. 하지만 두 사람은 통통한 체형의 중년 여성이었던 터라 일에 익숙해지자 나는 곧 닌자처럼 가볍게 움직이게 되었다. 클래식클린에서 상근으로 일한 지 몇 개월이 지나니 바지가 흘러내려 허리띠를 졸라매야 했다. 아무리 노력해도 살이 붙지 않았다. 어떤 집의 청소를 할당된 시간보다 빨리 끝내면 두 사람은 나에게 속도를 줄이라고 했다. 내가 청소 시간을 단축해서 고객이 원래 견적보다 적은 금액이 적힌 청구서를 받으면 그 고객은 향후에도 적은 금액을 예상하게 된다. 향후 다른 청소원이 나를 대체하게 될 상황을 위해서라도 기준 시간을 지켜야 했다.

내가 청소하는 몇몇 집의 경우, 기준 시간을 지키려다보니 잠깐씩 손을 멈추고 침실용 탁자나 부엌 조리대에 놓인 책들을 슬쩍 훑어볼 시간이 생겼다. 빠르게 늘어나는 술병, 숨겨놓은 초콜릿, 쇼핑몰에서 사온 후 몇 달 동안 열어보지도 않은 쇼핑백들을 살펴봤다. 나는 사람들이 어떻게 인생의 여러 가지 일에 대처하는지 알아가는 데 흥미를 느끼기 시작했다. 따분한 나머지 집안 이곳저곳을 염탐했는데 어떤 측면에서는 이것이 내 삶의 대응 기제가 되었다.

텅 비어 있지 않은 집들에 애착이 느껴졌다. 헨리의 집에서 보내는 금요일 오전 시간은 즐거웠다. 주인이 나를 투명인간 취급하지 않는 집, 즉 달력에 '청소 서비스'나 '청소원' 대신 '스테퍼니'라고 적어두는 집에서는 절대 염탐을 하지 않았다. 그리고 클래식클린을 통하지 않고 밖에서 인연을 맺은 고객들의 살림살이는 절대 엿보지 않았다. 우리는 서로를 존중했고 시간이 지남에 따라 일부 고객과는 친구가 되었다. 염탐은 단서를 발견하고, 모든 것을 갖춘 것처럼 보이는 사람들의 비밀스러운 삶 이면의 증거를 찾는 작업과도 같았다. 경제적 여유, 대리석 세면대가 달린 욕실, 창문으로 바다가 내다보이는 서재를 갖춘 이층집에서 아메리칸드림을 이룬 것처럼 보이는 그 사람들에게는 무언가가 결여되어 있었다. 나는 어두운 구석에 가려진 부분, 희망을 이야기하는 자기계발서의 이면에 매료되었다. 어쩌면 이 사람들은 자신의 두려움을 숨길 수 있는 보다 긴 복도와 더 큰 벽장을 가지고 있을 뿐인지도 모른다.

—

로리의 집은 로리 그리고 헌팅턴병을 앓는 로리를 돌보는 사람들을 위해 지어졌다. 로리는 하루의 대부분을 TV 앞 푹신한 의자에 앉아서 보냈다. 로리는 거의 말을 못했지만 간병인은 로리의 말을 이해하는 듯했다. 로리의 팔다리는 각기 제멋대로 움직였고 가끔씩 다리가 공중으로 번쩍 올라가기도 했다. 간병인은 로리의 식사, 목욕, 화장실 출입을 도왔다. TV나 사진으로 가득 장식된 선반의 먼지를 터는 내 모습을 로리는 짙은 눈에 경계심을 띠고 바라보았다.

격주 화요일마다 로리의 집에서 6시간씩 청소를 했다. 로리의 남편이 설계한 이 집은 어마어마하게 컸고, 남편은 위층에 다락 공간을 마련해놓고 주말에는 대부분 거기서 잠을 잤다. 여러 간병인이 돌아가면서 로리를 돌봤지만 내가 청소하러 가는 날에는 베스가 항상 자리를 지키고 있었다. 베스는 나에게 커피를 권하기도 했는데, 함께 커피를 마시는 일은 매우 드물었지만 청소를 하면서 자주 이야기를 나누었다.

로리의 집을 두번째인가 세번째로 청소하는 날 아침, 트래비스가 미아에게 생일선물로 사준 DVD 플레이어가 고장났다. 미아는 큰 소리로 울며 카시트에 앉아 발길질을 하기 시작했다. 차로 이동하는 시간이 길었기 때문에 DVD 플레이어는 꼭 필요했다. 엘모가 부르는 〈머리

어깨 무릎 귀 코 귀)는 아마 백 번 정도 들었을 것이다. 마침내 로리의 집에 도착했을 때 머리끝까지 신경이 곤두선 상태였고, 우리 아파트 전체보다 더 큰 안방 욕실로 모든 청소용품을 옮기기 위해 서둘러 움직였다.

어느 정도 안정을 되찾을 때까지 베스의 눈을 피해 그 방에 숨어 있으려고 했다. 일층에서 문이 달린 공간은 안방뿐이었다. 욕조 주변을 빙 둘러 창문이 달려 있었기 때문에 창문틀을 청소하려면 욕조 안으로 들어가야 했다. **DVD 플레이어 하나조차 새로 살 수 없잖아**라는 생각이 머릿속에서 세차고 강렬하게 반복됐다. 몸을 웅크리고 앉아서 숨을 거칠게 몰아쉬면서 무릎을 끌어안고 앞뒤로 몸을 흔들었다. DVD 플레이어는 고작 100달러도 하지 않았지만 도저히 새것을 살 여유가 없었다. 그 생각을 하자 제대로 된 집, 가족, 자기 방, 먹을 것이 가득한 찬장과 같이 딸에게 줄 수 없는 다른 모든 것들이 소용돌이처럼 떠올랐다. 무릎을 더욱 꽉 끌어안고 얼굴에서 흘러내리는 눈물을 닦으려고도 하지 않은 채 내 몸을 옥죄어오는 두려움의 고리를 끊으려고 주문을 외우기 시작했다. 나 자신을 위로하고, 머릿속에 가득찬 부정적인 생각들이 진짜 공황 상태로 이어지지 않도록.

널 사랑해. 네 곁에 내가 있잖아. 널 사랑해. 네 곁에 내가 있잖아.

이렇게 주문을 외우며 대처하면 좋다고 처음 가르쳐준 사람은 노숙인 쉼터에 있을 때 만난 상담사였다. 다만 그때는 "공황발작 때문에 죽는 사람은 없어" 같은 주문을 외우거나, 미아가 그네를 타는 모습을 상상하며 추처럼 움직이는 그네의 속도에 내 호흡을 맞추었다. 하지만 이제 더이상 그런 주문은 먹혀들지 않았다. 나에게는 모든 상황을 개선해줄 누군가가 있다는 확신이 필요했다. 그해 여름에 이를 악물고, 그 사람이 남자친구나 가족이 아닌 바로 나라는 결론을 내렸다. 예나 지금이나 나를 도울 사람은 나뿐이었다. 누군가 다가와서 나를 사랑해주리라는 기대는 버려야 했다. 스스로 움직여야 했고 자세를 낮춘 다음 인생에서 일어나는 모든 우여곡절을 힘차게 헤쳐나가야 했다.

DVD 플레이어가 고장난 아침 이후, 로리의 욕조를 청소할 때마다 그날 아침의 내 모습을 떠올리며 다시금 마음을 가다듬었다. 몸을 앞뒤로 흔들며 스스로에게 주문을 속삭이고 숨을 고르게 쉴 때까지 기다리던 모습 말이다. 가끔씩 그곳에 가만히 서서 연민에 가득찬 눈으로 그날 아침의 내 모습을, 내 망령을 내려다보기도 했다. 좀더 나이가 들고 현명해진 내가 과거의 나를 따뜻하게 위로해주듯이. 또한 공황 상태에 빠질 때마다 그 현명한 미래의 내 모습을 바라보는 방법도 배우게 되었다. 앞으로 10년 뒤의 나는 끔찍한 상황을 모두 견뎌낸 상태일 것이다. 10년 뒤의 내가 더 나은 모습일 거라는 믿음만큼은 잃지 말아야 했다.

다음 목요일에 팸에게 전화를 걸어 로리의 집을 이틀에 걸쳐 청소하거나 이번 한 번만 3시간 청소로 마무리하면 안 되겠느냐고 물었다. 미아는 벌써 며칠째 심한 비염 증세를 보였고 설상가상으로 유행성 결막염까지 걸린 상태였다. 어린이집에 보낼 수도, 더이상 일을 빠질 수도 없었다. 나는 그날 아침 제이미에게 전화를 걸어 며칠 동안만 미아를 맡아달라고 부탁했다. 일단 아침에 응급치료센터에 데려갔다가 폐리 선착장으로 가서 제이미에게 아이를 맡기고 로리의 집으로 차를 돌려 늦게까지 청소를 끝내려는 계획이었다.

미아와 나는 내 트윈 베드에서 같이 잘 때가 많았는데 사실 미아가 건강할 때에도 그리 바람직한 수면 습관은 아니었다. 미아는 자면서 몸부림을 많이 치는 편이었고 나를 발로 차거나 팔을 마구 움직이며 내 눈을 주먹으로 치기도 했다. 지난 며칠 동안 미아는 코가 꽉 막히고 열이 나는데다 몸이 여기저기 아픈지 밤새도록 잠이 깨서 울거나 얼러달라고 보챘다. 벌써 며칠째 잠을 제대로 자지 못했다.

싱글맘이 된 이후, 매일매일이 '완전히 새로운 차원의 번아웃'이었다. 대부분의 날들이 짙은 안갯속에서 모터가 고장난 채 둥둥 떠다니는 보트가 된 기분이었다. 가끔은 짙은 안개가 조금이나마 걷혀 앞이 보이고 생각도 할 수 있었다. 농담을 던지고 미소를 짓거나 웃음을 터뜨리며 오후 몇 시간 동안 나 자신으로 돌아온 기분을 느끼기도 했다. 하지만 미아와 나 단둘이 서로 의지하기 시작한 이후로는 그러한 순간이 많지 않았다. 트래비스의 집에서 나오며 집 없는 신세가 되면서부터는, 노숙인 쉼터로 되돌아가지 않기 위해 매일같이 치열하게 싸워야 했기 때문이다. 하지만 동분서주하며 빼곡하게 채워넣은 청소 일정에 학교 공부까지 추가된 터라, 지금보다 한층 더 심각한 번아웃 상태가 될 수 있었기에 마음의 준비를 해야 했다. 더이상 주변에서 어떤 일이 일어나도 의문을 제기하지 않았다. 그저 해야 할 일들을 파악할 뿐이었다. 그리고 하나씩 처리해나갔다.

약국 밖 주차장에서 상사와 제이미에게 전화를 걸어 현재 상태를 알렸다. 미아를 맡기기 위해 제이미를 만나러 가는 페리 선착장까지는 편도로 1시간 남짓밖에 걸리지 않았다. 상사에게는 몇 시간 안에 로리의 집에 도착할 수 있을 것이라고 말했다. 제이미의 목소리는 전화상으로도 짜증이 잔뜩 난 것처럼 들렸지만 그냥 무시해버렸다. 제이미는 미아에게 약을 먹이고 싶어하지 않았고 의사도 신뢰하지 않았다. 그는 미아의 끊임없는 병치레를 어린이집 탓으로 돌렸다. 그날 아침에는 제이미와 말다툼을 할 시간조차 없었는데, 그 때문에 제이미는 더욱 화가 난 모양이었다. 제이미의 말을 중간에 가로막고는 미아에게 약과 투약 설명서를 딸려 보낼 테니 거기에 적힌 대로 약을 먹이라고 했다.

"그런 항생제를 먹이니까 애가 더 아픈 거야." 제이미는 비난 어린 말투로 말했다. 미아가 비염이나 귓병으로 항생제를 먹어야 할 때마다 제이미는 똑같은 말을 했다. 나라고 미아에게 항생제를 먹이는 일이 달가울 리 없었고, 항생제 때문에 잔병치레의 진짜 원인이 가려진다는 사실도 잘 알고 있었다. 미아가 자꾸 아픈 것은 우리의 생활 방식이나 사는 공간 때문이었다. 하지만 나에게는 다른 선택지가 없었다.

"그냥 먹여, 제이미." 전화를 끊고 못마땅한 표정을 지었다. 그다음 몸을 돌려 운전석 뒤 카시트에 앉은 미아를 살폈다. 미아는 가슴팍에 카우보이모자를 쓴 말 그림이 그려진 빨간색 티셔츠와 무릎에 구멍이 난 검은색 레깅스를 입고 있었다. 미아의 무릎에는 월마트에서 5달러에 사준 새 목욕용 장난감이 놓여 있었다. 따뜻한 목욕물에 담그면 꼬리가 파란색에서 보라색으로 바뀌는 인어공주 인형이었다. 미아는 코가 막혀 멍해진 채 나를 바라보았다. 선명한 분홍색으로 충혈된 미아의 눈 양쪽에는 찐득한 눈곱이 껴 있었다. 미아의 무릎을 톡톡 치고 다리를 살짝 쓸어준 후 앞쪽을 보고 숨을 깊게 들이쉰 다음 차의 시동을 걸었다.

우리는 해안가를 향해 20번 고속도로를 타고 서쪽으로 달렸다. 마운트버넌과 애너코르테스를 잇는 이 고속도로는 내가 태어났을 때부터 수도 없이 통과한 길이었다. 특히 내가 미아와 비슷한 나이였을 때의 어느 날 밤, 증조할머니와 할아버지를 만나고 집으로 돌아가는 길에 쳐다본 별들이 아직도 생생히 기억난다. 마침 크리스마스이브였기 때문에 루돌프 코의 빨간 불빛을 찾기 위해 눈에 힘을 주고 하늘을 쳐다보았다. 미아는 우리 집안 사람들 중 이 지역에서 태어난 일곱번째 세대였다. 우리 집안과 이 지역의 깊은 인연이 미아와 나를 정착시켜주었으면 하고 희망했지만 그렇게 되지는 않았다. 뿌리는 어딘가 사라져버렸거나 너무 깊이 묻혀 있어서 찾을 수 없었다. 가족의 역사랄 것도 없는 양 느껴졌다. 가족들에게 미아를 보고 싶지 않으냐고 물어보는 상황에 진력이 났고, 내 몇몇 고객들처럼 심적, 물적으로 여유로운 조부모, 고모나 이모, 삼촌이 있다면 얼마나 좋을지 상상했다. 집에는 가족사진이 여기저기 놓여 있고 아이들의 전화번호는 단축다이얼에 저장되어 있으며 손자들이 놀러올 때를 대비하여 집 한쪽에 장난감으로 가득찬 바구니를 놓아두는 사람들 말이다. 나에게는 그러한 가족들 대신 고속도로에서 잠깐 떠올릴 정도의 순간만 있을 뿐이었지만, 그 순간마저 머릿속에 너무나 단단히 아로새겨져 제2의 천성처럼 느껴질 정도였다.

지나치게 오랫동안 절망의 밑바닥에서 헤맬 때면 어릴 때의 그 순간들을 생각했다. 비록 제이미가 그 주 내내 미아를 맡아주겠다고 해서 고마웠지만 거기에는 그만한 대가가 따른다는 사실을 너무도 잘 알았다. 제이미는 이번 일을 나를 비난하는 구실로 삼을 테고, 일을 너무 많이 한다며 모욕하고 싶을 때마다 이런 경우들을 언급하며 미아를 나에게서 떼어놓을 이유로 꼽을 것이다.

"엄마." 미아가 뒷좌석에서 불렀다. "엄마."

"응, 미아." 운전대를 잡지 않은 쪽의 팔꿈치를 창문과 문 위쪽 패널에 기대고 손으로는 이마를 받힌 채 이렇게 말했다.

"창문 좀 열어도 돼?" 미아는 살짝 갈라진 목소리로 물었다. "만화영화에서처럼 애리얼 머리를 휘날리게 해보고 싶어." 그게 얼마나 말도 안 되는 일인지를 생각해보지 않고 창문을 열었다. 그저 시간에 맞춰 일을 가야 했다. 일을 마쳐야 했다. 잠을 자야 했다.

우리는 육지와 위드비 섬을 갈라놓는 운하 쪽으로 차를 몰아 통과했다. 오른쪽을 슬쩍 쳐다보자 오래된 갈색 포드 브롱코가 지나가고 있었다. 그 차의 운전자와 눈이 마주쳤는데 그 남자는 미소를 짓더니 미아가 앉아 있는 창문을 가리켰다. 바로 그 순간 미아의 카시트 뒤쪽 창문으로 빨간색 머리가 획 날아가는 광경이 눈에 들어왔다.

"내 애리얼!" 미아는 소리를 지르며 앞좌석을 마구 발로 찼다. 손을 창문 밖으로 너무 멀리 뻗은 탓에 인형을 놓쳐버렸던 것이다.

이를 악물고 앞쪽을 바라보았다. 미아는 내가 갓 태어난 새끼 강아지라도 차로 친 것처럼 통곡했다. 다음번 커브길에 유턴할 수 있는 정지 신호가 있었다. **시간은 있어,** 나는 생각했다. 다시 돌아가서 동쪽으로 향하는 반대편 고속도로 갓길에 차를 멈추고, 잠깐 밖으로 나가서, 인형을 줍고, 다음번 출구로 나가서, 다리 아래를 지나고, 방향을 돌려서, 다시 원래의 목적지로 향하면 되는 일이었다. 뒷좌석에서 아이가 소리를 지르며 우는 가운데 탈진 상태로 짙은 안개를 뚫고 시속 100킬로미터 가까이 달리는 상황에서는 상당히 논리적인 생각 같았다.

"엄마가 다시 돌아가서 데려올게!" 미아가 내는 끔찍한 소리를 멈추기 위해 소리를 질렀다. 수면부족인데다 잠을 쫓으려고 그날 아침에 큰 컵으로 커피를 두 잔이나 마셨더니 머리가 지끈거렸다. 벌써 며칠째 아픈 아이를 혼자 돌본 나에게는 휴식이 절실했다. 그저 미아가 소리지르는 것을 멈추게 하고 싶은 마음뿐이었다.

유턴해 방향을 바꾼 뒤 왼쪽 차선으로 달리면서 속도를 올렸다가 다시 속도를 낮추고는 왼쪽 갓길로 접어들었다. 9월치고는 유달리 따뜻한 날이었다. 차 밖으로 나가서 아스팔트에 발을 딛자 쏜살같이 지나가는 차들에서 나오는 뜨거운 바람이 훅 불어와, 몇 년 동안이나 입어서 닳았지만 내가 제일 좋아하는 녹색 티셔츠가 팔락거렸다. 고속도로의 양쪽 차선을 분리하는 풀밭을 뒤지고 다니는 동안 포니테일로 묶은 머리가 자꾸 시야를 가리는 바람에 한손으로 머리카락을 뒷머리에 대고 있어야 했다. 아마도 사탕껍질과 소변이 가득 든 탄산음료 병들 가운데에서 인형을 찾는 내 모습을 누군가 보았다면 틀림없이 정신나간 사람이라고 여겼을 것이다.

마침내 빨간색 머리카락이 눈에 들어왔다. 가까이 다가갔더니 애리얼이 맞았다. 하지만 머리만 남아 있었다. "제기랄." 작게 내뱉고는 주차된 차를 바라보다가 움찔하면서 갑자기 가슴이 철렁 내려앉았다. 이건 처음부터 좋은 생각이 아니었다. 이제 미아는 잃어버린 것이 아니라 망가진 인형 때문에 포트타운젠드까지 가는 내내 울 것이 틀림없었다. 제이미가 어떻게든 테이프로 붙여서 인형을 고칠 수 있을지도 몰랐다. 그러다가 지느러미가 양쪽으로 뻗은 꼬리 모양의 무언가도 눈에 들어왔지만 조개껍데기 비키니를 입은 상체 부분은 어디에도 보이지 않았다. "제기랄." 다시 한번 욕지거리가 튀어나왔다. 꼬리를 주우려고 허리를 구부리는 순간, 그 소리가 들려왔다.

금속 덩어리가 으스러지면서 유리가 폭발하는 소리. 십대 때 몇 번의 교통사고를 겪으며 익숙한 소리였지만, 지금 같은 소리는 들어본 적이 없었다.

자동차가, 다른 차를 들이받는 소리. 내 차, 뒷좌석에 미아가 앉아 있는 내 차.

그 소리는 내 어린 딸의 머리 옆에 있는 창문이 폭발하며 유리로 만든 풍선처럼 펑 터지는 소리였다.

나는 애리얼의 머리를 떨어뜨리고는 비명을 지르며 달렸다. **이건 꿈이야**, 라는 말을 떠올리면서 마구 달렸다. **이건 꿈이야.** 차가 주차된 곳에 다다를 즈음, 나의 비명은 연거푸 내뱉는 외마디 소리로 변했다. **안 돼, 안 돼, 안 돼-안 돼-안 돼!**

운전석 뒤쪽의 차문을 열자 미아의 카시트는 원래 자리에서 떨어져나와 내 쪽을 향하고 있었다. 차의 뒷유리는 이미 사라지고 없었다.

미아는 눈이 휘둥그레져서는 뚫어지게 나를 바라보았고, 입은 쩍 벌린 채 소리 없는 비명을 지르는 상태로 굳어 있었다. 내가 헉 하고 숨을 몰아쉬자 미아는 내 쪽으로 팔을 뻗었다. 카시트를 움직였다. 미아가 앉아 있던 뒤쪽을 쳐다보자 차의 밑바닥이 우그러지면서 안쪽으로 치고 들어와 미아의 발치까지 와 있었다. 살짝 들린 미아의 발을 보호해줄 것이라고는 얇은 샌들 하나뿐이었다.

카시트의 줄을 풀자 미아가 곧장 팔을 내 목에 휘감고 다리로 자동차 좌석을 힘차게 밀었다. 그렇게 우리 둘 다 차 밖으로 빠져나올 수 있었다. 미아는 내 몸에 다리를 감았고 나는 미아를 꼭 안고는 흐느끼며 부서진 차 반대편으로 몸을 돌렸다.

양쪽 차선의 차들이 사고 현장을 지나가면서 속도를 늦췄고 운전사들은 창문에서 머리를 쭉 뺀 채 피해 상태를 살폈다. 우리가 매일같이 의지하던 그 차에서 3미터 정도 떨어진 고속도로 중앙선 잔디에 세 살짜리 딸을 꼭 안고 있자니 주변의 모든 사물이 폭풍처럼 빙글빙글 돌아가는 것처럼 느껴졌다.

호리호리한 체구에 짧은 머리를 뾰족하게 세운 십대 소년이 30미터쯤 떨어진 곳에 자기 차를 세워두고 나와 우리 쪽으로 걸어왔다. 그 소년의 왼쪽 눈 위에는 깊은 상처가 나 있었다. 소년의 흰색 반팔 버튼업 셔츠가 잔잔한 바람에 펄럭이자 그 안에 입은 골지 민소매가 보였다.

"괜찮아요?" 그는 이렇게 묻고는 미아를 빤히 바라보았다. "세상에, 얘가 차 안에 있었어요?"

"당연히 차 안에 있었지, 이 병신아!" 나는 나조차 생전처음 들어보는 목소리로 버럭 소리를 질렀다. 도저히 내 목소리라고는 믿을 수 없었다. "어떻게 내 차를 칠 수가 있어?" 그는 대답하지 않았다. "어떻게 내 차를 칠 수가 있느냐고?" 다시 한번 소리를 쳤다. 그다음에도 여러 번 같은 말을 반복했지만 딱히 누군가를 향해서 하는 말은 아니었다. 내 입에서 나가는 말은 미아의 어깨에 묻혔다.

어떻게 이런 일이 우리한테 일어날 수 있지? 어떻게 우리 단둘이, 고속도로 한가운데에서, 아직 할부도 다 갚지 못한 산산조각이 난 차와 함께 서 있을 수 있는 거지?

일하기 위해, 그리고 생존하기 위해 우리에게는 이 차가 꼭 필요했다. 미아와 나를 움직이게 해주는, 우리에게는 팔이나 다리만큼 중요한 **차**였다.

소년은 뒤로 물러났고 나는 미아의 이마에 내 이마를 맞대고는 괜찮으냐고 다시 한번 물었다.

"난 괜찮아, 엄마." 미아는 평소와는 달리 담담하고 침착한 목소리로 말했다. "우린 괜찮아."

"우리 괜찮아?" 나는 숨을 깊게 들이마시면서 물었다. "우리 괜찮아?"

"우리 괜찮아." 미아는 다시 말했다. "우리 괜찮아." 나는 미아를 꼭 안고 내 감정이 공황 상태에서 슬픔으로 바뀌는 것을 느꼈다.

차가운 손이 내 어깨에 닿자 그 소년을 흠썬 패줄 기세로 몸을 휙 돌렸지만, 그 손의 주인공은 체구가 자그마한 금발머리 여성이었다.

어찌나 목소리가 작은지 말이 잘 들리지 않았고 뭐라고 하는지 이해도 잘 되지 않았지만 그 여성의 얼굴에는 근심이 가득했다.

"괜찮아요?" 여성은 물었다. 나는 대답하지 않았다. 천사처럼 보일 정도로 피부가 투명한 그 여성을 잠시 바라보았다. 도대체 무슨 질문이 이렇지? 내가 괜찮으냐고? 사실 나도 모르겠다. 조금 아까 아이를 잃을 뻔했다. 내 품에 안긴 이 아이를. 그날 아침에 내 뺨에 손바닥을 대고 "사랑해"라고 속삭여준 이 아이를. 나와 침대를 함께 쓰고 팬케이크를 좋아하는 이 아이를. 이 아이가 죽을 수도 있었다.

"내 딸." 나는 큰 소리로 말했다. 그 순간 머릿속에서 그 말만 떠올랐고 나는 다시 미아의 머리카락에 얼굴을 묻었다.

또 한 대의 차가 다가오더니 금발머리 여성의 검은색 서버밴 뒤에 시동을 켜놓은 채 섰다. 그 차의 운전자는 전화를 하고 있었다. 미아를 꽉 끌어안는 일 외에는 아무것도 할 수 없었다. 눈물이 멈추지 않았다. 내 차. 내 차가 만신창이가 된 채 갓길에 서 있었다. 무엇으로도 대체할 수 없는 내 차. 이렇게 잃어버릴 수는 없는 내 차. 일을 하기 위해, 살아남기 위해 반드시 잘 굴러가게 유지해야 하는 내 차.

우선 경찰이 도착하여 교통 지시를 하고 현장 접근을 통제했다. 경찰은 나에게 어떻게 된 일인지 물었다. 중간에 숨이 턱턱 막혀서 심호흡을 하는 나를 참을성 있게 기다리며 경찰은 자초지종을 들었다. 경찰관 몇 명은 충돌하는 순간 왼쪽 옆으로 최소한 30센티미터는 튕겨나가면서 생긴 내 차의 타이어 자국을 확인했다. 오른쪽 후방 타이어는 옆으로 돌출되어 있었고, 타이어 뒤쪽에 있는 금속은 뒤틀리고 우그려져 있었다. 내 차 안에 있는 모든 것이 충돌하는 순간 제자리를 이탈했다. 플레이어에 든 카세트테이프도 튕겨져나와 지금 당장이라도 떨어질 것처럼 대롱거리며 매달려 있었다. 하지만 나는 미아가 앉아 있던 뒷좌석에서 눈을 뗄 수 없었다. 미아의 카시트는 믿을 수 없을 정도로 산산조각난 창문과 가까웠다. 치고 올라온 자동차 바닥이 미아 발가락에 거의 닿을 정도였다. 충돌하는 순간 카시트가 옆쪽으로 밀려나면서 창문에서 멀어진 것이 천운이었는지 미아의 몸에는 아무 상처도 없었다.

경찰 중 한 명이 작은 줄자를 꺼냈다.

"지금 뭐하시는 거예요?" 또다시 두려움이 몰려왔다.

"사고 과실을 파악해야 합니다, 부인. 옆으로 비켜 서세요."

과실, 내 과실. 당연히 내 과실이었다. 빌어먹을 고속도로에서 차를 세우고, 빌어먹을 인형을 찾는답시고 차 안에 아이를 남겨두어 위험에 빠뜨린 사람은 바로 나였다.

두 명의 구급요원이 구급차에서 뛰어내리더니 한 명은 다른 차의 운전자에게, 나머지 한 명은 우리에게 다가왔다. 구급차가 또 한 대 도착했고 그다음에는 소방차가 왔다. 사고 여파로 차들이 천천히 지나가는 가운데, 우리가 빌어먹을 어항에 든 구경거리라도 된 양 이쪽을 멍하니 바라보거나 고개를 쭉 빼는 운전자들을 무시하려고 노력했다.

미아를 구급차 뒤쪽의 벤치에 앉히자 미아는 카시트 줄을 푼 이후 처음으로 내 목을 감고 있던 팔을 풀었다. 구급요원은 미아에게 몇 가지 질문을 던지며 심장박동을 확인하겠다고 했다. 그는 미아에게 잠옷과 수면모자를 쓴 채 눈을 감고 기도하듯 손을 모으고 있는 테디베어 인형을 건네주었다.

"오늘밤 상태가 어떤지 잘 살펴보세요." 구급요원이 나에게 일렀다. 그의 갈색 머리와 눈, 그리고 올리브색 피부를 보니 왠지 남동생이 떠올랐다. "멍이 보이거나 이유를 불문하고 통증을 느끼는 것 같으면 즉시 병원으로 데려오세요." 그는 아이를 다시 한번 살펴보며 말했다. "엑스레이를 찍어보고 싶으시면 바로 응급실로 데려가셔도 좋습니다."

미아를 바라보면서 방금 구급요원이 한 말을 머리에 입력하려고 노력하다보니 사고가 더 심했더라면, 만약 미아가 멍이 들고, 뼈가 부러지고, 피를 흘려서 지금 당장 그 구급차를 타고 병원으로 향해야 했다면 하는 생각이 번뜩 들었다. 나는 고개를 저었다. 사고와 부상 처리에 혼란스러운 부분이 너무 많았다. 메디케이드 보장에 구급차 비용이 포함되는지도 알 수 없었다. 내가 도저히 감당할 수 없는 수천 달러의 병원비 청구서가 날아올 것이 뻔했다. 그리고 내 차를 두고 갈 수도 없었다. 그 차는 우리에게 가족과도 같은 존재였고 차의 짐칸에는 우리 가족의 전체 수입을 좌우하는 청소용품이 들어 있었다. 청소용품이 못 쓰게 되기라도 했다면 내 돈으로 다시 사놓아야 했는데, 그럴 만한 돈이 있을 리 만무했다. 다음에 어떤 일이 일어날 것인지 모르는 상태로 이곳을 떠날 수는 없었다.

미아는 테디베어 인형을 안고 구급차 안의 이곳저곳을 쳐다보기 시작했다. 산소마스크를 쓰고 숨을 쉬며 머리는 피로 범벅이 된 채 목에는 보조기를 댄 미아가 나를 보면서 눈을 휘둥그레 뜨고 있는 모습이 머릿속을 스쳐지나갔다. 미아는 다시 안아달라고 내 쪽으로 손을 뻗었다. 미아를 안고 차 쪽으로 다가간 후 가방에서 카메라를 꺼내서 경찰이 우리의 운명을 결정하기를 기다리는 동안 사진을 몇 장 찍었다.

가장 키가 작고 대머리에, 불룩한 배에 허리띠를 걸치다시피 한 경찰이 우리에게 다가왔다. 그는 아까 전부 대답한 질문을 다시 나에게 던졌다. 왜 차를 세웠는지, 어떻게 세웠는지, 얼마나 멀리 떨어진 곳에 세웠는지, 그리고 내가 즉시 비상등을 켰는지.

"부인, 우리가 사고 현장을 계속 조사한 다음 부인이 가입한 보험회사에 통보할 겁니다." 경찰이 말했다. "부인의 차를 친 남자분이 보험을 들었는지는 아직 확실치 않고요."

그 순간 금방이라도 팍 꺾어질 것처럼 무릎이 흔들거렸다. 무보험자 상해보험에 가입했던가? 틀림없이 그랬을 것이다. 아직 할부금이 남은 차였다. 그렇다면 책임보험만으로는 안 되고 종합보험을 가입했어야 할 텐데. 맞지? 분명히 그 점에 대해 물어봤던 것 같은데, 그랬나? 기억이 나지 않았다.

그 경찰은 다른 종이 패드를 하나 꺼내더니 티켓 한 장을 찢어서 면허증, 자동차 등록증, 보험카드와 함께 나에게 내밀었다.

"저기요." 교통위반 티켓에 적힌 70달러라는 금액을 보고는 티켓을 받아들지 않은 채 내가 왜 이 티켓을 받아야 하는지 이해하려고 애썼다. 경찰의 작은 푸른색 눈을 뚫어지게 쳐다보았다. "이걸 받으면 저는 경제적으로 어떤 손해를 입게 되죠?"

경찰은 나를 빤히 보다가 다시 미아 쪽을 바라보았다. 미아 역시 고개를 돌려 경찰을 쳐다보았다. "모르겠습니다, 부인." 그는 짜증스러워하며 티켓을 다시 나에게 내밀며 이렇게 덧붙였다. "이의가 있으면 법원에 항의하면 됩니다." 하지만 그 말이 법원에 출석해서 그 경찰관을 상대로 싸워야 한다는 의미임을 알고 있었다. 하마터면 사고로 아이를 잃을 뻔했던 흐느끼는 엄마, 교통위반 벌금은커녕 꼭 필요한 자동차조차 살 수 없는 사람에게 교통위반 티켓을 내미는 경찰관, 이 비정한 남자를 상대로.

불법주차 티켓을 쳐다보다가 고개를 드니 견인 트럭이 다가오고 있었다.

"부인! 누군가 차로 데리러 올 사람이 있습니까?" 경찰관이 물었다. 그의 말투로 미루어보아 똑같은 질문을 이미 여러 번 던진 것 같았다.

"글쎄요." 지금 전화해볼 만한 사람들은 전부 직장에 있거나 먼 곳에 살고 있었다. 경찰은 견인 트럭을 타고 가도 된다고 알려주었지만 그러면 비용이 발생하느냐고 묻자 다시 모른다는 대답이 돌아왔다. "도대체 왜 아무도 비용이 얼마인지 모르는 거죠?" 나는 다시 울음을 터뜨리며 이렇게 말했다. 경찰은 어깨를 으쓱하더니 저쪽으로 가버렸다. 소방관이 짐칸에 들어 있는 내 청소용품과 카시트, 그리고 제이미의 집에서 주말을 보내기 위해 필요한 미아의 짐이 든 조수석의 헬로키티 가방을 밖으로 꺼냈다.

미아와 나는 길 한쪽에 서서 우리 차가 견인 트럭의 경사면을 따라 끌려올라가는 광경을 지켜보았다. 후방 타이어들이 옆으로 돌출된 채 부러진 팔다리처럼 질질 끌려갔다. 풀밭에 선 내 발치에는 청소용품이 담긴 통, 걸레 가방, 부러진 대걸레 손잡이 두 개가 놓여 있었다. 미아는 아직도 내 목에 팔을 감고 매달려 있었다. 현장은 정리되기 시작했다. 우리도 이곳을 떠나려는 참이었다.

20장

네가 도대체 어떻게 그걸 다 해내는지 모르겠어

—

"도대체 왜 그런 건데?" 전화에 대고 소리를 지르는 제이미의 말투는 점점 더 격앙되고 다급해졌다. "고속도로에서 차를 왜 세워? 도대체 어떻게 그렇게 멍청할 수가 있어?" 나 역시 머릿속에서 수십 번 되묻는 바로 그 말들이었다. 심지어 제이미의 목소리로.

"됐어, 나중에 전화할게." 나는 이렇게 말하고는 전화를 끊었다.

미아는 울음을 터뜨렸다. 미아는 제이미와 통화를 하고 싶어했다. 제이미가 데리러 왔으면 하는 모양이었다. 철렁하고 심장이 내려앉는 익숙한 느낌과 함께 제이미가 양육권을 가져갈 구실로 이 일을 사용할지도 모른다는 두려움이 몰려왔다. 제이미는 나와 의견이 맞지 않을 때마다 항상 양육권 소송을 걸겠다고 나를 협박해왔지만, 이번 일을 계기로 법원이 제이미의 손을 들어줄지도 모른다고 생각하니 더없이 불안해졌다. 제이미는 내가 자기에게 아이 양육비를 지불하기를 바랐다. 그는 내가 고통받기를 바랐다.

외할아버지의 하늘색 올즈모빌이 사고 때문에 아직까지 길게 꼬리를 물고 있는 차들을 헤치고 이쪽으로 다가왔다. 몇몇 경찰관이 수신호로 외할아버지의 차를 유도했다. 외할아버지는 나에게 티켓을 건네준 단신의 경찰보다 더 키가 작았지만, 차에서 내리자마자 사고 현장이 익숙한 듯 행동하며 아직까지 남아 있는 구급요원들에게 목례를 했다. 하지만 길 한쪽에 서 있는 우리에게 다가오는 외할아버지의 얼굴은 붉게 상기되어 있었다. 일순간 나는 외할아버지가 나에게 화가 난 거라고 생각했다. "저것들도 가지고 갈 거냐?" 외할아버지는 생뚱맞게 고속도로 갓길에 쌓인 우리 짐을 가리키며 물었다. 나는 고개를 끄덕였다.

미아의 카시트를 고정한 후 다 같이 커다란 자동차에 올라타자 외할아버지는 기름을 넣어야 한다고 했다. 주유소에 가서 주유기 옆에 차를 세웠다. 외할아버지는 잠시 내 얼굴을 쳐다보더니 다시 미아를 바라보았다. 할아버지의 눈가가 촉촉해졌다.

"내가 돈이 별로 없어." 이렇게 말하는 외할아버지의 얼굴이 다시 벌겋게 달아올랐다.

"제가 낼게요." 나는 그러면서 차문에 손을 뻗었다.

"안으로 가서 커피를 좀 사올까 싶은데." 외할아버지가 말했다. "너도 커피 필요하지? 나는 얼마 전부터 녹차를 마시기 시작했단다. 너도 녹차 좀 마실래?"

지금으로서는 위스키 몇 잔이 더 필요하다는 농담을 하고 싶었지만 그럴 상황이 아니라는 것을 깨달았다. "네, 할아버지." 억지로 살짝 웃어 보이며 말했다. "커피 한잔 마시면 좋겠네요."

외할아버지는 점차 조현병이 악화되던 외할머니를 거의 결혼생활 내내 돌보았고, 1년 반 전에 외할머니가 돌아가시자 남아도는 시간을 가장 처절하고 외롭게 보낼 수밖에 없는 신세가 되었다. 두 분은 유치원 때부터 알고 지내던 사이였다. 훗날 부부가 되었지만, 외할아버지는 키가 152센티미터를 약간 넘는 정도였고 외할머니는 머리를 높이 올려서 묶는 편이었기 때문에 외할머니가 외할아버지보다 훨씬 키가 컸다. 내가 미아 정도 나이였을 때 두 분과 함께 지냈는데 외할아버지는 기회가 날 때마다 나를 친구들에게 소개시키며 우리 손녀가 〈선원 뽀빠이〉 노래를 부르는 테이프가 있는데 들어보겠느냐며 자랑하시곤 했다.

외할머니가 세상을 떠난 후 외할아버지는 그 집에서 이사했다. 두 분이 소유했던 트레일러를 제외하면 외할아버지가 그 집 말고 다른 데서 사는 모습을 본 적이 없었기 때문에 이제 더이상 거기가 외할아버지의 집이 아니라고 생각을 하면 기분이 이상해졌다. 외할아버지는 그 집을 나와 한동안 시내에 있는 어떤 여자의 집에서 방을 하나 빌려서 살았다. 외할아버지 집에 놀러갔다가 내가 어렸을 때 동경하거나 가지고 놀았던 물건들이 그 방에 놓인 걸 보고 제대로 된 방 한 칸 빌릴 여유도 없이 그곳에서 사는 외할아버지의 모습이 무척이나 낯설다고 느꼈었다. 외할아버지는 여전히 부동산 중개업자로 일하고 있었지만 불황 때문에 큰 타격을 입은 후 회복을 못하고 있었다. 머지않아 외할아버지는 사무실 창고에서 자기 시작했다. 힘들게 사시는 외할아버지를 못 돕는다는 사실에 깊은 죄책감을 느꼈다. 특히 트래비스와 싸웠을 때 외할아버지가 우리를 한 번 받아준 이후에는 더욱 죄송스러웠다. 어떤 식으로든 외할아버지를 도울 수 있기를 간절히 바랐다.

외할아버지는 만날 때마다 가족들이 소중히 여기던 물건이나 우리 엄마의 이름이 표지에 적힌 색칠공부 책을 주려고 했다. 외할아버지가 마음 편하도록 몇 번 받아서 차에 두고 다니다가 기부할 때도 있었다. 그런 물건을 받아도 보관할 공간이 없었기 때문이다. 외할아버지는 받으라고 여러 번 권하면서 각각의 물건에 얽힌 이야기를 들려주었다. "너네 왕할머니가 결혼반지를 팔아서 그 재봉틀을 샀단다." 나는 그렇게 추억이 깃든 물건들을 보관하거나 그에 걸맞은 공간을 마련하기 어려운 상황이었다. 지금의 내 삶에는 그러한 유품들을 소중히 여길 수 있는 여유가 없었다.

—

차에 기름을 넣는 동안 메시지를 남겨두었던 트래비스에게 전화가 왔다. 트래비스는 자세한 이야기는 듣고 싶어하지 않았고 그저 어디로 데리러 가면 되느냐고만 물었다. 나는 트래비스에게 메시지를 남겨두었다는 사실조차 거의 잊어버리고 있었다. 트래비스가 우리에게 어떤 일이 일어났는지 알고 싶어할지도 모른다는 생각에 메시지를 남겨두었다. 어쩌면 트래비스가 이 일을 알아주었으면 하고 바랐을지도 모른다. 트래비스의 목소리는 다급하게 들렸고, 수화기 저편에서 디젤

엔진이 돌아가는 소리가 들렸다.

"지금 뭐하고 있는데?"미아는 차의 창문을 통해 나를 쳐다보았다. 미아에게 코를 찡긋하고 웃어 보이며 손가락을 창문 유리에 대고 눌렀다. 미아도 차 안쪽에서 창문 유리에 손가락을 가져다 댔다.

"부모님의 트럭을 트레일러에 연결하는 중이야."트래비스는 숨을 헐떡거리며 말했다. 혹시 트래비스가 산산조각이 난 우리 차를 견인할 생각이었는지 궁금했다.

"안 와도 돼, 트래비스. 우리 괜찮아. 전부 정리됐어."트래비스가 거짓말하지 말라고 받아치기 전에 전화를 끊었다. 트래비스를 만나기에는 지금 나는 너무 약해져 있었다. 온몸이 아직도 충격으로 벌벌 떨리는 상황에서, 만약 트래비스가 우리를 구하러 와서 모든 것이 정상으로 되돌아가도록 도와준다면 다시 그와 함께 지내고 싶은 마음이 생길지도 몰랐다. 이제까지 내 힘으로 홀로 서려고 그토록 노력해왔는데 말이다. 비록 트래비스에게 전화는 했지만 다시 그의 두 팔 안으로 달려가고 싶지는 않았다.

집으로 오는 길에 비가 세차게 내리기 시작했다. 외할아버지에게 월마트에 잠깐 차를 세우고 내가 가게에 다녀오는 동안 미아와 함께 차 안에 있어달라고 부탁했다. 사람들과 눈이 마주치지 않도록 고개를 푹 숙인 채 서둘러 월마트로 들어갔다. 내 쪽을 보는 사람이면 누구든 저 여자가 20번 고속도로 갓길에서 거의 딸을 죽일 뻔한 여자라고 알아챌 것만 같았다. 그 어느 때보다도 월마트 한복판에서 비명을 지르고 싶은 강렬한 충동을 느꼈다. 거의 통제할 수 없는 수준에 다다른 그 충동 때문에 두렵기까지 했다. 머릿속에서는 창문이 폭발하듯 깨지는 소리가 멈추지 않았다. 엄청난 굉음으로 반복되는 그 소리 때문에 비명을 지르지 않기 위해 눈을 꾹 감고 이를 악물어야 했다.

"그 빌어먹을 인어공주 인형은 도대체 어디 있는 거야?" 어린 소녀와 그 엄마가 내 쪽을 쳐다보는 순간 내가 이 말을 입 밖으로 크게 내뱉었다는 사실을 깨달았다. 그 인형은 품절되어 원래 진열돼 있던 공간은 텅 비어 있었다. 하지만 그 아래에는 업그레이드 버전이 있었다. 크기도 더 크고, 머리카락도 더 풍성했으며, 버튼을 누르면 목소리가 나오는 19달러 99센트짜리 인형. 나는 그 인형을 집어들었다. 카드값은 나중에 어떻게든 되겠지. 당장 그 빌어먹을 인형을 내 딸에게 다시 쥐여주지 않을 도리가 없었다.

원룸 아파트에 도착해서 외할아버지와 함께 청소용품과 가방을 나르는 동안에도 비는 계속해서 주룩주룩 내렸다. 가방들에서 나온 유릿조각이 아파트 바닥으로 떨어져 미아의 발꿈치에 박혔지만, 어쩌된 영문인지 거의 통증이 없어서 처음에는 유리가 박혔다는 사실조차 미아는 눈치채지 못했다. 그날 미아가 다친 곳이라고는 그 발꿈치뿐이었다. 어쨌든 겉으로는 그랬다. 그리고 발꿈치 상처 정도는 내가 치료해 줄 수 있었다.

외할아버지는 아파트 현관 옆의 좁은 공간에 서서 내부를 둘러보았다. 외할아버지는 우리집에 한 번도 와본 적이 없었다. 다른 가족들도 마찬가지였다. 나는 외할아버지에게서 받은 물건들을 전부 처분했다는 사실을 혹시 할아버지가 눈치채신 게 아닐까 생각했다.

"전자레인지가 없구나." 외할아버지는 한쪽 구석에 있는 부엌을 뚫어지게 보며 말했다.

도마와 식기건조대 외에는 다른 물건을 놓을 공간이 거의 없는 자그마한 조리대를 쳐다봤다. "전자레인지를 놓을 데가 없어요."

"냉장고 위에 놓으면 되잖니." 외할아버지는 내가 화분을 둔 곳을 가리키며 말했다. "사무실에 안 쓰는 전자레인지가 하나 있다. 가져올게."

"제발요, 할아버지." 나는 미아를 안으려고 아래로 손을 뻗었다. "정말 놓을 데가 없어요."

외할아버지의 눈가가 다시 촉촉해졌다. 내 주머니에서 핸드폰이 울리기 시작했다. 발신번호가 긴 것을 보니 엄마가 건 국제전화였다.

"엄마한테 전화하셨어요?" 짜증을 숨기지 못하고 이렇게 물었다.

"당연히 했지. 딸이랑 손녀가 사고를 당했는데 알아야 하지 않겠니."

나는 이를 꽉 깨물었다. 외할머니가 돌아가신 이후 엄마가 일요일 오후마다 한 번도 빼놓지 않고 외할아버지에게 안부전화를 한다는 걸 알고 있었다. 엄마가 외할아버지에게 우리를 만났는지, 우리가 어떻게 지내는지, 무슨 일을 하고 있는지 물어본다는 것도 알고 있었다. 바로 그 순간, 그 어느 때보다도, 엄마가 우리의 사고에 대해 어떠한 소식도 들을 권리가 없다고 느꼈다. 미아가 그토록 자주 잔병치레를 하고 귀수술까지 받아야 했던 그해 여름, 엄마의 도움이 절실했다. 엄마가 유럽으로 이사한 후에도 엄마가 필요한 순간은 헤아릴 수 없이 많았다.

엄마가 필요했지만 엄마에게 전화해서 그렇게 말할 수 없었다. 우리는 더이상 제대로 된 대화를 할 수가 없었다. 윌리엄이 가까이 앉아서 모든 대화를 들었기 때문에 전화가 왕왕 울리고 제대로 들리지가 않았다. 전화기 너머로 윌리엄의 숨소리까지 들릴 정도였다. 엄마가 농담을 할 때마다 윌리엄은 키득거렸다. 나는 그런 상황을 견딜 수 없었다. 더이상은. 그래서 아예 엄마한테 전화하는 일을 그만두었고 엄마와 관계를 유지하는 것보다는 엄마를 아예 내 인생에서 배제해버리는 편이 훨씬 덜 고통스러울 것이라고 결론지었다. 엄마에게 아무것도 바라거나 기대하지 않는 편이 훨씬 쉬웠다. 이곳에서의 삶을 버리고 떠나 그토록 먼 곳에 정착한 엄마에게 화가 났다. 어떻게 그럴 수 있었는지 절대 이해하지 못할 것이다. 이해하려고 노력해보기도 싫었다.

외할아버지가 떠나고 나서 미아를 새 인형과 함께 욕조에 넣고 거품을 잔뜩 내서 목욕시켰다. 엄마에게 다시 전화가 왔다. 욕조 옆에 있는 변기 위에 앉아 손에 쥔 핸드폰이 번쩍거리며 울리는 모습을 보았다. 엄마의 전화를 무시하고 미아가 새 인어공주 인형을 가지고 노는 모습을 지켜보았다. 풍성한 거품 속에서 미아의 피부는 매끈거렸고 머리카락은 뺨에 달라붙었다. 미아에게로 몸을 숙이고 두 팔로 꼭 안은 다음 가슴에 귀를 대고 심장소리를 듣고 싶었다.

우리 엄마가 나에게 이런 감정을 느낀 적이 있는지 궁금했다. 왜 엄마는 잘 자라고 포옹을 해준 다음 나를 품에 안고 엄마의 존재와 나에 대한 무궁무진한 사랑을 다시금 확인시켜준 적이 없었던 걸까 의아했다. 궁금하긴 했지만 직접 물어볼 만큼은 아니었다. 가끔씩 전화로 엄마에게 그 질문을 던지고 대답해달라고 말하는 상상을 해봤지만 아무 수확도 없을 거라는 사실을 알고 있었다. 엄마는 내 곁에 있었고 엄마에게는 그것만으로 충분했다. 어쩌면 나에 대한 엄마의 감정은 그 정도가 다였는지도 모른다.

미아는 그날 밤늦게까지 잠을 자지 않았다. 코가 막히고 눈이 가렵고 통증이 있어서가 아니라 내가 미아를 재우고 싶지 않았기 때문이었다. 미아가 행복하게 재잘거리는 소리 덕분에 흐느껴 울지 않고 참을 수 있었다. 미아가 나를 바라볼 때면 내가 강해져야 한다고 다짐하게 되었다. 미아와 트윈 베드에 나란히 누워 같은 베개를 베고 서로의 얼굴을 바라보았다. 그러다가 미아는 서서히 눈을 감고 잠에 빠져들어 몸을 씰룩이더니 작은 한숨을 내쉰 후 규칙적으로 숨을 쉬기 시작했다. 미아를 바라보며 그 숨소리를 들었다.

미아는 고작 1시간 정도 자고 나서 기침발작 때문에 다시 눈을 떴다. 이미 약은 최대한으로 먹인 상황이었다. 컹컹 거친 소리를 내는 기침이 심해져 목에서 가래가 그렁거렸다. 잠에서 깨서 잔뜩 짜증이 난데다 피곤한 기색이 역력했다. 아이를 달래면서 최근에 미아가 즐겨 듣는 〈마차 바퀴Wagon Wheel〉라는 노래를 불러줬지만 아무런 소용이 없었다. 마침내 거의 본능적으로 기억 속 깊은 곳에서 「잘자요 달님 Goodnight Moon」이라는 동화를 꺼내어 암송하기 시작했다.

잘 자요 달님, 잘 자요 달님.
잘 자요 달님을 뛰어넘는 소.

잘 자요 불빛, 그리고 빨간색 풍선.

잘 자요 의자, 잘 자요 곰들.

미아는 동화를 듣더니 곧바로 조용해졌고 다시 잠에 빠져들었다. 미아의 양쪽 눈썹 사이를 손가락으로 쓰다듬으면서 최대한 소리를 죽여 울기 시작했다. 그 사고 속에서 미아가 무사히 살아남았다니 믿을 수가 없었다.

다음날 아침 미아가 오트밀 먹는 모습을 지켜보았다. 미아가 털끝 하나 다치지 않았다는 기적에 일종에 경외심마저 느낀 채 앉아서 미아를 바라보고 있자니 눈앞에 있는 미아가 비현실적으로 느껴졌다. 어제 로니에게 전화로 자초지종을 설명하고 상황을 수습할 수 있도록 하루 휴가를 달라고 부탁했지만 전화할 때만 해도 도대체 어떻게 수습해야 할지 감조차 잡지 못하고 있었다. 내 몸과 마음이 내 의지와는 상관없이 움직이는 것 같았다. 아침을 먹은 후, 몇 번 데이트를 했던 토드라는 남자가 우리를 태우러 왔다. 토드와 나는 그 주 주말에 만날 예정이었는데 어젯밤에 그 정신없는 와중에도 약속을 취소해야 한다는 것을 기억해내고는 둘러댈 다른 이유가 없어 솔직하게 전부 털어놓았다. 어려움을 겪고 있으며 심지어 가족에게도 의지할 수 없다는 사실을 인정하고 싶지는 않았다. 토드는 지금 안 쓰는 차가 있다며 그 차를 빌려주겠노라고 우겼지만 나는 그 말을 듣고 주춤했다. 토드에 대한 내 감정이 어떤 것인지, 토드를 진지하게 좋아하는지 아직 판단이 서지 않았다. 경험에 비춰보자면 일종의 영웅콤플렉스 때문에 나와 데이트하는 남자들도 있었다. 쏜살같이 달려와서 곤경에 처한 아가씨를 구하고 싶은 심리인 것 같았다. 어려움에 빠진 아가씨 역할이 달갑지는 않았지만 지금 이 상황에서는 선택의 여지가 없었다. 우리는 차 없이 살아갈 수 없었다.

미아에게 토드를 '내 친구'라고 소개하면서 우리가 당분간 임시로 쓸 차가 있는 곳까지 데려다줄 것이라고 설명했다.

"그다음에 아빠네 집에 데려다줄게." 아침 먹은 접시를 치우며 미아에게 설명했다. 숨을 크게 들이쉰 다음 참았다. 심장이 떨리고 두근대는 지금 같은 순간에 절대 하지 말아야 할 행동을 하려는 참이었다. 그전날과 마찬가지로 같은 도로를 타고 달려야 했고, 미아와 함께 차에 앉아야 했다. 침대 속에서 미아와 찰싹 달라붙어 있고 싶은 마음이 아무리 굴뚝같아도 일을 해야 했다. 다음날 청소해야 할 집이 있었다. 목요일마다 하루의 대부분을 잡아먹는, 내가 청소하는 여러 집들 가운데서도 커다란 집이었다. 뿐만 아니라 다음주에는 개강을 하기 때문에 교재를 확인하고 자료에 접근할 수 있는 패스워드를 확인해야 했다. 그리고 내 생일도 다가오고 있었기 때문에 어떤 식으로든 축하해야 할 터였다.

토드가 5번 주간 고속도로를 타고 우리에게 빌려줄 차가 주차된 남쪽으로 향하는 동안 미아는 조용히 뒷좌석에 앉아 있었다. 카시트는 딱히 고장난 곳이 없어 보였지만 사고난 차에 장착되어 있었으니 새 카시트를 살 여유가 생기자마자 교체해야 한다는 사실을 알고 있었다. 그 카시트를 볼 때마다 간발의 차로 내 딸을 잃을 뻔했다는 생각이 머리를 떠나지 않았다.

갑자기 미아가 불쑥 내뱉었다. "루비가 죽었어, 엄마." 루비는 우리가 스바루 자동차에 붙여준 애칭이었다. 차가 적갈색이라서이기도 했고, 처음으로 짐칸에 청소용품을 모두 실은 후 자랑스럽게 그 차를 스바-루비Suba-Ruby라고 불렀기 때문이기도 했다.

고개를 돌려 미아를 살펴보고는 미아의 다리에 손을 올려놓았다. 미아는 너무나 연약하고 자그마했다. 다시금 눈시울이 뜨거워졌다. 루비는 중고차였지만 흠집 하나 없는 좋은 상태였고 주행거리는 16만 킬로미터밖에 되지 않은 차였다. 때로는 미아와 함께 하루의 절반을 그 차 안에서 보내기도 했다. 루비는 20년 이상 되었지만 최근 몇 년간 내 차 중에 가장 좋았다. 루비를 잃은 것은 엄청난 손실이었다. 상상할 수도 없을 정도로. 생각조차 하기 끔찍했다.

"루비가 나 때문에 죽었어, 엄마." 미아는 창문 밖을 바라보며 조그맣게 말했다. "애리얼이 창문 밖으로 떨어져서 그래."

"어머나, 미아." 미아와 마주볼 수 있도록 앞좌석에서 최대한 몸을 돌렸다. "아니야, 그건 사고였어. 네 잘못이 아니야. 잘못을 따지자면 엄마가 잘못했지."

"엄마가 울었잖아." 얼굴이 벌겋게 달아올랐고 아랫입술을 쭉 내민 채 이렇게 말하는 미아의 눈에는 점점 눈물이 차올랐다. "엄마는 그냥 내 애리얼을 구해주려고 했을 뿐이야."

나는 더이상 미아를 바라볼 수 없었지만 계속해서 손을 미아의 다리에 올려놓고 있었다. 손으로 내 얼굴을 가리고 눈과 입을 잔뜩 일그러뜨린 채 소리 없이 마음껏 울고 싶었다. 하지만 그 대신 토드의 얼굴을 쳐다본 다음 살짝 웃어보였다. 나는 괜찮아야 했다. 나에게 선택권은 없었다.

토드는 고속도로를 빠져나와서 길 몇 개를 지나 문 두 개짜리 혼다 어코드 뒤에 차를 세웠다. 고등학교 때 남학생들이 타고 다니던 차 같기도 했고 내 남동생이 가지고 놀던 장난감 미니카의 현실 버전처럼 보이기도 했다. 익숙한 솜씨로 오일과 방향지시등, 브레이크, 헤드라이트를 점검하는 토드의 모습은 상당히 매력적이었다. 토드는 내가 높게 평가하는 여러 가지 장점을 가진 사람이었다. 그는 공사 현장에서 일하면서 포트타운젠드 근처의 나무가 무성하게 자란 공터에 자기 오두막집을 짓고 있었다. 왜 그에게 썩 끌리지 않는 건지 알다가도 모를 일이었다.

"어차피 팔려고 했으니까 필요한 만큼 사용해도 돼요." 토드는 그러더니 나에게 자동차 열쇠를 건네주었다.

"고마워요." 간신히 이렇게 말하고는 토드를 끌어안았다. 토드가 끔찍한 좌절과 길거리에 나앉을 상황에서 어떻게 나를 구해준 건지 알아줬으면 하고 바랐다. 하지만 토드가 어떻게 알겠는가? 그에게는 내 상황이 얼마나 절망적인지 털어놓지 않았다. 뭐랄까, 실제 모습보다는 그와 어느 정도 동등한 사람처럼 보이고 싶었다. 그런 의미에서 누군가와 데이트를 할 때는 일종의 가면을 쓴 기분이었다.

주차된 차를 움직이자 손이 부들부들 떨렸다. 커피를 열 잔쯤 마신 것처럼 안절부절 몸이 가만있지 않았다. **이 상태로 운전을 하면 안 돼, 나**

는 생각했다. **아직 준비가 안 됐어.** 이대로 운전을 하다가는 틀림없이 다시 사고가 나고 말 테지만, 미아와 나를 목적지까지 데려갈 사람 역시 나뿐이었다.

고속도로 진입로를 코앞에 두고 정지 신호에 서 있다가 누군가에게 전화를 해서 도움을 요청하거나 하다못해 이야기라도 나눌 수 있었으면 얼마나 좋을까 싶었다. 하지만 내가 겪는 일들을 이해할 만한 사람이 아무도 떠오르지 않았다. 싱글맘으로 살아간다는 것, 나처럼 편부모로서 생계까지 책임져야 한다는 것이 어떤 의미인지 아는 사람이 아니면 내 상황을 이해할 리가 없었다.

친구들에게 내 생활에 대해 털어놓고 골치 아픈 여러 가지 문제, 스트레스, 쉴 새 없이 곡예하듯 처리해야 하는 수많은 일들에 대해 살짝이라도 내비칠라치면 항상 똑같은 반응이 날아왔다. "네가 도대체 어떻게 그걸 다 해내는지 모르겠어."

친구들은 남편이 출장을 가거나 연달아 늦게까지 일해야 하는 상황에 빗대며 "네가 도대체 어떻게 그걸 다 해내는지 모르겠어"라고 말하며 고개를 절레절레 젓는다. 그럴 때면 나는 항상 별다른 반응을 하지 않으려 노력했다. 친구들에게 남편 없이 며칠을 보내는 일은 편부모로 살아가는 삶과 비교조차 할 수 없다고 말해주고 싶지만 그냥 그렇게 믿도록 내버려둔다. 친구들과 그 문제에 대해 왈가왈부하다보면 나 자신에 대해 지나치게 많이 드러낼 테다. 다른 사람의 동정을 받고 싶은 생각은 눈곱만큼도 없다. 게다가 가난의 무게를 직접 경험해보지 않은 사람은 절대 이해할 수 없다. 다른 선택이 없기 때문에 밀고나가야 하는 절박감을. 내가 어떤 심정으로 버티는지, 대안이 없다는 이유 때문에 사고 다음날 아침 내 차에서 나온 깨진 유릿조각들이 아직까지 남아 있는 도로를 따라 차를 운전해서 아무 문제 없는 것처럼 생활해나가야 하는 내 심정이 어떤지 알 수 없다.

고객들은 충분히 내 상황을 이해해주겠지만 전기세를 받아가야 하는 회사는 그럴 리 없다. 나야말로 누구보다도 아픈 아이와 나란히 소파에 앉아 빨아먹는 주스 컵에 음료를 담아주면서 〈호기심 많은 원숭이 조지〉 DVD를 연달아서 세 번씩 보고 싶은 사람이었다. 하지만 일터로 돌아가야 했다. 그리고 운전을 해야 했다. 어느 쪽이 더 말이 안 되는 건지 알 수가 없었다.

내가 '어떻게' 일을 처리하는지는 문제가 아니었다. 어떤 부모라도 나와 똑같이 행동했을 것이다. 편부모가 된다는 것은 단순히 혼자서 아이를 돌본다는 뜻만이 아니다. 잠깐의 휴식이나 목욕, 아이 재우는 일의 분담을 '포기'한다는 의미도 아니다. 그런 일들은 내가 겪는 어려움 중에서도 가장 사소한 문제에 불과했다.

나는 엄청난 책임의 무게를 지고 살아야 했다. 쓰레기를 가져다 버리는 사람도 나였다. 슈퍼마켓에 가서 식료품을 고르고 계산한 다음 집까지 운반하는 사람도 나였다. 요리도 내 몫, 청소도 내 몫, 화장지를 교체하는 사람도 나였다. 침대 정리도 내가 했다. 먼지도 내가 떨었다. 자동차 오일을 점검하는 사람도 나였다. 나는 미아를 차에 태워서 병원이나 제이미네 집에 데려갔다. 장학금 혜택을 제공하는 발레 학원을 찾아 발레 수업에 데려갔다가 집으로 데려오는 것도 나였다. 미아가 빙글빙글 돌거나, 점프를 하거나, 미끄럼틀을 내려올 때마다 눈을 떼지 않고 지켜보았다. 미아의 그네를 밀어주고, 밤에 잠을 재우고, 넘어지면 뽀뽀해주는 사람도 나였다. 앉으나 서나 걱정거리가 가득이었다. 스트레스 때문에 속이 쓰렸다. 걱정이 너무 많아 머리가 아팠다. 이번 달 수입이 청구서나 공과금을 처리하기에 충분하지 않을까봐 걱정했다. 아직 넉 달이나 남은 크리스마스도 걱정이었다. 미아의 기침이 축농증으로 발전하여 어린이집에 못 가게 될까봐 걱정했다. 제이미의 행동이 더욱 고약해지고, 대판 싸운 다음 제이미가 나를 괴롭히기 위해 미아를 어린이집에서 바로 데려가겠다며 고집을 부릴까봐 걱정이었다. 근무 일정을 바꿔야 하거나 아예 일을 못하게 될까봐 걱정하는 것은 일상이었다.

경제적인 어려움 속에서 혼자 아이를 키우는 모든 부모가 이런 삶을 살고 있다. 우리는 일터에서 근무를 하고 아이에게 사랑을 표현하고 여러 가지 문제를 처리한다. 그리고 이 모든 걸 해내며 스트레스를 받고 번아웃되어 공허해진다. 몸속에서 무언가 빠져나간 것 같은 상태, 이전의 내 모습은 온데간데없는 유령이 되고 만다. 사고가 난 후 며칠 동안의 내 상태가 바로 이랬다. 걷고 있지만 발에 땅을 제대로 디디지 않은 기분이었다. 작은 산들바람이라도 불어오면 몸 전체가 날아가버릴 것만 같았다.

21장

광대의 집

—

나는 그 집에 '광대의 집'이라는 별명을 붙였다. 부인이 토머스 킨케이드의 풍경화를 무척이나 좋아하는 모양인지 이층 벽면에는 온통 그의 그림이 빽빽하게 걸려 있었다. 그러나 삼층으로 올라가는 긴 계단을 따라서는 광대 그림들이 걸려 있었다. 슬픈 광대들. 클로즈업된 광대들의 눈이 나를 따라다니는 것 같았다. 부인은 작은 광대 조각상도 가지고 있었지만 가장 섬뜩한 것은 역시 그림이었다. 그림을 보면 무력해졌다. 나는 두려움과 혐오감, 그리고 호기심이 뒤섞인 채 광대 그림을 바라보곤 했다. 도대체 저런 그림을 왜 벽에 걸어두는 걸까? 정전이 되었을 때 손전등 불빛이 광대 얼굴에 비치면 어떨까? 기절초풍하지 않을까?

그 집의 장성한 아들 둘을 위해 꾸며진, 침실 두 칸과 화장실이 딸린 일층을 한 달에 한 번씩 청소했다. 아들들은 아예 그 방에 산 적이 없는 것 같았지만 그들이 어렸을 때 사용하던 물건들이 대부분 깔끔하게 정리되어 있었다. 벨비브데보의 카세트, 졸업앨범, 미키마우스 시계의 먼지를 털고 베개를 예쁜 모양으로 매만진 다음 테디베어를 잘 세워두었다. 하지만 그날, 사고 직후 일터로 복귀한 첫날, 이번에도 바로 화장실로 직행했다.

변기가 있는 작은 공간에 혼자 틀어박히는 일은 사방에서 몰려오는 끔찍한 공허함에 대한 자연스러운 반응처럼 보였다. 화장실은 숨기 좋은 장소였다. 토네이도가 몰려와 모든 것이 내 몸 위로 떨어질 때를 대비하는 것처럼 손으로 뒷머리를 감싸쥐고 쪼그리거나 바닥에 엎드리고 싶었다. 트래비스와 함께 살던 마을이 한눈에 보이는 거대한 삼층집인 이 광대의 집은 사고 이후 내 삶이 얼마나 통제 불가능한지 더욱 극명하게 보여주는 것 같았다. 나의 미래가 얼마나 불안한지를. 경제적으로 더이상 버텨낼 수 없을 확률이 얼마나 높은지를.

변기 앞에 무릎을 꿇고 앉아 숨을 깊이 들이쉬고는 다섯을 센 다음 숨을 내쉬었고, 화장지 끝부분을 삼각형으로 접었다. 한쪽 모서리를 접고 다른 쪽도 마저 접어서 깔끔한 삼각형 모양이 되도록. 청소용품 바구니에 손을 뻗어 노란색 장갑을 꺼냈다. 사고 현장에서 굴러들어간 유릿조각이 화장실 바닥 사방으로 튀었다.

눈물이 나서 앞이 보이지 않았다. 조금 전까지만 해도 포근하게 나를 감싸주는 것 같았던 화장실은 이제 쓰레기 압축기처럼 숨이 막혔다. 화장실 문고리에 손을 뻗어 밖으로 나온 다음 신선한 공기를 들이마셨다. 목구멍 깊은 곳에서 비명이 터져나왔고 흐느낌이 이어졌다. 그전날 제이미는 미아를 데려가기 위해 서둘러 페리 선착장으로 달려와서는 딸을 위험에 빠뜨린 마녀의 손에서 구해내는 슈퍼히어로처럼 나를 쳐다보았다. 미아는 울음을 터뜨리며 내 쪽으로 손을 뻗었다. "안 돼, 아가야. 오늘은 나랑 같이 가야 돼." 제이미가 말했다. 그러고는 나를 노려보았다.

샤워실 앞에 앉아서 무릎에 이마를 대고 적갈색 러그의 실들을 손가락 끝으로 훑었다. 자동차 창문이 박살나는 소리가 귀를 울렸고 가슴은 숨쉴 수 없을 정도로 꽉 조여왔다. **지금은 일해야 하는 시간이야.** 나는 스스로에게 되뇌었다. **일해야 하는 시간에 이렇게 무너져내리고 있어.**

장갑의 손가락 부분에도 유릿조각이 들어 있었다. 장갑을 흔들어 유리를 빼낸 다음 다시 장갑을 끼었지만 눈물이 나서 앞이 보이지 않았기 때문에 다시 장갑을 벗어서 얼굴에 손을 대고 눈물을 감추었다.

전화기를 꺼내서 팸에게 전화를 걸었다. "눈물이 계속 나요, 팸. 어떻게 해야 할지 모르겠어요. 울음을 멈출 수가 없어요." 나는 헐떡거리며 숨을 들이쉬었다.

"스테퍼니? 괜찮아요? 지금 어디야?" 팸의 목소리에 엄마 같은 걱정이 가득했던 탓일까, 내 울음소리는 더욱 커졌다.

"저는 지금," 더이상 흉한 소리가 새어나가지 않도록 손으로 입을 틀어막았다. 이 집 주인의 이름이 생각나지 않았다. "광대 그림이 가득 걸린 큰 집에 있어요."

"게리슨 씨네 집?" 팸이 물었다.

"네." 그 이름이 맞는 것 같았다. "오늘은 일층도 청소하는 날이에요." 달리면서 이야기하는 것처럼 호흡이 자꾸 끊겼다. "청소 바구니에 유리가 들어 있어요. 미아의 몸에 유리가 쏟아졌었어요. 미아가 하마터면 죽을 뻔했어요."

"음," 팸은 입을 열었다가 적당한 표현을 찾는 것처럼 잠깐 말을 멈추었다. "알 방도가 없었잖아요…… 운전을 할 때 사람은 자기도 모르게 눈에 들어오는 사물 쪽으로 다가가는 경향이 있대요…… 스테퍼니도 그런 일이 일어날 거라고 생각하고 거기 주차한 건 아니잖아, 안 그래요?"

아마도 문자를 보내거나 담배에 불을 붙이거나 어떤 형태로든 정신이 딴 데 팔려 있어 중앙선 근처에 서 있는 나를 못 봤을 상대편 운전자를 생각했다. 혹시 그 운전자가 나 때문에 집중력이 흐트러져 길을 빗나갔을 가능성도 있을까?

팸은 나의 경제적 상황을 잘 알았다. 이 시간에 반드시 일을 해야 했으며 일을 쉬고 일당을 놓치면 큰 타격을 입는다는 것도 잘 알았다. 팸은 나의 이야기를 전부 들어주었다. 그날 아침에 어쩔 수 없이 운전대를 잡아야 했고, 손이 부들부들 떨렸으며, 사고 현장을 다시 지나가야 했고, 갓길에 남은 검은 타이어 자국과 깨진 유리를 쳐다보지 않으려고 노력했지만 그래도 눈을 돌려 쳐다보고야 말았다는. 그날 청소할 집은 이곳뿐이었다. 하지만 도저히 그럴 수가 없었다.

"오늘 하루는 쉬는 게 어때?" 팸은 내 하소연을 다 들어준 다음 부드럽게 제안했다. "그리고 내일도."

"내일은 일할 수 있어요." 나는 항변했다. 내일은 농장이 딸린 집만 하면 됐다. 물론 쉽지는 않을 것이다. "내일은 괜찮을 거예요." 팸보다는 나 자신에게 확신을 주기 위한 다짐이었다. "오늘 일을 쉬는 동안 보험회사에 연락해서 계획을 세우고 나면 모든 일이 좀더 정리가 됐다고 느껴질 거예요." 이렇게 말하면서 스스로도 이 말을 믿으려고 노력했다.

"좋아요." 팸은 아마 미소를 띠며 이렇게 말했을 것이다. "그러면 내일부터 일을 나오도록 해요. **스테퍼니,** 일을 다시 시작해야 돼요. 이렇게 계속 무너지는 건 당신한테도 아무런 도움이 안 돼." 팸이 잠시 말을 멈추자 TV 소리가 배경음처럼 흘러나왔다. "자기 자신의 힘을 믿어요." 팸은 덧붙였다. 하지만 나조차도 아직 나에게 힘이 남아 있는지 확신하기 어려웠다.

전화를 끊고는 누군가가 보여주는 약간의 동정심이 내게 얼마나 절실했는지를 느끼며 한숨을 쉬었다. 그전날에는 아빠가 전화로 페이스북에 사고 사진을 왜 올렸느냐고 나에게 소리를 질렀다. 아빠는 그 사진을 볼 수 있는 사람은 누구든 박살난 차 사진을 나에게 불리한 증거로 사용할 수 있다고 했다.

"페이스북 사진은 내가 친구로 추가한 사람들한테만 보여." 아빠의 피해망상에 짜증이 났고, 아빠가 그런 것에만 신경을 쓴다는 데 상처를 받았다. "지인들한테 사고 이야기를 못할 건 뭐야, 아빠."

"절대로 사고 얘기를 하면 안 돼." 아빠는 내 말에 화가 폭발한 모양이었다. "보험회사가 그걸 보고 네 과실이라고 생각할 수 있다는 건 알아? 그런 생각은 해본 적 있어?" 아빠는 지금 나에게 얼마나 위로의 말과 지지가 필요한지 이해하지 못했거나, 이해하려고 들지 않았다.

하물며 사진 아래에 누군가 남긴 댓글이라도, 하물며 수천 킬로미터 떨어진 곳에 있는 사람들의 위로라도.

"알아, 아빠." 나는 부드럽게 말했다. "당연히 그런 생각은 해봤지." 잠시 말을 멈추자 아빠가 담배를 한 모금 빨아들였다가 연기를 내뱉는 소리가 들려왔다. 아빠가 피자라도 한 판 주문할 테니 자기 집에 오라고 말해주면 얼마나 좋을까 했다. 설교가 아닌 다른 어떤 것이라도. "있잖아, 끊어야 해, 아빠." 아빠는 작별 인사를 하기 전에 사랑한다는 말을 하지 않았다. 물론 나도 마찬가지였다.

집에 돌아가는 대신 폐차장으로 가서 견인된 내 차의 내부를 정리했다. 백미러에는 아직도 구슬 목걸이와 색유리로 만든 데이지꽃이 걸려 있었다. 친구가 만들어준, 에스프레소 투 샷이 딱 맞게 든 커피잔을 집어들었다. 뒷유리에 붙여둔 '알래스카 여자를 얕보면 안 돼' 스티커도 떼어냈다. 형태를 알아볼 수 없을 정도로 망가진 루비의 뒤쪽 범퍼 사진도 열 장 이상 찍었다. 뒤쪽 모서리의 주유구 근처는 푹 패였고 주유구 뚜껑은 앞쪽으로 꺾인 채 쓰다 버린 알루미늄 포일처럼 우그러져 있었다.

창문 유리가 테두리와 만나는 차 뒤쪽의 해치백 부분, 그중에서도 와이퍼가 닿지 않는 모서리에 손을 가져다 댔다. 그러고는 눈을 감고 고개를 푹 숙였다. 루비의 고통이 생생하게 전해져왔다.

내 딸을 안전하게 지켜준 이 믿음직한 차는 이제 폐차장에 팔려서 부품을 뜯어낸 뒤 납작한 고철 신세가 될 운명에 처했다. "그동안 고마웠어." 루비에게 작별 인사를 했다.

늦은 오후에 소파에 앉아서 금세 양동이를 가득 채울 만큼 세찬 비를 뿌릴 것 같은 회색 하늘을 쳐다보고 있었다. 사고가 났던 화요일은 후덥지근하고 햇볕이 뜨거웠지만 그후로는 가을에 접어드는 워싱턴 주에서 일상적으로 볼 수 있는 쌀쌀하고 축축한 날씨가 계속되었다. 그날 빗속에 서 있지 않아도 되었다는 사실에 감사하려고 노력했다. 사고가 고작 이틀 전에 일어났다는 사실을 믿을 수 없었다.

아파트의 빈 공간을 서성거리며 전화를 귀에 대고 지직거리는 클래식 연결음을 듣고 있는 참이었다. 상대방 운전자가 최소한도의 보험을 가입해놓았다는 경찰의 통보를 받고 즉시 보험회사에 전화를 걸었다. "카시트 모델 번호를 보내주시면 새 카시트를 살 수 있는 수표를 보내드릴게요." 몇 분 뒤 전화가 연결되자 상대편 보험회사 담당자는 이렇게 말했다. "결근에 대한 보상도 해드릴 수 있어요. 렌터카도 지원해드리고 사고 차량은 다른 폐차장으로 옮길 겁니다. 수리비나 자동차 가격에 대한 배상을 해드릴 수 있는 기한은 다음……"

"잠깐만요." 말을 가로막고 물었다. "그럼 제 과실이 아니란 말이에요? 그쪽에서 책임을 진다고요?"

"맞습니다." 보험 담당자가 말했다. "이번 사고의 책임은 전적으로 저희 쪽에서 집니다. 길 옆쪽에 정차하셨고 비상등을 켜놓으신데다 주차까지 되어 있었잖아요. 이 사고에 과실이 없어요."

담당자는 진심을 가득 담아 이야기했다. **내 잘못이 아니야, 내 잘못이 아니야.** 나는 심지어 그 이야기를 믿기 시작했다.

엄마로서 살아가는 대부분의 기간 동안 내가 발을 디딘 바닥이 안전하다는 걸 좀처럼 믿지 못하며 발끝으로 살금살금 걸어왔다. 여기서 바닥이란 실제 바닥을 의미하기도 하지만 은유적인 표현이기도 하다. 삶이라는 터의 기초를 다지고 바닥과 벽, 그리고 머리 위에 지붕을 세울 때마다 다시금 이 모든 것이 무너져내릴 것이라는 확신이 들었다. 나의 임무는 모든 것이 무너진 다음에도 어떻게든 살아남아 먼지를 떨어내고 처음부터 다시 쌓기였다. 그래서 직감을 믿자고 결정을 내렸고, 사고 후 일터로 돌아갔을 때 팸에게 하루에 한 집만 청소할 수 있다고 말했다. 미아를 어린이집에 데려다주고 고객 집으로 향해서 청소를 마치자, 도저히 다음 집까지 운전을 해서 처음부터 청소를 시작할 엄두가 나지 않았다. 더이상은 무리였다.

2주 후에 광대의 집을 다시 청소하러 갔을 때 청소용품을 들고 광대의 눈들이 나를 쳐다보는 계단을 올라 안방 화장실로 향했다. 그 화장실에는 세면대 두 개와 널찍한 식탁 정도 크기의 샤워실이 있었고 한쪽 모서리의 약간 높은 곳에는 기포가 나오는 욕조가 있었다. 그 욕조가 이번에도 나를 잠시 멈추게 했다. 요람에 누운 양 부드럽게 감싸 안긴다는 느낌은 특별했다. 변호사에게 전화를 하는 동안 욕조 안에 들어가서 한쪽 무릎을 세우고 앉아 있었다. 사고 때문에 발생한 모든 경제적인 어려움을 어떻게 해결하고 헤쳐나가야 할지 대책을 세워야 했다.

변호사에게 사고의 자초지종을 모두 설명했고, 보험회사에서 보장해준다고는 하나 그쪽이 제시한 금액으로는 중고차 할부금도 갚기 힘들다고 털어놓았다. 게다가 지금 즉시 차가 필요했다. 변호사는 내 사건을 담당한 보험회사 직원에게 다음번에 전화를 할 때 짚고 넘어가야 한다고 몇 가지 요점을 가르쳐주었다. 몇 시간 후, 다시 보험회사에 전화를 걸어서 변호사가 해준 이야기를 그대로 전했다. 목소리가 덜덜 떨렸다.

"저와 제 딸은 이 사고 때문에 엄청난 후유증에 시달리고 있어요." 적어놓은 메모를 읽는 티를 내지 않으려 노력하며 말했다. "제 딸은 잠을 제대로 자지 못하고 큰 소리가 나면 쉽게 깜짝깜짝 놀라요." 보험회사 직원에게 이웃집 차가 갑자기 큰 소리를 내자 미아가 깜짝 놀라 펄쩍 뛰어올랐고 가끔 울면서 내 쪽으로 뛰어오기도 한다고 전했다. 내가 받는 스트레스에 대해서도 언급했다. 이전에는 손쉽게 처리하던 일을 지금은 제대로 해내기가 힘들다고 말했다.

"딸과 제가 현재 겪고 있는 정신적인 스트레스, 이번 사고로 인해 끊임없이 찾아오는 두려움과 불안감, 새 자동차를 마련할 수 없는 경제적인 사정 때문에 우리 가족은 극심한 어려움에 처했습니다." 심호흡한 다음 말을 이었다. "우리는 이번 일에 대한 치료가 필요합니다. 저는 상담이 필요하고 약물 처방이 필요할지도 몰라요. 미아도 전문가의 도움을 받아야 합니다. 새 차를 마련하는 비용만도 벅찬데 도저히 그런 비용까지 마련할 방법이 없습니다." 다시 한번 크게 숨을 쉬기 위해 말을 멈추었다. "그쪽에서 저희의 정신적인 트라우마로 인한 비용을 보상해주지 않을 경우 제대로 된 보상을 받기 위해 법적인 조치를 취하겠습니다." 계속 메모를 손가락으로 짚어가며 말했지만 마지막 줄에서 손가락이 멈춰버렸다. 일단 말을 끝내고는 벌벌 떨면서 대답을 기다렸다.

"저희가 어떤 조치를 취할 수 있는지 확인한 후 다시 연락드리겠습니다." 보험회사 담당자는 말했다. 1시간이 채 지나지 않아 담당자는 내 중고차 할부금을 갚아주고 결근에 대한 보상을 해주는 동시에 추가적으로 새 차를 마련할 수 있도록 천 달러가 약간 넘는 금액을 주겠다고 전화로 제안했다. 담당자에게 고맙다는 인사를 할 때 애써 침착하려고 노력했지만, 전화를 끊은 후 내 얼굴에 떠오른 함박웃음을 그 직원이 보았으면 싶었다. 정말 오랜만에 그렇게 웃어본 것 같았다.

며칠 동안 인터넷 광고를 뒤졌지만 1200달러의 예산으로 괜찮은 차는 좀처럼 눈에 들어오지 않았다. 하지만 마법같이 새로운 차가 나타났다. 작은 혼다 시빅 왜건. 1983년식. 하늘색. 미아를 데리고 트래비스와 함께 그 차를 확인하러 갔다. 손세차장을 운영하는 나이 지긋한 부부가 조카에게 주려고 수천 달러를 들여 수리한 차였다. 엔진을 싹 다시 손보고 브레이크를 교체했으며 새 타이어를 끼웠다. 하지만 조카에게 차가 필요 없었기 때문에 사실상 조카가 그 차를 파는 셈이었다. 그 차에서는 부릉부릉 소리가 났다. 기어도 수동이었다. 원래 주인이 새 차를 구입해 계속 소유하고 있었기 때문에 당시의 계약서와 등록증까지 남아 있었다. 나는 1100달러를 제시했다. 주인은 그 제안을 받아들였다. 미아와 나는 그 차에 진주라는 의미로 펄Pearl이라는 애칭을 붙여주었다. 우리의 힘겨운 상황에서 탄생한 가장 밝은 존재였다.

펄은 미아와 나의 일상적인 출퇴근을 상당히 잘 견뎌주었고 차를 구했다는 안도감 때문에 내 스트레스도 급격히 줄어들었다. 다행히도 근무 일정은 아직 꽉 차 있었기 때문에 좋은 의미에서 다른 곳으로 주의를 돌릴 수 있었다. 오후 시간이 빌 경우 개인 고객으로 채웠다. 알몸이나 섹시한 가정부 의상을 입고 청소를 해달라는 요청이 너무 많아졌기 때문에 크레이그리스트 대신 페이스북의 지역 엄마들 모임에 청소 서비스 광고를 올렸다. 그렇게 이상한 요청이 처음 들어왔을 때 이를 요청한 남자는 사뭇 나를 도와주는 것처럼 포장했다. 청소만으로는 충분히 모욕적이지 않다는 듯이.

청소할 집까지 가는 기름값을 제외하면 클래식클린에서 받는 돈 중에 실제로 내 수중에는 시급의 절반을 약간 넘는 정도만 들어왔다. 지난번에 야구 경기 티켓을 준 주말의 집 사건 이후에는 고객 집까지의 편도 거리를 45분 내로 유지하려고 노력했고 그보다 더 멀리 사는 신규 고객들은 받지 않았다. 하지만 로니는 이 새로운 고객을 꼭 받아야 한다고 우기며 이렇게 말했다. "충분히 그럴 가치가 있다니까요. 진짜 좋은 분들이에요." 새로운 고객은 정교한 목공예와 바위로 장식하여 맞춤형으로 지은 커다란 주택을 소유하고 있었다. 그곳을 몇 번 청소하고 나서 마음속으로 그 집에 '사랑의 집'이라는 별명을 붙였다. 그 집에 가려면 높이 뻗은 상록수가 양쪽에 늘어선 구불구불한 1차선 도로를 따라 한참 운전해야 했다. 그 집 언덕 위에서는 아래쪽 골짜기에 자리잡은 농경지가 내려다보였다. 그 집에 사는 부부는 청소 시간에 집에 있었다. 냉장고와 장식장이 부부의 장성한 딸과 손자들의 사진으로 도배되어 있었다. 부엌 옆쪽에 있는 손님용 침실은 딸과 손자들이 올 때를 대비해서 항상 준비를 해두는 것 같았다.

그 집 남편은 현관에서 나를 맞아준 다음 청소도구 운반을 도와주겠다고 했다. 털이 복슬복슬한 골든레트리버가 꼬리를 흔들며 내 발치에서 킁킁 냄새를 맡았다. 신발을 벗고 부인에게 미소를 지으며 인사를 했고, 부인은 의자에 앉아서 나에게 미소를 지었다. 그 부인이 의자에서 일어나 움직이는 모습은 거의 볼 수가 없었다. 로니는 사랑의 집에 얽힌 사연을 이야기해주면서 아내가 오랜 병치레중이라 남편이 하루종일 돌본다고 말했다. 암이나 그만큼 심각한 병, 혹은 불치병일지도 모른다고 생각했다. TV는 항상 켜져 있었는데 의학 토크쇼인 〈닥터 오즈〉나 집을 개조하는 프로그램의 음향이 쩌렁쩌렁하게 흘러나왔다. 하지만 부인이 이야기를 할 때면 남편이 얼른 TV로 달려가 볼륨을 줄였다. 부인은 무척이나 목소리가 작고 발음이 불분명했기 때문에 좀처럼 말을 알아듣기 힘들었다. 남편은 부인에게 점심을 먹인 후 복도 끝에 있는 화장실로 데려갔다.

두 사람은 결혼 생활의 대부분을 함께 여행하며 보냈고 아이를 좀 늦게 갖기로 한 모양이었다. 거실 장식장에는 북, 목각 장식품, 돌로 만든 코끼리 조각상, 등산 관련 서적들이 빼곡했다. 남편은 두 사람의 삶에 대해 이야기할 때마다 반드시 아내에게 예전의 즐거웠던 추억이 생각나는지 상냥하게 물었다. 부인이 기억난다고 하면 남편은 따뜻함과 사랑을 가득 담아 미소를 지었다. 그 모습을 보노라면 두 사람의 삶이 조금은 부러워지기까지 했다.

처음 그 집을 청소한 날은 예상 청소 시간을 훌쩍 넘겨버렸다. 부엌과 화장실은 오랫동안 제대로 청소한 적이 없었고 표면을 문질러 닦는데도 추가로 시간이 소요되었다. 청소를 전부 마치고 외투를 입고서 잠시 멈춰 의자에 앉은 부인에게 손을 흔들며 작별 인사를 했다. 부인은 나에게 가까이 다가오라고 손짓을 하더니 손을 내밀어 내 손을 잡았다. 그러고는 다른 손으로 10달러짜리 지폐를 쥐여주었다.

"이건 비용을 제외한 제 시급보다도 많아요." 나는 이렇게 말하며 그렇게 세세한 이야기까지 털어놓았다는 데 깜짝 놀랐다. "거의 두 배 정도 돼요."

부인은 환하게 웃었고 나는 몸을 돌려 현관 쪽으로 걸어가면서 감사하다는 말을 중얼거렸다. 미처 현관에 다다르기 전에 가슴이 벅차올라서 안쪽으로 고개를 돌리고 이렇게 말했다. "세상에, 오늘 미아한테 해피밀을 사줄 수 있어요!" 우리 둘은 동시에 미소를 짓다가 작게 웃음을 터뜨렸다.

짐을 다 챙기자 남편이 서둘러 다가와서 아까보다 빗방울이 굵어졌으니 차고 쪽으로 나가라고 했다.

청소용품, 깨끗한 걸레, 주말 동안 빨아야 할 더러운 걸레 가방을 내 차의 짐칸에 함께 실은 후, 남편은 다시 차고 안으로 따라 들어오라고 했다. "요즘은 집에 손님이 많이 찾아오지 않는 편이라서." 그는 그러더니 강아지에게 던져주라며 간식을 건넸다. 손님이라는 말을 들었다는 사실에 당황하지 않으려 노력하면서 뒤쪽 벽에 세워진 오토바이에 대해 물었다. 남편은 씩 웃더니 여름마다 딸이 일주일씩 와서 엄마를 돌봐주기 때문에 친구들 몇 명과 함께 1년에 한 번씩 해변을 따라 오토바이 여행을 떠날 수 있다고 이야기해주었다.

우리는 아무 말도 하지 않고 서서 행간의 침묵을 잠시 바라보았다. 부인에 대해 물어보고 싶었고, 두 사람의 생활이 어떤지, 이 모든 상황에서도 어떻게 당신은 그토록 행복하고 평화로운지 궁금했다. 하지만 그 대신 나도 자동차 여행을 해보고 싶다고 솔직히 말했다. "하다못해 하루나 이틀이라도 일을 쉬고 여행을 갔으면 좋겠어요." 평소와는 다르게 이런 말까지 털어놓았다. 고객들에게 적은 시급으로 그들의 집을 청소하는 일이 얼마나 고된지 이야기한 적이 없었다.

"아, 그래요?" 그 집 남편은 진지하게 관심을 보이며 말했다. "어디를 생각하고 있었어요?"

"몬태나 주 미줄라요." 이렇게 말하며 손을 뻗어 반려견을 쓰다듬었고, 미아가 언젠가 이런 강아지를 키우게 되면 얼마나 좋아할지 생각했다. "저는 알래스카 출신이에요. 정말 끝내주는 곳이죠."

"맞아요." 그는 웃으며 말했다. "아름다운 곳이죠. 믿을 수 없이 탁 트여 있고. 알래스카의 하늘이 더 넓다고들 말하는데 정말 그렇더군요."

미소를 짓자 알래스카의 광경과 그곳을 여행하는 꿈으로 가슴이 부풀었다. "언젠가 가볼 수 있었으면 좋겠어요."

남편은 고개를 끄덕이더니 이제 아이를 데리러 가보라고 했다. 진입로를 따라서 차를 후진시키다가 그에게 손을 흔들었다. 그 집에서 시간을 보내다보니 가장 진정한 형태의 사랑을 눈앞에서 목격한 것만 같았다. 너무나 사랑이 넘치는 나머지 차고의 열린 문 틈새로 흘러나올 정도였다고나 할까.

하지만 그 집은 예외 중의 예외였기 때문에 운전해서 우리집으로 돌아가면서부터 그 집에서 보낸 즐거운 시간을 벌써 추억하며 한숨짓고 있었다. 평일에는 대부분 끔찍한 외로움과 싸워야 했다. 운전을 하고, 일을 하고, 밤늦게까지 학교 과제를 하며 끊임없이 홀로 시간을 보냈다. 밥을 먹고 미아를 목욕시킨 후 미아가 잠들 때까지 이야기를 읽어주며 함께 저녁 시간을 보내는 2시간 정도만 빼고 말이다. 스카짓밸리 지역 전문대학의 학사 담당자는 싱글맘에 하루종일 일을 한다는 내 상황을 듣고는 눈이 휘둥그레졌다. "이걸 다하기란 거의 불가능에 가까운데." 내가 아이를 돌보고 일을 하면서 추가적으로 듣겠다고 신청한 강의 목록을 가리키며 그는 이렇게 말했다. 학사 담당자와 상담하고 나서 주차장으로 걸어와 차에 탄 후 오랫동안 시동을 켜지 않고 앉아 있었다.

하지만 과제는 어렵지는 않았다. 그냥 짜증이 났을 뿐이었다. 고등교육기관들이 학위를 받기 위해서는 반드시 학비를 지불하고 수료해야 한다고 정해놓은 수학, 과학 등의 필수 과목을 이수해야 했다. 이십대 때 들었던 강의 학점 중 일부는 인정되었지만, 그래도 나머지는 직접 강의를 듣고 강사와 소통해야 했다. 너무나 모순되는 일은, 그 모든 것을 혼자 컴퓨터 앞에 앉아 온라인으로 했다는 것이다.

주중에 과제를 끝내지 못하면 미아가 제이미 집에 간 주말 동안 뒤처진 부분을 따라잡았다. 먼저 과제를 끝내기도 했다. 강의 내용은 서로 뒤죽박죽되기 일쑤였다. 인류학 수업을 들었고 기상학 강의도 들었지만 오픈북 시험이 끝나는 즉시 배운 내용은 전부 머릿속에서 사라져버렸다. 내 형편에 그토록 많은 시간과 돈을 학교 강의에 쏟아붓는 것은 사실 말이 되지 않았다. 처음에는 끝이 까마득하게 멀어 보였다. 그 끝이 어떤 모습일지도 잘 상상이 가지 않았다. 그저 목표에 도달하기 위해서는 다양한 구름의 명칭을 조사하는 과제를 끝마쳐야 한다는 사실만 알 뿐이었다.

미아가 제이미 집에 가버리고 홀로 둥그런 부엌 식탁에 앉아 과제에 둘러싸여 보내는 긴 주말이면 어쩔 수 없이 오랫동안 창문 밖을 멍하니 바라봤다. 창문마다 얇게 습기가 차기 때문에 집에 있을 때면 하루에 몇 번씩이나 물기를 닦아내야 했다. 그럴 때마다 '안'과 '밖'은 몇 도의 온도차와 오래된 유리창 차이일 뿐이라는 생각이 들었다.

습도가 높은 날씨가 지속되면서 미아와 나의 건강을 위협하는 검은곰팡이와의 끝없는 전쟁이 시작되었다. 미아는 코에서 계속해서 콧물을 흘렸다. 나는 탄광에서 일하는 사람처럼 때로는 토할 때까지 심한 기침을 했다. 한번은 증상을 인터넷에서 찾아 자가진단을 해보다가 공황 상태에 빠져 응급실로 급히 달려간 적도 있다. 분비선이 엄청나게 부어오른 탓에 머리를 제대로 움직이기도 힘들었기 때문에 수막염에 걸렸다고 생각했다. 2주 후 의사와 몇 분 이야기를 나눴다는 이유로 200달러가 적힌 청구서가 날아왔다. 분노에 가득차서 신용에 어떤 악영향을 미치든 말든 병원비를 내지 않겠다는 각오로 병원 경리부서에 전화를 걸었다. 몇 가지 양식을 작성하고 사정을 설명하자 병원에서 저소득층 부모에게 제공하는 프로그램을 적용하여 청구서 비용을 낮춰주었다. 전화해서 요청만 하면 해결되는 일이었다. 그런 프로그램이 있다는 사실조차 안내해주지 않는다는 점이 언제나처럼 놀라웠다. 경리부서에서는 병원비를 80퍼센트 깎을 수 있다는 사실은 빼놓고 지불 방법을 선택하라고만 안내했었다.

비가 자주 내려 실내에 머무는 시간이 길어지자 집이라고 부르는 공간을 오래 바라볼 수밖에 없게 되었다. 혼자 사는 고객들을 떠올렸다. 그들이 텅 빈 방이나, 진공청소기를 밀어낸 선이 뚜렷한 카펫 위를 걸어다니는 모습을 상상했다. 그들처럼 살고 싶지 않았다. 고객들의 삶, 그들이 그토록 열심히 일해서 장만한 집은 더이상 나의 꿈이 아니었다. 오래전에 그런 꿈을 버리기는 했지만, 솔직히 말하자면 꽃과 인형으로 장식된 분홍색 방의 먼지를 떨 때마다 내 딸에게도 이러한 방을 마련해주고 싶은 마음이 절실하게 들기는 했다. 다만 그렇게 넓은 집에 사는 가족들은 각자 비디오게임, 컴퓨터, TV로 가득찬 방에 틀어박혀 서로 얼굴이나 제대로 보고 사는 걸까 궁금했다.

우리가 살고 있는 이 원룸 아파트는 모든 단점에도 불구하고 우리의 보금자리였다. 우리에게 큰 욕실 두 개와 화장실 하나, 차고는 필요없었다. 그 넓은 집들을 깨끗하게 유지하는 일이 얼마나 힘든지는 누구보다 내가 잘 알았다. 비록 상황은 열악했지만 나는 매일 아침 사랑으로 충만한 채 눈을 떴다. 나는 거기에 있었다. 그 작은 아파트에. 항상 그곳에서 미아가 춤을 추거나 재미있는 표정을 짓는 매일의 순간을 직접 목격하며 그 모든 순간들을 열렬히 사랑했다. 미아와 내가 그곳에서 서로 사랑했기 때문에, 우리가 사는 공간은 더없이 따뜻한 가정이었다.

22장

미아와의
조용한 생활

—

기온이 뚝 떨어지자 밤에 침대에 누워 천장을 바라보며 바닥의 베이
스보드 히터에서 나는 삐걱거리는 소리를 들을 때마다 마음이 심란해
져 입술을 잘근잘근 깨물었다. 미아와 나는 서로의 체온을 느끼기 위
해 좁은 트윈 베드에서 함께 잤다. 창문에 담요와 시트를 걸어서 서서
히 다가오는 한기를 몰아내려 했다. 바닥과 창문을 완전히 덮어버릴
정도로 서리가 끼자 침실로 사용하던 공간으로 향하는 프랑스식 문을
아예 닫고 거실과 부엌으로 쓰던 자그마한 공간에서만 생활하기 시작
했다. 내가 청소하는 고객들의 집을 기준으로 했을 때 손님방이나 서
재 크기 정도의 공간이었다. 밤에는 2인용 소파를 펴서 그 위에서 잠
을 잤다. 미아는 또다시 밤샘 파티를 하는 것 같다며 소파 침대 위에
서 신나서 방방 뛰었다. 우리 둘이 자기에는 꽤나 넓은 공간이었지만
미아는 여전히 내 등에 딱 붙어서 몸을 웅크린 채 내 목에 한쪽 팔을
두르고 잤기 때문에 날개뼈 사이의 피부에 미아의 따뜻한 숨결이 느

껴졌다. 아침이 되어 어둠 속에서 알람이 시끄럽게 울리면 등을 대고 누워서 기지개를 켰다. 미아는 내 목을 안은 다음 내 볼에 손을 올려놓았다.

크리스마스가 지나고 어느 날 밤, 겨울비가 동전만한 크기의 눈송이로 변하여 땅바닥을 하얗게 덮고 수십 센티미터 가까이 쌓였다. 그 다음날 아침에는 어차피 눈 때문에 아무데도 갈 수 없다는 것을 예상했기 때문에 미아의 취침 시간을 훨씬 넘긴 늦은 시간까지 자지 않고 눈 내리는 광경을 지켜보았다. 미아는 방한복을 입고 가로등 불빛에 의지해 마당에 쌓인 눈밭에 누워 손발을 마구 흔들면서 자국을 만들었고, 나는 펄의 후드에 눈이 얼마나 쌓였는지 높이를 측정했다. 35센티미터. 알래스카에서 살던 때 이후 이렇게 엄청난 눈보라는 처음이었다.

다음날 아침, 팸이 집에 있으라고 전화를 걸어왔다. 팸은 내가 고객의 집으로 이동하다가 도로에 쌓인 눈 때문에 차 안에 꼼짝 못하고 갇히는 상황에 처하는 것을 원치 않았다. 고작 몇 센티미터의 눈만 내려도 서부 해안 북쪽에서는 거의 모든 것이 멈춰버린다. 심지어 우리 아파트 아래쪽에 난 고속도로도 갓길 여기저기에 운전사가 두고 떠나버린 차 몇 대만 주차되어 있을 뿐 거리는 오가는 차 없이 고요했다.

미아는 간밤에 나가서 논 탓에 아직 축축한 방수 바지를 입고도 불평 한마디 하지 않은 채 단단히 챙겨 입고는 언제 다시 밖으로 나갈 거냐고 물었다. 이웃에 사는 옛 선생님이 혹시 썰매가 필요하느냐고 페이스북 메시지를 보내오셨다. 끈과 모든 장치가 달린 근사한 썰매를 현관에 놓아둘 테니 필요하다면 가져가라고 하셨다. 썰매 이야기를 하자 미아는 방방 뛰면서 "지금? 지금 가면 돼?"라고 물었다. 살짝 망설였다. 내 몸의 모든 세포가 털양말을 신고 소파에 편안하게 앉아 머그컵에 담긴 따뜻한 차나 줄창 마시고 싶다고 외쳤다. 여기에 벽난로와 읽을 책, 그리고 발치에 웅크린 반려견까지 있다면 더욱 완벽하겠지.

"걷기에는 꽤 멀어." 미아에게 이렇게 말해보았지만 이미 그런 것쯤은 문제가 되지 않을 터였다. 하루종일 걸어야 한대도 미아의 흥분은 가라앉지 않았을 것이다. 세 살짜리가 자기 허벅지까지 오는 눈을 뚫고 1.6킬로미터의 언덕길을 오르는 일은 좀처럼 쉽지 않았다. 덕분에 거의 가는 길 내내 미아를 업고 걸어야 했다. 현관에 트로피처럼 썰매가 놓여 있을 은사의 집까지 절반 정도 갔을 무렵, 걸음을 멈추고 몸을 돌려 엄청나게 눈이 쌓인 고요에 사로잡힌 도시를 내려다보았다.

미아와 나는 거의 오전 내내 밖에서 시간을 보냈다. 미아가 썰매에 배를 깔고 엎드려 눈을 한 움큼씩 입에 넣는 동안 이웃집을 지나 우리집 앞까지 그 썰매를 질질 끌고 왔다. 큰길에서 제설차들의 작업 광경이 보여 혹시 그 차들이 우리집 앞 도로까지 올지 궁금했다. 우리가 사는 건물은 골목 중에서도 가장 지대가 낮은 모퉁이에 있었다. 어느 쪽으로 가더라도 언덕이었다. 필은 워낙 차체가 작은 탓에 타이어도 내가 가끔씩 미아를 태워주는 아동용 장난감 수레 정도였다. 당연히 스노타이어나 체인은 없었고 이를 새로 살 여유도 없었다.

낮 동안에는 햇빛이 비쳐 어느 정도 눈이 녹았지만 그날 밤 기온이 영하로 뚝 떨어졌고 다음날도 한파가 이어졌다. 도로는 두꺼운 빙판으로 덮였다. 우리집 위층에 사는 사람이 차를 몰고 골목까지 가려다가 포기하는 모습을 지켜보았다. 또 하루의 일감이 날아갔다. 어쩌면 이 번 달 신용카드 결제를 건너뛰거나 남은 한도만큼 돈을 빼서 계좌에 넣어두고 그 돈으로 신용카드 결제를 해야 할지도 몰라. 월 중순이었 기 때문에 대부분의 고지서는 이미 결제된 상태였지만 다음번 수입이 들어오는 2주 후에는 다시금 온갖 청구서와 고지서 기한이 다가온다. 그리고 날씨 때문에 수입은 100달러 정도 줄어들 것이 틀림없었다.

이렇게 눈 내리는 날이 지속되자 미아와 나는 대부분의 시간을 거 실과 부엌에서 보냈다. 침실로 사용하던 공간은 너무 추워서 프랑스식 문의 유리창을 보면 집안에서도 성에가 잔뜩 낀 게 보일 정도였다. 미 아는 그 방에 장난감을 가지러 갈 때 코트까지 챙겨 입었다. TV에서 는 지역 방송밖에 나오지 않았기 때문에 미아가 좋아하는 DVD를 질 릴 때까지 반복해서 틀었다. 발레리나 요정 모습을 한 헬로키티가 등 장하는 동화 DVD에서는 높은 톤의 목소리가 흘러나와 머리가 지끈 거렸다. 결국 DVD를 끄고 수채화 물감을 꺼냈다.

미아가 그림을 그리면 나는 잘 그렸다며 고개를 끄덕거리거나 동화 책을 읽어주었다. 미아와 이렇게 함께할 기회는 많지 않았다. 보통 미 아가 제이미네 집에 가지 않는 격주 주말에나 이런 시간을 보낼 수 있 었다. 여가 시간에 쓸 여윳돈이 없었기 때문에 사방으로 뛰어다니기 좋아하고 활발한 미아가 따분해하지 않도록 갖가지 창의적인 놀이 방 법을 생각해내야 했다. 비라도 오면 아이의 넘치는 에너지를 발산하기 위해 어린이 박물관은 고사하고 심지어 맥도날드에 딸린 놀이터에조차 데려갈 수 없었다. 동물원이나 워터파크에서 화창한 날씨를 즐기지도 못했다.

가끔씩 보도에서 아이와 함께 가는 엄마 아빠의 뒤를 따라가다보면 혼자라서 부끄럽기도 했다. 내가 도저히 살 수 없는 옷을 입고 값비싼 삼륜 유모차에 고급 기저귀 가방을 싣고 다니는 그들을 뚫어져라 바라보았다. 그런 엄마들은 내가 절대 할 수 없는 "여보, 이것 좀 들어줄래?" "있잖아, 애 좀 잠깐 안고 있어볼래?" 같은 말들을 자연스럽게 한다. 아이를 안고 있던 부모가 다른 부모의 팔로 아이를 넘겨줄 수 있다. 더이상 미아를 안아주지 못할 정도로 팔이 너무 아파서 도저히 안 되겠다 싶어 미아에게 내려서 걸으라고 일러야 했던 순간이 몇 번이던가.

눈이 내린 첫날, 혹시 미아가 다른 사람과 함께 지냈다면 더 나은 삶을 살 수 있었을까, 미아를 세상에 태어나게 한 내 결정이 잘못된 것이었을까 하는 마음속의 죄책감과 수치심을 잠재우려고 노력했다. 손에 턱을 괴고 미아가 조심스럽게 웃는 얼굴을 또하나 그려넣는 광경을 지켜보았다. 우리는 둘 다 트레이닝복을 입고 양말을 두 켤레씩 겹쳐 신고 있었다. 공기에서는 성에 냄새가 났다.

그즈음 제이미의 집과 우리집을 오가는 미아가 유독 힘들어해 그 모습에 평소보다도 더 가슴이 아팠다. 일요일에는 미아를 데려오려면 왕복 3시간 걸려 다녀와야 했는데, 그럴 때마다 우리 둘 다 이를 악물고 스트레스와 끔찍한 시간을 견뎌냈다. 그전 해만 해도 미아는 대부분 차를 타면 집까지 오는 내내 곤히 잠에 빠져들었다. 친구들에게 자기가 얼마나 좋은 아빠인지 보여주겠다며 미아가 기진맥진해질 때까지 제이미가 여기저기 데리고 다닌 탓이었다. 가끔씩 미아가 제이미를 찾으면서 울기라도 하면 가슴이 찢어질 것처럼 아프고 분노가 치밀어 올랐다. 그럴 때만큼 워싱턴 주에서 계속 살겠다고 결정한 걸 후회해 본 적은 없었다. 가난은 질척거리는 진흙탕과도 같아서 우리의 발을 잡아채고 놓아주지 않았다.

눈보라가 치기 얼마 전의 일요일 오후, 미아는 페리 선착장에서 우리 아파트까지 오는 90분 내내 차 안에서 나에게 소리를 질렀다. 도대체 무슨 일이 있었는지, 제이미가 미아에게 뭐라고 했기에 미아가 저렇게 화를 내는지 알 수가 없었다. 그날 오후 미아는 귀 수술 직후에 그랬던 것처럼 거의 짐승의 울부짖음처럼 원시적으로 고함을 질렀다.

"엄마 싫어!" 미아는 발길질을 하며 거듭 이렇게 말했다. "엄마가 없어지면 좋겠어! 엄마가 죽었으면 좋겠어!" 제이미는 가능한 한 모든 기회를 이용해 내가 일부러 부녀를 못 만나게 한다는 생각을 미아에게 주입시키려 했고, 미아와 떨어져 지내서 무척이나 슬프다고 여러 차례 아이에게 강조했다. 만약 제이미가 진심으로 미아와 더 많은 시간을 보내고 싶었다면 그만큼 노력을 했을 터이다. 마음이 있었다면 최소한 미아의 방이라도 따로 마련해주었을 것이다. 하지만 미아가 그런 사정을 알 리 없었다. 제이미는 그저 미아가 아빠와 더 많은 시간을 보내고 싶어했으면 하고 바랄 뿐이었다. 미아가 아빠를 찾으며 우는 모습을 좋아했다. 미아가 고작 한 살이었을 때 제이미의 집에 다녀오더니 도저히 달랠 수 없을 정도로 몸부림을 쳤다. 나는 분노와 고통으로 뻣뻣해진데다 뜨겁게 눈물을 흘리며 소리를 지르는 아이를 안고 미아의 목소리가 갈라지고 힘이 빠질 때까지 몇 시간이나 토닥여야 했다. 미아를 품에 안고 간절히 진정하기를 바라는 것 말고는 다른 방법이 없었다.

눈보라가 친 그날 오후, 작은 스노볼 안에 갇힌 것처럼 어디에도 갈 수 없는 상황에서 기분좋게 차와 커피를 마시며 미아가 혼자 콧노래를 부르면서 붓에 다른 색 물감을 묻히는 모습을 지켜보고 있었다. 상실감, 혼란스러움, 슬픔, 열망, 또는 분노를 제대로 표현하기에 미아는 너무 어렸지만, 그 점을 고려해도 일요일 오후 내내 밑도 끝도 없이 떼를 쓰는 미아를 상대하는 시간이 수월해지지는 않았다. 항상 본능적으로 미아를 안아주었지만 요즘 들어서 미아는 발로 차고 소리를 더욱 크게 질렀다. 가끔은 나도 미아에게 소리를 버럭 지르기도 했다. 얇은 아파트 벽 너머에서 그런 소리가 들리면 이웃들도 걱정할 것이 틀림없었다. 그럴 때마다 어떻게 해야 할지 몰랐다. 어디 기댈 곳도, 전화할 부모도, 조언을 구할 육아 전문가나 상담사도, 심지어 친하게 지내는 다른 엄마들도 없었다. 아이에게 양쪽 부모 사이를 오가는 삶에 의연하게 적응하도록 강요했고, 미아는 그런 삶의 무게에 짓눌려 소리를 질렀다. 평범한 일에 떼를 쓰는 아이를 둔 전업주부가 어떻게 미아의 분노를 이해하겠는가?

그렇다고 해서 다른 이들과의 소통을 아예 시도해보지 않은 것은 아니었다. 그해 가을, 미아네 어린이집에서 열린 학부모 저녁 모임이나 일종의 포트럭 파티에 나도 시간을 할애해 다른 엄마들과 어울려봤다. 유치원에 다니는 미아 또래의 아이들은 대부분 양쪽 부모가 다 있었다. 부모들은 주디 할머니 주변에 모여서 쾌활한 주디 할머니와 즐거운 시간을 보내고 있었다. 미아는 다른 몇몇 아이들과 어울려서 이리저리 뛰어다녔기 때문에 혼자 서 있을 수밖에 없었던 나는 옆에 있는 엄마들 몇몇이 남편에 대한 불만을 털어놓는 것을 들었다. 나도 모르게 고개를 돌려 그쪽을 쳐다보는 바람에 그 엄마들도 내가 듣고 있다는 사실을 알아챘다.

"혼자서 다 하려면 얼마나 힘들어요!" 친구의 불평을 듣던 어느 엄마가 나에게 말했다. 나는 고개를 끄덕이면서 입술의 양끝을 움직여 어떻게든 미소 비슷한 것을 지어보려고 했다.

"그러니까요, 스테퍼니." 다른 엄마가 말했다. "싱글맘 맞죠? 제 친구가 얼마 전에 아주 지저분한 이혼 절차를 마치고 너무 힘들어하거든요. 친구가 도움을 받을 만한 단체가 있으면 좀 알려줄래요?"

"그럼요." 대답하는 내 눈동자는 불안하게 흔들렸다. 우리 옆쪽에는 당근 스틱과 잘게 자른 브로콜리, 랜치 소스가 담긴 작은 접시를 든 세 명의 엄마가 테이블을 둘러싸고 서 있었다. 이제 그 세 명 모두가 나를 쳐다보았다. 말로만 듣던 싱글맘이라니. 나는 식료품과 양육비를 지원해주는 몇 가지 프로그램을 우물쭈물 내뱉었다.

그중에서 갈색 단발머리에 얼굴이 동그랗고 키가 작은 엄마 한 명이 코를 훌쩍이며 고개를 빳빳이 들었다. "작년 겨울에 잭이 해고를 당해서 온 가족이 부모님 집에 들어가서 살아야 했잖아. 기억나?" 그 엄마는 그러면서 옆에 있는 엄마를 쿡 찔렀다. "질리의 작은 침대가 똑바로 들어가지도 않을 정도로 좁은 방이었잖아? 진짜 노숙자가 된 기분이었다니까. 노숙자 말이야!" 팔로 쿡 찔린 친구는 고개를 끄덕이며 슬픈 표정을 지었다. "하지만 만약을 대비해서 저금을 해놓은 게 정말 천만다행이지."

또다른 엄마가 고개를 끄덕였다. 그들은 모두 몸을 돌려서 나를 보며 내 반응을 기다렸다. 미아가 내게 들어달라고 해놓고는 완전히 까먹은 과자 접시와 눅눅한 핫도그를 내려다보았다. 음식을 준비해오지 못했기 때문에 아무것도 입에 대지 않던 참이었다. 뭐라고 대답해야 할지 도저히 감이 잡히지 않았다. 이들이 우리집을 보면 뭐라고 말할까? 나는 딸에게 제대로 된 집이나 먹을 것을 제공해주지 못하는데다 우리가 사는 자그마한 공간을 마련하기 위해 지원금을 받아야 했다. 정부 지원 제도에 의지해서 살아가면서 생활이 조금만 나아져도 그에 상응하는 불이익을 받게 되는데 그럴 때마다 무엇보다도 좌절감이 들었다. 몇 번 정도 최저소득보다 겨우 몇 달러 많이 번 적이 있었는데, 그때마다 수백 달러의 지원금을 포기해야 했다. 나 같은 자영업자는 몇 달에 한 번씩 수입을 보고해야 했다. 50달러를 더 벌면 어린이집에 내야 하는 돈이 그만큼 올라갔다. 가끔은 쥐꼬리만큼 올라간 수입 때문에 양육 지원금이 통째로 날아갔다. 이러한 상황에서는 저축할 의욕조차 나지 않았고 비상금을 마련해둘 여유는 더더욱 없었다. 복지 제도의 모순에 갇힌 채, 빈곤의 구렁텅이에서 기어올라갈 꿈조차 꾸지 못하고 바닥만 긁으며 사는 나날이었다.

거기 모인 엄마들 중 한 명이 누가 이혼을 한 거냐고 묻자 그 질문을 계기로 엄마들이 수다 삼매경에 빠졌다. 그사이 나는 슬그머니 자리를 뜰 수 있었다.

어쩌면 그 엄마들도 아주 약간은 나와 비슷한 기분이었을지 모른다. 어쩌면 그 엄마들도 결혼생활을 하면서 내가 상상하는 것보다 더욱 많이 외로움을 느꼈을 수도 있다. 어쩌면 우리 모두 한때 우리가 가졌던, 그러나 잃어버린 희망처럼 무언가를 갈망하는지도 모른다.

미아의 분노, 차 사고로 거의 미아를 잃을 뻔했던 일, 그리고 난방비가 없어서 집안에서 코트를 입고 있어야 하는 우리의 상황에 대해 생각했다. 그리고 거의 하루종일 미아와 함께 화장실을 청소하고 바닥을 문지르면서 보낸 주말도 떠올렸다.

그해 겨울, 나는 온라인에 쓰는 일기를 새로운 목적으로 사용해야겠다고 결심했다. 그때까지는 글감이 마땅치 않아서 주로 내가 어떤 어려움을 겪는지에 대해 적었다. 미아와 함께 즐기는 아름답고 행복하며 놀라운 순간에 대해서도 썼지만 가끔씩이었다. 이제는 아예 그쪽에 초점을 맞춰 블로그를 관리하기로 마음먹었고, 우리 두 사람의 삶을 적어가는 공간에 **미아와의 조용한 생활**이라는 제목을 붙였다. 식탁에 앉아서 미아가 그림 그리는 모습을 지켜보며 깊은 생각에 잠기는 바로 지금과 같은 순간들을 포착하여 생생하게 기억에 남겨두고 싶었다.

온라인 일기장은 내가 갈구하던 생명줄, 글과 사진을 쏟아낼 분출구, 내 삶의 스트레스와 공포감을 끊고 내가 가장 사랑하는 대상, 즉 미아와 글쓰기에 집중할 수 있는 공간이 되어주었다. 한껏 무언가에 열중하는 미아의 얼굴을 사진으로 남기며 감탄을 금치 못했다. 그러한 찰나의 순간들이야말로 미아의 삶에서 내가 실제보다 훨씬 더 큰 존재감을 가지고 있는 양 느껴졌다.

현재의 생활은 내가 바라던 모습이 아니었지만, 지금으로서는 이것이 우리의 삶이었다. **언제까지나 이런 식으로 살지는 않을 거야.** 끊임없이 스스로에게 이 말을 되뇌었다. 안 그러면 손바닥만한 이 방을 집이라고 불러야 하며, 내 딸에게 집이든 음식이든 이것이 우리가 가진 전부라고 말해야 하는 죄책감이 나를 갉아먹을 것 같았다. 내 딸이 울타리로 둘러싸인 뒷마당과 시멘트로 만든 테라스, 또는 사방치기 놀이를 할 수 있는 진입 도로가 있는 집에서 살 수 있다면 얼마나 좋을까. 미아는 나와 함께 '살고 싶은 집 상상하기' 게임을 할 때마다 학교 운동장처럼 모래가 깔린 놀이터와 그네가 있었으면 좋겠다고 했다. 우리의 미래의 모습, 우리가 살아갈 집, 우리가 할 일들을 머릿속에 그려보는 일은 나뿐만 아니라 미아에게도 매우 중요한 일 같았다.

이것은 우리 여정의 시작이었다. 출발점이었다. 식탁에 앉아 붓질하는 미아를 지켜보는 동안만큼은 시간이 잠시 멈추는 듯했다. 그 순간만큼은 따뜻함을 느꼈다. 우리에게는 서로가 있었고 집이 있었으며 가장 끈끈하고도 깊은 사랑을 직접 경험하고 있었다. 비록 허둥지둥 일정을 소화하고, 어떻게든 상황을 견뎌나가고, 끝까지 버티고, 다시 처음부터 시작하는 데 너무나 많은 시간을 허비하고 있지만, 아름답고 평화로운 이 찰나의 순간을 마음껏 만끽하는 일을 절대 잊지 말아야 한다고 다짐했다.

그날 오후에 팸에게서 전화가 왔다. 부엌 식탁에 앉아서 창밖의 눈을 바라보며 팸과 통화를 했다. "혹시 밖으로 나올 수 있어요?" 팸의 목소리에는 실낱같은 바람이 묻어났다.

"아까 차를 움직이려고 해봤는데요." 나는 식탁에서 일어나 막아놓았던 침실 창문 쪽으로 가서 밖을 내다보았다. "주차해놓았던 곳에서 간신히 도로까지는 나왔는데 거기서 타이어가 계속 공회전을 하더라고요." 나는 뼛속까지 알래스카 출신으로서 고개를 절레절레 저었다. "이웃집의 도움을 받아서 차를 원래 자리로 돌려놓으려고 했는데 움직이질 못했어요." 나는 창문에 낀 성에를 긁어냈다. 펄을 움직일 수가 없어서 범퍼를 거의 도로에 그냥 노출한 채 그 자리에 세워둔 상태였다. 앞으로도 하루이틀 정도는 한파가 이어질 것이라고 했다. 큰 도로들은 대부분 얼음이 녹은 상태였지만 고객들 중 몇 명은 산속이나 언덕 위에 살고 있었다. 만약 길에서 발이 묶이면 미아를 제시간에 데리러 갈 수 없을뿐더러 급하게 도움을 청할 사람도 없었다.

일을 할 수 없다는 이유로 혹시 팸이 나를 해고하지는 않을까 하는 생각이 잠시 들었다. 지금까지는 이렇게 오랫동안 일을 빠진 적이 없었고, 최소한 그렇게 성실한 근무 태도가 나에게 유리한 방향으로 작용한다고 생각했다. 하지만 이 순간만큼은 어떻게 되든 상관없었다. 청소 일이 싫은 것만큼이나 청소 일에 의존한다는 사실이 싫었다. 살아가기 위해 반드시 청소 일을 해야 하는 현실이 증오스러웠다. 청소를 해서 돈을 벌 수 있다는 사실에 감사해야 하는 상황이 싫었다. "나중에 보충할게요." 나는 팸에게 말했다.

"그럼 알지, 스테퍼니." 팸의 이 말을 마지막으로 우리는 전화를 끊었다.

창문에서 조금 더 성에를 긁어냈다. 미아는 다시 TV를 틀었다. 숨을 쉬자 입에서 작은 구름이 새어나왔다. 손을 뻗어서 창가에 놓인 미아의 동물 인형 몇 개를 집어들려 했지만 인형의 인조 털이 가닥가닥 유리창에 달라붙어 있었다.

밖에는 슬슬 땅거미가 지기 시작했다. 미아를 위해 팬케이크를 굽고 민트초콜릿칩 아이스크림을 작게 한 스푼 떠서 올려줘야겠다고 마음먹었다. 내 저녁식사로는 삶은 계란 두 개와 남은 냉동 브로콜리를 넣어서 라면을 끓이기로 했다. 미아가 목욕하는 동안 새로 제목을 지은 온라인 일기에 미아와 함께 눈을 헤치고 썰매를 가지러 다녀온 이야기와 사진을 올렸다. 분홍색 장갑 끝에 붙은 눈을 조심스럽게 핥는 미아의 볼은 발그레해져 있었고, 모자에서 삐죽 튀어나온 머리카락은 얼굴 옆선을 타고 부드럽게 구부러져 내려올 정도의 길이였다. 썰매를 끄는 우리의 주변은 무척이나 고요했다. 미아와 내가 눈을 밟는 소리만 들려왔다.

미아는 욕조 가장자리에 내 친구가 물려준 마이리틀포니 인형들을 나란히 늘어놓았다. "이제 목욕 다했어, 엄마." 욕실에서 들려오는 미아의 목소리에, 나는 아직 온몸이 거품투성이인데다 따뜻한 물 때문에 피부가 분홍빛이 된 미아를 욕조에서 들어올려 변기 위에 깔아놓은 수건 위로 옮겼다. 미아는 몰라보게 무거워졌다. 내 팔에 쏙 안기는 자그마한 아기였는데 어느새 시간이 이렇게 흘렀을까.

그날 저녁 우리는 2주째 마루에 펴둔 소파 침대에서 잤다. 미아는 나와 함께 밤샘 파티를 하면서 〈니모를 찾아서〉를 또 한번 볼 수 있다며 신나서 방방 뛰었다.

영화가 중반 정도 지났을 때 미아는 잠에 빠져들었다. 침대에서 일어나 난방을 줄였다. 3시간 정도는 있어야 졸릴 것 같아서 와인이나 하다못해 디카페인 커피처럼 몸을 따뜻하게 해줄 뭐라도 마시고 싶었다. 하지만 그 대신 다시 침대로 기어들어가 미아의 따뜻한 몸 옆에 내 몸을 바짝 붙이고 미아의 숨소리와 움찔거리는 움직임을 느꼈다. 마침내 나도 슬슬 잠에 빠져들었다.

3부
———

달라질 거라는 믿음

23장
좀더 노력해야죠

—

"에미-일-리-아?" 간호사가 크게 이름을 불렀다. 나는 미아의 머리를 받친 어깨를 움직여서 미아를 깨웠다.

"네." 대답하면서 자리에서 일어나 미아를 들어올려 팔에 안았다. "보통 미아라고 불러요."

그 간호사는 내가 한 말에도, 내가 세 살짜리 아이를 안고 있다는 사실에도 별 반응을 보이지 않았다. 그저 자기를 따라오라고만 했다. 미아를 잠시 저울 위에 세워 체중을 재고서 미아와 함께 다른 의자에 앉아서 기다렸다.

"어디가 아파서 왔나요?" 이렇게 묻는 간호사의 시선은 내가 아니라 손에 든 파일에 고정되어 있었다.

"지난주 내내 밤마다 기침을 심하게 하더라고요." 얼마나 오랫동안 기침했는지, 집에 있어야 하는데도 어린이집에 보냈던 것이 며칠인지 기억해내려고 노력했다. "아마도 비염이나 알레르기 아닐까요? 가끔은 눈도 굉장히 빨갛게 충혈되고요, 귀도 많이 아프다고 해요."

체격이 크고 무뚝뚝한 인상의 간호사는 계속해서 내 말을 한 귀로 흘려버리는 것 같았지만 내 무릎에 앉은 미아에게는 안쓰러운 표정을 지어 보였다. "어머나, 아가야, 귀가 많이 아포?" 간호사는 아기 목소리를 내며 말했다.

미아는 너무 지쳐서 수줍음을 타거나 짜증을 낼 기력도 없었는지 순순히 고개를 끄덕였다. 간호사가 체온을 재고 손가락에 플라스틱 집게를 꽂아 맥박과 산소 수치를 확인하는 동안에도 가만히 있었다. 이제 계속 거기서 기다려야 했다. 나는 머리를 뒤로 젖혀 벽에 기대고 눈을 감은 채 오늘 빠진 청소 일에 대해 생각하지 않으려 애썼다. 하필이면 이번에도 식물의 집이었다. 로니의 말에 따르면 그 집주인은 내가 일정을 자꾸 바꾼다며 화가 머리끝까지 나서는 청소 서비스를 끊겠다고 거의 협박처럼 말했단다. 미아는 다시 목 깊은 곳에서 나오는 심한 듯한 기침 소리를 냈다. 기침약을 먹이자니 너무 어렸고 설령 월령이 된다고 해도 약을 살 돈이 없었다. 미아는 하룻밤에도 두 번씩 잠에서 깨어 머리 옆쪽을 손으로 움켜쥐며 울부짖었고 잠을 자면서도 기침을 했다.

그날 아침 전화로 당일 진료를 예약했기 때문인지 진료실 문을 열고 들어온 소아과 의사는 평소에 미아를 봐주던 담당의사가 아니라 처음 보는 사람이었다. 체구가 자그마하고 소년 같은 분위기를 풍기는 여자 의사로 미아처럼 검은 단발머리를 하고 있었다. "좋아요." 의사는 눈을 가늘게 뜨고 진료 차트를 확인하며 말했다. "이름이 미아구나."

그러니까 그 간호사가 내 말을 듣긴 들은 거군, 나는 생각했다. 자기 이름을 부르자 미아는 고개를 들었다.

"아이를 이쪽에 앉혀주세요." 의사는 이렇게 말하며 종이를 깔아놓은 검사대를 툭툭 쳤다. 내가 증상을 설명하는 동안 의사는 미아의 얼굴을 살핀 다음 눈을 자세히 들여다보았다. "현재 생활 환경이 어떤가요?" 의사의 직설적인 질문에 눈살이 찌푸려졌고, 심하게 상처받아 치밀어오르는 화를 애써 억눌렀다. 생활 환경을 묻는 대신 "자택의 상황은 어떤가요?"나 "아이가 아플 만한 일이 있었나요?" "집에서 반려동물을 키우시나요?"와 같은 질문을 얼마든지 던질 수 있었다. 마치 우리가 사는 곳이…… 그러다가 우리가 사는 공간이 떠오르자 내 어깨는 푹 꺾일 수밖에 없었다.

"원룸 아파트에 살고 있어요." 일종의 비밀을 털어놓듯이 조용한 목소리로 대답했지만, 마음 한구석에는 우리집의 주거 환경에 대해 자세히 설명했다가는 의사가 아동보호서비스에 전화할지도 모른다는 두려움이 도사리고 있었다. "검은곰팡이가 엄청나게 많은데 특히 창턱에 계속 생겨요. 제 생각에는 지하실에서 올라오는 것 같아요. 아래쪽에서 침실로 이어지는 통로가 있는데 내려다보면 지하실 바닥이 아주 지저분하더라고요." 의사는 미아의 진찰을 멈추고는 양손을 맞잡은 채 미아 앞에 섰다. 손목에는 검은색 밴드가 달린 자그마한 시계를 차고 있었다. 나는 시선을 떨궜다. "집에 창문이 아주 많아요. 집안을 따뜻하고 뽀송뽀송하게 유지하기가 굉장히 힘듭니다."

"집주인이 최대한 곰팡이를 제거해야 한다는 조항이 법적으로 의무화되어 있어요." 의사는 미아의 귀를 들여다보며 말했다. "이쪽 귀가 감염되었네요." 의사는 고개를 가로저으며 감염이 내 잘못이라는 양 중얼거렸다.

"집주인이 카펫 청소를 해줬어요." 나는 머리에 떠오르는 대로 설명했다. "그리고 이사하기 전에 페인트칠도 해줬고요. 그 이상은 안 해줄걸요."

"그러면 이사를 가셔야죠."

"그럴 수가 없어요." 미아의 다리에 손을 올려놓으며 말했다. "다른 집으로 이사할 돈이 없거든요."

"글쎄요." 의사는 미아에게 고개를 끄덕이면서 말했다. "따님을 위해 엄마가 좀더 노력하셔야죠."

무슨 말을 해야 할지 알 수가 없었다. 그냥 고개를 끄덕거렸다.

깍지 낀 손가락을 자기 무릎에 올려놓은 미아의 손을 쳐다보았다. 아직 아기 손가락처럼 통통해서 손가락 관절이 튀어나오는 대신 움푹 들어가 있었다. 우리집 문을 열 때마다 부모로서 실격이라는 죄책감에 시달렸지만, 지금 이 순간의 강렬한 수치심과 비교하면 그건 아무것도 아니었다.

미아를 데리고 나와서 차로 향하는 동안 내 어깨에 얹힌 미아의 무게와 미아의 머리카락이 코밑을 간질거리는 느낌만이 유일한 위안이었다. 소아과 의사는 항생제를 한 움큼 처방해줬고 거의 1년 전에 미아의 귀 수술을 했던 이비인후과 전문의에게 다시 찾아가보라는 소견서를 써주었다.

며칠 후 예전 병원을 찾아가자 쿠션을 덧댄 기다란 갈색 진찰대가 있는 방으로 안내되었다. 그 방에서 몇 분 정도 기다리고 있자니 의사가 급하게 들어왔다. 이번에도 우리를 제대로 알아보지 못하는 기색으로 이렇게 말했다. "아이를 이쪽 진찰대로 데려오세요." 내 무릎에 있던 미아를 안고 일어나서 진찰대에 앉혔다. "아니요, 눕히세요." 의사는 그러고는 우리에게서 등을 돌리고 진료기구 상자 안을 뒤적였다. "머리가 불빛 아래로 가게 눕히세요."

"괜찮아, 미아야. 의사 선생님이 귀 안을 잠깐 보실 거야." 내 말을 들은 미아의 눈이 휘둥그레졌다. 의사가 여기저기 뒤지며 뭔가를 찾고 간호사에게 도움을 요청하다가 갑자기 내 쪽으로 몸을 돌리고 한숨을 푹 내쉬는 상황에서 미아를 안심시키기란 힘들었다. 의사는 진찰대 옆 바퀴 달린 의자에 앉아 재빨리 기구를 미아의 귓속에 집어넣었다. 진통제 없이는 잠도 못 자고 외출할 때마다 조심조심 손으로 귀를 막는 내 딸은 입을 벌리고는 소리 없는 고통의 비명을 쏟아냈다. 의사는 재빨리 손을 움직였다. 우선 미아의 귀를 살피고 귓구멍에 맞는 크기로 솜뭉치를 잘라 귓구멍에 솜을 넣더니 액체 몇 방울을 떨어뜨렸다.

"자, 보셨죠." 의사가 말했다. "제가 방금 한 것처럼 항생제를 귓속에 넣으셔야 합니다."

"지금도 항생제를 먹고 있는데요." 나는 항변했다.

"아이가 낫기를 바라세요?"

뭐라고 대답해야 할지 알 수가 없었다. "지난번에 귀 약을 넣었더니 어지럽다고 넘어지더라고요. 항생제를 넣으려면 애를 꼭 붙들고 있어야 한다고요."

"보호자 분이 엄마잖습니까." 그러고는 미아를 무릎에 앉힌 나를 내려다보았다. "필요하다면 무슨 수를 써서라도 해야죠." 의사는 이 말을 남기고 문을 열고 휙 나갔다. 어쩌나 재빨리 문을 닫았는지 가벼운 바람이 느껴질 정도였다. 그의 말은 며칠 전 소아과 의사의 말처럼 내 가슴을 후벼팠다. 나는 미아에게 꼭 필요한 것을 주지 못하고 있었다.

—

스카짓밸리의 봄은 튤립의 계절이라고 부른다. 우선 노란색 수선화와 보라색 붓꽃, 그리고 가끔씩 눈에 띄는 크로커스가 봄의 시작을 알린다. 계절이 깊어지며 갖가지 색의 튤립이 활짝 꽃을 피워 주변의 땅이 온통 튤립으로 뒤덮인다. 이곳 사람들은 네덜란드보다 스카짓밸리에 더 튤립이 많다는 이야기를 즐겨 한다. 수만 명의 관광객들이 이 지역으로 몰려들어 시골길과 고속도로 출구가 꽉 막히고 식당과 공원이 북적거린다. 빨강, 보라, 하양, 주황으로 빛나는 튤립 벌판은 눈부시게 아름답지만 나는 늘 꽃에 별 관심이 없었다.

튤립의 계절이 온다는 건 기나긴 겨울의 끝을 의미하기도 하지만 항상 비가 내리고 습기가 차며 곰팡이가 생기는 시기라는 뜻이기도 했다. 4월이 되면 식물이 많은 집의 제습기는 24시간 강한 모드로 설정되어 돌아가고 침실에도 공기청정기가 한 대 더 등장한다. 식물의 집 창턱에서 작은 거미줄처럼 생긴 검은곰팡이를 문질러 닦으면서 우리 집도 똑같은 방식으로 청소해야겠다고 생각했다.

미아는 밤에 끊임없이 기침을 했다. 가끔은 저녁에 아파트 안으로 들어만 가도 미아의 눈이 빨개지고 찐득한 눈곱이 끼었다. 내가 선택한 집, 오래 묵은 지하실 곰팡이가 섞인 공기가 통풍구를 타고 흘러들어오는 이 집이 우리 두 사람의 건강을 위협하는 게 분명했다.

항상 몸 여기저기가 아프긴 했지만 처방전이 필요 없는 알레르기약을 살 여유가 있는 한 내 몸에 나타나는 증상은 크게 신경쓰이지 않았다. 메디케이드 혜택을 받을 수 있을 정도로 수입이 적었던 1년 전에 알레르기 유발 항원에 대한 민감도 검사를 했었다. 검사 결과 나는 개, 고양이, 특정 종의 풀과 나무, 집먼지진드기, 그리고 곰팡이 알레르기가 있었다. 의사는 '실내 알레르기 유발 항원'이라고 말했다. 제니의 청소업체에서 일을 막 시작한 무렵이었는데 기침 감기가 몇 주 동안이나 호전되지 않고 있었다. 병원에서는 호흡기와 식염수 비강 스프레이를 주었다. 벽에 검은곰팡이가 끼어 있고 트레일러 밑으로 길고양이들이 들락거리는 트래비스의 트레일러를 떠나면서 증상이 많이 호전되었지만 하루에도 몇 시간씩 골짜기에 자리잡은 여러 집을 돌아다니며 계속해서 집먼지 진드기, 고양이 비듬, 개털, 곰팡이를 청소하다보니 알레르기 증상이 사라질 겨를이 없었다.

고양이를 여러 마리 기르는 집에만 가면 눈이 타는 듯이 아프고 콧물이 줄줄 흐르는데다 집에 와서 옷을 갈아입고 샤워할 때까지 기침이 멈추지 않았다. 아침 일찍 그 집에 가서 안방에 딸린 욕실을 청소했다. 그 집 안방에는 분홍색 카펫이 깔려 있었고 반려동물용 변기 두 개와 고양이용 스크래처 기둥이 세 개 놓여 있었다. 변기를 옆으로 옮기고 그 자리를 진공청소기로 밀다보면 침대 위에 나란히 놓인 플라스틱 이동장에 갇힌 고양이 네 마리가 나를 뚫어져라 바라보았다. 내가 청소하러 가는 날이면 고양이들은 하루종일 이동장에서 지내야 하기 때문에 나의 존재에 심기가 불편한 모양이었다. 지나치게 가까이 다가가면 그르렁거렸다.

고양이가 많은 집을 청소하러 가는 날에는 슈퍼에서 구입한 알레르기 약을 평소의 두 배 더 복용했다. 그렇게 해도 청소를 마치고 서둘러 그 집을 나오는 길에는 코로 고춧가루를 흡입한 것만 같았다. 그런 날이면 조금이라도 신선한 공기를 마시고 싶다는 절박함에 창문을 살짝 열었다. 하지만 알레르기에 대해서는 절대 로나나 팸에게 이야기하지 않았다.

그해 봄에 납세 신고 프로그램인 터보텍스TurboTax로 세금 신고를 하다가 하마터면 의자에서 굴러떨어질 뻔했다. 근로소득세액 공제 및 자녀세액 공제를 적용하고 나니 거의 4000달러나 세금 환급을 받을 수 있었다. "내 석 달 월급보다 더 많잖아!" 깜깜한 아파트에서 큰 소리로 혼잣말을 내뱉었다. 그런 거금이 정말 들어올 것 같지가 않았다. 국세청이 내 세금신고서를 수락하기를 초조하게 기다리다보니 누군가를 속여서 돈을 타내는 기분이 들었다. 노트에 환급금을 받으면 뭘할지 목록을 적어나갔다. 자동차 정비, 오일교환, 등속조인트 교체, 신용카드 빚 갚기, 드디어 새 주방 수세미와 세제, 칫솔, 샴푸와 컨디셔너, 거품목욕제, 비타민, 그리고 알레르기 약 구입하기. 아니면 어딘가로 자동차 여행이라도 떠나기.

다른 사람들과 마찬가지로 몬태나 주 미줄라에 대해 아는 것들은 대부분 노먼 매클린의 『흐르는 강물처럼』에서 읽은 내용을 바탕으로 하고 있었다. 플라이 낚시를 즐길 곳을 찾아 미줄라를 방문하는 사람들은 입을 모아 그 소설이나 이를 토대로 제작된 영화의 매력을 인정할 것이다. 그러나 내가 알래스카를 떠나 몬태나, 즉 빅 스카이 컨트리에 가보고 싶다고 꿈꾸게 된 것은 존 스타인벡의 『찰리와 함께한 여행』에서 묘사된 몬태나의 모습 때문이었다. 나는 매클린이 아니라 『더 리버 와이』의 작가인 데이비드 제임스 덩컨 때문에 미줄라를 동경했다. 시애틀에서 열린 한 낭독회에서 만난 덩컨은 몬태나에 살 뿐만 아니라 가끔 그곳 대학에서 강의를 한다고 말했다. 어느 여름날 침대에서 일어나 동쪽을 향해 차로 9시간 달려 미줄라로 향하고 싶다고 꿈을 꾸게 된 것은 한마디로 그곳을 사랑하게 될 것이라는 직감이 들어서였다. 그 직감은 여전했고 커져만 갔다. 그리고 그 꿈을 6년 이상 간직하고 있다.

미줄라는 임금이 낮고 주거 비용이 높았다. 미줄라에 살았었지만 더이상 생활비를 감당하지 못해 그곳을 떠난 사람들 이야기를 듣고 그 점만은 확실히 알고 있었다. 일자리를 찾기도 힘들었을뿐더러 7만 명 가까이 사는 작은 대학도시의 임금은 높지 않았다. 자녀를 대학에 보내며 부모들이 아들이나 딸을 위해 아파트를 얻어줬기 때문에 환경이 좋은 주거 지역의 임대료는 계속해서 올라갔고, 침실 하나짜리 지하 아파트도 월세 800달러 이상에 거래되었다. 미줄라로 이사할 것인지 고민할 때마다 이 까다로운 문제가 항상 마음속에 크게 자리잡고 있었다. 그러나 실제로 미줄라에 살았던 사람들과 이야기해본 결과 그들은 미줄라를 무척이나 사랑했다. 그곳으로 이사한 사람들은 경쟁력 있는 연봉이나 높은 임금을 포기하긴 했지만, 미줄라에 살 수 있다는 사실만으로도 그만한 가치가 있다고 입을 모았다.

스타인벡이 왜 그토록 미줄라를 사랑스럽게 묘사했는지 알고 싶었다. 왜 매클린이 몬태나 주 미줄라에서 멀어질수록 나쁜 사람들이 급격히 늘어난다고 주장했는지. 사람들은 미줄라를 휴가 때 딱 한 번 먹어본 아이스크림처럼, 두 번 다시 경험할 수 없을 뿐만 아니라 꿈속에서 먹었는지 실제로 먹었는지조차 확신할 수 없는 환상적인 맛의 아이스크림처럼 묘사했다.

세금 환급금이 계좌에 입금된 날 밤, 우리는 캐주얼 레스토랑인 레드로빈에 가서 외식을 했다. 미아에게는 초콜릿 밀크셰이크를 시켜주었다. 그다음 슈퍼마켓에 가서 아보카도, 토마토, 팬케이크에 넣을 냉동 베리처럼 평소에는 비싸서 엄두도 내지 못하는 식료품들을 샀다. 내가 마실 와인 한 병도 샀다. 그다음주에는 침대 프레임과 커다란 매트리스, 그리고 밤에 방 전체를 난방할 필요가 없도록 보온 패드를 샀다. 창고 정리 세일에서 단열 커튼과 저렴한 커튼봉을 찾아냈다. 미아가 소파와 침대 대신 올라가서 뛰놀 수 있도록 어린이용 트램펄린도

구입했다. 그리고 나에게 주는 선물로는 벌써 몇 년 동안이나 탐내온 텐션 세팅의 티타늄 다이아몬드 반지를 200달러에 구입했다. 내 인생에 소중한 남자가 등장하여 반지를 사줄 때까지 기다리는 데 진력이 났다. 내가 몇 년 동안 불필요한 일에 사용한 돈을 전부 합친 것보다 비싼 반지였다. 쉽지 않은 결정이긴 했지만 나 자신에게 다짐하는 징표로 사용할 무언가가 절실히 필요했다. 내 안에 내재된 힘을 믿기 위해, 모든 일을 혼자만의 힘으로 그럭저럭 잘 헤쳐나갈 수 있다고 믿게 해줄 징표. 왼손 가운뎃손가락에 끼운 다이아몬드 반지는 그 점을 끊임없이 일깨워줄 것이다.

비록 일시적이긴 해도 경제적으로 여유가 생기자 삶은 아무 걱정 없이 흘러가는 것처럼 느껴졌다. 주유소에 가면 기름을 넣어도 계좌 잔액이 충분할지 신경쓰지 않고 기름을 채웠다. 슈퍼마켓에 가서는 페이퍼 타월을 살 여유가 있는지 판단하기 전에 머릿속으로 오늘 날짜와 결제해야 하는 고지서, 결제 기한, 내 수중에 남은 돈, 결제 금액, 신용카드 한도를 끊임없이 계산할 필요가 없었다. 추위를 달래기 위해 옷을 여러 겹 껴입거나, 속에 무언가 얹힌 것처럼 불편하거나, 머릿속에 한가득 걱정을 끌어안지 않고도 잠을 청할 수 있었다. 하지만 미아는 여전히 이리저리 뒤척이며 기침을 하거나 코를 훌쩍였고 한밤중에 자다가 깨서 목과 귀가 아프다며 보챘다. 임시로 일을 쉬고 미아를 병원에 데려갈 수는 있었지만 축농증과 중이염으로 인한 통증에서 미아를 지켜줄 수는 없었다.

밤늦은 시간에 학교 과제를 하다가 잠시 쉬고 싶을 때마다 광고란을 이리저리 살폈다. 내 예산으로는 꿈도 꿀 수 없는 근사한 집이나 침실 두 개짜리 아파트 사진을 부러운 눈길로 바라보았다. 내 수입은 웬만한 집 월세의 절반 정도밖에 되지 않는 우리 원룸의 월세도 간신히 마련할 수준이었다. 지금이야 약간의 여윳돈이 있지만 계속해서 세금 환급금이 들어오는 것은 아니었다. 이 돈은 우리가 갑작스럽게 어려움에 처했을 때 보호막 역할을 해줄 일종의 쿠션 같은 거였다. 지금까지 살면서 뼈저리게 배운 점이 있다면, 여유가 전혀 없는 상태로 간신히 생계만 이어가다가는 틀림없이 균형을 잃고 넘어질 때가 온다는 거였다. 고개를 가로젓고는 광고 페이지를 닫고 다시 과제로 돌아갔다. 지금의 나에게는 꿈꾸는 일조차도 사치처럼 느껴졌다.

며칠 동안 소아과 의사의 목소리가 머리를 떠나지 않았다. "따님을 위해 엄마가 좀더 노력하셔야죠." 어떻게 더 노력할 수 있을까? 가끔씩 나를 꼭 붙잡고 놓아주지 않는 걸림돌이 차례로 내 앞에 펼쳐진 가운데, 장애물을 힘껏 뛰어넘으면서 지금보다 더 열심히 노력까지 하는 일은 불가능해 보였다.

그 주에 양육 지원 수혜 자격을 갱신하기 위해 클래식클린에서 받은 수기 급여 명세서의 사본을 제출했더니 보건복지부 담당 여직원에게 전화가 와서는 진짜 급여 명세서를 제출하라고 했다. 그 급여 명세서는 사장님이 직접 손으로 쓴 것이고 공식적인 효력을 가진 서류라고 여러 차례 설명했지만 담당자는 양육 지원 승인을 철회하고 즉시 지원을 중단하겠다고 위협했다. 나는 흐느끼기 시작했다. 담당자는 다음 날 지역 보건복지부 사무소에 가서 알아보라고 했다.

아침에 문을 열기도 훨씬 전부터 보건복지부 사무소 밖에는 수많은 사람들이 장사진을 치고 있었다. 그 사실을 몰랐던 나는 첫날에는 업무가 시작된 후 30분이 지나서 도착했다. 대기실에는 빈 의자가 단 하나도 없었다. 번호표를 뽑아들고 벽에 기대서 엄마와 아이가 대화를 주고받는 모습, 그리고 자신이 왜 여기 와 있는지, 왜 양육 지원 수혜 자격을 거부당했는지, 왜 더 많은 서류를 구비해서 다시 와야 하는지 납득하지 못하는 민원인과 복지사가 벌이는 실랑이를 지켜보았다.

자리가 하나 났지만 몸집이 자그마하고 얌전한 아이의 손을 잡고 온 긴 치마 차림의 나이 많은 여성에게 양보했다. 손목시계를 보았다. 1시간이 더 지났다. 다시 시계를 확인했을 때에는 또 1시간이 지나 있었다. 어린이집으로 미아를 데리러 가기 전에 내 차례가 오지 않으면 어쩌나 걱정되기 시작했다. 미아를 여기 데려오면 천방지축으로 사방을 뛰어다닐 것이다. 조용히 앉아 있다가 화장실에 가도 되느냐고 소곤소곤 묻는 내 주변의 아이들과는 전혀 다르게. 빈곤층 하면 전형적으로 떠올리는 모습들은 이곳에서 찾을 수 없었다. 차례를 기다리는 사람들의 얼굴에 파인 주름에서는 좌절감뿐만 아니라 가게에 가서 식료품을 사거나 일터로 돌아가려면 얼른 이곳에서 볼일을 마치고 나가야 한다는 절박함이 엿보였다. 그들은 나와 마찬가지로 완전히 희망을 잃어버린 채 바닥만 바라보며 하염없이 기다리는 중이었고, 지원이 간절했다. 우리는 도움이 필요했다. 살아남기 위해 그곳에 가서 도움을 요청하고 있었다.

검은색 전광판에 내 번호가 반짝이자 서두르지 않으면 혹시 다음

번호를 호출할까 걱정하며 부리나케 창구로 달려갔다. 보라색 파일을 카운터에 놓고 지금까지 고객들에게서 받은 수표와 수기로 쓴 급여 명세서 사본을 전부 꺼냈다. 담당자는 내 말을 들으면서 종이 몇 장을 집어들더니 급여 명세서를 자세히 살폈다.

"사장한테 가서 정식 급여 명세서를 인쇄해달라고 하세요." 담당자는 이렇게 말하고는 나를 빤히 바라보았다. 눈을 깜박였지만 담당자의 표정은 변하지 않았다.

담당자에게 오전 내내 여기서 기다린데다 사무실은 차로 40분 거리라고 항변해 보았다. 이곳 대기실에서 또 하루를 버릴 수는 없었다.

"양육비 지원을 계속 받고 싶으면 가서 제대로 된 명세서를 받아와요"라는 대답만 되돌아왔다. 내 항변은 묵살당했다. 벌써 오후 1시가 다 되어가고 있었다.

로니는 급여 명세서를 인쇄해주면서 고개를 가로저었다. 이 급여 명세서는 벌써 몇 주 전에 일한 내역이었다. 자영업자는 개인 고객들이 손으로 써준 수표로만 수입을 증명할 수 있었다. 도대체 이 상황이 말이 되는지조차 알 수가 없었다. 하지만 다음날, 사무소가 업무를 시작하기도 전에 가서 밖에서 기다리다가 다시 안에 들어가서도 몇 시간 걸려 지난 석 달간의 수입 자료와 현재 근무 일정을 표시한 기록, 그리고 내가 그 시간에 실제로 청소를 했다는 고객 몇 명의 공식 확인서를 제출했다.

식료품 구매권을 받지 못한다면 미아를 데리고 무료 급식소를 기웃거리거나 교회에서 제공하는 무료 식사를 자주 이용해야 할 터였다.

양육 지원금이 없다면 일을 할 수가 없다. 복지 제도를 이용할 필요가 없거나 최소한의 정부 지원만으로도 살아갈 수 있는 운좋은 사람들은 이러한 지원 혜택을 얻기가 얼마나 힘든지 알지 못했다. 여러 가지 복잡한 절차와 까다로운 심사 과정을 통과해야 함에도 불구하고, 나 같은 이들에게 얼마나 절실하게 지원이 필요한지 이해하지 못했다.

그 주 금요일에 헨리의 집에서 청소를 할 때였다. 헨리는 다소 의기소침해진 내 상태를 눈치챘다. 내 수중에는 아직 세금 환급금으로 받은 돈이 사분의 일 정도 남아 있었다. 차가 망가지거나, 미아가 아프거나, 고객이 청소를 취소하거나, 또는 그 모든 일이 한꺼번에 일어날 때를 대비하여 당분간은 계좌에 남겨둘 예정이었다. 여전히 밤이면 미줄라에 가서 클라크포크 강에 걸린 다리를 걸어서 건너거나 들판에 누워 그 커다란 하늘을 바라보면 기분이 어떨까 상상하며 잠들었지만, 지금 몬태나로 여행을 떠난다는 것은 불가능한 일처럼 느껴졌다.

"몬태나에 못 갈 것 같아요." 무슨 일이 있느냐는 헨리의 질문에 이렇게 대답했다. 헨리는 내 말에서 무슨 고약한 냄새라도 나는 듯이 허공에 대고 손을 휘휘 저었다. 벌써 1년 정도에 걸쳐서 내가 몬태나를 언급하는 걸 여러 번 들은 헨리는 이를 '언젠가 가보고 싶어요' 정도의 가벼운 희망사항으로 생각했다. 하지만 그 말에 담긴 절망이 느껴질 정도로 내 얼굴이 무척 슬퍼 보였던 모양이었다. 얼마나 슬픈 표정을 지었던 건지 헨리는 책상 앞에서 일어나 책장으로 가더니 여행 서적과 지도를 찾기 시작했다. 그다음 글레이셔 국립공원에 대한 책과 커다란 접이식 몬태나 지도를 건네주었다.

헨리는 지도를 책상 위에 넓게 펴고 어디어디를 꼭 가봐야 하는지 짚어주었다. 헨리는 미줄라 여행이 불가능하다는 현실을 믿으려 하지 않았다. 헨리의 행동과 격려, 그리고 응원이 고맙기는 했지만 내 웃음에는 진심이 담겨 있지 않았다. 마음속에는 두려움이 커다랗게 자리잡고 있었다. 물론 중간에 차가 고장나지 않을까 걱정도 됐지만, 여행 자체가 두렵다기보다는 미줄라에 홀딱 반해버렸는데도 스카짓밸리의 고속도로변에 있는 곰팡내 나는 원룸 아파트로 돌아와야 하는 상황이 될까봐 그게 더욱 두려웠다. 그것은 결코 손에 넣을 수 없는 더 좋은 삶에 작별을 고하는 모양새가 될 테니까.

내가 원하는 삶과, 지금보다 더 나은 미래를 향해 필사적으로 노력하고 싶은 내 갈망을 감안했을 때 클래식클린에서 일하는 것은 더이상 타산이 맞지 않았다. 시급을 받으면 삼분의 일 이상이 기름값으로 나갔다. 팸에게 이 문제를 상의하자 약간의 이동 비용을 제공해주었지만 한 집에서 다음 집으로 가는 데 드는 기름값의 사분의 일 정도에 지나지 않는 적은 돈이었다. 뿐만 아니라 나는 이름 없는 존재로 살아간다는 사실에 점점 더 지쳐갔다. 혼자서 청소 일을 하고 온라인 강의를 듣는 나의 생활은 철저한 외로움의 연속이었다. 하다못해 누군가에게 고용되어 그 사람 밑에서 일하는 상황이 되어도 좋으니 사람과 교류하고 싶었다. 목적이 분명하고, 의미가 있거나 최소한 누군가를 돕는다는 기분을 느낄 수 있는 일이 필요했다.

24장

바다가 보이는
집

—

어느 날 오후, 스카짓밸리 지역 전문대학의 학자금 지원과에 가서 학자금 대출을 최대 한도까지 받고 싶다고 말했다. 결코 쉬운 결정이 아니었다. 카운터 건너편에 담당자가 오길 기다리는 동안 심지어 몸까지 부들부들 떨려왔다. 학자금 대출을 받는다는 건 지금 멀쩡히 하는 일을 포기하고 빚더미에 앉는다는 의미였다. 하지만 내 몸과 마음이 더이상 견뎌낼 수 없는 수준에 도달한 모양이었다. 이렇게 급작스러운 결정을 달리 설명할 방법이 없었다. 미아는 계속 잔병치레를 했지만 미아와 함께 있어줄 수 있는 시간은 하루에 고작 3시간밖에 되지 않았다. 내 허리는 낮에는 쑤시고 밤에 잘 때는 뻣뻣해졌는데, 어쩌나 통증이 심한지 새벽 4시에 눈을 뜨기도 했다. 학자금 대출을 받으면 클래식클린을 그만두고 개인 고객과 조경 일에 좀더 집중할 수 있었다. 그리고 미아와 함께 있는 시간도 늘어날 터였다.

또한 가정폭력 및 성폭력 상담센터의 안내원으로 자원봉사를 할 기회가 생긴다는 의미이기도 했다. 그 일을 학자금 대출로 누리는 인턴 경험이라고 생각했다. 자원봉사를 하면 경력이 쌓이고 이력서에 적을 수 있는 사항도 다양해지며 추천서도 받을 수 있었다. 지역 전문대학에서 법무 보조직 학위를 딸 수 있는 강의를 듣고 있었는데 내가 꿈이라도 꾸어볼 수 있는 직업이란 의료보험과 퇴직연금 혜택이 제공되는 현실적인 일자리뿐이었다.

"판사님, 아버지인 제이미 씨는 정규직 종사자입니다."

3년 전 양육권 소송 재판을 할 때 제이미의 변호사는 이렇게 강조한 다음 어머니인 나는 집도 없고 무직이라고 말했다. 판사 앞에 서서 제이미가 직장과 안정적인 거주지가 있다는 사실 때문에 존중받고 정중하게 대접받는 광경을 지켜보자니 사기가 푹 꺾였다. 미아와 나를 그 안정적인 거주지에서 쫓아냈는데도 말이다. 법원에서의 그 경험은 내 마음속에 뿌리깊은 두려움을 심어놓았다. 좀더 나은 환경으로 이사를 가고 싶은 마음은 굴뚝같았지만 또 이사를 한다면 미아가 태어난 후 아홉번째 이사가 될 것이다.

우리가 살았던 대부분의 집에는 미아 방이 따로 없었다. 판사들은 아이가 콘크리트 바닥에 자든 말든 상관없다는 듯 아이가 아버지 집에 가서 자고 오는 것을 허락한다며 대체로 아버지 쪽 사정을 배려해준다는 소문을 들었다. 하지만 단독 양육권을 얻기 위해 싸우는 엄마들, 특히 학대당하다가 탈출한 엄마들은 자기 힘으로는 도저히 마련할 수 없는 생활 환경을 제시해야 법정에서 승산이 있었다. 제이미의 변호사는 나를 정신적으로 불안정하여 지속적으로 아이를 돌볼 수 없는 사람처럼 묘사했다. 나는 젖먹이 아이, 제이미가 낙태하라고 소리질렀던 바로 그 아기를 돌볼 권리를 갖기 위해 싸워야 했다. 판사는 나를 난도질해놓았다. 나를 협박하던 남자를 떠난 것이 내 잘못이라는 양. 그리고 나와 똑같은 상황에 처한 여성들이 헤아릴 수 없이 많다는 사실도 잘 알고 있었다.

어쩌면 로스쿨에 가서 인권 변호사가 될 수 있을지도 몰랐다. 제이미와 함께 살면서 내가 겪은 것처럼 폭력이 난무하는 환경에서 살아가는 사람들을 도와주고 그들을 변호하며 그들에게 힘이 되어줄 수 있을지도 모른다. 하지만 도저히 무시할 수 없는 커다란 목소리가 사라지지 않고 끊임없이 나를 괴롭혔다. 마음 한편에 확고히 자리잡은, 작가가 되고 싶다는 생각이었다. 하지만 나는 조금만, 미아가 아직 어린 동안만 견뎌내면 훗날 작가가 될 수 있을 것이라고 스스로에게 되뇌며 그 끈질긴 목소리를 잠재웠다. 이렇게 나중을 기약하는 일은 내 안에 자그맣게 남아 그나마 꿈이라도 꾸어볼 수 있는 유일한 불꽃에 찬물 한 바가지를 끼얹는 일과도 같았다.

어느 늦은 밤, 지금보다 좀더 환경이 괜찮은 집을 찾다가 차고 이층에 위치한 침실 두 칸짜리 아파트를 발견했다. 현관에서 산과 바다가 보이는 집이었다. 월세는 내가 감당할 수 있는 수준보다 높았다. 광고에 적힌 설명에 따르면 집주인은 어린 세 딸, 반려견 세 마리, 그리고 하루종일 차고에서 쥐를 찾아다니는 고양이와 함께 본채에서 살고 있다고 했다. 여느 때처럼 브라우저 창을 닫고 지금과는 다른 삶을 열망하며 의기소침해지는 대신, 집주인에게 이메일을 보내서 월세를 좀 낮쳐주는 대가로 청소와 정원 일을 해주면 안 되겠느냐고 문의했다.

다음날 오후, 가장 큰 나무들만 남기고 말끔하게 정리해놓아 해안가의 만灣과 그 너머의 언덕 경치가 고스란히 보이는 널쩍한 정원을 지나서 그 집의 기다란 진입로에 들어섰다. 왼쪽으로 구부러지는 진입로 양쪽에는 길을 뒤덮을 정도로 커다란 나무와 블랙베리 덤불이 줄지어 있었다. 우리 원룸 아파트의 옆 동네에 있는 집이었는데, 대부분의 고객들이 사는 지역에서는 지금 집보다 더 멀었다. 그 집에서 살게되면 더이상은 클래식클린에서 일할 수 없다는 것을 알았다. 진입로를 따라 운전하면서, 생활 환경이 지금보다 좋고 심지어 거리까지 멀리 떨어진 새 집을 찾아내면 클래식클린을 그만두는 수순이 합리적인 결정일지 모른다고 생각했다.

마침내 집의 전경이 드러나자 눈앞에 펼쳐진 아름다운 광경에 눈을 제대로 뜰 수가 없을 정도였다. 해가 산의 뒤쪽으로 막 지려는 참이라 하늘 전체가 짙은 분홍빛으로 빛나고 있었다. 나는 차고와 앞쪽에 여러 개의 창문이 난 본채 사이의 염소 우리 앞에 차를 세웠다.

걸음마를 할 나이 정도인 여자아이가 차고 앞 시멘트 바닥에서 나무로 만든 자전거를 뒤뚱뒤뚱 타고 있었다. 낡은 회색 후드 티와 청바지를 입은 키가 크고 홀쭉한 남자가 차에서 내리는 나를 쳐다보았다. 아내인 앨리스와 이메일을 주고받아 그의 이름이 커트라는 것을 알고 있었다. 커트와 악수한 후 집을 보러 왔으며 딸은 아빠네 집에 가 있다고 설명했다. 커트는 헝클어진 갈색 머리 사이로 손가락을 넣어서 부스스한 머리를 정리했다. "따라오세요." 그는 이렇게 말하고 어린 딸에게 다가가서 아이를 안아올렸다. "집을 보여드리죠."

커트의 뒤를 따라 걸어가는 동안 이 집에 강하게 끌렸다. 딱히 운명 같은 것을 믿는 편은 아니었지만, 이쪽이 내가 가야 할 방향이라고 우주 전체가 등을 떠밀어주며 이미 결정됐으니 그냥 흐름을 따르기만 하면 된다고 말해주는 것 같았다. 커트를 따라 차고 옆쪽으로 가자 우리 원룸 아파트 전체보다 더 큰 정원이 펼쳐져 있었다. 커트는 라즈베리와 블루베리 덤불을 가리키고는 다시 그 옆에 있는 거대한 풀밭을 손짓했다.

"이 집에서 사시려면 이쪽 잔디를 깎아주셔야 해요." 커트는 팔짱을 끼면서 이렇게 말했다. "지난번 세입자는 그 부분에서 문제가 좀 있었어요." 아장거리며 풀밭 쪽으로 걸어가는 커트의 딸을 보며 미아와 그 아이가 함께 있는 모습을 상상했다.

"거래에 그 부분이 추가되는 건가요?"

"거래라고요?" 커트는 내 말을 반복하고는 언젠가 분명히 듣긴 했는데 잘 기억이 나지 않는다는 듯이 하늘을 올려다보았다.

나는 고개를 끄덕이고는 이렇게 덧붙였다. "앨리스에게 이메일을 보냈더니 정원을 관리하고 집안 청소를 해드리는 대신 월세를 좀 깎아주실 수 있을지도 모른다고 하던데요?"

커트의 얼굴에 몇 가지 표정이 스쳤다. 처음에는 무슨 말인지 어리둥절했다가 아내에게 그와 비슷한 말을 들었고 괜찮은 생각이라며 동의했던 일이 기억난 모양이었다. 아마도 아니었겠지만, 커트는 꼭 술에 취한 사람처럼 보였다. 알래스카 페어뱅크스에 사는 내 친구들 대부분이 하루종일 술을 달고 사는 것처럼. 나와 잘 맞는 사람이군. 만난 순간부터 커트가 마음에 들었다.

커트는 아래를 내려다보더니 나에게 미소를 지었다. "직접 집을 보고 나서 이야기하지요." 그리고 차고 위에 있는 아파트를 고갯짓했다.

커트는 어린 딸을 등에 업고 앞장서 계단을 올라갔다. 본채를 짓는 동안 커트와 앨리스, 그리고 아이들과 반려동물들이 이 차고 위의 아파트에서 살았다고 설명해주었다. 계단의 첫 구부러진 코너를 돌았을 때, 커트 뒤를 따라가다가 걸음을 멈추었다. 커트는 뒤로 돌아서더니 감격에 겨운 내 얼굴을 보고 미소를 지었다.

해가 완전히 지기 전의 마지막 햇살이 집 전체를 붉은빛이 도는 주황색으로 물들였다. 바로 그 순간, 이보다 더 아름다운 일몰을 본 기억이 나지 않았다.

"매일 저녁마다 이렇게 되나요?" 모기만한 소리로 물었다.

커트는 웃음을 터뜨리며 대답했다. "글쎄요, 해가 나오는 날은 그렇죠." 워싱턴 주 북서부는 1년의 거의 절반이 겨울인데다 해가 나는 날은 열흘 남짓도 되지 않기 때문에 할 수 있는 농담이었다. "여름이 가까워서 다행이네요."

아파트 내부의 침실 두 개 사이에는 욕조가 딸린 욕실이 있었다. 세면대 아래에는 캐비닛과 수건을 보관할 수 있는 선반이 보였다. 부엌에는 프로판가스를 사용하는 레인지와 식기세척기, 커다란 냉장고와 주인집 가족이 닭을 기르는 뒷마당이 내다보이는 창문이 있었다.

바닥은 전부 목재였다. 앞쪽 침실과 부엌에 채광창이 두 개 있었고 욕실에도 하나 있었다. 유리로 된 프랑스식 문을 열면 지붕이 있는 현관으로 나갈 수 있었다. 거실의 서쪽 벽을 따라 단열 처리가 된 창문들이 여럿 나 있었다.

"케이블 요금은 집세에 포함돼 있습니다." 커트는 이렇게 말하면서 벽에 설치된 케이블 선을 가리켰다. 커트를 빤히 쳐다보다가 눈을 깜박였다. "TV를 많이 보신다면 중요한 부분이니까요." 커트는 말을 이었다. "저는 미식축구 마니아거든요."

"어른이 된 이후 케이블이 나오는 집에 살아본 적이 거의 없어요." 이렇게 답하며 미친 사람처럼 크게 웃고 싶었다. 볼이라도 꼬집어봐야 하나 싶었다.

"여긴 굉장히 작긴 해요." 커트는 그러면서 침실의 옷장을 열었다. "그래서 수납 공간을 많이 추가했어요. 이 위에 있는 벽장들도 다 비었는데 꽤 커요. 앨리스는 그쪽에 침구 같은 물건을 넣어놨던 것 같아요."

"우와. 진짜 끝내주네요."

"글쎄요, 그 정도는 아닌 것 같은데."

"아니에요, 진심이에요. 지금 사는 집의 옷장은 말이 좋아 옷장이지 사실상 빗자루를 넣어두는 벽장이거든요. 우리집은 이 아파트의 절반밖에 안 돼요."

"그렇군요." 커트는 어색한 침묵을 깨려고 말을 꺼냈다. 그다음에 무언가를 기억해낸 모양인지 부엌 쪽으로 걸어갔다. "우리가 집을 비우면 달걀을 가져다 먹어도 돼요." 커트는 아래쪽 닭장을 가리키며 말

했다. "물론 이사 오시면 말이죠." 나는 활짝 웃고는 어디에 가느냐고
물었다. "아참!" 커트는 깜빡했다는 듯이 손가락을 튕기며 딱 소리를
냈다. "친구들 몇 명이랑 같이 여름마다 몇 주씩 미줄라에 가요. 가족
들과 함께 지내기에 정말 좋은 곳이죠. 가본 적 있어요?"

가슴께에서 숨이 턱 막히는 기분이었다. 어떻게 대답해야 할지 알
수가 없었다. 지난 6년간 바로 그곳을 꿈꾸며 살아왔고, 제이미에게
임신했다는 사실을 알리지 않고 혼자 아이를 낳고서 계획대로 미줄라
에 있는 대학에 가지 않은 것이 인생에서 유일하게 후회하는 일이라
고 어떻게 말할까. 커트에게 이 모든 사연을 털어놓고 싶은 갑작스러
운 충동이 들었지만 입술을 꾹 깨물었다.

"가본 적 없어요." 애써 침착함을 유지하려 노력하며 고개를 가로저
었다. "하지만 가보고 싶어요."

커트를 따라 본채로 가서 부엌에서 바쁘게 저녁 준비를 하는 앨리
스를 만났다. 큰딸과 둘째딸은 바닥에서 바구니 가득 담긴 리틀펫숍
장난감을 가지고 놀고 있었다. 이제까지 그렇게 많은 리틀펫숍 장난감
들을 한자리에 모아둔 걸 본 적이 없었다. 같은 시리즈의 개구리 장난
감 하나만 가지고도 무척이나 좋아하며 여기저기 가지고 다녔던 미아
의 모습이 떠올랐다. 미아가 바닥에서 그 집 딸들과 함께 노는 광경을
자연스레 그리면서 내가 앨리스와 함께 식탁에 앉아 웃으며 와인을
마시는 모습도 상상했다. 어쩌면 단순히 새로 살 집을 찾은 것만이 아
니라 새로운 친구까지 찾은 걸지도 몰랐다.

앨리스는 딸들에게 저녁을 먹을 테니 손을 씻고 오라고 말한 뒤 내

쪽을 보면서 말했다. "같이 드실래요?" 앨리스는 나보다 몇 센티미터 정도 작은 키로, 커트의 가슴께에 닿을락말락한 아담한 체구였다. 갈색 머리를 뒤로 당겨서 깔끔한 포니테일로 묶어놓아 옆으로 살짝 튀어나온 귀가 잘 보였다. 아마 고등학교 때도 귀여워서 인기가 많았던, 내가 부러워하는 유형의 여학생이었을 것이다.

"좋아요." 웃으며 이렇게 답하고는 행복한 눈물이 솟구치는 걸 참으려고 안간힘을 썼다. "만나서 정말 반가워요." 진심으로 한 말이었지만 앨리스 앞에서 약간 두렵기도 했다. 상대를 제대로 알지 못하는 상태에서, 앨리스가 미아의 어린이집에서 만난 다른 학부모들처럼 TV 시청 시간을 제한하고, 만들기 수업 일정을 짜고, 설탕이 많이 들어간 간식을 제한하고, 끼니마다 적당한 양의 과일과 야채를 먹이는 그런 엄마일 것이라 추측했다. 아이들에게 좋은 엄마가 되어줄 수 있는 특권과 시간, 그리고 에너지를 가진 엄마, 그리고 그러지 않는 나를 비판할 수도 있는 엄마.

앨리스는 식탁에 앉아 얌전하게 당근 스틱을 먼저 먹고 있는 큰딸과 작은딸 맞은편에 내 자리를 마련해 내 접시를 놓아주었다. 커트가 맥주를 권하길래 한 병 받아들었다. 트래비스가 코스트코에서 자주 사던 상표 없는 브랜드의 맥주였기 때문에 한 모금 마시자마자 트래비스 집에서 살던 시기가 떠올랐다. 커트와 앨리스가 나에게 무슨 일을 하는지 묻길래 청소 일을 하고 있지만 작가가 되고 싶다고 대답했다. 내 블로그에서 글을 몇 편 읽었다고 커트가 말해 잠시 어리둥절했지만, 내 이메일 서명에 블로그 링크가 포함되어 있다는 사실이 기억났다.

"어떻게 혼자서 모든 걸 다 해내시는지 모르겠네요." 커트는 이렇게 말하고는 꽤 오랜 시간 나를 뚫어지게 바라보았다. 커트의 눈빛은 내가 당황할 정도로 진지했고 목소리에는 경외감이 담겨 있었다. 곁눈질하자 옆에서 앨리스가 눈썹을 찌푸리고 자기 접시를 내려다보는 모습이 보였다.

그날 저녁 하늘을 둥둥 떠다니는 기분이었다. 앨리스와 커트는 바람을 불어넣어 만드는 간이 수영장이 있어서 여름에는 딸들이 거의 하루종일 밖에서 논다고 말해주었다. 앨리스는 은행에서 정직원으로 일하고 있지만 교사인 커트는 학기가 끝났다고 했다. 커트는 자기 아이들과 함께 미아가 해변에 가거나 마당에서 놀아도 좋다고 말했다. 심지어 그 집에는 마시멜로를 굽는 화덕까지 있었다.

집에 도착해보니 이사를 오지 않겠느냐는 정식 요청이 담긴 앨리스의 이메일이 이미 와 있었다. 나는 그렇게 하겠다고 열광적인 답신을 보냈다. 앨리스는 언제든 이삿짐을 옮겨도 좋다고 곧바로 답장을 보내왔다. 저녁을 먹으면서 월세를 깎아주는 대신 어떻게 청소와 정원 일을 도와주어야 하는지에 대해 이야기를 나누었고, 결국 지금 사는 원룸 아파트의 월세보다 50달러나 저렴하게 그 집에 살 수 있게 되었다.

3월 중순으로 접어들고 있었다. 양쪽 집에 모두 월세를 내는 상황을 피하려면 2주 안에 이사를 해야 했다. 학자금 지원 승인 통지서는 며칠 전에 도착해 있었다. 모든 일들이 제자리를 찾아가는 것처럼 느껴졌다. 지나치게 만사가 술술 풀리자 의구심마저 들었다. 어쩌면 우리

에게 일어나기에 너무 좋은 일인지도 몰라. 어쩌면 우리는 이런 행운
을 누릴 자격이 없는지도 몰라.

25장
가 장 열 심 히
일 하 는 직 원

—

팸에게 이사 간다고 말하자 팸은 그게 무슨 의미인지 이해했다. 팸은 나를 해고하지 않았다. 내가 그만두지도 않았다. 그냥 내가 더이상 클래식클린에서 일할 수 없다는 데 상호 합의했다. 팸과 로니 둘 다 내가 그만두어서 아쉽다고 말해주었다. 나는 두 사람이 의지할 수 있는 가장 믿음직한 직원이었다. 그해에 내가 고객에게 받은 크리스마스 보너스의 총액은 두 사람이 이제까지 본 적이 없을 정도로 많았다. 최근 팸에게 전화로 나를 대체할 청소원은 없다고 이야기해준 고객도 있었다.

예전에 헨리가 말한 대로 나는 가장 열심히 일하는 직원이었지만, 언제든 대체 가능한 인력이라는 사실도 너무나 잘 알고 있었다. 딸에게 제대로 된 환경을 제공해야 했다. 하던 일을 포기하겠다는 결정까지 내릴 정도로 조금 더 괜찮은 집에서 살아야겠다는 의지가 강했다. 그 원룸 아파트에서 계속 산다면 이미 수술까지 받은 적이 있는 미아가 끊임없이 병치레를 할 것이 뻔했다. 이 시점에서 대출을 받고 회사를 그만두는 것은 엄청난 모험이었지만 그럼에도 불구하고 한 가지 깨달은 사실이 있었다. 그저 다음번 급여가 들어올 때까지 어떻게 근근이 버틸까만 생각해서는 지금과는 다른 미래를 그리기가 거의 불가능하다는 사실이었다.

가난에 찌들어 살아온 나는 이번달, 이번주, 가끔은 지금 이 시간 이후의 일을 내다보는 데 익숙하지 않았다. 모든 집의 모든 방을 청소할 때와 동일하게 왼쪽에서 오른쪽, 위에서 아래와 같은 식으로 내 인생을 구분했다. 종이에 적든 머릿속으로 생각하고 있든, 자동차 수리나 법원 출두일, 텅 빈 찬장과 같이 가장 시급하게 해결해야 하는 문제를 왼쪽 맨 위에 두었다. 그다음으로 급한 문제는 오른쪽에 배치했다. 이렇게 한 번에 한 가지 문제에 집중하면서 왼쪽에서 오른쪽, 위에서 아래로 문제들을 해결해나갔다.

이렇게 근시안적으로 생활해온 덕분에 그간 상황에 휩쓸리지 않고 침착하게 대처할 수 있었지만, 미래를 꿈꾸기란 불가능했다. '지금부터 5년 후의 일을 계획한다'는 절대 우선순위의 맨 윗자리로 올라갈 수 없었다. 은퇴를 위해 저축을 하거나 미아의 대학 등록금을 준비하는 일은 아예 고려할 수조차 없었다. 모든 상황이 결국 나아질 것이라는 근본적인 믿음을 잃지 말아야 했다. 인생이 항상 이렇게 힘들지는 않을 것이라고.

우리 집안에서 처음 대학에 진학한 엄마는 여러 세대에 걸쳐온 빈곤의 악순환을 끊는 일을 인생 자체의 목표로 삼았다. 비록 딸인 나와의 관계가 소원해지는 대가를 치러야 했지만 엄마는 석사 학위 취득을 통해 자신의 꿈을 좇을 수 있게 되었다. 그 덕분에 엄마는 비록 어린 시절에 금세라도 무너질 듯한 집에서 자랐지만 딸인 나는 교외 지역에서 자랐고 걱정 없는 어린 시절을 보냈으며 지금까지도 만사가 잘 해결될 것이라는 믿음을 가질 수 있었다. 정부 지원을 받기 위해 내 옆에 줄을 서서 기다리는 사람들을 보면서 되돌아볼 어린 시절의 추억이 없는 사람들의 심경은 어떨까 궁금했다. 그들도 나와 같은 믿음을 조금이나마 가지고 있을까? 제도적인 빈곤에 깊게 매몰돼 있다면 빠져나올 길은 없다. 그들에게 삶은 고난의 연속일 뿐이다. 하지만 나의 경우, 의사 결정의 상당수는 모든 상황이 언젠가는 개선될 것이라는 낙관에서 출발했다.

일을 그만둔다고 해서 대대적인 소란이 일어나지는 않았다. 내가 맡았던 고객들 대부분은 내가 그만둔 줄도 모를 것이고 다른 청소원이 내 일을 대체할 것이다. 어쩌면 새로 온 청소원은 진공청소기를 미는 방식이나 작은 쿠션을 놓는 위치가 나와 다를지도 모른다. 어쩌면 집에 돌아온 고객이 이전과는 다른 방식으로 샴푸병이 놓였다고 알아챌지도 모르지만, 대다수 고객은 변화 자체를 모르고 넘어갈 가능성이 높다. 내 자리를 대체할 새로운 청소원을 생각하면서, 낯선 사람을 자기 집에 불러서 모든 표면을 쓸고 닦게 하며 피가 묻은 생리대가 든 화장실 쓰레기통을 비우게 하는 것은 어떤 기분일까 다시 한번 곰곰히 생각해보았다. 어떤 방식으로든 사생활이 노출된다고 느끼지 않을까? 몇 년간 인연을 이어온 덕분에 고객들은 우리 사이의 보이지 않는 관계를 신뢰했다. 이제 눈에 보이지 않는 또다른 사람이 그들의 집에 가서 마법을 부리듯 카펫에 청소기 자국을 내고 사라질 터였다.

이제 순수하게 자영업 소득에만 의존하게 된 나에게 팸은 인가를 받고 보험을 들어두는 편이 좋겠다고 조언했다. 하지만 팸의 조언은 이 일을 계속한다는 것을 전제로 했고, 청소 일이 내 평생에 걸친 커리어가 될 것이라는 뉘앙스를 풍겼다. 팸은 공식적인 직업처럼 보이도록 회사 이름도 필요할 것이라고 말했다. 팸 역시 그런 식으로 시작해서 클래식클린을 세웠다고 했다. 팸의 조언이 고맙기는 했지만 나는 이것이 내 커리어의 출발점이 되기를 원하지는 않았다. 그저 대학 학위라는 목적을 위한 일시적 수단이기를 바랐다. 우리집 변기 외에는 다른 어떤 사람의 변기도 청소할 필요가 없는 삶으로 향하는 티켓 말이다.

고양이 여러 마리를 기르는 집의 부인에게는 오늘이 마지막날이라고 말하지 않았지만, 로리의 집에서 일하는 베스와는 포옹을 했다. 베스가 끓여주는 커피와 함께한 수다가 그리울 것이다.

요리사의 집을 떠날 때에는 미소를 짓고 손을 흔든 후 가운뎃손가락을 들어보였다. 그 집주인은 소변을 보면서 변기에 제대로 조준하기 위해 신경쓴 적이 없다고 단언할 수 있다. 담배 피우는 여자의 집에서는 부인의 물건들을 몰래 살펴볼 때 항상 하던 것처럼 아무도 모르게 청소를 마치고 집을 빠져나왔다. 내 손등까지 덮을 정도로 소매가 길어서 가끔 뺨에 대보곤 했던 그녀의 캐시미어 후드 니트는 나중에도 생각날 것이다. 그 집 부인이 어떤 생활을 하는지 퍼즐조각을 맞춰보려 노력하며, 부엌 카운터에 앉아 담배를 피우면서 양배추에 무지

방 드레싱을 뿌려 먹으며 맨 위쪽 선반에 달린 작은 TV를 보는 그 여자가 행복한지 아니면 우울한지 궁금해하던 일이 그리울 것이다. 포르노 잡지를 보는 집을 마지막으로 청소하고 나올 때에는 말 그대로 좋아서 킥킥거렸지만, 그 옆에 있는 슬픔의 집을 바라보면서 그 집에 간 게 한 달이 더 됐다는 사실을 깨달았다. 슬픔의 집에 사는 할아버지는 얼마나 더 오랫동안 고통받아야 할까. 삶의 마지막날을 얼마나 더 오래 기다려야 할까.

헨리의 집에서는 마지막으로 떠나기 전에 오랫동안 이야기를 나누었다. 몇 년에 걸쳐 클래식클린을 이용해온 헨리에게 그만두게 되었다고 말하는 것은 무척이나 힘들었다. 헨리는 양손을 올리고 어깨를 살짝 으쓱하더니 혹시 조경 일을 도와줄 수 있겠느냐고 물었지만, 이미 잔디를 깎고 덤불을 정리하는 사람들을 고용하고 있다는 게 떠오른 모양이었다. 어떻게든 헨리의 마음을 편하게 해주고 싶어서 이력서에 추천인으로 언급해도 되겠느냐고 제안했다. 이 말을 듣자 헨리는 다시 등을 쭉 펴더니 누구든 물어보면 기꺼이 대답해주겠다며 나의 장점을 줄줄 늘어놓았다.

"당신은 정말 열심히 일하는 사람이에요." 헨리는 그러고는 가볍게 발을 구르며 다짐하듯 주먹을 쥐어 보였다. "내가 이제까지 본 사람들 중에서도 몇 손가락에 꼽을 정도로."

"정말 듣고 싶은 말이었어요." 나는 상냥하게 답하며 헨리에게 미소를 지었다. 이게 얼마나 힘든 결정이었는지, 내 미래가 얼마나 불확실한지 설명하고 싶었다. 나에게는 개인 고객 몇 명과 가을까지 버티게 해줄 학자금 대출뿐이었다. 헨리에게 사실 두렵다고 말하고 싶었다. 낯선 사람에게 위안을 갈구하다니 이상한 상황이었지만, 헨리는 나에게 거의 아버지 같은 존재였다.

농장이 딸린 집에 사는 여자는 내가 마지막으로 청소하는 날 마침 집에 있었다. 나는 점차 그녀를 좋아하게 되었다. 부인은 클래식클린 사무실에 전화를 걸어서 내가 그 집 안방 욕실을 청소하는 방식이 무척 마음에 든다고 이야기했다. 비록 유리로 된 그 집의 샤워 부스를 티끌 하나 없도록 청소하기란 무척 까다로웠지만 솔직히 그런 칭찬을 들으니 뿌듯했다. 그 집에 갈 때는 항상 핀셋을 가져가서 밝은 불이 들어오는 확대 거울을 보면서 눈썹 정리를 했다. 마지막 청소를 끝내고 집을 나오는 길에 부인이 청소도구 바구니를 내 차에 싣는 것을 도와주고는 자선단체인 굿윌에 기부하려고 SUV에 실어둔 물건들을 보여주면서 상자 안에서 쓸 만한 것이 있는지 살펴보라고 했다. 미아에게 팬케이크를 구워줄 때 안성맞춤인 눌어붙지 않는 키친에이드 프라이팬을 골랐다. 차에 타기 직전에 부인이 나를 안아줄 것 같은 자세를 취했지만 결국 그냥 손을 뻗어 악수만 했다. 신뢰로 맺어진 관계였다고는 해도 우리 사이에는 엄연히 거리가 존재했다. 그 여자는 여전히 집주인이었다. 나는 여전히 청소원이었다.

우리가 살 새집 아래층 차고에는 세탁기와 건조기가 있었다. 이제는 미아의 기침이 심해지면 언제든 헝겊 동물인형을 빨 수 있었다. 강제 공기순환식 히터와 에어필터, 나무 바닥이 깔려 있었으며 곰팡이는 아예 기어들어올 생각조차 못할 집이었다.

원룸 아파트의 집주인은 내가 30일이 아니라 15일 전에 통보를 하자 불쾌감을 드러냈다. 내 보증금을 가지고 있다가 다음달까지 세입자를 받지 못해서 손해보는 월세를 제외하고 돌려주겠다고 했다.

나는 주인에게 이메일을 보냈다. "이 집에 제가 정성을 많이 들였어요. 제가 처음 이사 왔을 때보다 백 배는 더 좋은 집이 되었을걸요." 거실 공간과 선반에 새로 단 커튼 및 화장실에 설치한 수건걸이 사진을 첨부했고 이사를 나갈 때 집 구석구석 깨끗하게 청소해놓겠다고 덧붙였다. 결국 집주인은 내가 이사 가기 전에 새로운 세입자를 찾았지만 그래도 보증금 중 일부를 돌려주지 않았다.

시간이 날 때마다 최대한 많은 책, 옷, 수건, 화분들을 차에 실어 조금씩 새집으로 옮겼다. 커트와 앨리스는 그 집 아이들과 미아를 인사시킬 수 있도록 저녁 초대를 해주었다. 아이들은 마당에서 함께 뛰어다니며 놀았고, 보Beau라는 거대한 검은 개가 가끔씩 짖을 뿐 그보다 나이가 많은 다른 두 마리의 개들은 무심하게 쳐다보기만 했다. 거의 네 살이 된 미아는 각각 여섯 살과 여덟 살인 부부의 큰딸, 둘째딸과 같이 놀기에 딱 맞는 나이였다. 커트와 앨리스는 아이들이 함께 잘 노는 모습을 보고 흐뭇해하면서 동시에 붙임성 있고 장난꾸러기 같은 미아의 성격에 다소 안도한 것 같았다.

저녁을 먹은 후 앨리스는 임대차 계약을 위한 몇 가지 법률 서류와 세입자 안내문, 그리고 월세의 일부를 차감하는 대신 일하는 조건을 적어놓은 합의서를 꺼냈다. 조경 일은 일주일에 5시간 정도 자연 그대로 조성된 그 집 마당에서 잡초를 뽑는 일이었다. 그리고 격주에 한

번석 목요일 오전 9시 반부터 오후 2시 반까지 본채를 청소해야 했다. 다섯 시간 안에 청소를 끝낼 수 있었으면 하고 바랐다. 집은 어마어마하게 컸지만, 앨리스는 일반적인 청소 회사의 경우 2~3시간이면 청소를 끝낸다고 했다.

"청소원을 몇 명 보내나요?" 틀림없이 한 명 이상일 것이라고 확신하고 물었다.

"잘 모르겠어요." 앨리스는 커트를 보면서 말했다.

"아마도 두세 명일걸요." 커트가 대답했다.

"처음에는 6시간이나 좀더 걸릴 수도 있어요." 내가 이렇게 말하자 두 사람의 눈이 휘둥그레졌다. "일단 집이 익숙해지면 시간이 단축돼요. 하지만 저는 중간에 쉬지 않고 일해요. 아마 세 명이 한꺼번에 청소하는 것보다는 약간 느릴 거예요."

두 사람은 내 말을 이해했거나, 최소한 이해한 척해주는 것 같았다. 앨리스는 막내가 태어나기 전까지 집안일을 전부 혼자서 했다고 했다. 하지만 셋째가 태어나자 직장 업무와 육아를 병행하면서 집안이나 마당을 제대로 관리할 수 없었고 커트도 별 도움이 되지 않은 모양이었다.

조경 일을 하는 시간은 따로 적어두었다가 일종의 근무기록 카드처럼 앨리스에게 이메일로 보내기로 했다. 우리 둘 모두에게 무척이나 좋은 거래처럼 보였지만 공증을 받으려고 쌓아놓은 법률 서류 더미를 보면 앨리스는 여전히 주저하는 듯했다. 앨리스는 어디까지나 무슨 일이 생겼을 때 양쪽을 모두 보호하기 위해 서류들을 준비한 것일 뿐이라고 여러 번 강조했지만 그래도 어딘가 석연치 않았다. 그간 살면서 수도 없이 거래를 해왔지만 대부분의 사람들은 앨리스보다 좀더 상대방을 믿는 편이다.

커트는 내 블로그를 조금 더 읽어보았다고 털어놓으며 글솜씨가 아주 좋다고 칭찬했다. 나는 얼굴을 붉히며 고맙다고 대답했다. 온라인에 일기를 쓰기 시작한 이후 몇 년간은 정말 힘들었다. 블로그에 적은 내용 중 주변 사람들에게 직접 이야기하고 싶은 것은 거의 없었지만, 누구나 읽을 수 있도록 공개해놓았기 때문에 다들 사정을 알 터이므로 직접 설명할 필요가 없다는 장점은 있었다. 커트는 내 블로그를 통해 영감을 얻었다고 말했다. 나는 웃어 보였지만 영감이라는 말을 듣고 다소 움찔했다. 예전에도 사람들에게 그런 이야기를 들은 적이 있었다. 나처럼 간신히 생존해나가는 것이 어떻게 영감을 줄 수 있는지 의문스럽긴 했지만.

"혼자 힘으로 세 살짜리 아이와 함께 거의 빈손으로 작은 공간에서 견뎌나가는 당신의 삶을 보며, 나도 할 수 있을 거라는 생각이 들었습니다." 이런 댓글을 단 독자도 있었다.

블로그는 삶의 아름다움을 기록해두기 위한 공간이자 좌절감을 드러내는 배출구이기도 했다. 나에게 인생은 여전히, 하나의 장애물을 완전히 통과하기도 전에 또다른 시련을 던져주는 무자비한 존재였다. 아무리 노력해도 좀처럼 앞으로 나갈 수가 없었다.

내가 경험한 인생은 내 또래들, 하다못해 미아의 어린이집에서 만난 엄마들의 경험과도 전혀 다른 것 같았다. 어차피 일방적으로 받기만

하는 입장이 되기 때문에 실제로 마음이 맞는 사람들과 교류하거나 친구를 사귈 기회가 생겨도 내 쪽에서 피하는 경우가 많았다. 주변 사람들이 친구라는 이름으로 호의를 베풀어줘도 나는 아무것도 되돌려 줄 수 없었다. 호의의 대가로 다른 엄마의 아이를 오후 동안 봐줄 수는 있었지만 그 집 아이에게 먹일 간식이나 음식이 없어서 심한 스트레스를 받았다. 주말 오후에 먹성 좋은 아이가 우리집에 놀러오면 식료품 10달러어치, 때로는 그 이상이 필요했다. 그리고 아이들은 항상 우유를 큰 컵에 달라고 했다. 나에게 그럴 여유는 없었다.

커크네 아파트는 마침내 지금까지와는 다른 인생을 살아가기 위한 길에 들어섰다는 기분을 느끼게 해주었다. 비록 고정적인 수입을 포기해야 했지만 좀더 환경이 좋은 집을 찾아낸 것만으로도 무언가를 이뤄냈다는 뿌듯함이 몰려왔다. 그 주에는 새로운 개인 고객을 몇 명 더 찾았다. 양육비 지원 신청도 승인되어 가정폭력 및 성폭력 상담센터에서 자원봉사를 할 수 있게 되었다. 어떻게든 기존의 제도 안에서 미래를 꿈꿀 만한 약간의 시간과 공간이 허용되는 위치를 찾아내는 데 성공했다.

하지만 모든 일이 지나치게 잘 풀린다는 기분을 떨칠 수 없었다. 어느 날 오후, 과제를 하고 있으려니 열린 창문을 통해 차고 바깥쪽 시멘트 바닥에 분필로 무지개를 그리며 노는 미아와 주인집 딸들의 웃음소리가 흘러들어왔다. 햇살은 따스했고 모든 것이 완벽하게 맞아떨어진 느낌이었다.

앨리스가 점심 준비가 되었다며 큰딸과 작은딸을 부르자 아이들은 투덜거리며 미아도 같이 가면 안 되느냐고 물었다. 세 아이는 미아를 가운데 끼고 우리집 현관으로 우르르 올라와서는 숨을 헐떡이며 한꺼번에 나에게 물었다. 웃으며 그렇게 하라고 말하자 아이들은 환호성을 질렀다. 세 아이가 깔깔거리며 계단을 내려가서 마당 저편 본채로 달려가는 모습을 지켜보았다. 그러고는 다시 내 책상 앞에 앉았다. 미아가 똑같은 만화를 수십 번 돌려보는 대신 안전한 곳에서 신나게 뛰어놀고 있다는 사실에 내가 일하는 동안 미아를 실내에 가둬두어야 한다는 죄책감이 덜해졌다. 방 하나짜리 곰팡이 핀 원룸에서 살던 나날은 벌써 먼 옛날처럼 느껴졌다.

26장

새 로 운 시 작

—

'호더●의 집'이라는 별명을 붙인 집에 처음 청소를 하러 갔을 때, 그
집 부인은 현관문을 고작 몇 센티미터만 열었다. 그 여자의 눈빛이 경
계심에서 망설임, 그리고 다시 경계심으로 바뀌는 모습을 지켜보았다.

"안녕하세요." 나는 웃으면서 말했다. "집을 청소하러 왔어요. 페이
스북 그룹의 레이철이 소개해줬잖아요?"

여자는 고개를 끄덕이고는 아래를 내려다보더니 문을 조금 더 열었
다. 덕분에 만삭이 된 배와 여자의 다리에 매달린 어린 남자아이가 보
였다. 그 집 현관 앞 콘크리트로 된 작은 공간에 서 있었다. 집안에서
는 새가 찍찍거렸다. 오른편 큰 창문에는 다른 아이들이 주렁주렁 매
달려서 나를 내다보고 있었다. 내가 다시 한번 여자를 쳐다보자 그녀
는 초조하다는 듯이 안쪽을 쳐다보았다.

———
●   Hoarder, 물건을 버리지 못하고 쌓아두는 강박증상을 가진 사람.

새 로 운 시 작

"아무한테도 얘기하시면 안 돼요." 여자는 이렇게 말하면서 내가 들어갈 수 있도록 문을 좀더 열어주었다.

집안으로 들어서자 균형을 잃고 뒤뚱거렸다. 문을 여닫는 바람에 바닥에 놓인 물건이 밀려서 아무것도 없는 공간이 생겼는데, 거실을 통틀어 깨끗한 부분은 그곳뿐이었다. 집안에 들어서는 순간 처음 든 생각은 아무런 내색을 하지 말아야겠다는 거였다. 처음 청소 상담을 할 때 이 집 부인은 쓰레기를 치우고 밀린 빨래를 해야 한다고 언급했었다. 하지만 이것은 예상을 훨씬 뛰어넘는 난장판이었다. 옷, 접시, 종이, 배낭, 신발, 책. 모든 것이 바닥에 쌓여 털과 먼지를 뒤집어쓰고 있었다.

이 가족은 집을 살 때 받은 대출금을 더이상 상환하지 못한다고 했다. 부인은 거실에서 유일하게 빈 공간에 서 있는 동안 그런 이야기를 해주었다. 이 엉망진창인 집에 질려버린 티를 내지 않으려 노력하면서 최대한 주의를 기울여서 들었다. 여자는 말이 빨랐고 잔뜩 짜증이 난 것 같았다. 남편, 아내, 다섯 아이들, 그리고 새로 태어날 아기와 함께 이사 갈 월셋집을 구해놓았다고 했다.

"사실 청소 도와주실 분을 부를 여유가 없어요." 여자는 배 위에 올려놓은 손을 내려다보며 말했다. "하지만 미쳐버릴 것 같아서 그래요. 새집에서 새 출발을 할 거예요. 이 짐들을 전부 다 가져갈 생각은 없거든요."

나는 무슨 말인지 알았다며 고개를 끄덕이고는 주변을 둘러보았다. 부엌과 식당 이곳저곳에 더러운 접시가 산처럼 쌓여 있었다. 거실의 모퉁이에는 책과 학교 신문처럼 보이는 종이 더미들이 옷, 장난감, 그리고 더 많은 식기들과 함께 쌓여 있었다. 한쪽 벽에는 책장 선반이 무너져내리는 바람에 책들이 아래로 떨어져 바닥 여기저기에 흩어져 있었다.

집주인 여자는 날아오는 고지서를 제때 납부하지 못하고 있다고 말했다. 식료품 구매권도 언급했다. 이런 집주인에게 돈을 받자니 죄책감이 들었지만 나 역시 공짜로 일할 수는 없었다. 시간당 비용을 깎아주겠다고 하지는 않았지만 평소에 받는 금액의 절반만 달라고 했다.

"거기에 빨래가 가득 담긴 쓰레기 봉지 하나당 5달러씩 어때요?" 청소용품을 내려놓을 곳을 찾아 두리번거리며 이렇게 말했다. "저희 집에 가져가서 빨래를 해다드릴 수 있어요." 여자는 즉시 대답하지 않았다. 한 손으로는 어린아이의 머리를 쓰다듬으면서 다른 한 손으로는 볼을 닦아냈다. 잠시 손을 코밑에 가져다대더니 고개를 끄덕였다. 그러고는 울음을 참으려는 듯 눈을 꼭 감았다. "부엌부터 시작할게요."

바구니에서 청소용품을 꺼내자 아까 현관에서 엄마 다리 뒤에 숨어 있던 남자아이가 도와주러 다가왔다. "말이 아직 안 트였어요." 아이의 엄마가 말했다. "아직 말을 한마디도 한 적이 없어요." 아이를 향해 웃고는 아이가 내 쪽으로 내민 자그마한 손에 들린 노란색 설거지용 장갑을 받았다.

첫날에는 4시간 동안 설거지를 했더니 장갑을 끼고 있어도 손가락이 쪼글쪼글해질 지경이었다. 온수를 다 써서 더이상 나오지 않자 부엌 여기저기를 청소했다. 설거지를 마친 깨끗한 접시를 방금 청소한 식탁, 가스레인지, 카운터에 수건을 깔고 그 위에 늘어놓고 건조시켰다. 이렇게 좁은 공간에서 어린 아들이 자꾸 달라붙는 와중에 어떻게 일곱 명이 먹을 음식을 요리할 수 있었을까? 이 가족이 무엇을 먹고 살았는지는 판단하기 힘들었다. 찬장에 놓인 포장된 식료품과 통조림은 대부분 유통기간이 지나 있었고 10년 전 날짜가 찍힌 것도 있었다. 냉장고를 살짝 들여다보니 오래되어 곤죽이 된 야채들이 칸마다 눌어붙어 있었다.

복도 벽장에는 세탁기와 건조기가 있었다. 안방 침실로 개조한 차고로 이어지는 좁은 길을 제외하면, 바닥에는 발 디딜 틈도 없이 몇 센티미터 두께로 옷들이 쌓여 있었다. 집에 가서 빨래를 하려고 그중 일부를 봉지에 담았지만 몇 번이나 손을 멈추고 숨을 가다듬어야 했다. 아마도 집먼지진드기 때문이었을 것이다. 집먼지진드기에 노출되면 항상 천식발작처럼 기침을 심하게 했기 때문에 기침이 잠시 멈춘 사이에 헐떡거리며 숨을 몰아쉬어야 했다. 옷들을 걷어내니 바닥이 드러났다. 거기에는 커다란 거미와 쥐똥, 거기에는 아무리 봐도 뱀가죽처럼 보이는 것도 떨어져 있었다. 소리를 지르고 싶은 충동이 일었지만 꾹 참고 고개를 끄덕이며 오늘 일은 여기서 마무리하겠다고 했다.

그 집을 떠날 때 집주인이 고맙다고 말을 건넸다. 눈에 눈물이 가득 고여서는 집 상태가 심각해서 미안하다고 사과했다. 청소용품과 빨래할 옷가지들이 담긴 봉지를 한아름 끌어안고 말했다. "사과할 필요 없어요. 내일 똑같은 시간에 다시 오죠."

많은 고객들이 내가 청소하는 모습만 봐도 청소를 해야겠다는 의욕이 솟아난다고 말했다. 그런 고객들은 한 번이나 두 번 정도 단건으로 청소를 부탁하는 사람들이었다. 격주에 한 번, 한 주에 한 번, 또는 한 달에 한 번씩 주기적으로 청소를 맡기는 정기 고객들은 내 작업 방식에 익숙했기 때문에 내가 청소를 제대로 할 수 있도록 전적으로 믿고 맡겼다. 나는 시간을 벌기 위해 청소 소요 시간을 실제보다 부풀리지 않았다. 청소를 마치고도 시간이 남으면 끝까지 남아서 뭐든 찾아서 더 했다. 개인 고객들과의 거래에는 내 평판이 달려 있었다. 친구들에게 적극적으로 추천할 만한 청소원이 되어야겠다고 생각했다. 엄청난 난장판을 정리하는 동안 이야기를 나누고 집주인이 겪고 있는 어려움을 묵묵히 들어줄 말동무가 필요하다면, 그것 역시 내 역할이었다.

호더의 집에 두번째로 간 날에는 부인과 함께 막내딸의 방을 청소했다. 부엌에서 사용하는 커다란 쓰레기봉투 열두 개를 가득 채워서 밖으로 끌어내 쓰레기장에 버릴 다른 쓰레기들 옆에 놓았다. 잡다한 종잇조각, 사탕 막대로 만든 공작품, 먹다가 남긴 음식 더미, 바람 빠진 풍선, 여기저기서 주워온 나뭇가지와 자갈, 너무 해지거나 작아져서 입을 수 없게 된 옷들을 치워내니 드디어 막내딸의 방이 제대로 된 모습을 드러냈다. 인형의 집에서 발견한 작은 인형 몇 개를 인형의 집의 거실에 조심스럽게 놓았다. 선반을 보라색과 분홍색으로 페인트칠하고, 부인과 힘을 합쳐 책들과 마이리틀포니 장난감이 담긴 바구니를 다시 선반에 올려놓았다. 옷은 옷장에 넣고 신발은 신발장에 가지런히 정돈했다. 빨간색 원피스, 그리고 원피스와 세트인 코트를 옷장에 걸었다. 반짝거리는 까만색 메리제인 구두도 한 켤레 찾아냈다.

　막내딸의 방을 청소하고 있으니 기분이 좋아졌다. 미아가 아빠네 집에 가 있는 동안 잔뜩 어질러진 미아의 방을 청소하던 때가 떠올랐다. 미아는 무엇이든 버리기를 싫어해 무연고 여성 쉼터나 매장 적립금을 주는 중고품 위탁판매소에 데려가서 장난감을 기부하라고 설득해야만 말을 들었다. 하지만 자잘한 해피밀 장난감, 스케치북에 그린 그림, 부러진 크레용들은 전부 버려야 했다. 몇 시간에 걸쳐 쓰레기를 버리고 방을 정리해놓으면 집에 온 미아는 먼지 하나 없이 깨끗해진 공간을 보고 마치 모든 게 새것이 된 양 활짝 웃었다. 미아보다 몇 살 위인 이 집 막내딸도 그런 기분을 느꼈으면 하고 바랐다.

　빨래를 마치고 깔끔하게 접은 두 개의 봉지를 가져다놓았고, 둘째 날 그 집을 나서기 전에 더 많은 빨랫감을 봉지에 담았다. 그날 밤 집에서 빨래를 마치자 미아가 셔츠, 양말, 원피스 접는 것을 도와주었다. 미아는 치마를 자기 허리에 대보더니 너무 예쁘다고 했다. 미아가 그 치마를 대고 빙그르르 도는 모습을 지켜보았다.

　"이거 내가 가져도 돼?" 미아가 묻자 고개를 저어 안 된다고 대답했다. 그 빨래는 다른 가족의 옷이라고 설명했다. "근데 왜 엄마가 빨래를 해주는 거야?"

　"엄마가 그 사람들을 도와주고 있어서지, 미아. 그게 엄마 일이야. 사람들을 도와주는 거."

　내 입에서 나오는 말을 들으면서 스스로 그 말이 사실이라고 믿은 것은 그때가 유일했다. 청소를 해줘서 고맙다며 현금을 손에 쥐여주면서 몇 초 동안 내 손을 꼭 잡고 있다가 남편이 집에 오기 전에 얼른 가보라고 말했던 여자 고객을 생각했다. 내가 정원 일을 해준 고객들 중 몇 명은 주변에 소문내고 싶지 않을 정도로 내 일솜씨가 마음에 든다고 했다.

여전히 일정 수첩을 가지고 다니며 고객들의 이름을 이 칸 저 칸에 적어넣고, 누군가 전화로 특정한 시간이나 날짜에 일정이 비었는지 물어볼 경우를 대비해서 최대한 일정을 기억하려고 노력했다. 이제는 유니폼을 입거나, 회의에 참석해서 상사와 이야기를 나누거나, 청소용품 바구니를 검사받지 않아도 괜찮았다. 항상 다니는 길에서 몇 킬로미터나 떨어진 사무실까지 가서 세제를 보충할 필요도 없었다. 하루에 다섯 개의 변기를 청소해야 하는 날들은 여전히 죽을 만큼 힘들었지만 그래도 청소를 하면서 어느 정도 보람을 찾게 되었다.

하루에 4시간씩 청소를 끝낼 때마다 호더의 집은 조금씩 평범한 집 같은 모습을 갖춰갔다. 거실의 선반을 고친 다음 새 모이를 전부 쓸어서 닦아버리고 소파 밑에 있던 수십 개의 DVD를 찾아냈다. 노골적으로 티는 내지 않았지만 그 집주인이 화장실 청소를 부탁하지 않아서 감사했다. 그렇게 깨끗하게 청소된 상태가 얼마나 지속될지는 알 수 없었다. 오후에 부엌을 깔끔하게 청소한 후 다음날 가보면 빨간색 소스가 말라붙은 냄비와 접시가 부엌 조리대와 가스레인지에 잔뜩 쌓인 광경을 발견하고는 했으니까. 내가 청소해줌으로써 그 집 가족들이 행복해졌으면 하고 바랐다. 아이가 태어나기 전에 그 집 부인이 조금이나마 마음의 평화를 얻기를 바랐다. 그리고 무엇보다 그 집의 청소가 끝났다는 사실이 기뻤다.

—

자원봉사를 하게 될 가정폭력 비영리단체가 있는 건물은 마운트버넌의 철로 옆에 있는 평범한 상업지구에 자리하고 있었다. 나는 단순히 희망에 찬 자원봉사 안내원일 뿐만 아니라 거기 다니는 피상담자이기도 했다. 가정폭력 상담원을 만나는 뒤쪽 상담실은 천장 근처에 높게 창문이 나 있어서 여기저기 놓인 실내용 화초가 죽지 않고 자랄 수 있을 만큼 햇빛이 들어왔다. 내 담당 상담원인 크리스티는 그전해에 미줄라에서 여기로 이사를 왔다. 벌써 몇 년 동안이나 미줄라를 동경하고 있다고 이야기하자 크리스티는 미줄라가 무척이나 그립다고 했다.

"한번 가보는 게 어때요?" 하고 크리스티는 권했다.

나는 끈질기게 다시 사귀자고 조르는 전 남자친구처럼 몬태나 대학에서 몇 달마다 어김없이 보내오는 홍보 책자가 우리집 우편함에 꽂힌다고 말했다. 덥수룩하게 수염을 기르고 활짝 웃으며 칼하트 바지를 입고 플라이 낚시중인 남자들의 사진이 실린 문예창작학과 홍보 엽서와 소책자들이었다.

크리스티는 고개를 끄덕이고는 미소를 지었다. 내가 도움을 청했던 장학금 지원서를 펼쳐놓고 나를 바라보면서 말했다.

"꼭 미줄라에 가서 그곳이 마음에 드는지 말해줘요." 크리스티의 목소리는 항상 침착하고 온화했다. "우리 애들은 그곳을 무척이나 좋아해요. 미줄라는 아이들을 키우기에 정말 근사한 곳이죠."

"저한테 왜 이러시는 거죠?" 나는 반쯤 샐쭉 토라지며 물었다. "제 말은요, 만약 제가 그곳을 정말 좋아하면 어떡해요? 그럼 더 슬퍼질 뿐이잖아요." 나는 그날 아침 고객 마당에서 잡초를 뽑느라 더러워진 바지에서 진흙을 떼어냈다.

"왜 그곳으로 이사를 못 하는데요?" 크리스티는 자세를 젖혀 의자에 등을 기대고 이렇게 반문했다.

"그 사람이 보내주지 않을 거예요."

"미아 아빠요?"

"네, 제이미요." 나는 팔짱을 끼면서 대답했다. 크리스티를 처음 만났을 때 이제까지의 구구절절한 사연을 줄줄 읊어주었다. 심리치료사나 내 배경을 궁금해하는 사람들에게 몇 번이나 반복했던 똑같은 이야기였다. 노숙자 쉼터에서 출발해서 접촉 금지 명령, 양육권 소송, 공황 발작까지 이어졌다. 제이미가 3시간이나 떨어진 곳에 살고 미아는 격주 주말에 제이미네 집으로 간다고도 언급했다. 오늘은 거기에 미아가 혹시 제이미와 함께 살고 싶어하는지도 모르겠다고 덧붙였다.

크리스티의 목소리는 살짝 낮아졌다. "당신이 미줄라로 이사하든 아니든 제이미한테는 결정권이 없어요."

"하지만 이사를 하려면 제이미의 허락을 받아야 되는걸요."

"허락을 받는 게 아니에요. 이주를 통보하면 제이미에게 이의를 제기할 기회가 주어지는 거죠." 크리스티는 너무나 간단한 일이라는 듯이 말했다. "만약 제이미가 이의를 제기하면 판사가 양쪽의 입장을 들어보고 최종 결정을 내려요." 크리스티는 탁자에 있는 내 지원서를 다시 한번 살펴보았다. 나는 아무 말도 하지 않고 크리스티의 말을 마음속에서 곱씹었다. "엄마에게 이사하지 말라는 판결이 나오는 경우는 굉장히 드물어요." 크리스티는 이렇게 덧붙였다. "특히 이사를 통해 아이에게 더 좋은 교육 기회가 생긴다는 걸 증명할 수 있다면요."

입을 꾹 다물고 바닥을 빤히 바라보았다. 법원에 다시 간다고 생각만 해도 심장이 쿵쾅거렸다.

"허락을 받는다는 식으로 생각하지 말아요. 그쪽에 통보해주는 거예요."

"네." 나는 이렇게 대답하면서 의자 쿠션에서 삐져나온 실들을 뚫어져라 쳐다보았다.

"자, 그럼 이게 어떤 장학금 제도인지 설명 좀 해줄래요?" 크리스티는 장학금 지원서 패키지를 집어들며 말했다.

내가 집도 없이 떠돌 때 만난 포트타운젠드의 다른 담당자가 '선샤인 레이디스Sunshine Ladies'라는 가정폭력 피해자를 위한 장학금이 있다고 소개해주었지만 당시에는 지원할 자격이 되지 않았다. 아마 그 독특한 이름이 아니었다면 틀림없이 그런 제도의 존재를 금세 잊어버렸을 것이다. 정식 명칭은 여성 자립을 위한 장학금 프로그램WISP, Women's Independence Scholarship Program이었지만 인터넷에서 '선샤인 레이디스'라고 검색하니 바로 관련 정보가 떴다.

가정폭력 피해자들에게 특별히 제공되는 이 장학금을 받으려면 어마어마한 양의 서류를 준비해야 했고 게다가 무척이나 까다로운 여러 가지 자격 조건까지 통과해야 했다. 이 장학금에 대해 처음 들었을 때는 이 장학금의 수혜자가 학대하는 상대방에게서 벗어난 지 1년 이상이 지나야 한다는 조건 때문에 자격 미달이었었다. 하지만 그 자격을 갖춰도 장학금을 나 대신 관리해줄 후원자가 추가로 필요했다. 가정폭력 관련 프로그램을 통해 후원을 받을 수 있다면 금상첨화였다. 장학금 프로그램에서 후원 기관에 장학금을 보내면 후원 기관에서 나와 의논하여 그 돈을 가장 바람직하게 사용할 방법을 찾는 형태였다. 이렇게 하면 장학금이 어디에 사용되었는지 파악 가능하다는 장점이 있겠지만 절차에 대해 숙지하는 것만으로도 무척이나 번거로워 보였다.

"5000달러를 요청하세요." 크리스티는 함께 서류를 작성하면서 이렇게 제안했다. "최악의 상황이라고 해봤자 그보다 적은 돈을 받는 것뿐이니까요."

"제가 쓴 글로 사람들과 소통할 수는 없을까 생각하곤 해요." 이 말은 크리스티보다는 나 자신에게 하는 말에 가까웠다.

크리스티는 고개를 끄덕이더니 격려해주듯 미소를 지었다. "몬태나대학의 문예창작학과는 정말 최고죠!" 크리스티는 이렇게 감탄사를 내뱉더니 몸을 돌려서 홈페이지를 살펴보았다. "아마 전국에서 몇 손가락 안에 들걸요?"

"그렇대요. 그곳에 가는 게 제 계획이었죠. 임신하기 전까지는요." 지나친 실망이 묻어나지 않도록 조심하며 말했다. 하지만 그 계획은 나에게 보살펴야 할 아이가 생기기 전의 일이었다. 고정적인 수입과 의료보험이 절실해지기 전이었다. 나의 미래뿐만 아니라 아이의 미래도 생각해야 하기 전이었다. "인문학 학위는 취직에 별로 도움이 안 돼요." 내 말에 크리스티는 거의 웃음을 터뜨릴 뻔했지만 내 눈에 고인 눈물을 본 모양인지 실제로 웃지는 않았다.

크리스티에게 헛된 목표를 향해 노력하라는 격려는 듣고 싶지 않았다. 미줄라에 가보라고 부추기는 말을 듣고 싶지 않았던 것처럼. 그런 꿈들은 내가 바라기에 너무나 거대하게 느껴졌다. 미줄라를 동경하는 마음은 부엌 식탁에 앉아 미아가 밥 먹는 광경을 지켜보면서 밥 대신 커피로 허기를 달래던 시절과 크게 달라진 것 같지 않았다. 미줄라에 대한 열망이 너무나 컸기에 심지어 꿈을 꾸는 일조차 고통스러웠다.

"당신이 노력하는 모습을 보면 미아가 얼마나 기뻐할지 상상해보세요." 크리스티는 격려를 담뿍 담아서 말했다.

미줄라는 내 머릿속에서 사라지지 않았다. 내가 털끝만큼이라도 유대감을 느끼는 사람과 대화할 때면 반드시 미줄라 이야기가 튀어나왔다. 지금까지 몇 년 동안이나 계속 그래왔지만 이제는 나도 그 꿈을 무시하지 않기로 했다. 쿡쿡 찌르며 내게 손짓하는 미줄라를 느끼기로 결심했다.

그러나 안타깝게도 내 머릿속에서 미줄라만 사라지지 않는 게 아니었다. 상황은 좀처럼 나아지지 않았고 내가 잠깐의 안정을 찾을 때마다 무자비하게 나를 괴롭혔다. 새로운 집주인 앨리스는 내가 만난 가장 까다로운 고객이었다. 몇 주 동안이나 나는 앨리스의 집을 수십 시간에 걸쳐 최대한 깨끗하게 청소했고 항의를 받지 않으려고 노력했다. 앨리스는 나를 데리고 부엌을 돌아다니면서 내가 놓친 부분을 하나하나 지적했다. 앨리스의 걸레와 청소용품을 사용해 청소하라고 했지만, 그 집 세탁기에 다 쓴 걸레를 넣어두자 앨리스는 화를 냈다. "그쪽에서 빨아야지요." 앨리스는 전화를 걸어서 본채로 불러서는 직접 나에게 잘못된 부분을 지적했다. "그렇게 되면 저는 일이 더 많아져요." 일반적인 상황이라면 고객이 청소원에게 자기 집 걸레까지 빨아오라고 하는 것이 얼마나 부당하고 이상한 일인지 앨리스에게 설명하려고 했다. 강하게 항의하려다가 그냥 세탁기에서 걸레를 챙겨서 차고로 가져와 세탁하고 건조시켜 접은 후 본채 현관에 깔끔하게 쌓아놓았다.

뿐만 아니라 앨리스는 잡초 제거 시간을 실제보다 부풀려 말하는 게 아니냐고 나를 추궁했다. 그런 이야기를 들은 것은 처음이었다. 고객이 내가 한 일에 대해 불평한 적은 한 번도 없었다. 맨발의 도둑이 사는 집 근처에 있던 끔찍한 트레일러 말고는.

어느 날 오후, 앨리스는 다시 전화를 걸어서 자기 집에서 할 이야기가 있다고 말했다. 그즈음에는 이미 어떤 일이 다가올지 짐작하고 있었다. 앨리스는 내가 물물교환 계약의 조항을 제대로 이행하지 않으며 청소 상태도 만족스럽지 않기 때문에 계약을 파기하겠다고 했다.

나는 고개를 끄덕이고는 뒤돌아 밖으로 나왔다. 우리 아파트로 돌아와서 사방을 둘러보았다. 월세가 방금 두 배로 뛰었다는 사실이 믿기지 않았다. 으스스한 침묵 속에서 창문 밖으로 보이는 바닷가의 만을 바라보았다. 심장이 찌릿찌릿하면서 꽉 조여왔다.

"이봐요, 괜찮아요?" 그날 오후 느지막한 시간에 마당의 놀이터에서 커트가 내게 물었다. "둘이 이야기를 한 다음에 그쪽이 울 것 같은 표정을 지었다고 앨리스가 얘기하더라고요."

"아까 좋지 않은 소식을 들었거든요." 땅바닥을 내려다보면서 말했다.

커트는 고개를 끄덕이고는 셋째 딸의 그네를 밀어주면서 말했다. "그렇군요. 이해해요. 앨리스도 정리해고를 당한 상황이라 스트레스를 많이 받고 있어요."

그 말을 듣는 순간 귀에서 TV 잡음 같은 이명 소리가 웅웅 울렸다. 이제 왜 앨리스가 나를 해고했는지 알았다. 내가 일을 못해서가 아니었다. 앨리스는 더이상 거래를 할 여유가 없거나 자기가 직접 청소를 해서 돈을 절약하기 위해서 나를 해고한 것이었다. 그 과정에서 나는 만신창이가 되었다. 바로 그때 앨리스가 첫째와 둘째를 데리고 집에 돌아왔고, 그 집 아이들은 차에서 내려 미아 쪽으로 달려왔다. 세 아이가 신나게 웃고 꺄르르거리면서 자전거를 가져오려고 함께 뛰어가는 모습을 지켜보았다. 내가 서명했던 수북한 법률 서류 더미가 떠올랐다. 계약을 유지하기 위해 항의한다면 십중팔구 법정에서 싸워야 할 텐데 도저히 그 비용을 감당할 여유가 없었다. 그리고 내 딸이 친구들과 함께 놀기 위해 필요한 최소한의 우호적인 관계마저 잃어버릴 것이다. 아무리 생각해도 주인집과 싸울 수는 없었다.

"장학금을 못 받으면 지금 사는 집의 월세를 감당할 수가 없어요." 다음번에 크리스티를 만난 자리에서 상황을 설명하며 이렇게 말했다.

"장학금을 받을 거예요." 크리스티는 이미 결과를 알고 있지만 나에게는 아직 비밀로 한다는 듯이 확신하며 말했다. 지원서 패키지는 거의 서류 50장에 달할 정도로 두꺼워졌다. 나는 아직도 추천서 몇 장을 기다리는 상황이었다. "그후로 미줄라에 대해 생각은 좀더 해봤나요?"

물론 생각은 해보았다. 상당히 많이. 제이미의 행동이 점점 더 고약해졌기 때문에 항상 미아의 신변이 걱정되었다. 봄학기 수업을 마무리 짓는 동안 미아는 일주일 정도 제이미의 집에서 지냈는데 살이 홀쭉하게 빠져서 돌아왔다. 제이미의 집에 가기 직전에 비염 때문에 진찰을 받았지만 다녀와서는 증상이 더욱 심각해져서 다시 병원을 찾아야 했다. 안 그래도 자그마한 체구인데 1킬로그램 가까이 살이 빠졌다는 것은 심각한 문제였다. 그리고 다시 바지에 오줌을 싸기 시작했는데 도저히 이유를 알 수가 없었다. 벌써 몇 달이나 그런 실수를 하지 않고 지냈었다.

제이미는 이제 작은 요트에서 살았기 때문에 미아는 그 집에 가면 제이미와 함께 요트에서 지내야 했다. 미아와 제이미 모두 수영을 못했다. 미아가 혹시 한밤중에 구명조끼도 없이 배나 부두에서 떨어지지 않을까 두려웠다. 제이미의 집에서 자고 올 때마다 아이가 어떻게 변해 있을지 두려웠다. 전화를 할 때마다 저편에서는 몇몇 남자들의 목소리가 들렸다. 누구냐고 물어보면 미아는 그 아저씨들이 누군지도 모르고 아빠가 어디 있는지도 모른다며 그냥 배에 타고 있다고만 대답했다. 제이미의 집에서 미아를 데려오는 일이 일종의 구출 작전처럼 느껴졌다.

크리스티에게 이러한 상황과 집주인 문제, 그리고 미줄라에 끌리는 마음에 대해 털어놓았다. 가을학기에는 학교 공부가 바쁠 테지만 여름학기에는 두 강좌만 듣는 중이었고, 거의 두 배로 불어난 생활비를 감당하기 위해 학자금 대출을 최대 한도로 받은 상태였다. 일을 하거나 짬짬이 자원봉사를 하는 동안에는 미아를 어린이집에 맡겼다.

앨리스에게 해고당하고 나서 여름학기를 위한 대출금이 나오기 전까지 당장 6월달 고지서를 해결할 돈이 부족해 이틀 동안 돈을 변통할 방법을 찾았다. 학교를 다니며 아이를 키우는 여성들에게 집세를 지원해주는 '주부 지원금'이라는 특이한 지원 제도를 찾아내서 6월 월세 중 일부를 충당했다. 공과금 지원 제도를 통해 받은 20달러짜리 주유 교환권도 큰 보탬이 되었다.

우편함을 확인할 때마다 숨을 죽였다. 하루하루가 지날수록 고지서와 광고지만 쌓여갈 뿐 장학금 위원회에서는 아무런 소식이 없었다. 불길한 기분이 들 정도로 이번달은 느릿느릿 흘러갔다. 만약 장학금을 받지 못하면 지금 사는 집에서 나가야 한다. 하지만 장학금을 받으면 지금 집에 머물고도 남을 만큼 충분한 돈이 생긴다. 장학금 문제에서 눈을 돌려보려고 미아를 해변과 공원에 데려갔다. 커트 및 그 집 딸들과 많은 시간을 보냈고, 후미진 만 지역을 돌아다니며 아이들이 진흙탕에 뒹구는 모습을 지켜보았다. 미아가 아빠네 집에 가 있는 동안에는 아파트에 틀어박혀서 여름의 태양이 가득 들어올 수 있도록 문을 열어놓은 채 책을 읽거나 과제를 했다.

그러던 어느 주말, 책장에서 『연금술사』를 꺼내서 읽기 시작했다. 거의 모든 페이지에 밑줄을 긋고 다시 한번 읽는가 하면 창밖을 바라보며 한동안 생각에 잠기느라 그 짧은 책을 끝까지 읽는 데 꼬박 이틀이나 걸렸다. 알래스카에서 다시 워싱턴 주로 이사 왔을 때 엄마가 준 책이었다. 엄마는 그 책을 주며 운명을 찾기 위해 여정을 떠났지만 결국 자신의 운명은 처음부터 고향에 있었다는 걸 깨닫는 주인공의 이야기라고 설명해주었다. 그 이야기를 듣고는 얼굴을 찡그렸다. 물론 워싱턴 주 북서부는 태양이 빛날 때 마법처럼 아름다운데다 디셉션패스를 관통하는 20번 고속도로에는 오랜 친구처럼 익숙한 나무들이 늘어선 일부 구간이 있었다. 하지만 고향이라는 느낌은 그게 전부였다. 나는 이곳에 뿌리를 내린 사람이라고 생각하지 않았다. 처음부터 그런 적은 없었던 것 같았다.

자신만의 전설personal legend을 찾아 떠난다는 『연금술사』의 주제가 내 마음속 깊은 곳에 울림을 주었다. 거의 25년간 작가가 되고 싶다는 꿈을 안고 살아왔다.

"미줄라에 가볼 준비가 된 것 같아요." 다음번에 크리스티를 만났을 때 이렇게 선언했다.

어린이집에서 미아를 태워서 집으로 오는 길에 미아와 함께 폴 사이먼의 〈그녀의 신발 밑창에 다이아몬드Diamonds on the Soles of Her Shoes〉를 따라 불렀다. 미아가 "주머니처럼 텅 빈empty as a pocket"이라는 가사를 "호박처럼 텅 빈empty as a pumpkin"이라고 잘못 따라 부를 때마다 미소를 지었다. 벌써 몇 주 동안이나 미아와 함께 어린이집을 왕복하거나 주말에 나들이를 나갈 때마다 차 안에서 이 앨범을 들었다. 미소를 지으며 똑같은 노래를 따라 부르는 일은 마치 똑같은 아이스크림 선디를 먹는 것과 같았다.

차가 우리집 진입로에 도착하자 미아는 주인집 아이들과 놀아도 되는지 묻기 시작했다. "잠깐만 기다려." 이렇게 말하고 천천히 우편함으로 다가갔다. 최근에는 되도록이면 우편함을 자주 확인하지 않으려고 노력중이었다. 텅 빈 우편함을 확인하면 너무나 큰 실망감이 몰려왔다.

"미아!" 우편함 앞에서 소리를 질렀다. 그리고 WISP에서 보낸 커다란 봉투를 들어 보였다. 서류를 보낼 때 사용하는 규격 우편 봉투들 중 하나였다. 봉투를 열고 안내문을 읽었다.

집에 가서 봉투를 뜯자 안에 든 햇빛 모양의 색종이 조각들이 후드득 바닥에 떨어져 흩어졌다. 장학금 프로그램 수혜자로 선정된 것이다! 미아는 손가락으로 종잇조각들을 집어올렸다. WISP는 가을학기에 2000달러를 지원해줄 뿐 아니라 여름학기에도 1000달러를 지원해준다고 했다. 다시 이사할 필요가 없어졌을 뿐만 아니라 여름학기가 끝나고 가을학기가 시작되기 전에 휴가를 즐길 만큼 충분한 돈이 생겼다. 미줄라에도 갈 수 있게 되었다.

『연금술사』의 한 구절이 퍼레이드에 쓰이는 색종이 테이프처럼 내 마음속에서 펄럭거렸다. **자네가 무언가를 간절히 원할 때 온 우주는 자네의 소망이 실현되도록 도와준다네.** 장학금을 받으면 수입을 저축할 수 있고, 자동차도 고칠 수 있으며, 기나긴 산길을 두 군데나 통과하여 내가 제일 좋아하는 몇몇 작가들이 그토록 사랑스럽게 묘사한 바로 그 도시를 보러 갈 수 있게 된다.

27장

여기가 우리집이야

—

스포캔 근처 어딘가에서 90번 주간 도로를 따라 눈앞에 펼쳐진 탁 트이고 평평한 길을 타고 동쪽으로 운전하는 동안 내 앞쪽과 뒤쪽, 그리고 옆쪽에는 아무것도 없었다. 햇빛을 받아 타는 듯한 갈색으로 빛나는 풀밭은 바람을 받아 세차게 흔들리면서도 무너지지 않으려고 단단히 버티고 있었다. 농부들은 소떼들이 먹을 풀밭을 싱싱하게 유지하기 위해 거대한 금속 스프링클러를 벌판 여기저기로 끌고 다니며 물을 주고 있었다. 양방향이 일차선 도로인 고속도로에서 녹색 스바루를 탄 젊은 여성이 왼쪽으로 내 차를 추월했다. 그 여자의 차 뒷좌석과 짐칸에 빼곡하게 놓인 상자와 빨래바구니, 그리고 쓰레기 봉지가 눈에 들어왔다. 그 차와는 대조적으로, 나는 낡은 군용 배낭 몇 개에 새로 산 민소매 티셔츠 몇 장, 반바지 몇 벌을 넣어왔을 뿐이었다.

스바루를 탄 젊은 여자와 내 앞에는 각각 자신의 인생이 펼쳐져 있었다. 어쩌면 그 여자는 대학 때문에 미줄라로 이사를 하는 건지도 모른다. 오래전에 대학 지원서를 찢어버리지 않았다면 나 역시 그랬을 것처럼. 하지만 우리 둘 사이의 공통점은 아마도 그게 전부였다. 카 오디오에서 흘러나오는 노래를 따라 부르고 있을 그녀에게 거의 5년 전의 나를 투영시켰다. 그 여자가 곧 나였어야 한다고 생각했다.

그러다가 엑셀을 힘차게 밟으며 그 여자의 차, 그리고 과거 내 모습의 환영을 떨쳐버렸다. 미줄라로 향하는 것은 단순히 내 꿈을 좇기 위해서뿐만이 아니라 미아와 내가 고향이라고 부를 만한 곳을 찾기 위함이었다.

어둑어둑한 밤에 홀로 미줄라에 도착했을 때, 시내 거리에는 아직도 여름 한낮의 열기가 남아 있었다. 차에서 내려 연석 위에 올라선 다음 거리를 이쪽저쪽 살피는 동안 이십대 초반의 여자 두 명이 내 옆을 지나가면서 고개를 끄덕하며 미소지었다. 한 명은 노래를 부르고 있었다. 다른 한 명은 우쿨렐레를 연주했다. 두 명 다 하늘하늘한 치마와 샌들 차림이었다. 그 여자들은 페어뱅크스의 파티에서 마주치던 알래스카의 여자아이들을 연상시켰다. 화장이라고는 전혀 해본 적 없지만 불 피우는 법은 기막히게 잘 알고 있으며 정원에서 손을 더럽히며 일하는 것을 두려워하지 않는 히피 같은 젊은이들. 나는 그들이 그리웠다. 나와 비슷한 이들이.

미줄라에서 맞은 첫날 아침, 여기저기 발길 닿는 대로 돌아다니다 보니 이른 시간부터 내리쬐는 햇빛에 피부가 따끔거렸다. 워싱턴 주의 축축한 잔디와 달리 이곳의 풀밭은 뽀송뽀송해서 누구든 와서 앉으라고 손짓하는 것 같았다. 캠퍼스 근처에 있는 커다란 단풍나무 그늘 아래서 책을 읽었다. 등을 대고 누워서 흔들리는 나뭇잎들 사이로 살짝 드러난 태양을 바라보았다. 거의 하루종일 그 상태로 누워서 주변의 언덕과 산들을 바라보았고, 인도교 아래에 강물이 흐른다는 사실도 알게 되었다. 그날 저녁에는 미줄라 시내 한복판에서 공원을 발견했다. 위쪽에 차양을 친 광장 가장자리에는 음식을 파는 가판대가 줄지어 있었다. 풀밭이나 공원 벤치에 앉아 느긋하게 시간을 보내는 사람들도 눈에 띄었다. 무대에서는 밴드의 음악 연주가 들려왔다. 언제 이렇게 행복한 기분을 느껴보았는지, 언제 이렇게 긴장을 풀고 음악으로 가슴을 가득 채워보았는지 기억이 나지 않을 정도였다. 나는 얼빠진 사람처럼 실실 웃으며 공원을 이곳저곳 돌아다니다가 이상하게도 다른 사람들도 모두 웃고 있다는 것을 깨달았다.

너무나 오랫동안 따뜻한 인간관계를 접하지 못하고, 가족과의 관계는 소원해지고, 친구들은 멀어지고, 청소원으로서 투명인간 취급을 받고, 이 집 저 집 전전하며 검은곰팡이와 함께 살아온 나는 친절함에 목말라 있었다. 나의 존재를 알아봐주고 나에게 말을 걸며 나를 받아주는 사람들이 더없이 그리웠다. 내 인생을 통틀어 이렇게 무언가를 갈망한 적이 없었다. 미줄라는 내 안의 갈망을 끄집어내주었다. 갑자기 지역사회에 속하고 싶어졌다. 친구를 사귀고 싶었다. 그런 희망을 가져도 괜찮을 것 같았다. 주변을 돌아다니면서 사람들을 보다보니 여기서는 그런 것들을 손에 넣을 수 있을 듯했다. 여기 사는 사람들은 대부분 몬태나의 실루엣이나 지역번호인 406이 새겨진 모자를 쓰고 나에게 미소를 지어 보였다. 어느 날 아침을 먹으러 작은 카페에 들어

섰는데 모든 식탁이 차 있었다. 나를 포함해서 차코 샌들●을 신은 사람은 모두 열여섯 명이었다. 체모를 정리하지 않은 여자들도 눈에 띄었고 대부분의 사람들이 문신을 하고 있었다. 남자들은 천으로 된 배낭이나 아기띠를 하고 아기를 안고 있었다. 페어뱅크스에서 알고 지냈던 오랜 친구들도 우연히 만났다. 어떤 도시에서 이토록 즉각적으로 환영의 분위기를 느낀 적은 처음이었다. 심지어 도착한 지 겨우 하루가 지났을 뿐이었다.

의도한 것은 아니었지만 여름에 미줄라를 방문하기 가장 좋은 주말 중 하루를 골랐던 모양이다. 이곳저곳 돌아다니다보니 리버시티루츠 페스티벌River City Roots Festival 때문에 도시 전체가 완전히 바뀐 상태라는 걸 알게 되었다. 중심가는 차량 통행이 중단되었다. 노점상들은 홀치기 염색한 티셔츠, 토기, 예술품, 나무를 사슬톱으로 조각해서 만든 곰 장식품을 팔았다. 적지 않은 사람들이 무대 옆에 캠핑용 의자를 놓고 앉아서 거의 하루종일 음악을 감상했다. 골목마다 푸드 트럭들이 줄지어 서 있었고 한가운데에는 맥줏집이 자리잡고 있었다. 미줄라는 흥겨운 파티를 사랑하는 도시였다.

나도 마음껏 미줄라에 빠져들었다. 여행 기간 내내 하루종일 도시 구석구석을 탐험했다. 산에도 올라갔다. 산길을 가로질렀고 덤불 속에서 사슴이 낮은 소리로 우는 것을 들었다. 개울가를 따라 걷다가 날카로운 돌덩이에 발가락을 베이는 바람에 피가 나기도 했다. 도

● 　단단한 끈으로 엮은 아웃도어용 샌들의 브랜드명.

시 너머 골짜기 깊숙한 곳에 자리잡은 산자락에서 땀을 흘리며 탈수 상태로 몇 분 동안 숨을 고르다보니 지금까지 걸어온 산길을 찾을 수가 없었다. 배가 고팠고 목이 말랐지만 아무리 잠깐이라고 해도 몬태나의 광활한 자연 속에서 길을 잃었다는 사실에 신이 나서 어쩔 줄을 몰랐다.

나는 몬태나와 사랑에 빠졌다. 스타인벡처럼. 그리고 덩컨처럼.

제이미에게 문자를 보냈다. "미줄라로 이사할 거야. 이사를 꼭 해야 해. 여기 정말 끝내줘." 두근거리는 가슴으로 제이미의 답변을 기다렸지만 답신은 오지 않았다. 제이미가 미아를 어떻게 구슬려서 이사 가기 싫다고 말하게 할지 궁금했다. 혹시 법정 소송을 진행하거나 미아의 양육권을 다시 가져가겠다고 협박하지는 않을지 걱정되기도 했다. 이 여행을 결정하면서부터 이런 불안감이 사라지지 않았다. 하지만 이제는 더이상 제이미의 허락을 구하지 않았다. 그저 통보할 뿐이었다. 진부한 표현일지는 모르지만, 미줄라에 대한 나의 애정과 미아에게 더 좋은 삶을 마련해주고 싶다는 열망이 모든 어려움을 극복하게 해줄 것이라 생각했다. 그것이 결국 우리를 미줄라로 이끌 것이라고.

다음날 제이미가 미아를 시켜 전화를 걸었다. 오전 느지막한 시간, 클라크 포크 강변의 경사진 잔디밭에 앉아 있을 때 전화가 울렸다. 내 뒤쪽에서는 회전목마가 천천히 돌아갔고 그 옆에 있는 나무로 만든 놀이기구에는 아이들이 잔뜩 모여 있었다. 나는 책을 읽으며 일기장에 감상을 적어 내려가는 중이었다.

"엄마 안녕." 미아의 목소리가 들렸다. 전화기 저편에서 제이미의 목

여 기 가 우 리 집 이 야

소리와 미아 할머니의 목소리가 들렸다. 두 사람은 미아에게 어서 이야기를 하라고 재촉했다. 마침내 미아가 불쑥 이렇게 내뱉었다. "몬태나로 이사 가기 싫어."

"이런, 아가야." 어떻게든 말로나마 미아를 따스하게 안아주려고 했다. 할머니 집 거실에서 제이미가 미아의 귀에 전화기를 가져다 댄 채 눈썹을 치켜들고 어서 연습한 말을 반복하라는 표정을 짓는 광경을 상상했다. "미아, 이런 일을 겪게 해서 너무 미안해." 미아를 달래고 있으려니 제이미가 전화를 가로챘다.

제이미의 목소리는 으르렁거림과 속삭임의 중간쯤이었다. "엄마가 미아를 멀리 데려가기 때문에 다시는 아빠를 못 만날 거라고 말할 거야. 제발 네가 깨달았으면 좋겠어. 너는 이기적이라 미아가 다시는 나를 못 만날지도 모른다는 건 상관 안 하지. 미아는 다 알게 될 거야. 그래서 너를 미워하게 될 거야."

제이미가 나에게 그 말을 하는 동안 미아가 크고 짙은 눈동자로 제이미를 바라보는 광경을 상상했다. 제이미가 화가 났을 때 어떤 모습인지, 비뚤어진 치열을 덮은 입술에 어떻게 흰 침방울이 맺히는지 너무나 잘 알고 있다.

"미아랑 다시 얘기할 수 있게 바꿔줘." 제이미의 말을 가로막으면서 말했다.

다시 전화를 받은 미아의 목소리는 기분이 좋아 보였다. "내 분홍색 카우보이 장화 샀어?" 미아는 평상시처럼 발랄한 말투로 물었다.

나는 미소를 지으며 대답했다. "그럼, 약속한 대로 샀지!" 진열대 한 열 전체에 분홍색 부츠가 놓인 가게에 대해 이야기하면서 미아에게 꼭 맞는 장화 한 켤레와 말 인형을 찾아냈다고 했다. "카우보이가 그려진 금속 도시락통도 샀단다!"

그로부터 하루이틀 지나서 다시 통화했을 때 미아는 어리둥절한 상태인 것 같았다. 제이미에게 전화를 걸었는데도 아빠가 어디 갔는지 잘 모른다고 했다. 전화기 저편에서는 어른 남자들 몇몇이 웃고 떠드는 목소리가 들렸지만 미아는 그들이 누군지 모르겠다고 했다. 미아와 함께 오지 않은 것을 후회했지만, 만약 데려왔다면 여기 눌러앉지 않고 집으로 돌아갔을지 확신할 수 없었다. 미아와 함께 살 만한 공간을 찾아낸 다음 지방법원에서 이주 신청서를 작성하는 모습을 상상했다. 미아와 함께 풀밭에서 낮잠을 즐기거나 산과 강을 누비며 여름의 끝자락을 보내는 모습을 머릿속에 그려보았다.

하지만 5년 만에 처음으로 손에 넣은 휴가가 끝나려면 아직 며칠이 더 남아 있었기 때문에 그 며칠을 최대한 만끽하기 위해 노력했다. 그 주 토요일에는 지역 생산자 직거래 장터를 걸어다니며 구경했다. 미아와 비슷한 또래로 보이는 아이들이 무척이나 많았는데, 대부분 수세미같이 헝클어진 머리에 구겨진 발레 치마를 대충 걸쳐 입은 모습이었다. 문신이 드러나는 민소매 상의 차림의 나와 분홍색 에나멜 구두, 요정 드레스를 입은 미아는 자연스럽게 이곳을 걸어다닐 수 있을 터였다. 여기라면 모든 사람들과 아무런 위화감 없이 어울릴 수 있다. 워싱턴에서처럼 곁눈질하는 사람은 아무도 없을 것이다. 미아는 물고기 조각상에 기어오르며 노는 아이들과 신나게 어울릴 것이다. 이곳은 우리의 고향이 될 수 있을 거야. 이 사람들은 우리의 가족이 될 수 있을 거야. 확신이 들었다.

집으로 운전해서 돌아오는 길에는 차 안의 적막과 도로에서 들려오는 소리에 푹 빠져들었다. 워싱턴 주에 조금씩 가까워질 때마다 잘못된 방향으로 가고 있는 것처럼 가슴이 저릿했다. 800킬로미터가 넘는 거리를 달리는 동안 지난 5년간의 여정이 영화처럼 머리를 스치고 지나갔다. 노숙인 쉼터에서 미아가 아장아장 내 쪽으로 걸어오는 모습이 떠올랐다. 미아에게 좋은 집을 제공해주어야 한다고 압박감과 절망감을 느꼈던 시간들도. 미아와 함께 차를 타고 집과 어린이집, 제이미의 집을 오가던 날들. 자동차 사고. 원룸 아파트에서 2인용 소파를 침대처럼 펴놓고 함께 잠을 청하던 그 추운 날들. 어쩌면 『연금술사』의 한 구절이 맞을지도 모른다. 어쩌면 나는 꿈을 향해 한 발짝 내디뎠으며, 우주가 내 길을 열어서 인도해줄지도 모른다. 진정한 고향을 찾기 위해서는 열린 마음으로 내가 사는 곳을 사랑해야 할지도 모른다. 집이란 언덕 위에 서 있는 근사한 저택이라는 생각을 버려야 했다. 집은 우리를 감싸 안아줄 수 있는 곳, 소속감 그리고 익숙함을 느낄 수 있는 곳이었다.

—

몇 달 뒤, 크리스마스를 보내고 며칠 지나지 않은 날, 미아를 뒷좌석에 태우고 경사진 언덕을 따라 다시 미줄라로 향했다. "불빛 보여?"

라디오 볼륨을 줄이고 골짜기의 반짝이는 별들을 가리켰다. 백미러를 통해 미아를 살폈지만 미아는 카시트에 앉아 고개를 저었다.

"여기 어디야?" 미아는 차창 밖을 지나가는 눈 덮인 언덕을 쳐다보면서 물었다.

나는 심호흡을 하고 말했다. "집에 온 거야."

몇 년에 걸쳐 끊임없이 이곳저곳을 떠돌아다닌 끝에 미아와 나는 서서히 미줄라에 정착하기 시작했다. 이곳에 도착하고 처음 몇 달 동안은 제이미와 전혀 연락이 닿지 않았다. 전화를 받지 않을뿐더러 새로운 양육 조건에 따라 우여곡절 끝에 간신히 영상통화 일정을 잡아도 모습을 드러내지 않는 제이미의 행동은 뭐라 설명할 길이 없었다.

미아는 자꾸 나에게서 도망갔다. 집에서, 슈퍼마켓에서, 보도에서, 그리고 거리에서. 발길질을 하며 소리를 지르는 아이를 안은 채 몸을 숙여서 미아가 떼를 쓰는 동안 바닥에 떨어진 분홍색 고무장화를 주웠다. 여러 가지 변화를 겪었으며 아빠와 멀리 떨어지게 된데다, 지금까지 살아온 곳을 떠나 실내에만 틀어박혀 지내야 할 정도로 겨울이 혹독한 지역에 정착하게 됐으니 미아 입장에서는 지극히 자연스러운 반응임을 알았다. 하지만 미아의 행동은 이제까지 접한 적이 없을 정도로 너무나 고약했기 때문에 어떻게 대처해야 할지 도무지 알 수가 없었다. 요란하게 떼를 쓰는 미아를 어디든 데려가는 일 자체가 너무 위험하고 진 빠진다는 생각까지 들었다. 어느 날 아침에는 우체국에 들렀다가 탐폰을 사기 위해 슈퍼마켓에 가야 하는 두 가지 일정이 있었다. 미아는 2시간 동안 옷을 입거나 신발을 신지 않겠다고 고집을 부렸고, 내가 자기를 물속에 빠뜨리고 못 나오게 하기라도 하는 양 발로 차고 소리를 지르며 심하게 난동을 부렸다. 미아와 실랑이를 벌이다가 심한 공황발작이 찾아와 제대로 숨도 쉬지 못한 채 바닥을 기어다녔다. 미아는 또 한 번의 싸움에서 승리했다는 사실에 뿌듯해하며 신나게 자기 방으로 들어가 장난감을 가지고 놀았다.

하지만 언제나 그렇듯 여러 가지 상황이 차츰 자리를 잡아갔다. 나는 커다란 사무실 건물을 청소하는 일을 찾아냈을 뿐만 아니라 주택 청소를 의뢰하는 고객도 몇 명 확보했다. 어느 주말에 사무실 휴게실에서 『매머로드Mamalode』라는 육아 잡지를 발견해 거기에 짧은 글을 써서 보냈다. 내 글은 잡지에 실렸고 나는 인쇄된 내 이름에서 눈을 뗄 수 없었다.

그 잡지에는 지역 체육센터에서 운영되는 체육 유치원 광고가 실려 있었다. 면담 끝에 내가 시설 청소를 하는 대가로 미아의 유치원 학비를 면제받게 됐다. 새벽에 내가 일을 나간 동안 미아와 함께 집에 있어 준다는 조건으로 그곳의 직원 한 명이 약간의 월세를 부담해 우리집으로 이사를 왔다.

미줄라로 이사한 후 어느 늦은 봄날, 창문 너머 푸른 하늘을 바라보던 미아가 불쑥 "엄마, 우리 하이킹 가자"라고 말을 꺼냈다. 아파트 부엌 식탁에 앉아서 미아가 아침을 다 먹기를 기다리던 참이었다. 나는 피로한 눈을 껌벅였다. 충분히 수면을 취하고 강의 노트를 뒤적이기 전에 느긋하게 커피를 즐길 수 있는 주말의 여유를 마음껏 음미하던 중이었다.

그래서 좀 망설였다. 미아와 실랑이를 벌이기에는 너무 지쳐 있었다. 유치원에 다니기 시작하면서는 예전처럼 심하게 떼를 쓰지는 않았지만 여전히 미아가 언제 고약한 행동을 할지 몰라 못 미더웠다. 하지만 미아는 너무나 간절하게 나를 바라보았다. 미아의 눈은 여기로 이사 온 이후 본 적이 없을 정도로 신나게 반짝이고 있었다. 그날은 미줄라에서 처음으로 맞는 화창하고 더운 주말이었기 때문에 작년 8월에 처음 이곳에 왔을 때처럼 마법 같은 분위기였다. 식탁에서 일어나서 배낭에 에너지 바와 물병 몇 개를 챙겨넣었다. "가자." 미아에게 말을 건넸다. 미아가 그렇게 빨리 신발을 신는 모습은 본 적이 없었다.

몬태나 대학은 산 정상에 오르는 산길이 지그재그 모양이라 거대한 흰색 대문자 M처럼 보인다는 이유로 지역 주민들이 'M'이라는 애칭으로 부르는 센티넬 산자락에 자리잡고 있다. 강의를 들으러 걸어가는 길에 산 쪽을 쳐다보면 등산객들이 작은 점처럼 언덕을 올라가고 있었다. 그들이 부러웠지만 항상 이런저런 변명거리를 내세울 뿐 직접 오른 적은 없었다.

산기슭에 있는 주차장으로 차를 몰았다. 등산로로 올라가는 계단에 몇몇 사람들이 서 있었다. 그들은 모두 제대로 된 러닝화나 트래킹화를 신고 물병에 담아온 물을 마시며 당장이라도 산 옆쪽의 등산로를 오를 준비를 마친 듯했다.

"자, 가볼까." 카고 반바지의 주름을 펴면서 샌들을 신고 온 것을 후회했다. "어디까지 올라갈까?"

"M이 있는 곳까지." 미아는 대답했다. 마치 아무 일도 아닌 것처럼.

나 혼자 처음 왔을 때 세웠을 법한 목표가 아닌 것처럼. 1524미터 높이의 산을 절반이나 올라야 한다는 의미가 아닌 것처럼.

우리는 등산로를 타기 시작했다. 절반 정도까지 가면 어차피 미아가 지칠 테니 결국 아이를 업고 차까지 내려와야 할 것이라고 생각했다. 하지만 미아는 구불구불한 산길을 가볍게 뛰어다니며 경치를 감상하기 위해 벤치에 앉아 있는 다른 등산객들을 지나쳤다.

믿기지 않은 눈으로 미아를 바라보았다. 아직 다섯 살이 조금 안 된 내 딸이 치마와 스파이더맨 신발, 그리고 목에 기린 인형을 두르고 등산로를 달려가다니. 미아는 번개처럼 산을 오르며 다른 등산객들을 앞지르는가 하면 뒤처진 내가 따라오기를 기다렸다. 그와는 대조적으로 나는 씩씩거리며 비 오듯 땀을 흘렸다. 지난 몇 년 동안 해본 하이킹 중에서 단연코 가장 힘들었다. 혹시나 미아가 M에 도달한 다음 미끄러져 떨어지거나 M을 넘어 계속 산 저편으로 갈까봐 걱정돼 앞서가는 미아를 잠깐 멈추라고 불렀다. 산이 무척이나 가팔라서 위쪽에 난 길이 제대로 보이지 않았다. 가끔은 미아가 단단히 결심했다는 듯이 작은 주먹을 불끈 쥐고 등산로의 가장자리에 기대선 모습이 눈에 들어왔다. 나도 마찬가지로 주먹을 꼭 쥐었다.

등산로 끝에 도착해 M의 맨 꼭대기에 앉아 몇 분 동안 경치를 감상하더니 미아가 갑자기 벌떡 일어나서 계속 올라가자고 했다. 미아가 계속 올라가고 싶어한다는 사실에 그저 놀라 그뒤를 따랐다. 미아는 산 정상까지 올라간다는 데 무척이나 만족한 것 같았다. 가끔씩 쪼그리고 앉아 개미를 관찰하거나 다람쥐 굴을 살피기도 했다. 나는 물을 마시거나 클리프 블루베리 에너지 바를 먹으라고 미아를 재촉했다. 우리는 계속해서 등산로를 올랐다.

센티넬 산 정상까지 오르는 방법은 몇 가지가 있지만 우리는 산의 측면을 빙 둘러서 가는 길을 택했다. 다른 등산로에 비하면 경사가 완만한 편이기는 했지만 산의 뒤쪽을 돌아 정상까지 오르려면 결코 만만치 않았다. 거의 열 걸음마다 멈춰서 숨을 가다듬었다. 미아도 나와 함께 몇 번 걸음을 멈추었다. 엔도르핀 때문인지, 아니면 따갑게 내리쬐는 태양빛 때문이었는지는 몰라도 행복에 겨워 머리가 어지러울 지경이었다. 산 정상을 눈앞에 둔 막바지에 가파른 경사로를 오르는 게 미아의 조그만 다리에 얼마나 무리가 되는지 잘 알았다. 미아 역시 내가 얼마나 피곤한지 알았을 것이다.

정상에 오르자 미아는 머리 위로 양손을 올리고 신나게 웃었다. 도시가 저 아래 아득히 내려다보이는 산 정상에서 춤을 추는 미아의 모습을 사진에 담았다. 저 도시는 우리의 고향이다. 우리는 정상의 가장자리에 앉아 경사진 산을 발밑에 두고 미줄라를 보았다. 우리가 앉은 곳에서는 건물이 작은 인형의 집 같았고 자동차는 반짝거리는 점에 불과했다. 그곳에 앉아 미줄라를 머릿속에 그려보았다. 나에게는 미줄라가 엄청나게 거대한 존재인데다 내 머리와 가슴속에 너무나 가득차 있어서인지 이렇게 산 정상에서 미줄라 전경을 바라보자 기분이 묘했다.

가까운 산기슭에는 내가 재학중인 대학교와 2년 후 내가 영문학 및 문예창작학 학사 학위를 받으러 무대를 가로지르는 걸 미아가 지켜볼

강당이 보였다. 지난여름 휴가를 보내러 왔을 때 이 지역 대학의 학생이 되고 싶다는 꿈을 꾸며 그늘에 누워 있었던 잔디밭과 나무들도 잘 보였다. 우리가 사는 아파트, 미아와 함께 놀러가는 공원, 그리고 미아와 내가 겨울에 용감하게 걸어다녔던 미끄러운 보도도 눈에 들어왔다. 느릿느릿 움직이는 뱀처럼 도시 전체를 관통하며 흐르는 강도 바라보았다.

미아는 주차장까지 내려오는 길도 전부 제힘으로 걸었다. 뉘엿뉘엿 저편으로 넘어가는 태양이 미아의 얼굴을 짙은 주황색으로 물들였다. 미아는 몇 번이나 자신만만한 표정으로 뒤따라가는 나를 돌아보았다. "우리가 해냈어." 미아의 눈은 이렇게 말하는 듯했다. 그저 산을 오르는 일뿐만 아니라 좀더 나은 삶을 살아가는 일까지도.

우리에게 그 둘은 같은 의미였다.

감 사 의 말

이 책은 많은 싱글맘들의 힘으로 만들어졌다. 이렇게 말할 수 있어서 무척이나 기쁘다. 싱글맘들이 살아가는 방식, 특히 사랑하는 방식은 열정이 넘치고 용감하며 유연하고 과감한데다 굳건하다. 이 책이 세상에 탄생하기까지 조언을 아끼지 않으며 책의 시작부터 많은 사랑을 보내준 동료 싱글맘들에게 늘 감사할 것이다.

형편없는 초고(심지어 출판 제안서까지!)를 몇 차례나 읽어주었을 뿐만 아니라 내가 당황하거나 기뻐하며 문자를 보낼 때마다 곧바로 답장을 보내주며 진정한 우정을 보여준 데비 와인가튼. 정신이 하나도 없던 순간에도 침착한 목소리로 정곡을 찌르는 조언을 해준 덕분에 내 마음속의 목소리로 자리잡은 켈리 선드버그. 최고의 이웃이자, 이야기를 경청해주는 사람이자, 근사한 저녁 데이트 상대이자, 고맙게도 미아에게 '또 한 명의 엄마'가 되어준 베키 마골리스. 사람들의 마음과 순수한 정수를 꿰뚫어보는 능력으로 여러 차례 나를 놀라게 한 앤드리아 게바라, 그리고 마지막으로 최고의 편집자인 아셰트 출판사의 크리샨 트로트먼. 트로트먼의 세심하고 사려 깊으며 능수능란한데다 짜임새 있는 편집이 없었다면 이 책은 분명 앞뒤 없이 "그다음에 이런 일이 일어났다"가 단편적으로 모인 횡설수설에 지나지 않았을 것이다. 그토록 많은 애정과 마음을 이 책에 담아줘서 감사한다. 이 책을 세상에 내놓는 길에 최고의 안내자를 만났다고 생각한다.

누구나 꿈꾸는 에이전트의 현신과도 같은 제프 클라인먼. 당신이 보내준, 느낌표가 가득한 모든 이메일과 문자들을 내가 얼마나 좋아하며 읽고 또 읽었는지 모를 것이다.

알래스카 앵커리지에 있는 시닉파크 초등학교에서 4학년 때 나를 가르쳐주신 버드셀 선생님께서는 내게 작가의 꿈을 일깨워주셨다. 정말 감사하다. 「가정부의 고백Confessions of the Housekeeper」이라는 수필을 책으로 펴낼 수 있을 것이라며 너무나 굳은 믿음을 보여준 데브라 맥퍼 얼링 덕분에 나 역시 그 말을 믿고 결국 이렇게 꿈을 이룰 수 있게 되었다. 내 안의 이야기꾼을 끄집어내준 데 감사한다. 또한 격려를 아끼지 않고 용기를 북돋우며 내가 글의 편린들을 조리 있는 문단으로 엮어내는 동안 인내심을 발휘하여 이끌어준 바버라 에런라이크, 마리솔 벨로, 리사 드루, 콜린 스미스, 주디 블런트, 데이비드 게이츠, 셔윈 비츠이, 케이티 케인, 월터 컨, 로버트 스터블필드, 에린 살딘, 크리스 돔브로스키, 엘케 가버트센에게 무한한 감사의 뜻을 표한다.

내가 살아가는 이유의 전부인 내 딸들. 코렐라인, 너의 순수한 웃음과 따뜻한 포옹 덕분에 글을 쓰고 수정을 거듭하는 길고 긴 나날들을 견딜 수 있었단다. 그리고 사랑하는 미아, 에밀리아 스토리. 나를 엄마로 만들어줘서 고마워. 이 여정을 나와 함께 살아줘서 고마워. 엄마를 믿어줘서 고마워. 그리고 항상 꿋꿋하게 너의 정체성을 잃지 않고 한결같은 모습으로 엄마를 겸손하게 만들어줘서 고마워. 내 가슴은 너희 둘을 향한 애정과 사랑으로 터질 것 같단다. 하루하루 점점 더 너희들을 사랑해.

지난 몇 년간 내 글을 읽어준 독자와 후원자들, 그리고 페미니즘 및 젠더 중립 작가들의 모임인 바인더Binder 회원들에게. 엉망진창으로 운영되는 정부 지원금에 의존하면서 빈곤이라는 끔찍한 절망 속에서 살아가는 사람들에게. 싱글맘의 손에서 자랐으며 그 역시 혼자 힘으로 아이들을 키우고 있는 사람들에게. 이 이야기를 많은 사람들과 공유하는 일이 중요하고 소중하다고 끊임없이 일깨워준 많은 분들에게 감사한다. 이 책을 읽어준 모든 독자들에게 감사한다. 그리고 이 여정을 나와 함께해준 데 감사한다.

나와 어깨를 나란히 하고 걸어준 모든 이들에게 깊은 감사를 표한다.

스테퍼니 랜드

옮긴이 **구계원**

서울대학교 식품영양학과, 도쿄 일본어학교 일본어 고급 코스를 졸업했다. 미국 몬터레이 국제대학원에서 통번역 석사과정을 졸업하고, 현재 전문 번역가로 활동중이다. 옮긴 책으로 『최전방의 시간을 쩍는 여자』 『충돌하는 세계』 『생리의 힘』 『열두 가지 레시피』 『제가 투명인간인가요?』 『영국 육아의 비밀』 『아무도 대답해주지 않은 질문들』 『난센스』 『술 취한 식물학자』 『사랑할 때 우리가 속삭이는 말들』 『화성 이주 프로젝트』 『옆집의 나르시시스트』 등이 있다.

조용한 희망

초판 1쇄 2020년 11월 5일
초판 2쇄 2020년 11월 26일

지은이 스테퍼니 랜드
옮긴이 구계원
펴낸이 염현숙

기획·책임편집 황은주 | 편집 임혜원 임혜지 박영신
디자인 이현정 | 저작권 한문숙 김지영 이영은
마케팅 정민호 이숙재 양서연 박지영
홍보 김희숙 김상만 지문희 김현지 이소정 이미희
제작 강신은 김동욱 임현식 | 제작처 영신사

펴낸곳 (주)문학동네
출판등록 1993년 10월 22일 제406-2003-000045호
주소 10881 경기도 파주시 회동길 210
전자우편 editor@munhak.com
대표전화 031) 955-8888 | 팩스 031) 955-8855
문의전화 031) 955-3578(마케팅) 031) 955-3561(편집)
문학동네카페 http://cafe.naver.com/mhdn | 트위터 @munhakdongne
북클럽문학동네 http://bookclubmunhak.com

ISBN 978-89-546-7555-0 03840

www.munhak.com